À PROPOS DE L'AUTEUR

Cinabre est le quatrième roman de Nicolas Druart après *Nuit blanche* (Grand Prix du Suspense psychologique, 2018), *Jeu de dames* (2019), *L'Enclave* (Prix de l'Embouchure, 2021). Ancien infirmier établi à Toulouse, il excelle à décrire au scalpel les fêlures de l'esprit et offre ici un thriller sombre, asphyxiant, magistral.

Cinabre

DU MÊME AUTEUR

Nuit blanche, Grand Prix du Suspense psychologique 2018, Les Nouveaux Auteurs, 2018 ; Pocket, 2019.

Jeu de dames, Les Nouveaux Auteurs, 2019 ; HarperCollins Poche, 2021.

L'Enclave, Prix de l'Embouchure 2021, HarperCollins Noir, 2021 ; HarperCollins Poche, 2022.

L'Instinct, HarperCollins Noir, 2023.

NICOLAS DRUART

Cinabre

thriller

Harper
Collins
POCHE

© 2022, HarperCollins France.

Tous droits réservés, y compris le droit de reproduction de tout ou partie de l'ouvrage, sous quelque forme que ce soit.

Toute représentation ou reproduction, par quelque procédé que ce soit, constituerait une contrefaçon sanctionnée par les articles 425 et suivants du Code pénal.

Cette œuvre est une œuvre de fiction. Les noms propres, les personnages, les lieux, les intrigues sont soit le fruit de l'imagination de l'auteur, soit utilisés dans le cadre d'une œuvre de fiction. Toute ressemblance avec des personnes réelles, vivantes ou décédées, des entreprises, des événements ou des lieux serait une pure coïncidence.

HARPERCOLLINS FRANCE
83-85, boulevard Vincent-Auriol, 75646 PARIS CEDEX 13
Tél. : 01 42 16 63 63
www.harpercollins.fr
ISBN 979-1-0339-1482-2

*Madness, as you know, is like gravity,
all it takes is a little push.*
Christopher Nolan, *The Dark Knight*

Prologue

Son hilarité résonnait en cascade dans le boyau de velours bordeaux. La bouche grande ouverte, expulsant les gémissements de l'aliénation, l'homme en robe de chambre titubait le long d'un dédale de couloirs sombres, illuminés par des lanternes suspendues au plafond, qui répandaient des cônes rougeâtres sur les formes géométriques de la moquette. L'éclairage tamisé fluctuait par endroits, était absent à d'autres, immergeant des zones entières du corridor dans une pénombre angoissante. Les lieux étaient déserts, les portes des chambres qui jalonnaient l'étage, fermées, silencieuses. Abandonnées. En proie à un fou rire incontrôlable, l'homme avançait plié en deux, la main en appui contre le revêtement molletonné des murs grenat.

Des larmes affluèrent – de joie ou de désespoir, il l'ignorait. Voûté comme si une chape de folie enserrait ses épaules, il chancelait dans l'obscurité, tel un marin ivre sur le pont d'un bateau pris dans la tempête.

Le sol tanguait ; les parois s'éloignaient, se rapprochaient. Désorienté, l'homme ferma les yeux. Les rouvrit. Tout était flou dans son esprit. Sa vision brouillée distordait les motifs qui ornaient les murs et la moquette : les losanges s'arrondissaient, les lignes ondulaient. Le couloir dans sa totalité semblait se contracter, se relâcher, tel un appendice moquetté qui respirait.

La ceinture du peignoir dénouée et les attributs valdinguant allègrement, il tourna à l'angle du corridor dans le plus simple appareil, puis déboucha dans un nouvel étau de velours. Il s'immobilisa un instant, sidéré, avant de glousser de plus belle.

Chambre 802.

Il était revenu à son point de départ. Il avait marché pendant une durée indéterminée sans croiser une seule sortie de secours ni la moindre cage d'escalier, pas même les ascenseurs qui l'avaient élevé jusqu'à ce niveau vertigineux. L'architecte de cet établissement labyrinthique était assurément un fou. Ou un génie. Les murs bougeaient, l'homme au peignoir en était désormais persuadé. Et ils murmuraient, aussi. Il pouvait les entendre, tel un sifflement étouffé qui bourdonnait dans ses tympans.

L'hôtel était *vivant*.

Il se dirigea vers la porte de sa chambre, restée ouverte. Entra dans la salle de bains en se cognant au mobilier. Se posta devant le grand miroir encastré dans le carrelage mural.

Une ombre se tenait à la place de son reflet, silhouette oblongue, ténébreuse, drapée dans une ample tenue noire flottante. Effaré, il la contempla quelques secondes avant que le bras de celle-ci *traverse* la glace. Elle lui tendit un couteau. Alors qu'il s'en saisissait, il s'assit sur le rebord de la baignoire en souriant plus largement encore. À trop s'esclaffer, ses abdominaux et les muscles de son visage le faisaient souffrir.

Pouvait-on mourir de rire ?

Il porta le poignard sous son lobe gauche et, sans se départir de son hilarité, enfonça la lame incurvée dans les parties molles de son cou. D'un mouvement sec, il traça une ligne rouge jusqu'à son autre oreille. Une collerette pourpre se dessina sur son torse, un rideau écarlate expulsé par une seconde bouche béante, abjecte, dont les lèvres s'ourlaient sur une fange sanguinolente.

Le couteau chuta sur le carrelage. L'homme s'affaissa contre la baignoire, sa tête heurtant la faïence.

Ses yeux embrassèrent le sol en damier, la forme sombre

qui l'observait depuis *l'intérieur* du miroir, puis s'arrêtèrent sur les lettres bordeaux, calligraphiées, brodées sur la poche extérieure de son peignoir.
HF.
Hôtel Ferdinand.

1

Lundi 27 janvier 2020

Elliot avait un vilain défaut : il était trop gentil. Le genre de gentillesse qui se transforme en fardeau lorsqu'il s'agit de toujours vouloir faire plaisir, de ne jamais décevoir et de ne rien refuser à quiconque.

Il était doté d'une empathie peu commune, presque pathologique ; la faculté de se mettre dans la tête d'autrui se révélait malheureusement souvent contraignante. Elliot ne voulait froisser personne. Il fuyait les conflits comme la peste. C'était le style de garçon à demander pardon quand on le bousculait, à faire demi-tour jusque chez lui pour donner une pièce aux sans-abri qui bivouaquaient dans sa rue, à attendre au feu vert que l'automobiliste devant lui daigne démarrer ; pour rien au monde il ne se serait risqué à klaxonner – tout juste faisait-il un appel de phares les jours où son orgueil était gonflé à bloc. Il s'échinait, jour après jour, à contredire ce dicton qui affirme qu'on ne peut pas plaire à tout le monde.

Aussi, quand Mme Grenier, sa patiente de 18 heures, lui demanda s'il pouvait récupérer Bouillotte – une chatte persane et obèse qui les enterrerait tous – chez la toiletteuse, Elliot accepta sans rechigner.

Une pluie drue tombait sur Toulouse sans discontinuer depuis le début du mois de janvier. Au volant d'une Clio blanche, Elliot cherchait un stationnement dans les ruelles voisines de la place des Carmes. Des bouchons. Des sens interdits partout. Les essuie-glaces qui chassaient des pellicules de flotte sur le pare-brise. Et ce maudit chat, enfermé dans une cage posée sur le siège passager, qui feulait toutes les trente secondes.

La fonction d'infirmier libéral n'octroyant pas le privilège de se garer n'importe où, Elliot tourna pendant dix minutes pour trouver une place de parking avant de courir sous le déluge. Sa sacoche dans une main, la boule de graisse poilue qui débordait des barreaux dans l'autre, il poussa du pied une lourde porte cochère. Une cour intérieure s'ouvrait sur des façades du XVIIIe : soubassement en pierre, briques rouges, garde-fou en fer forgé, persiennes, corniche taillée, toiture en tuiles. Trempé, il se présenta chez Mme Grenier, une retraitée adorable à qui, il fallait bien l'admettre, il était difficile de refuser quoi que ce soit. Elle vivait dans un appartement dont elle était l'unique propriétaire depuis la mort de son mari quelques années plus tôt. Vêtue d'une robe en laine fripée, elle invita son visiteur à s'asseoir sur le canapé recouvert de poils de chat.

— Merci, Elliot, fit-elle en récupérant l'énormité féline étriquée dans sa cage.

Ce simple mot rythmait les journées de l'infirmier. Il était son carburant, la sève de son métier. La seule raison qui l'incitait encore à exercer.

— Elle ne vous a pas trop embêté ?

Elle caressa la forme ventripotente, qui se mit à ronronner comme une tondeuse à gazon.

— Non, ne vous inquiétez pas.

Elliot se retint de préciser qu'il avait failli l'éjecter de la Clio une bonne douzaine de fois. Faire plaisir. Toujours.

— Encore merci, mon garçon.

Il sourit en coin, d'un air de dire « Il n'y a pas de quoi ». Mme Grenier libéra le fauve et s'en alla vers la cuisine. Elle revint avec un plateau sur lequel étaient disposés une théière, un sucrier et deux tasses en porcelaine. On se serait cru dans un roman d'Agatha Christie. L'infirmier trempa le bout des lèvres dans son breuvage avant de le reposer. Ils papotèrent de la pluie et de la pluie, de la hausse exceptionnelle des températures saisonnières puis, inévitablement, ils s'épanchèrent sur le sujet de discussion quotidien et immuable : le réchauffement climatique. Comme à son habitude, Elliot écoutait plus qu'il ne parlait, hochant la tête par politesse. Il consulta l'heure sur son smartphone et singea une mine épouvantée. Le temps passait vite. Il se hâta d'ôter les bas de contention de sa patiente, cramponnée aux accoudoirs de son fauteuil. Contrôla la glycémie. Administra l'insuline. Vérifia le pilulier. Bonne soirée, madame Grenier, et bon débarras, Bouillotte !

Deux minutes plus tard, il repartit sous la pluie. Une longue liste de malades l'attendait encore.

Elliot avait créé son cabinet d'infirmiers à domicile avec cinq amis de promotion. À eux six, ils formaient les Rois de Pique. Une carte à jouer représentant ladite figure était sérigraphiée sur les voitures de fonction. Autant dire qu'on les identifiait dans les rues de Toulouse. Dans un milieu où la demande était exponentielle, c'était un atout inestimable. Avec la fermeture massive des lits d'hôpitaux, les suppressions de postes, la hausse de l'hospitalisation en ambulatoire, les patients se retrouvaient mis à la porte sans vergogne, ce qui entraînait davantage de soins à domicile. Sans parler du vieillissement inéluctable de la population. Depuis l'ouverture du cabinet en 2016, la patientèle ne cessait de croître, contraignant les six associés à refuser des nouveaux malades et à les aiguiller vers des confrères.

Les garçons avaient fait connaissance lors de leurs études à l'Institut de formation en soins infirmiers de Toulouse. Idéalistes, ils avaient lancé cette idée – le genre d'idée qu'on balance à 5 heures du mat après une soirée à picoler en refaisant le monde et que l'on oublie le lendemain, aidé par une gueule de bois, elle, mémorable. Au fil des ans, elle s'était pourtant muée en un véritable projet. À la fin de leur dernière année, leur diplôme en poche, les six s'étaient fait la promesse de ne pas renoncer à leur objectif. Ils avaient gardé contact – un apéro par-ci, une soirée par-là – et, après cinq ans de galères, avaient enfin concrétisé leur rêve. Elliot n'avait pas tergiversé bien longtemps. Ses débuts au CHU de Rangueil, il les avait passés à rêver qu'un beau jour il se tirerait. Ne plus être considéré comme un vulgaire matricule, un pion placé au bon vouloir d'une direction déshumanisée. Devenir son propre patron. Travailler comme bon lui semblait, selon ses valeurs. Ce jour était arrivé, et pour rien au monde il n'aurait fait machine arrière.

Elliot gara la Clio dans une petite rue perpendiculaire aux Ramblas toulousains : les allées Jean-Jaurès. Il était bientôt 21 heures. Le cabinet se situait au rez-de-chaussée d'un immeuble de trois étages, sous le siège de SOS Médecins. Un bâtiment vétuste, dont le loyer attractif avait attiré les associés. Sa sacoche sur la tête en guise de parapluie, Eli introduisit la clé dans la porte vitrée sur laquelle était écrit « Les Rois de Pique. Cabinet de soins infirmiers. Soins au cabinet et à domicile ». Une salle d'attente. Une autre de consultation. Une réserve. Une salle de bains. Un bureau. Elliot entra dans ce dernier, dégoulinant de pluie.

À cette heure-ci les locaux étaient déserts, les journées se terminaient en moyenne entre 20 h 30 et 21 heures. Remarquant que les clés de la voiture de Manu, qui assurait la tournée numéro 2, n'étaient pas accrochées au tableau, il décida d'attendre son collègue. En général, Elliot finissait tard, à cause de sa fichue tendance à outrepasser sa fonction ; aujourd'hui encore, en plus d'avoir récupéré Bouillotte, il avait fait un crochet par la pharmacie et un autre par la boulangerie pour deux de ses patients.

Il s'installa devant l'ordinateur, brancha son téléphone de fonction au câble d'alimentation. La pluie dardait la vitre donnant sur la ruelle. Calé dans le fauteuil, il observa la grisaille extérieure, hachurée de traits d'eau, les poubelles qui empiétaient sur la chaussée, les voitures garées, criblées de gouttes. Puis, comme souvent, il leva les yeux, pensif, en direction du colosse en brique rouge qui dominait la ville du haut de ses quinze étages, à quelques encablures, sur le trottoir opposé. L'Hôtel Ferdinand.

2

Le curseur du fichier Word clignotait, en suspens.

Elliot se massa les paupières et alluma une cigarette après avoir entrouvert la fenêtre. Un autre vilain défaut, qui suscitait des regards réprobateurs de la part de ses patients, et qu'il contrait en récitant le leitmotiv des soignants : « Faites ce que je dis, pas ce que je fais. » Perdu dans un labyrinthe de pensées, il souffla sa fumée vers l'extérieur.

Déjà 23 heures. La pluie crépitait toujours contre la tôle des voitures stationnées dans la rue, les couvercles des conteneurs à ordures, les bâches des échafaudages de l'immeuble voisin. Elliot n'avait pas vu le temps passer. Sa passion l'avait une fois de plus aspiré de la réalité.

Depuis son adolescence, il avait envoyé plusieurs manuscrits à des maisons d'édition qui lui avaient répondu par de jolies lettres de refus impersonnelles. Ou par un profond silence. Loin de s'en offusquer, il continuait à écrire, caressant l'espoir qu'un beau jour il serait édité. Qu'on lirait ses livres, des thrillers où se mêlaient angoisse et suspense. Il avait achevé son dernier roman la semaine passée, une histoire de séquestration dans un coin paumé du Tarn, une ode sanglante aux films d'horreur de série B qu'il affectionnait tant. Le manuscrit était entre les mains de sa seule et unique bêta-lectrice – il attendait son verdict avec impatience. Incapable de rester plus de quelques jours sans s'installer devant son clavier, il s'était donc lancé dans une nouvelle aventure littéraire, un récit de zoo hanté dans les Pyrénées.

Elliot grappillait quelques heures d'écriture dès que son boulot le lui permettait. Il gardait toujours sa clé USB sur lui. L'ensemble de ses écrits y était sauvegardé. Une vie entière de travail qu'il conservait dans sa poche en toutes circonstances. Son bien le plus précieux, indéniablement. Dès qu'une occasion se présentait, comme ce soir, il se plongeait dans l'aventure du moment en laissant filer le temps. L'avantage de n'être attendu par personne à la maison.

Immergé dans sa fiction, il en avait oublié la réalité. Toujours pas de Manu. Il consulta le planning des tournées. Son collègue ne bossait pas le lendemain. Il aurait dû rentrer garer la Clio au cabinet. Il essaya de le joindre sur son téléphone personnel. Puis tenta le professionnel.

Répondeur. Direct.

Intrigué, il alluma une autre cigarette et enfila une polaire sur son col roulé. En tirant une longue taffe, il détailla son reflet sur la vitre entrouverte. Son physique était à l'image de sa personnalité : effacé. Le genre d'homme qu'on ne remarque pas ou qu'on oublie vite. Un regard noir, sans intensité. Des cernes profonds sur un visage au teint crayeux. Des cheveux bruns indisciplinés, avec une mèche qui lui léchait le front. Il avait la peau sur les os, une silhouette presque famélique, à tout juste trente-quatre ans. Une allure terne pour une vie qui l'était tout autant ; ses journées se résumaient à son boulot d'infirmier le jour, et à des nuits interminables passées à lire ou à écrire, enfermé dans un appartement niché au septième étage d'une résidence qui comportait une centaine de logements, le long du canal du Midi.

Les parents d'Elliot avaient divorcé peu après son huitième anniversaire. Son père avait refait sa vie ailleurs. La seule famille qu'il lui restait était sa mère qui, après avoir habité toute son existence au cœur du quartier des Minimes, résidait depuis six mois dans un Ehpad. On lui avait diagnostiqué une maladie neurodégénérative qui l'empêchait désormais de vivre sans surveillance. Un matin, son aide-ménagère l'avait vue errer dans la rue en culotte et avait prévenu Eli, qui avait alors entamé les démarches pour la placer dans une institution médicalisée. Depuis, il essayait de lui rendre visite tous les week-ends. Sa mère ignorait tout de ses velléités d'écrivain ; il n'avait jamais eu le courage de lui avouer les horreurs qu'il mettait dans ses textes. Elle n'aurait pas compris. Elle aurait sans doute tenu à comprendre son intérêt pour la noirceur, tout en étant incapable d'imaginer que son unique fils puisse tout simplement se passionner pour ce genre littéraire.

Une sirène de police stridula au loin. Le regard d'Elliot se déporta par-delà la ruelle, en face, jusqu'au grillage interdisant l'accès à la cour arrière de l'Hôtel Ferdinand. Elle était encastrée entre le monstre de brique rouge et le parking à étages réservé à l'établissement. Souvent, le soir, Elliot assistait au défilé des voitures luxueuses qui roulaient devant le cabinet. Alors il lui arrivait d'épier les serveurs, les plongeurs, les commis de cuisine, les agents d'entretien ou les voituriers, tous ces hommes et ces femmes de l'ombre qui faisaient tourner l'hôtel et qui, le temps d'une pause clope, décompressaient dans cette cour recluse, à l'abri des riches clients. Il se demandait toujours ce que cela faisait de bosser dans un endroit pareil... Et, surtout, quel genre d'individu était prêt à débourser une fortune pour y séjourner.

Sous un auvent, le personnel fumait sa cigarette, silhouettes floues dans la nuit cotonneuse. Elliot pencha la tête de façon à admirer la masse sombre de l'établissement qui crevait le ciel et s'érigeait à des dizaines de mètres en hauteur : façades aux arêtes tranchantes, trouées de fenêtres obscures et inquiétantes surélevées par des piliers colossaux. De rares chambres étaient allumées.

Elliot s'empara de son smartphone. Appela Manu.
Boîte vocale. Encore.

L'inquiétude le gagna.

Il ferma le document Word, l'enregistra sur sa clé, puis ouvrit le logiciel du cabinet. Grâce à l'onglet « Tournées », les infirmiers pouvaient suivre en temps réel l'évolution de leurs collègues. Il cliqua sur celle de Manu. Les patients de la liste étaient surlignés en vert, il avait bel et bien bouclé ses soins. Elliot, de plus en plus soucieux, s'apprêta à fermer le logiciel quand il remarqua un « 1 » épinglé sur l'onglet des notifications. Un message posté par Manu à 20 heures.

Nouvelle patiente. Trente et un ans. Chronique. Domiciliée à l'Hôtel Ferdinand. Je pars faire le recueil de données avant de rentrer.

3

Mardi 28 janvier 2020

— Pouah ! Ça fouette là-dedans !
— Aère, Eli, quand tu fumes !

Elliot se réveilla en sursaut. Il était resté devant son écran jusqu'à 2 heures du matin et avait fini par s'endormir sur le futon du bureau après avoir pris son cocktail de médicaments du soir. Le cendrier débordait de mégots. La pièce empestait le tabac froid.

On avoisinait les 6 h 30 ; Alex et Luiz venaient de débarquer. Il faisait encore nuit, le camion des éboueurs bipait dans la ruelle en amorçant une marche arrière. Eli se frotta le visage, les yeux englués de fatigue.

— Qu'est-ce que tu fais là ? demanda Alex.

Alex était l'entrepreneur du groupe, celui qui avait dégoté le prêt à la banque, qui négociait, faisait prospérer le business. Sans lui : pas de cabinet. Il avait connu ses heures de gloire sur les terrains de rugby, avant qu'une blessure au genou ne tire un trait définitif sur sa carrière prometteuse. Il avait alors passé le concours pour entrer à l'école d'infirmier, pour le plus grand bonheur des futures soignantes. Des cheveux courts châtain foncé, une barbe de trois jours qui le rajeunissait ; Alex était pragmatique, drôle, charmeur, sûr de lui. Un peu tout ce qu'Eli n'était pas...

Encore vaseux, Elliot inséra une capsule dans la machine à café.

— J'ai attendu Manu, dit-il.

— Il bosse aujourd'hui ? s'enquit Alex en prenant sa sacoche et en se tournant vers Luiz.

— Non, continua Eli. Mais il devait rentrer hier soir après une nouvelle admission.

— T'as essayé de l'appeler ?

— Ah ! Non, tiens, j'y ai pas pensé. Excellente idée ! Évidemment que j'ai essayé de l'appeler. Je tombe direct sur sa messagerie.

Alex haussa ses larges épaules moulées dans un caban noir.

— Peut-être qu'il n'a plus de batterie, hasarda Luiz.

Gringalet à la double nationalité franco-portugaise, Luiz avait travaillé cinq ans aux urgences de Purpan, où il avait gagné de l'habileté dans l'ensemble des soins infirmiers. C'était lui qui la plupart du temps restait pour assurer la permanence du cabinet, les consultations de « bobologie », comme ils les appelaient. Rasé de frais même le dimanche, il portait une veste en cuir rapiécée aux coudes, un jean et des baskets noires.

Elliot se brûla l'œsophage avec son café. Il ouvrit la fenêtre et alluma une cigarette.

— Manu devait faire une nouvelle admission avant de rentrer, expliqua-t-il en recrachant sa fumée. Sauf que les clés ne sont pas sur le tableau, la Clio…

— Elle est dehors, la Clio, l'interrompit Alex avec condescendance.

Elliot se sentit aussitôt idiot.

— Mais pourquoi il n'a pas rapporté les clés, alors ?

— Peut-être parce qu'il ne bosse pas aujourd'hui. Parce qu'il voulait éviter de revoir ta tronche. Ou peut-être parce qu'on a eu la brillante idée de faire des doubles. T'as l'embarras du choix. Faut vraiment que t'arrêtes de stresser, Eli. Je te jure que ça devient fatigant.

Le ton sec et moralisateur d'Alex vexa Elliot. Il se contenta de donner l'info brute :

— Sa nouvelle patiente, elle est à l'Hôtel Ferdinand. Une chronique. Jeune. Trente et un ans.

Ses mots eurent l'effet escompté : un bref silence emplit le bureau. Les rumeurs qui circulaient sur l'immense voisin en brique rouge siégeaient dans tous les esprits.

Ce fut Luiz qui brisa la glace en premier.

— Ne nous emballons pas, les gars. C'est pas dit que Manu va nous refaire faux bond. Peut-être qu'il est toujours à l'hôtel. Une patiente jeune… Dans une chambre luxueuse… En pleine nuit…

Il ponctua sa phrase d'un clin d'œil lubrique. Alex enchaîna :

— Non… Arrête.

— Quoi ? C'est possible, insista Luiz, une étincelle espiègle dans le regard.

Elliot demeurait circonspect, malgré un sourire fugace qui égayait sa mine chiffonnée.

— Mais quel chaud lapin, le Manu ! lâcha Alex en hissant la bandoulière de sa sacoche sur son épaule. Et avec une patiente en plus !

— Bon, j'y go, dit Luiz, hilare. Je vais être en retard.

— Pareil !

— Merde, moi aussi, fit Elliot en terminant son café.

Il écrasa sa cigarette et fila vers la salle de bains.

Sous la douche, il tenta de se raisonner, de dédramatiser. Il était trop stressé. C'était vrai. Encore un autre vilain défaut. Ce n'était un secret pour personne, cela lui pourrissait la vie. Il avait la fâcheuse tendance à toujours concevoir le pire. Ses angoisses irrationnelles parasitaient son jugement, ses prises de décisions. Manu allait bien. Forcément. Il avait eu des absences répétées l'année dernière, son comportement et son attitude renfermée avaient inquiété ses collègues, mais les associés en avaient discuté ensemble et le débat était clos. Manu s'était repris en main. Depuis quelques semaines, il faisait preuve d'assiduité, de ponctualité, de professionnalisme. On ne pouvait rien lui reprocher. Il devait y avoir une explication logique à son silence. Peut-être qu'il avait effectivement flirté avec la patiente de l'hôtel, comme l'avait suggéré Luiz. « Oui, mais il ne s'agit pas de n'importe quel hôtel », murmura une voix à l'oreille d'Eli. Il pointa le pommeau de douche sur son visage, puis sortit de la cabine et se rhabilla en quatrième vitesse. Re-clope. Re-café. Clé. Sacoche. Elliot fonça chez sa première patiente.

La Clio fit le tour de l'Hôtel Ferdinand pour s'engager sur le boulevard Pierre-Paul-Riquet. Vu du ciel, le bâtiment formait un F couché, comme si la famille Ferdinand avait voulu marquer la ville au fer rouge avec un tisonnier géant, imprimant l'initiale de son patronyme dans le paysage urbain depuis près d'un siècle.

Tout en conduisant, l'inquiétude d'Eli resurgit. Les histoires sur l'établissement se télescopèrent dans son cerveau en ébullition. Les doigts crispés autour du volant, les yeux rivés sur l'asphalte toujours martelé par la pluie, il se demanda si l'hôtel était bel et bien frappé par une malédiction comme les rumeurs le suggéraient...

4

— En dix-neuf ans de carrière, je n'ai jamais vu un truc pareil.

Le capitaine Antoine Aubert n'écoutait plus les palabres du flic qui l'escortait. Le cou enfoui dans son caban noir, col relevé jusqu'aux oreilles, il louvoyait entre les flaques de pluie et les voitures banalisées garées en épi devant le centre commercial de l'Espace Saint-Georges. Des trombes d'eau fouettaient le béton, les véhicules stationnés, ainsi que la forêt de parapluies qui avait poussé sur le trottoir. Les gyrophares tournoyaient, balayant le sas en verre circulaire de l'entrée, les badauds matinaux agglutinés autour des cordons de sécurité, les façades des immeubles, le ciel obscur et ouaté. Il était 6 h 45, et la place Occitane grouillait d'uniformes.

— C'est par ici. J'espère que vous avez le cœur bien accroché.

— Vous inquiétez pas pour moi, répondit Antoine d'un air détaché.

Ils grimpèrent une volée de marches, jusqu'à une esplanade qui coiffait le centre commercial souterrain. Elle était enclavée entre des barres d'immeubles et compartimentée par des bancs et des bacs végétalisés qui formaient des carrés d'intimité sur la place piétonne. Les dalles du sol miroitaient sous la pluie. La plupart des lampadaires étaient éteints, plongeant des parcelles entières dans la pénombre.

— Vous avez vu *Kill Bill* ?

Antoine ne daigna pas répondre.

— Eh bé… pareil. Venez, c'est de ce côté.

Ils croisèrent des techniciens de l'identité judiciaire, des officiers de police, des policiers municipaux, des costumes-cravates, puis dépassèrent un éboueur emmitouflé dans une couverture de survie. Ce dernier tremblait comme une feuille, le regard absent. Abrité sous un parapluie, face à un agent en uniforme, il tentait de mettre des mots sur l'horreur qu'il avait découverte. Recueillir son témoignage promettait d'être laborieux. Antoine fit inscrire son nom dans le listing du personnel présent sur la scène de crime ; son guide loquace s'éclipsa après lui avoir levé la Rubalise pour qu'il puisse se faufiler dessous.

Une immense tonnelle était dressée à l'angle de l'esplanade, devant des boutiques aux volets métalliques fermés, recouverts de graffitis. Une série de paravents avait été installée autour, pour éviter que les curieux, massés sur les balcons des résidences voisines qui surplombaient la place, se complaisent dans le voyeurisme et alimentent les réseaux sociaux avec leur smartphone. La pluie faisait un boucan du tonnerre. Il fallait parler fort pour se faire entendre.

Dans un coin, près d'un parterre de fleurs, Antoine repéra le commandant Salgado en pleine discussion avec le substitut du procureur. Engoncé dans un trois-quarts bleu nuit, celui-ci passait nerveusement la main sur son visage. Il avait l'air écœuré. On équipa le capitaine – gants, surchaussures, blouse et charlotte sur la tête –, et il déambula entre les trépieds des projecteurs, les cavaliers numérotés, les techniciens de la police scientifique qui prélevaient, collectaient, emballaient sous scellés. Alban, le procédurier du groupe, consignait tout par écrit. Antoine lui adressa un bref signe du menton, ainsi qu'au chef de l'identité judiciaire qui lui tournait autour et le regardait avec des yeux ronds. Faisant abstraction du bouillon d'agents qui s'échinaient çà et là, Antoine tenta de s'imprégner de la scène de crime. Capter les nuances, l'atmosphère. Alors qu'il examinait le carnage en silence, deux autres membres de son groupe vinrent à sa rencontre : les capitaines Jérôme Valant et Mylène Garibal.

— Salut, chef. T'as vu *Kill Bill* ? demanda Jérôme.

— Vous allez arrêter de me bassiner avec ça ? Non, je l'ai pas vu.

— Tu déconnes ? fit Mylène, offusquée. C'est juste le meilleur des Tarantino.

Jérôme parut indigné.

— Et *Pulp Fiction* ou *Django*, t'en fais quoi ?

— Stop, ça suffit. Qui me fait un topo ?

Les capitaines adoptèrent soudain un air grave. Mylène se lança :

— Vois par toi-même… C'est un vrai puzzle. À croire qu'un putain de samouraï a débarqué à Toulouse.

Antoine soupira. La moyenne d'âge de son équipe avoisinait les trente-cinq ans ; et lui, avec ses quarante-huit piges fêtées le mois dernier, il avait souvent l'impression de diriger une bande de gamins.

— Les faits, Mylène. Les faits.

— Désolée, boss. Un éboueur a appelé le 17 vers 5 heures. Il vidait les poubelles de la place quand il a découvert… ça. Il a dégueulé un bon coup et a sorti son portable. On a trois cadavres… Des hommes, entre vingt-cinq et trente ans, d'après les premières constatations. Ils ont leurs papiers et leur téléphone sur eux. Ils ne vont pas être difficiles à identifier. Il y a plusieurs caméras qui filment la place. Jérôme est sur le coup.

— Des témoins ?

— Que dalle.

— Pour le moment, murmura Antoine en songeant aux habitants qui assistaient au sinistre spectacle de leur appartement.

— Rien d'autre ? Jérôme ?

— Excepté le fait que Mylène n'a aucune culture cinématographique, pas plus pour l'instant. Salgado est avec le substitut. Ils ont eu le juge, l'affaire est à nous.

Le capitaine Antoine Aubert opina.

— Où est Nabil ?

— Il se remet de ses émotions, répondit Jérôme, amusé. Faut dire que c'est un drôle de spectacle.

Nabil Boutaleb était la dernière recrue du SRPJ. Après un mois d'observation, on l'avait enfin autorisé à participer aux enquêtes sur le terrain. Un sacré baptême du feu, devait reconnaître Antoine.

— OK. Je vais jeter un œil.

— Fais-toi plaisir, chef.

Il fit signe d'attendre à l'équipe du légiste – qui s'apprêtait à lever les corps – et avança vers les cadavres. Il souhaitait les voir tels que le meurtrier les avait laissés. Ou *les meurtriers*. Compte tenu de l'horreur qui s'étalait devant ses yeux, l'hypothèse qu'il y ait eu plusieurs tueurs était à privilégier. Antoine inspecta les lieux. La scène de crime était étonnamment propre, nettoyée par les litres d'eau qui s'étaient déversés sur la ville depuis l'heure du massacre. Antoine enjamba une valise de l'identité judiciaire et examina les trois victimes. Du moins ce qu'il en restait. Disposées en une sorte de triangle abject, elles ne semblaient pas avoir été déplacées, à en juger par les positions incongrues dans lesquelles elles demeuraient. Elles portaient des vêtements plutôt chics : manteau en cuir, écharpe en cachemire, chemise blanche Ralph Lauren, pantalon parfaitement coupé, souliers vernis. « De vrais clones », pensa Antoine, en essayant d'imaginer leur milieu socioculturel, leur mode de vie, leur histoire.

Le premier cadavre gisait sur le dos, une jambe repliée sous la fesse selon un angle bizarre. Une plaie gigantesque fendait son corps de la clavicule à la hanche. Le bras droit, sectionné net au-dessus du coude, barbotait dans une flaque, à trente centimètres. La deuxième victime était étalée quelques mètres plus loin, en décubitus latéral, sur le côté gauche. Elle avait la jambe tranchée sous le genou ; le membre reposait à côté. Une entaille profonde perforait sa poitrine à l'emplacement du cœur. Le dernier corps était étendu un peu plus loin. Décapité. On expliqua à Antoine que la tête avait été retrouvée dans la rigole d'évacuation voisine, emportée par les eaux de pluie, figée dans une expression d'horreur absolue. Elle reposait à présent dans un grand sac en plastique.

Le capitaine Aubert grimaça : une mimique qu'il arborait lorsque ses cellules grises s'activaient. Il émanait de cette scène de crime une forme de détermination, de froideur dans l'exécution. Il s'éloigna des corps, fit signe aux techniciens de poursuivre leur travail – sous le regard courroucé du chef de l'IJ. Nabil, le bleu, le rejoignit.

— Ça va ? s'enquit Antoine, pour la forme.

— Ça va, capitaine, mentit Nabil, livide.

— Antoine. C'est la dernière fois que je te le dis. Appelle-moi Antoine.

Nabil acquiesça, grelottant dans sa parka grise. Un bonnet noir lui phagocytait la moitié du visage.

Le commandant Salgado s'approcha à son tour, accompagnée du médecin légiste, qui avait une gueule de jeune premier de la classe avec des lunettes fines sur un corps de phasme.

— Salut, Antoine, lança Salgado. Pas commun, n'est-ce pas ? Laisse-moi te présenter le docteur Rouzière, une nouvelle recrue.

— Je suis un fervent admirateur, gloussa celui-ci.

— C'est donc vous !

Le capitaine Aubert sourit de sa plaisanterie – celle qu'il ressortait lorsqu'on lui faisait ce compliment –, puis salua le jeune légiste d'une poignée de main ferme. Il fit un bref signe de tête à Salgado. C'était une femme de cinquante et un ans, de type méditerranéen : cheveux bruns noués en queue-de-cheval, yeux noirs, peau hâlée. Elle portait un tailleur gris – qui lui allait à merveille, selon Antoine – sous un manteau cintré en laine avec des boutons sur le côté.

Les mains dans les poches de son caban, Antoine observa les corps meurtris disparaître dans des housses mortuaires.

— Personne n'a rien vu, rien entendu, dit Salgado. À croire qu'un samouraï a surgi de…

Le capitaine Aubert soupira.

— Pas toi, Maria. S'il te plaît. On a quoi, concrètement, à se mettre sous la dent ?

— Un bras.

Antoine ne cacha pas son étonnement. Le légiste approuva d'une voix timide :

— Effectivement. On a un bras… en trop.

5

Une tasse de café fumante à la main, Antoine réfléchissait. Il était posté devant la fenêtre de son bureau, au deuxième étage de l'hôtel de police. Son reflet apparaissait en filigrane, strié de gouttes d'eau. Le groupe le comparait à l'acteur Mark Ruffalo, avec ses cheveux bouclés en pagaille et sa barbe poivre et sel. Petit gabarit, râblé, il était hyperactif, d'où son surnom, « la Pile », en référence à ses initiales A.A. Même au repos, un doigt ou un pied battait la mesure, et ses ongles fourrageaient dans sa barbe ou sa chevelure torsadée.

Le capitaine Aubert avait vu bon nombre d'horreurs durant sa carrière, notamment lors de ses dix années passées à la crim de Strasbourg – la nouvelle plaque tournante européenne du trafic de drogues où les règlements de comptes faisaient rage –, mais jamais il n'avait assisté à une scène de crime aussi singulière que celle de ce matin.

Il avait grandi avec ses parents et sa sœur aînée près de la place de la Nation, à Paris. Diplômé de l'école d'officier de police de Cannes-Écluse, après un master en psycho-criminologie dégoté en Belgique, il avait travaillé trois années dans un commissariat de Vitry-sur-Seine, puis avait obtenu le poste prestigieux qu'il convoitait depuis qu'il avait décidé d'intégrer l'école de police : la brigade criminelle. Il avait postulé à la crim de Strasbourg pour rejoindre la future ex-Mme Aubert, directrice d'une agence bancaire, mutée de la capitale une année plus tôt. C'est dans la région Grand-Est qu'il s'était marié et qu'il avait assisté à la naissance de sa fille. À l'époque, il était convaincu que son mariage résisterait aux écueils d'une vie tourmentée d'officier de police, aux nuits et aux week-ends interminables passés à traquer les criminels. Il pensait que les ruptures n'arrivaient qu'aux autres, ou aux flics des mauvais polars qu'il aimait dévorer. Il s'était fourvoyé ; l'âpre réalité l'avait rattrapé. À l'instar de la plupart de ses collègues, il versait dorénavant une pension mensuelle à son ex-femme. Celle-ci avait déménagé près de Bordeaux sans crier gare, pour se rapprocher de ses parents, laissant Antoine pantois et, surtout, loin de sa fille. Cela l'avait amené à accepter, quatre ans auparavant, le premier poste disponible dans le Sud de la France. Dans cette Ville rose de presque cinq cent mille habitants où l'on parlait bizarrement ; où il faisait chaud ; où l'on disait bonjour et au revoir aux chauffeurs de bus ; où l'on mangeait des chocolatines et où, par-dessus le marché, l'on vous les fourrait dans une poche et pas dans un sac. Il avait ravalé sa fierté et s'était habitué à la vie dans le Sud, la gastronomie, le climat, l'accent chantant de ses habitants et ces foutues chocolatines. Aujourd'hui sa petite Amandine avait huit ans, il pouvait la voir un week-end sur deux sans être obligé de traverser la France en train. Leur relation demeurait forte malgré la distance et le peu de temps passé ensemble ; une complicité qui se traduisait par un rituel auquel ils ne dérogeaient jamais, quelles que soient les circonstances : l'histoire du soir en visio.

Des plaisanteries fusèrent dans le couloir, Antoine se hâta de ranger son petit calepin dans la poche arrière de son jean. Jérôme et Mylène entrèrent les premiers dans les bureaux du groupe 2 de la brigade criminelle. Ils étaient de purs produits toulousains issus du Mirail, qui passaient leur temps à essayer de déterminer qui des deux était capable de pisser le plus loin. Assez petit, Jérôme était doté d'un tempérament volontaire. Il imprégnait l'espace de son énergie ou de son sens de l'humour, comme pour compenser un complexe lié à sa taille. C'était un bloc de nerfs court sur pattes qui revêtait la panoplie du flic en civil : cuir, jean, baskets. Mylène, elle, portait toujours un bonnet noir brodé du célèbre logo « New York » sur ses cheveux mi-longs aile-de-corbeau, ainsi qu'un sweat à capuche noir qui camouflait ses rondeurs et les écouteurs sans fil greffés à ses oreilles. Elle écoutait à longueur de journée des groupes de rap US des années 1990, dont elle seule connaissait l'existence. Vint ensuite Alban, le bon élève de la classe, qui ressemblait plus à un majordome qu'à un officier de police. Puis Nabil, le petit nouveau.

— Les identités des victimes sont confirmées, chef, commença Jérôme.

Antoine s'assit à l'angle de son bureau. Alban piocha un marqueur et commença à prendre des notes sur un grand tableau blanc, installé entre l'affiche du film *36, quai des Orfèvres* et la cible d'un jeu de fléchettes.

— Nathanaël Assier, vingt-six ans. Stéphane Normand, vingt-six ans. Et François Benoît, vingt-sept ans. Ils étaient tous les trois étudiants en dernière année de master en management, à la Toulouse Business School, sur le campus de Compans.

— Des gosses de riches, souffla Mylène.

Antoine fit les gros yeux en direction de la forme noire affalée dans son fauteuil, puis encouragea Jérôme à continuer.

— Assier et Normand étaient en colocation, ils habitaient dans un appartement boulevard Lascrosses. Le dernier, Benoît, vivait seul, sur le quai Lucien-Lombard, près de la place Saint-Pierre.

— J'ai passé les trois victimes au TAJ[1], compléta Alban, debout devant le tableau. À eux trois ils collectionnaient quelques infractions. Conduite en état d'ivresse. Possession de stupéfiants. État d'ébriété sur la voie publique. Retrait de permis de conduire. Normand a même fait l'objet d'une

---

1. Traitement d'antécédents judiciaires.

plainte pour tentative de viol avec agression, mais l'affaire a été classée sans suite. Apparemment la victime est revenue sur sa déposition.

Antoine grimaça, les doigts pianotant sur son bureau.

— Quand il fait ça, susurra Mylène à Nabil, c'est qu'il réfléchit.

Le bleu hocha la tête, sans se départir de son air ahuri. Antoine pointa la dernière colonne sur le tableau, celle où était notée « victime numéro 4 ».

— Toujours rien sur ce fameux bras ?

L'équipe au complet s'observa en silence. Antoine enchaîna :

— Pour le moment c'est notre priorité absolue. La victime numéro 4 – car je suppose qu'il y avait quelqu'un au bout de ce bras – est peut-être encore en vie. J'ai lancé un hameçon de mon côté, j'attends que ça morde. Ensuite, quoi d'autre ?

— Les autopsies sont prévues à 18 heures, poursuivit Jérôme. Les corps ne présentaient pas de rigidité cadavérique, le légiste évalue la mort à une ou deux heures avant le passage de l'éboueur. L'arme utilisée est un outil tranchant, sur une seule face, extrêmement affûté. D'après l'angle et la dimension des blessures, l'hypothèse du sabre est privilégiée à celle de la machette, mais elle reste encore à confirmer.

— On cherche une blonde en combi jaune, alors ? dit Mylène.

Antoine feignit de ne pas avoir entendu.

— On pourrait vérifier les dojos où l'on pratique le kendo, le kenjutsu, suggéra Alban. Je me suis déjà renseigné sur les clubs qui enseignent l'art du sabre.

— Voyons d'abord le rapport du légiste, maugréa Antoine. Chaque chose en son temps.

Amusé, Jérôme embraya.

— J'ai récupéré les images des caméras de vidéosurveillance. Les portables des victimes sont à la technique. On aura les fadettes en début d'après-midi. On déroule, chef.

Antoine, nerveux, gratta sa barbe.

— Et toujours pas de témoins ?

Mylène se redressa.

— Une dizaine d'agents font encore du porte-à-porte. Il doit y avoir plus d'une centaine d'appartements autour de la place Occitane. L'enquête de voisinage s'annonce compliquée.

Antoine opina en tapant dans ses mains.

— Allez ! On déroule ! Jérôme et Mylène, les victimes. Alban, les caméras. Avec Nabil, on…

Le portable du capitaine Aubert bourdonna.

Après une série de « hum, hum » énigmatique, il raccrocha. L'équipe était suspendue à ses lèvres.

— On a retrouvé le propriétaire du bras.

6

Antoine arpentait les couloirs de l'UHCD, l'unité d'hospitalisation de courte durée de l'hôpital Purpan. C'était un service annexé aux urgences, qui accueillait les patients une fois leur état stabilisé. Nabil trottinait sur ses talons, esquivant les blouses blanches et les chariots de soins.

Le capitaine Aubert s'attendait tôt ou tard à atterrir ici. Les meurtriers avaient agi avec violence dans un lieu public, à découvert, il paraissait peu probable qu'ils s'encombrent ensuite d'une quatrième victime pour lui faire subir Dieu sait quels sévices dans un endroit isolé. Cela ne collait pas avec la brutalité et la spontanéité du mode opératoire. Antoine en était persuadé : le propriétaire du bras avait réussi à s'échapper. Et où va-t-on lorsqu'on a un moignon sanguinolent ? Réponse : aux urgences. Certes il pouvait s'agir d'une coïncidence, mais Antoine ne croyait plus aux coïncidences.

Ils passèrent devant une ASH, un agent de service hospitalier, qui les fusilla du regard parce qu'ils laissaient des traces de pas dans leur sillage. Plus loin, un médecin les attendait près d'une chambre. Il se présenta.

— Docteur Rives. C'est moi que vous avez eu au téléphone.

Poignées de mains fermes. L'urgentiste marqua un temps d'arrêt, sourcils froncés.

— Vous êtes bien celui à qui je pense ?

Antoine haussa les épaules avec modestie.

— J'en ai bien peur, oui.

— J'aime beaucoup ce que vous faites. Sincèrement.

Le capitaine le remercia, au grand désarroi de Nabil qui, une fois encore, se retrouvait largué. Le bleu de la brigade n'était pas aveugle ni sourd. Son chef faisait l'objet d'une admiration qui s'étendait au-delà de ses compétences de flic. Antoine Aubert était connu et reconnu, mais Nabil en ignorait la raison. De même qu'il ignorait ce qu'Antoine griffonnait, toujours de façon furtive, sur le calepin qu'il cachait dans la poche arrière de son jean. Les collègues de la brigade refusaient de répondre quand il leur posait la question, et Antoine éludait dès qu'il abordait le sujet. Une manière de le taquiner gentiment.

Stéthoscope autour du cou, les pieds empaquetés dans des baskets blanches, le médecin glissa les mains dans les poches de sa blouse. D'un geste du menton, il désigna la chambre derrière lui.

— Jules Bonnefoy, vingt-huit ans. A été admis ce matin vers 4 h 30 pour une amputation cubitale du membre supérieur gauche, sous le pli du coude, avec hémorragie externe. Son état n'est plus inquiétant. Il est stable. Cependant il est très fatigué et, comme vous pouvez l'imaginer, extrêmement choqué par ce qui lui est arrivé. Il doit avoir une consultation avec une psy en fin de matinée. Un choc post-traumatique n'est pas à écarter. Faites vite. Je vous attends dehors.

Antoine et Nabil entrèrent dans la chambre. Une armoire. Un sac poubelle posé dans un fauteuil. Une table de chevet. Un lit médicalisé, sur lequel un homme d'une pâleur inquiétante était allongé, vêtu d'une blouse d'hôpital. Son teint blême soulignait les cernes sous ses yeux et les cheveux noirs qui auréolaient sa tête sur l'oreiller. Un tuyau sourdait du bandage qui emballait son moignon et drainait un liquide rougeâtre dans un petit récipient posé sur le sol ; l'autre bras était perfusé, relié à une solution de réhydratation et un antalgique qui s'écoulaient au goutte-à-goutte.

— Capitaine Aubert, brigade criminelle, attaqua Antoine. Et voici mon collègue, le lieutenant Boutaleb. On aimerait vous poser quelques questions.

Jules Bonnefoy leva un regard craintif vers les enquêteurs. Il suintait la peur.

— Mes potes… Est-ce qu'ils…

Antoine hocha lentement la tête.

— Nous sommes désolés, dit-il. Dites-nous ce qui s'est passé.

La victime numéro 4 – qui venait de confirmer qu'elle était bien la rescapée du massacre de la place Occitane – s'effondra sur le matelas en sanglotant. Hargneux, il brandit son membre amputé.

— Voilà ce qui s'est passé ! Vous avez vu ce que ce cinglé m'a fait ?

— Ce cinglé ? répéta Antoine, décontenancé. Vous voulez dire qu'il était seul ?

Jules Bonnefoy acquiesça, les traits déformés par la douleur, la colère et la peine.

Si la Pile demeurait stoïque en apparence, son pied droit, lui, battait un rythme imaginaire effréné près des roulettes du lit.

— À quoi ressemblait-il ? s'enquit-il.

— Il est arrivé de nulle part. Comme s'il s'était matérialisé devant nous. La première chose que j'ai vue, c'est le reflet de la lame avant qu'il ne frappe Stéphane.

Il hoquetait, la voix saturée de trémolos.

— Vous avez pu distinguer son arme ?

— Un sabre. Un putain de katana comme dans les films. Non mais qui se balade avec un engin pareil en pleine nuit ? Vous allez le choper ce fils de…

— Comment était-il habillé ?

Jules Bonnefoy déglutit avec difficulté. Une terreur ostensible parasitait sa diction.

— Tout en noir. Avec des habits larges.

— Vous pourriez reconnaître son visage ?

— Non. Il portait une capuche. Un truc super ample. Et un masque, aussi. Comme ceux des peintres en bâtiment.

Il renifla, prit quelques secondes de réflexion.

— Vous avez vu les *Harry Potter* ?

Antoine leva les yeux au ciel. Il était las de ces références cinématographiques.

— Non, mais je les ai lus. Pourquoi ?

— Parce que ce cinglé ressemblait aux formes noires et flippantes qui volent, là. Les Détraqueurs, oui, c'est ça. Ce type était déguisé comme un foutu Détraqueur.

— Vous dites ce type. Vous êtes sûr que c'était un homme ?

Bonnefoy dévisagea le capitaine comme s'il était le dernier des imbéciles.

— Vous imaginez une femme capable de faire ça, vous ?

Antoine ne releva pas.

— Et sinon vous faisiez quoi en pleine nuit sur cette place ? Vous sortiez de soirée ?

Bouleversé, Jules Bonnefoy baragouina :

— On sortait d'un club, ouais. Je me souviens plus du nom, j'avais pas mal picolé. C'est François qui avait choisi l'endroit.

Sur ces mots, il fondit en larmes ; Antoine comprit qu'il ne pourrait plus rien en tirer. À présent, il fallait comparer ces déclarations avec les images de vidéosurveillance. Ils souhaitèrent un prompt rétablissement au jeune homme qui sanglotait dans ses draps, puis ressortirent dans le couloir.

Le Dr Rives prescrivait des traitements sur un ordinateur.

— Il vous a raconté l'histoire du Détraqueur ?

L'urgentiste énonça une série de directives à une infirmière avant de pivoter vers les enquêteurs.

— Si je vous ai attendus, c'est parce que ce patient a éveillé notre curiosité, à mon confrère de nuit et moi-même. Ou plutôt notre inquiétude, devrais-je dire.

— Pourquoi cela ?

Le Dr Rives parut soudain gêné. Comme s'il se culpabilisait.

— Nous avons vérifié les archives des admissions des trois derniers mois, et un fait alarmant nous a sauté aux yeux.

— Non... Vous voulez dire que...

— Absolument. Jules Bonnefoy est le quatrième cas d'amputation de ce genre que nous traitons depuis trois mois.

7

Elliot faisait la queue au bureau de tabac en bas de chez lui.
L'endroit fourmillait de monde. À l'extérieur, un rideau de pluie s'abattait sur le trottoir. Cette maudite flotte ne semblait jamais s'arrêter de tomber ; il était de rare de voir autant d'eau à cette époque de l'année. Le réchauffement climatique, assurément, aurait dit Mme Grenier. Serré entre ceux qui récupéraient leur colis, les accros à la nicotine, les inconditionnels du quotidien papier ou les férus de PMU qui débattaient avec ardeur à l'arrière de la boutique, Elliot se sentait oppressé. L'impression de suffoquer. Le stress se distillait dans son organisme, infectait ses gestes et ses pensées. Le type dans son dos était près, trop près, il empiétait sur sa zone d'intimité : la barrière virtuelle que l'on se fixe et que personne n'est autorisé à franchir. Elliot avait horreur de ça, il le lorgnait du coin de l'œil, se décalant de quelques centimètres. La bonne femme devant lui, quant à elle, le heurtait avec son parapluie dès qu'elle se déplaçait. Elle empestait un parfum capiteux, sûrement hors de prix. Elliot haïssait cette promiscuité.

La file d'attente n'avançait pas. Au comptoir, un homme d'une soixantaine d'années coiffé d'un chapeau, *La Dépêche du Midi* coincé sous le bras, dictait les numéros qu'il souhaitait jouer au buraliste en sueur qui les notait sur une grille de Loto. Ce dernier s'excusa, s'éclipsa dans l'arrière-salle et revint avec un colis Amazon qu'il tendit à une cliente. Elliot trépignait, la mâchoire crispée. Ne sachant que faire de ses mains, il pêcha son smartphone dans la poche de son caban et consulta l'heure pour l'oublier la seconde suivante.

L'air commençait à devenir irrespirable. Une vague de chaleur envahit Elliot. Il pouvait presque sentir l'haleine fétide de la sangsue collée dans son dos. Nouveau coup de parapluie. Il éprouva une subite montée de stress. Bridé par sa gentillesse légendaire, il se retint de réagir et s'écarta en souriant pour laisser passer un livreur chargé de cartons.

Une jeune femme en profita pour s'insérer dans la queue juste devant lui. Écouteur dans l'oreille, trench-coat beige, elle discutait sans aucune pudeur d'un contrat juteux. Elliot s'était fait *gratter* la place. Il soupira, fataliste, puis recula d'un pas. Tant pis pour lui. Le regard absent, il ignora les protestations qui grondaient dans son dos.

Une fois son tour venu, il acheta quatre paquets de Lucky Strike puis traversa le déluge jusque chez lui. Le canal du Midi était engorgé, des mares stagnaient sur les voies des berges, sous le pont. Les voitures propulsaient des corolles d'eau en les traversant à pleine vitesse.

Digicode. Septième étage.

Son appartement était composé d'un salon équipé d'une cuisine américaine, avec un comptoir qui barrait l'espace, une chambre, une salle de bains et des toilettes. Un bureau d'angle était installé près de la baie vitrée qui s'ouvrait sur un petit balcon où il fallait rentrer les genoux pour pouvoir boire son café le matin. Une pile de vieux carnets reposait sur le poste de travail, près d'un ordinateur portable en veille dont le voyant rouge forait l'obscurité. Il s'agissait des cahiers de notes d'Eli, des centaines de pages noircies d'idées inscrites en vrac, de plans, de fiches de personnages, de paragraphes gribouillés en vitesse, d'intrigues de différents romans.

Volets fermés. Odeur de renfermé. Elliot ne recevait pas beaucoup de visites.

La littérature assurait l'essentiel de la décoration : il y avait des livres partout. En piles à même le sol. Sur le bureau, la table basse, la commode de nuit. Dans les toilettes, sous les rouleaux de PQ. Rangés dans la bibliothèque : un assemblage d'étagères Billy d'Ikea, qui ornait deux pans de mur. Sa collection était composée en immense majorité de polars et de thrillers, classés avec minutie par auteur et par maison d'édition.

Elliot largua sa sacoche dans l'entrée, attrapa le dernier quart d'une pizza quatre fromages qui traînait dans le réfrigérateur depuis une durée indéterminée, puis s'écroula devant Netflix. Il s'autorisait à souffler un peu.

La tournée du matin avait été laborieuse. Contrarié par l'absence de son collègue Manu, il avait enchaîné les soins avec une forme de dépit, de nonchalance qui ne lui ressemblait guère. Il avait fait ses pansements et ses toilettes mécaniquement, sans sa ferveur ni son humour habituels, dépourvu de cette étincelle qui avait le pouvoir de raviver la flamme – souvent éteinte – des patients. Sa concentration lui avait même fait défaut, il avait raté deux prises de sang et il s'était cantonné au strict minimum lors des échanges relationnels. Aujourd'hui le cœur n'y était pas. Quoi qu'en disent ses collègues, le silence de Manu l'affectait. Il avait tenté de le joindre à de nombreuses reprises. Sans succès.

Les pieds posés sur la table basse encombrée de romans, de boîtes de fast-food, de cendriers pleins à ras bord, il mit l'épisode de *Gotham* sur pause et prit son smartphone. Une idée lui trottait dans la tête.

— Allô, Alex ? Dis, tu as toujours pas de news de Manu ?

Soupir au bout de la ligne.

— Eli, t'es relou.

— C'est pas une réponse, ça.

— Non, j'ai pas de nouvelles. En même temps j'ai pas essayé de l'appeler. J'ai pas eu le temps. La tournée 2 devient de plus en plus lourde. J'ai galéré. Il faudrait voir pour…

— Ouais, écoute. C'est bien toi qui as récupéré la Clio de Manu ce matin ? Celle qu'il avait hier ?

— Oui… Pourquoi ?

— T'as rien remarqué de suspect à l'intérieur ?
Nouveau soupir.
— À part des traces de sang, une machette, une pelle et un sac de chaux, tu veux dire ? Non, rien d'anormal.
Elliot jeta la croûte de sa pizza dans un cendrier.
— T'es con, Alex. Je suis sérieux.
— Et moi aussi je suis sérieux. Faut que t'arrêtes, Eli. Le stress, ça tue. Manu va bien, j'en suis sûr. Il s'est repris en main, il nous l'a juré. Alors arrête de te prendre la tête avec ça. Il sera là demain. T'inquiète. Je te laisse, faut que j'y aille.

Elliot se retrouva dans la pénombre de son appartement, l'air idiot avec son portable entre les doigts. Il hésita entre s'installer devant son ordinateur pour écrire, continuer sa série ou bouquiner, quand son téléphone sonna. Un SMS.

Il retint son souffle. Alluma une cigarette. Lut le message.

La réponse qu'il attendait tant.

8

Elliot marchait à vive allure le long du canal. Impatient. Surexcité.

Il allait enfin avoir un retour.

La Halle aux Grains se profila dans la grisaille, arrosée par la pluie. Elliot dépassa la place Dupuy, contourna la fontaine, puis traversa la rue avant d'entrer dans le bistrot qui faisait l'angle. Une série de tables sur la droite, un comptoir en zinc sur la gauche, un écran géant au fond pour les retransmissions sportives. Installée sur une chaise, sous un long miroir, Alice l'attendait, ses doigts boudinés enroulés autour d'une tasse de thé.

Alice, trente et un ans, rayonnait quelles que soient les circonstances. Petite et replète, elle portait un pull noir échancré, un jean sous des bottes à talons plats et un bonnet à pompon sur ses cheveux bruns. Elle ne lésinait pas sur le mascara ni sur le fard à paupières, qui lui conféraient un regard charbonneux et donnaient à son adorable visage arrondi une forme de gravité.

Elliot l'avait rencontrée lors de ses études, trois années et demie durant lesquelles ils avaient sympathisé avant de sortir ensemble quelque temps. Ils avaient même partagé un appartement. Elle était l'avant-dernière ex d'Elliot, la troisième fille – en comptant sa mère – à l'avoir vu nu. Puis Alice, infirmière en psychiatrie, en avait eu marre de cohabiter avec un type introverti, capable de se réveiller en pleine nuit juste pour modifier la syntaxe d'une phrase de son roman en cours ; un garçon hermétique qui exprimait peu ses sentiments. Logiquement, pour toutes ces raisons et d'autres encore, elle l'avait largué. Mais il était difficile – voire impossible – de détester Elliot. Il était ce petit animal fragile qu'on adore protéger ; il avait parfois ce regard qui rappelait ceux des chiens battus recueillis par la SPA et qui semblent vous supplier de les adopter. Ils étaient restés amis – c'était la seule véritable amie d'Elliot, à vrai dire. Ils se fréquentaient, à l'occasion, dans ce bistrot de la place Dupuy où ils avaient leurs habitudes.

De l'eau et des perfusions avaient coulé sous les ponts depuis l'école d'infirmier, et leur promo s'était peu à peu éloignée. Même les Rois de Pique n'étaient plus aussi proches qu'auparavant. Excepté Manu et Alex, les autres associés – Luiz, Stéphane et Cédric – avaient une femme, des gosses, un monospace, une maison, des emprunts à rembourser. Les gars tondaient même leur pelouse le dimanche. Alice représentait le seul lien social qui subsistait dans la vie d'Elliot. Son point d'ancrage. Mais, surtout, ils partageaient la même passion pour les livres. Malgré leur rupture, Alice était restée sa bêta-lectrice et s'apprêtait à lui faire un retour. Feignant l'indifférence, il commanda un café et s'assit en face d'elle. Elle l'accueillit avec un sourire narquois. Était-ce un bon ou mauvais signe ? Avait-elle aimé le bouquin ? L'angoisse hacha ses gestes lorsqu'il versa le sucre dans son café.

— T'as une mine épouvantable, fit-elle en guise de préambule.

— Merci. Moi aussi je suis content de te voir. Comment ça va ?

— Mieux que toi, j'imagine.

Elle faisait durer le suspense. Elliot entra dans son jeu, décida de repousser le verdict encore quelques minutes. Il tourna autour du pot.

— Et Julien ? demanda-t-il.

Julien était le nouveau mec d'Alice. Évidemment, il aimait bien Elliot. Il ne voyait aucune menace dans cet ex apathique dénué de charisme et de charme. Il le jugeait inoffensif. Elliot, de son côté, ne l'appréciait pas beaucoup.

— Ça va. Il te passe le bonjour, d'ailleurs. Il faudra que tu viennes à l'appart à l'occasion. On se fera une raclette.

— Si tu veux, lâcha Eli, qui s'agitait sur son siège, impatient.

— Quel temps de merde ! J'ai jamais vu autant de pluie depuis…

— Bon, dis-moi ! J'en peux plus. Tu l'as lu ? Qu'est-ce que tu en as pensé ?

Alice arbora un rictus, puis finit par se lancer :

— J'ai adoré, Eli ! Sincèrement, félicitations !

Elliot se sentit soudain léger, telle une plume ; Alice avait été séduite par la sienne.

— Impossible de le lâcher, continua-t-elle. Tu sais que t'es un grand malade ? Où tu trouves des idées pareilles ? Et cette fin !… Et l'autre, là, au moment où…

Elle vanta ainsi pendant dix minutes la qualité de l'histoire, des personnages, des rebondissements, de l'ambiance. Elliot était aux anges. Elle termina son argumentaire par le twist final qui l'avait littéralement décoiffée. Néanmoins elle détailla quelques passages, des incohérences qui, selon elle, méritaient d'être retravaillées. Alice était une dingue de thrillers depuis son adolescence et tenait un blog où elle partageait ses chroniques littéraires, relayées ensuite sur les réseaux sociaux.

Après une prise de notes express, Elliot se détendit. Les muscles de ses épaules et de sa nuque se relâchèrent. Là, maintenant, il était bien. Toutes ses petites contrariétés s'étaient envolées.

— Tu vas l'envoyer à des éditeurs ?

— D'abord, je vais reprendre tout ce que tu m'as dit, relire un coup, et ensuite, oui. Je vais le soumettre un peu partout. Et, comme d'habitude, je vais me ruiner en frais d'impression et d'envoi. Ils vont commencer à en avoir marre de ma tronche à La Poste.

— Je croise les doigts, dit-elle. C'est clairement ton meilleur bouquin.

Sans partager l'enthousiasme de son ex, Elliot sourit à son tour et termina son café.

— Et le boulot, ça va ? s'enquit Alice.

Il se renfrogna aussitôt.

— Quoi ? insista-t-elle.

— Non, rien de grave.

— Bah, dis-moi. Elliot Akerman. Qu'est-ce qui se passe ?

Il soupira. Cela lui rappelait la fin de leur relation : Alice jouait davantage le rôle de sa mère que celui de sa copine.

— Je m'inquiète sans doute pour rien.

— Ça, j'en suis sûre. Ça te ressemblerait bien. Qu'est-ce qui te tracasse ?

Elliot leva les yeux au ciel ; Alice était une vraie sangsue. En vérité, elle était pire que sa mère.

— C'est Manu, mon collègue. Tu te souviens de Manu ?

— Un peu, de l'IFSI. C'est lui qui vous a mis dans la panade avec ses absences répétées l'année dernière ?

— Oui. Et il ne répond plus au téléphone depuis hier. On n'a jamais su exactement pourquoi il avait été absent aussi souvent, il prévenait toujours au dernier moment, sans donner d'explications. J'ai peur qu'il soit retombé dans ses travers, quels qu'ils soient. Que ses vieux démons l'aient rattrapé.

— Aïe. Oui, je comprends. Du coup il vous a manqué quelqu'un pour faire les tournées ?

— Non, il ne bossait pas aujourd'hui.

— Bah, où est le problème ? Il a bien le droit d'être tranquille pendant son jour de repos.

Alice secoua la tête. Le pompon s'agita sur son bonnet.

— Tu dramatises un peu, Eli. Là, effectivement, malgré les antécédents de ton collègue, je trouve que tu t'inquiètes pour rien. Tu verras bien demain.

Elliot renifla.

— Il y a autre chose, ajouta-t-il d'une voix ténue.

— Quoi donc ?

— Il a soigné une patiente, hier soir. À l'Hôtel Ferdinand. C'est depuis qu'il ne répond plus.

Le visage jovial d'Alice se figea. Ses grands yeux noirs s'arrondirent.

— Oh ! merde.

Surpris par cette réaction, Elliot fronça les sourcils.

— Quoi ? Tu vas me faire avaler que, toi, Alice Savignac, la fille la plus cartésienne qui existe, tu crois à ces histoires ?

Elle se pencha sur la table, l'air grave.

— Ce ne sont pas des histoires, Eli. Promets-moi que tu ne mettras jamais les pieds là-bas. Cet hôtel est maudit. Des gens y sont morts.

— Tout le monde sait ça. Mais…

— Non, tu ne comprends pas. On a reçu un patient bien gratiné l'année dernière, en secteur fermé. Du lourd. Le type était complètement à l'ouest, parano. Il s'était automutilé avec une lame de rasoir. Je t'épargne les détails, mais ce n'était pas beau à voir. Bref, il nous a raconté qu'il avait passé une nuit à l'Hôtel Ferdinand. Le type n'avait aucun antécédent, il ne suivait aucun traitement. Une nuit là-bas et hop : déglingo du ciboulot !

— C'était peut-être juste une coïncidence, fit Eli, un peu secoué par cette révélation. Ton patient était sûrement adepte de ce genre d'histoires.

— Sauf qu'on en a eu un autre le mois dernier. Même histoire. Mêmes symptômes.

Elliot, effaré, n'en croyait pas ses oreilles.

— Qu'est-ce que tu es en train de me dire ?

Alice vérifia que personne n'écoutait leur conversation puis se pencha davantage. Elle murmura :

— Ce que je veux dire, Eli, c'est que des gens sont devenus fous après avoir séjourné à l'Hôtel Ferdinand.

9

Toute l'équipe du SRPJ était réunie autour du bureau d'Alban.

La pénombre régnait dans les locaux de la crim, seul l'écran de l'ordinateur diffusait une clarté bleutée sur les visages sidérés des membres du groupe.

Abasourdi, Antoine indiqua l'interrupteur à Jérôme, posté le plus près de la porte.

— Allume, s'il te plaît. Alban, repasse-nous la vidéo encore une fois.

Le procédurier s'exécuta. Toutes les têtes s'avancèrent subrepticement vers l'écran.

Le meurtre avait été filmé dans son intégralité.

L'enregistrement débutait à 3 h 27. Sur les premières images, on voyait une jeune femme gravir les marches de l'esplanade. Elle avait une vingtaine d'années et portait une robe courte de couleur ocre sous un manteau noir. Elle courait vers l'angle de la place Occitane, en direction d'un magasin aux volets fermés. Ses talons hauts sur le sol mouillé semblaient l'incommoder. Elle tenait un sac à main et un parapluie. Malgré le grain de l'image, on voyait que ses traits étaient déformés par la peur. Elle s'abrita tant bien que mal sous l'auvent replié de la boutique, derrière un banc. Son comportement était sans équivoque : elle fuyait. Cinq secondes plus tard, les trois victimes, Nathanaël Assier, Stéphane Normand et François Benoît, ainsi que Jules Bonnefoy, le rescapé, apparurent à leur tour dans le champ de l'objectif. Hilares, et de toute évidence alcoolisés, ils coururent sur les traces de la jeune femme. Là encore, la situation était limpide : ils la pourchassaient.

Alban avait procédé à plusieurs manipulations avant de faire visionner le montage au reste du groupe, aussi le film bascula automatiquement sur une autre caméra positionnée à l'angle de la place. À présent on distinguait la jeune femme de dos, accroupie, ses poursuivants arrivaient face à l'objectif. Ils la repérèrent sans difficulté et l'encerclèrent, la privant ainsi de toute possibilité de fuite. Assier et Benoît l'attrapèrent par les poignets, l'immobilisèrent contre le banc, tandis que Normand commençait à la toucher à travers le tissu moulant imbibé de pluie. Ses gestes étaient brusques, sauvages ; la jeune femme se débattait, on devinait ses hurlements de terreur, mais ses adversaires se révélaient robustes. Pendant ce temps, Bonnefoy se tenait un peu à l'écart, un smartphone brandi à bout de bras et un sourire sadique aux lèvres : il ne faisait aucun doute qu'il filmait la scène. Au moment où la main de Normand disparut sous la robe de la jeune femme tandis que ses acolytes s'évertuaient à lui écarter les cuisses, l'image rebascula sur la première caméra.

La scène prit alors un tour surréaliste.

Une silhouette sombre sembla glisser sur les marches. En lévitation. Elle portait une longue cape de pluie, très ample, et une capuche qui dissimulait entièrement son visage. Elle se déplaçait avec une vélocité stupéfiante, presque spectrale. Comme un prédateur en mouvement prêt à passer à l'attaque. La suite relevait du cinéma. Retour à la deuxième caméra. Un sabre jaillit soudain du vêtement sombre et, la seconde suivante, la tête de Normand se décapsula telle une bière pourpre que l'on aurait trop secouée, arrosant les dalles humides et les bacs de fleurs d'un geyser rouge. La lame trancha ensuite dans les chairs de Bonnefoy, d'Assier et de Benoît. Tout ça en moins de vingt secondes. La vitesse d'exécution était sidérante, le katana avait frappé avec une précision redoutable. Alors que le tueur venait de fendre en deux Benoît et qu'il s'apprêtait à achever Bonnefoy, qui comprimait son moignon avec sa main droite en s'égosillant, la jeune femme en profita pour prendre la poudre d'escampette, en catimini, mais elle glissa sur le sol mouillé et s'écroula contre le bitume. L'assassin marqua un temps d'arrêt, visiblement surpris, ce qui offrit à Bonnefoy l'occasion de s'éclipser par une rampe de béton qui descendait en pente raide, escamotée par le hall d'entrée du centre commercial – switch sur la caméra du carrefour –, puis de tituber jusqu'au boulevard Lazare-Carnot où il s'effondra, apparemment inconscient. Un automobiliste pila à ce moment-là et s'arrêta pour lui porter secours. Craignant sans doute d'être repéré, le tueur, lui, renonça à achever sa victime ; il repassa devant la caméra 2, puis la 1, avant de disparaître par les marches de l'esplanade. La jeune femme, quant à elle, prit ses jambes à son cou dès que Bonnefoy et son mystérieux sauveur se furent éloignés. Elle oublia, près du banc, un foulard tombé au moment de sa chute.

— Et... coupez !

— T'es con, Jérôme.

— Quoi ? C'est comme au cinoche, non ?

Mylène bouscula son collègue.

— On nage en plein délire, lâcha Nabil, épouvanté.

Tremblant comme un parkinsonien, Antoine faisait la grimace. Un détail le tracassait, une incohérence dans le déroulement des faits, sans qu'il parvienne à mettre le doigt dessus. Il tapa sur l'épaule d'Alban.

— Dis-moi que tu as suivi leur trace.

Le procédurier afficha une moue contrite.

— J'ai la fille jusqu'à François-Verdier. Après elle disparaît dans les petites rues. Vers le canal. Pour la... toupie noire, on a des images d'elle sur le boulevard Lazare-Carnot mais, là encore, on la perd dans le réseau de ruelles. Désolé, Antoine.

Les membres du groupe regagnèrent leur bureau respectif, heurtés par la violence de la scène, certes, mais surtout par sa rapidité. Dehors, le vent s'était levé et expédiait ses bourrasques chargées de pluie contre les fenêtres. 17 heures et il faisait déjà nuit…

— Au final on n'en apprend pas plus sur le tueur, dit Jérôme, les pieds appuyés sur son bureau.

— Au contraire, répliqua Antoine. Depuis notre entrevue avec Jules Bonnefoy, on savait que c'était un individu déterminé et muni d'un sabre. Un assassin expérimenté, entraîné et dénué de remords. Ça, je te l'accorde. En revanche on a découvert son mobile.

— Alors quoi ? lança Mylène. On cherche une sorte de Batman samouraï.

— Non, répondit Antoine. Mais on a affaire à quelqu'un qui, vraisemblablement, se sent investi d'une mission. Un individu guidé par une soif de justice selon des critères qui lui sont propres.

— C'est peut-être personnel, argua Nabil.

Antoine grimaça, dubitatif.

— Je n'y crois pas. Je n'imagine pas un ennemi commun attendre patiemment, surtout déguisé de la sorte, que ses quatre victimes sortent du club pour commettre un meurtre devant un témoin et des caméras. De même que j'ai du mal à concevoir qu'une connaissance de cette jeune femme croise son amie en pleine nuit, décide de la suivre discrètement, découvre qu'elle est harcelée et se hâte d'enfiler cette tenue et d'attraper son sabre pour frapper. Non. Je ne pense pas qu'il y ait eu préméditation. Ce sont des meurtres opportunistes. Le tueur guettait. Il *chassait*. Et il est tombé, par hasard, sur cette agression. Le déguisement, le choix de l'arme du crime, toute cette mise en scène me font pencher pour cette hypothèse.

— On en revient à mon Batman samouraï, dit Mylène.

Méditatif, Antoine ne répondit pas.

— On fait un point ! annonça-t-il soudain.

Alban, studieux, prit place devant le tableau blanc, marqueur en main.

— Les emplois du temps sont confirmés, débuta Jérôme. Nos quatre victimes ont passé la soirée dans un club, le Millénium, rue Gabriel-Péri. La barmaid et le videur se souviennent d'eux. « Des gros lourds », d'après la première ; « une bande de p'tits cons », *dixit* le second. Les témoignages concordent aussi sur le fait qu'ils en tenaient une bonne. Apparemment ils étaient complètement défoncés, et je ne parle pas que d'alcool. L'autopsie nous le confirmera. En attendant, ils ont payé leurs consommations par carte, paiement sans contact, et on les voit très distinctement sortir du club, juste après la fille, sur les images de vidéosurveillance de l'établissement. On a pu les suivre grâce aux caméras jusqu'à la place Occitane ; nos quatre gus ne l'ont pas lâchée d'une semelle, on devine même qu'ils la filmaient à son insu avec leur portable. Maintenant que l'on connaît l'existence de cette fille, on va pouvoir retourner demain au Millénium pour interroger le personnel à son sujet.

Tout en claquant des doigts, Antoine opina.

— On doit absolument la retrouver. Avec Nabil on ira réinterroger Bonnefoy à Purpan. Peut-être qu'ils se connaissaient déjà, même si je n'y crois pas trop. On en profitera aussi pour creuser du côté des admissions de patients amputés signalées par le Dr Rives à l'UHCD. Les services d'urgence sont censés nous prévenir en cas d'attaque par arme blanche. Il arrive qu'il y ait des loupés, comme ça a été le cas ici, donc on vérifiera de notre côté si des signalements ont été faits par les hôpitaux de la région. OK. Mylène, à toi.

— La perquisition des domiciles n'a rien donné de probant, à part trois grammes de cocaïne dans la colocation d'Assier et Normand. Ça rejoint ce que tu disais, Jérôme. Sinon rien de particulier, on ira interroger demain du côté du campus.

— Les familles sont prévenues ? demanda Antoine.

— Elles sont toutes venues identifier les corps, sauf celle de Benoît. Les parents habitent du côté de Nice.

— OK. Qui se colle aux autopsies ?

— J'irai avec Jérôme, répondit Mylène avec un sourire en coin. Il adore le nouveau légiste. Pas vrai ?

— Le gars a genre seize ans ! persifla l'intéressé.

— OK, OK, fit Antoine. Ensuite, quoi d'autre ? Alban ?

Le procédurier referma le marqueur et se racla la gorge.

— J'ai demandé une recherche sur le Salvac pour voir s'il y avait eu des cas similaires recensés. Des meurtres commis avec un sabre, ça ne doit pas arriver tous les quatre matins. J'attends la réponse... Oh ! Il y a autre chose, tant que j'y pense...

Il eut soudain l'air gêné.

— Cela n'a rien à voir avec l'affaire, mais un journaliste a appelé pour une demande d'interview, Antoine. Il souhaite que tu le rappelles.

Antoine marmonna dans sa barbe. Nabil, désemparé, tourna la tête dans tous les sens vers ses collègues, à la recherche d'un complément d'information pouvant expliquer pourquoi son chef suscitait désormais l'intérêt de la presse. Il se jeta à l'eau.

— Pourquoi une interview, cap... Antoine ?

Alban sourit devant son tableau, Mylène et Jérôme échangèrent des messes basses alors qu'Antoine, lui, grattait ses cheveux bouclés en plissant les yeux, perdu dans ses pensées. Il ne paraissait pas concerné par la situation.

Devant le trouble évident de Nabil, Mylène se leva et enfila sa doudoune.

— L'année dernière, Antoine a sauvé quatre enfants de la noyade au milieu de la Garonne, expliqua-t-elle d'un air narquois en attrapant son paquet de cigarettes.

— Ne l'écoute pas, dit Jérôme. L'autre jour, notre cher Antoine a délivré un chaton coincé dans un arbre. Ça a fait la une de tous les JT.

Déconfit, Nabil se tourna vers Antoine, toujours ailleurs.

— Ignore-les, dit Alban pour venir à la rescousse de la jeune recrue. Antoine est un capitaine dont la probité est exemplaire. Un journaliste s'intéresse à lui car c'est un officier de police hors du commun.

Mylène s'indigna.

— Mais quel lèche-bottes, celui-là !

— Faux-cul ! cria Jérôme.

Antoine décida d'intervenir ; Nabil se décomposait à vue d'œil.

— La vérité est bien plus simple, Nabil. *La Dépêche du Midi* veut m'interviewer pour... me demander comment je fais pour supporter au quotidien une bande de gamins immatures qui...

Des huées s'envolèrent dans le bureau. Mylène jeta son bonnet noir sur son chef, Jérôme hurla au scandale. Alban, lui, s'approcha de Nabil.

— Ne le prends pas mal, mec. C'est une sorte de test d'admission. Si tu trouves par toi-même, tu mériteras ta place parmi nous. On...

Son portable vibra. Il le pêcha dans sa poche avant de hausser le ton pour mettre un terme aux jérémiades.

— Antoine, c'est la technique. Ils ont découvert quelque chose sur notre justicier. On a un indice.

10

Le capitaine Aubert avait la réputation d'être un chef « cool », à l'écoute, qui s'évertuait à instaurer un climat de confiance et de jovialité au sein de son effectif. Néanmoins il y avait des choses qu'il ne pouvait tolérer, et la dernière réplique d'Alban avait eu le don de le mettre en rogne. Ses coups de gueule étaient si rares que l'équipe se ratatina sur place quand il les réprimanda.

Certes il se réjouissait d'avoir un indice à exploiter, cependant le tueur qu'il traquait ne méritait pas le qualificatif de « justicier ». Bien qu'il ait en effet interrompu une agression sexuelle, Antoine refusait catégoriquement qu'on l'affuble de ce sobriquet. Furieux, il avait repris Alban avec véhémence, et l'avertissement était valable pour tout le reste du groupe. La justice se devait d'être impartiale, régie par des lois et appliquée par une institution compétente. Aucun être humain, à lui seul, ne disposait d'un droit de vie ou de mort sur l'un de ses semblables. Telle était sa conception du système judiciaire. Ce n'était certainement pas l'œuvre d'un individu marginal qui agissait de façon arbitraire. Le tueur de la place Occitane était un bourreau. Un assassin. Ni plus ni moins. Depuis la nuit des temps, les êtres humains justifiaient leurs actes criminels au nom d'une cause, d'une idéologie ou d'une religion. La vérité, d'après Antoine, se révélait beaucoup plus simple. Les hommes tuaient parce qu'ils aimaient ça. Le reste, c'était du flan.

Énervé, il avait congédié son équipe, et ce fut donc seul qu'il pénétra dans les locaux de la police scientifique, au troisième étage. Un technicien en blouse blanche le héla dès qu'il franchit le sas.

— Capitaine Aubert ! C'est moi qui ai appelé votre collègue.

Antoine longea une série de paillasses carrelées, bardées de microscopes, de fioles et autres instruments de mesure. Un jeune homme barbu, la trentaine, les avant-bras recouverts de tatouages, pivota sur son tabouret.

— C'est rare de vous voir ici, capitaine.

Antoine ignora sa remarque.

— Vous avez parlé d'un indice sur l'affaire du tueur de la place Occitane, dit-il, toujours remonté. De quoi s'agit-il ?

Le technicien fit un tour complet sur son tabouret avant de brandir une photographie au format A4. Antoine se gratta la barbe en détaillant l'image. C'était un agrandissement d'une empreinte partielle de chaussure, imprimée sur un morceau de tissu coloré détrempé.

— Empreinte de taille 44, modèle Nike Reax 8 TR, annonça fièrement l'expert.

— Et en français, ça donne quoi ?

L'humeur acariâtre d'Antoine ne sembla pas déteindre sur l'enthousiasme juvénile du jeune homme. Il s'expliqua :

— Nous avons trouvé cette empreinte sur le foulard présent sur la scène de crime. Un modèle de basket noir commercialisé par la marque Nike, conçu spécialement pour faire du sport, notamment du running.

Antoine arqua un sourcil.

— Vous êtes sûr de vous ?

— Certain.

Antoine baragouina des remerciements lapidaires et redescendit au deuxième étage de l'hôtel de police. Les bureaux du groupe 2 étaient déserts. Nabil et Alban étaient rentrés chez eux, Jérôme et Mylène assistaient aux autopsies. Surexcité, il alluma son ordinateur. Il était convaincu de son intuition mais il voulait en avoir la preuve en image. Ni les chaussures de ville des quatre victimes ni les talons aiguilles de la jeune femme mystère ne pouvaient correspondre à cette empreinte.

Rebuté par l'informatique et la technologie en général, Antoine s'y reprit à plusieurs fois pour démarrer la vidéo des meurtres. Immergé dans l'obscurité des bureaux, il fit défiler le film jusqu'au moment où Jules Bonnefoy réussissait à prendre la fuite. D'abord distrait par la chute de la fille, l'assassin se lançait à sa poursuite. Antoine mit au ralenti. Image par image. Zooma sur le tissu imbibé de pluie. Il avança ainsi jusqu'à en avoir la confirmation : le tueur avait bel et bien marché sur le foulard.

Après un long débriefing dans le bureau du juge d'instruction, en présence du commissaire Brugier et du commandant Salgado, Antoine rentra chez lui : un appartement dans le quartier Saint-Michel, près de l'île du Ramier. Il pouvait apercevoir le Stadium de sa baie vitrée ; la clameur des supporters toulousains s'élevait jusqu'à son balcon du sixième étage les jours de match.

Harassé, Antoine se laissa choir sur le canapé. Son colocataire, un gros chat noir offert par sa fille quand elle avait quatre ans – pour pas que papa s'ennuie –, sauta sur ses genoux et commença à pomper sa bedaine à l'aide de ses coussinets. L'animal répondait de manière casuelle au nom de Tequila, son mode de vie s'apparentant davantage à celui d'un coussin que d'un félin. Antoine le gratifia de quelques caresses et, bercé par les ronronnements du matou, il s'assoupit.

Le rappel de son portable le réveilla à 20 h 50 précises. Il s'étira, groggy, fit craquer ses cervicales et s'en alla dans la chambre. Là, il alluma sa tablette et éteignit son smartphone : le monde pouvait tourner sans lui durant une vingtaine de minutes. Rien – absolument rien – ne devait interrompre le rituel.

Il cala un monticule de coussins derrière son dos et appela Amandine sur Skype. Une petite bouille brune apparut à l'écran, rayonnante. Elle lui narra ses péripéties à l'école, s'épancha sur un Gautier vraiment trop bête et un Thibault très rigolo, puis, Antoine, le sourire aux lèvres, s'empara du roman *Harry Potter et la Coupe de feu* et commença la lecture quotidienne des aventures du jeune sorcier à lunettes.

Quelque temps plus tard, il souhaita une bonne nuit et de doux rêves à sa fille, puis mit fin à la communication, la gorge nouée. Il retourna dans le salon, commanda une regina à la Pizzathèque.

La seconde journée du capitaine Aubert pouvait commencer.

11

Elliot tournait en rond.

Incapable de se concentrer sur une tâche en particulier, il avait abandonné successivement ses activités et déambulait à présent, une canette de Coca à la main, dans la pénombre de son appartement. Rien n'arrivait à l'extraire de la mélasse dans laquelle ses cellules grises pédalaient.

Le fichier Word intitulé « Roman 4 » illuminait le salon d'une lueur spectrale ; Elliot avait essayé d'écrire mais ce soir l'inspiration était aux abonnés absents. Sa lecture en cours reposait, ouverte, sur un coussin, interrompue à la fin d'une page. Le silence de la pièce était entrecoupé par les fusillades qui provenaient de la télévision : sur l'écran, Keanu Reeves trucidait la moitié de New York pour venger son chiot.

Elliot finit par s'asseoir sur le canapé. Il but une gorgée et tira sur sa cigarette. La cendre tomba sur la moquette. Il poussa les cartons de fast-food et le sac Deliveroo avec ses pieds puis posa ses chaussettes sur la table basse.

Si la matinée avait été laborieuse, l'après-midi, lui, avait été chaotique. Elliot avait dû s'y repondre à plusieurs fois pour éviter de faire des erreurs de prescription ; il avait même confondu deux patients : le comble pour un soignant.

Des pensées sordides tourbillonnaient dans son cerveau. D'habitude, les histoires qui gravitaient autour de l'Hôtel Ferdinand nourrissaient en secret son imagination et stimulaient sa créativité. Or, ce soir, ce n'était pas le cas.

L'établissement était directement impliqué dans le marasme qu'il vivait, et cela le rendait nerveux. Très nerveux. La fiction était un exutoire, un moyen de s'évader, voire de se préserver. Sauf que la réalité rattrapait la fiction. Eli n'avait qu'une hâte : retrouver Manu au cabinet et tirer un trait sur cette histoire. Que les choses reviennent à la normale. Mais les paroles d'Alice résonnaient dans sa tête.

Ce que je veux dire, Eli, c'est que des gens sont devenus fous après avoir séjourné à l'Hôtel Ferdinand…

Elliot s'éjecta du canapé tel un ressort et s'installa devant son ordinateur, la clope au bec. Si les histoires sur l'hôtel attisaient les conversations fantasques et rameutaient des curieux, Eli n'avait en revanche jamais pris le temps – ou trouvé la motivation – de vérifier par lui-même. C'était le genre de rumeurs si profondément inscrites dans la mémoire collective que l'on ne s'assurait pas de leur véracité. Elles faisaient partie du folklore local, étaient source de plaisanteries et de sous-entendus lors de discussions arrosées, pour distraire ou effrayer les touristes. Des légendes urbaines qu'on aimait raconter pour se faire peur, pour frissonner.

Il lança Google et entra « Hôtel Ferdinand » et « Toulouse » dans la barre de recherche.

Le premier lien corroborait la principale rumeur notoire concernant l'établissement. Eli en eut le souffle coupé, la cendre de sa cigarette échoua sur le clavier. C'était une chose d'entendre cette histoire de la bouche des plus illuminés, c'en était une autre de la voir écrite noir sur blanc. Il cliqua sur le lien, saisi d'un mélange de crainte et d'excitation. L'auteur d'épouvante qui sommeillait en lui sortait finalement de sa torpeur, friand d'anecdotes sordides.

Il s'agissait d'un article réédité dans une revue spécialisée sur les « grands » faits divers, des crimes particulièrement sordides à propos desquels demeurait une part de mystère. Les faits dataient du 6 août 1980. Selon le rédacteur, le directeur de l'hôtel à l'époque, Eugène Ferdinand, avait assassiné sa femme et leurs trois enfants avec un poignard japonais avant d'être abattu par la police. On avait retrouvé son quatrième fils, Richard, cinq ans, caché dans un placard. Les enquêteurs n'avaient pas pu identifier la raison exacte qui avait poussé ce père à commettre un tel geste ; d'après certains témoignages du personnel, Eugène Ferdinand était un despote sujet à des accès de rage, notamment à l'encontre des siens ; d'autres expliquaient que l'établissement périclitait, que des créanciers peu scrupuleux avaient son directeur dans leur collimateur. Acte de colère, de folie ou de désespoir ? Le mystère planait sur la véritable nature du mobile.

Elliot consulta le lien suivant. L'Hôtel Ferdinand apparaissait sur une carte, dans une sorte de circuit touristique dédié aux amateurs de macabre et de sensations fortes. Des internautes avaient recensé les lieux de la région où des crimes violents avaient été commis, et l'établissement toulousain en faisait partie. Avec un autre lien, il apprit que le bâtiment avait été construit entre les deux guerres, durant les Années folles, par Grégoire Ferdinand, un promoteur immobilier ambitieux du Sud de la France, de retour d'un voyage aux États-Unis. Ce dernier était décédé en 1966 des suites d'une pneumonie. Son fils Eugène avait alors hérité de sa fortune et reprit le flambeau. Après le quadruple homicide en 1980 et la mort d'Eugène Ferdinand, l'hôtel était resté fermé pendant trente-deux ans, jusqu'à ce que Richard Ferdinand inaugure une seconde fois l'établissement en 2012. L'article stipulait qu'il en était toujours le directeur.

Elliot continua de naviguer sur la Toile. L'hôtel ne disposait pas de site Internet, ce qui était loin d'être un détail, et il ne figurait pas sur les plates-formes de réservation en ligne ; impossible de retenir une chambre ou même une table – le restaurant étoilé était pourtant de renommée régionale.

Le lien suivant le fit tressaillir.

Un article intitulé « La malédiction de l'Hôtel Ferdinand », paru en 2018 dans *L'Occitan*, interrogeait les lecteurs quant au taux de suicide anormalement élevé relevé au sein de l'établissement. En l'espace de six ans, onze morts suspectes, apparemment étiquetées « suicide ». Les enquêtes avaient abouti à ce même constat : les victimes s'étaient défenestrées ou avaient voulu mettre fin à leurs jours dans le confort de leurs chambres. La direction, quant à elle, n'avait pas souhaité s'étendre sur le sujet. Elle n'avait pas daigné répondre aux questions.

Arrivèrent ensuite les liens les plus grotesques, ceux qui alimentaient la légende urbaine. C'étaient pour la plupart des commentaires sur des forums de discussion, un espace d'échanges où les internautes déblatéraient sur les crimes commis dans le Sud-Ouest. D'après les auteurs de ces posts, l'Hôtel Ferdinand était un lieu hanté qui faisait perdre la raison à ses clients. L'hôtel rendait *fou*. Le fantôme d'Eugène Ferdinand errait dans les couloirs et les chambres de l'établissement, terrorisant les résidents avec un couteau incurvé jusqu'à ce qu'ils sombrent dans la démence. Toujours selon ces férus de réalité macabre, la mystérieuse arme du crime utilisée lors du massacre du 6 août 1980, qui était elle aussi courbe, n'avait jamais été retrouvée.

Elliot roula sur son siège de bureau jusqu'à la table basse et écrasa sa cigarette qui lui brûlait les phalanges. Bien que l'histoire de l'hôtel le laissât perplexe, il sentit la crise d'angoisse poindre. En règle générale, il ne se fiait pas aux infos du Net, et encore moins aux articles dont l'algorithme, qui régissait ses fils d'actualité sur les réseaux sociaux, l'abreuvait au quotidien. Néanmoins il décida de croire partiellement à ces histoires – fantôme excepté – et, du plus profond de son être, pria pour que Manu n'ait pas passé la nuit à l'hôtel. Il resta un moment ainsi, enfoncé dans son fauteuil, le regard vague, hypnotisé par la pluie torrentielle qui martelait la table de jardin rouillée installée sur le balcon.

Conscient qu'il n'arriverait pas à trouver le sommeil dans un tel état d'anxiété, il s'empressa d'avaler son cocktail de cachets avec un reste de Coca.

Il s'échoua sur son lit. Tomba dans les vapes quelques minutes plus tard.

Un coma médicamenteux.

Parfois, après avoir ingurgité cette concoction chimique, Elliot se réveillait sans savoir comment il avait atterri là.

Sans aucun souvenir de la veille.

Ni même de la nuit.

12

Mercredi 29 janvier 2020

Elliot arriva en retard au cabinet.
Les lumières étaient allumées, les Clio garées dans la ruelle silencieuse. Toutes les Clio. Il accéléra, aux abois : ce n'était pas bon signe. Une fine bruine avait remplacé la pluie drue de la veille, les trottoirs miroitaient sous l'éclairage pisseux des lampadaires. Eli déboula dans la salle de soins, le caban mouillé, non sans avoir jeté un regard craintif vers la masse lugubre de l'hôtel qui pourfendait la nuit nuageuse.
Luiz attendait dans le bureau, les bras croisés ; Elliot comprit aussitôt ce que cela signifiait. Il accusa le coup.
— Manu n'est pas là, dit-il d'une voix essoufflée.
Luiz fit un signe de dénégation. Il avait l'air énervé.
— Non. Il recommence, l'enfoiré. Et il ne répond pas à son portable. J'ai appelé Cédric pour qu'il vienne le remplacer. Il ne devrait pas tarder.
— T'as bien fait.
— J'y vais. Je suis déjà en retard. Bon courage !
Elliot opina. Son angoisse grimpa en flèche. Il salua Luiz qui partait sous le crachin en direction de la première Clio. L'absence de Manu confirmait toutes ses inquiétudes, et l'auteur qu'il s'échinait à devenir – allié au grand stressé qu'il était – échafaudait les pires scénarios catastrophe. Manu : fou. Un filet de bave pendant à la commissure de

ses lèvres. Sa tête heurtant indéfiniment un des murs de l'hôtel. Manu : mort. La gorge tranchée par un poignard japonais. Manu : suicidé. Les veines des poignets tailladées dans une baignoire. Eli alluma une cigarette, détailla la liste des patients de sa tournée sur le logiciel du cabinet et repéra un créneau où il aurait le temps de signaler la disparition de Manu au commissariat du coin. Il attrapa sa sacoche, ses clés de voiture et sortit dans la grisaille matinale.

Les phares de la Clio incisaient les volutes de brume qui s'immisçaient dans les ruelles, sur la butte de Jolimont. Eli contourna le jardin de l'Observatoire et s'engagea dans une artère déserte où s'alignaient des maisons avec jardin bordées de haies. Il se gara à cheval sur le trottoir. Arrivé sur le perron de la première patiente, alors qu'il s'apprêtait à appuyer sur la sonnette, son téléphone professionnel bourdonna dans sa poche.

— Bonjour, monsieur. Je m'appelle Gaspard, je suis le réceptionniste de l'Hôtel Ferdinand.

La sacoche échappa des mains d'Eli et chuta dans une flaque d'eau, éclaboussant ses baskets noires. Il se figea, comme un personnage de dessin animé frappé par la foudre.

— Oui ?

— L'infirmier de Mlle Delambre aura un empêchement pour réaliser les soins de ce soir. Est-il possible que vous fassiez le déplacement jusqu'à notre établissement ?

Elliot demeurait bouche bée. Estomaqué. Une goutte d'eau glacée fuita de la gouttière qui rampait à l'extrémité du toit. Elle atterrit sur sa nuque ; il ne réagit même pas.

— Monsieur ?

— Oui ?

— Avez-vous entendu ma requête ?

— Je...

Elliot, sonné, se retint contre le chambranle. Il inspira profondément, s'efforça de recouvrer une contenance.

— C'est mon collègue qui vous a prévenu qu'il serait absent ce soir ?

— Absolument, monsieur.
— Vous… Vous l'avez vu ?
— Tout à fait.

Elliot avait la tête qui tournait – à moins que ce ne soit le monde qui tournât autour de lui ? Quoi qu'il en soit, il dut s'asseoir sur les marches humides du perron. Une autre goutte glacée tomba sur ses cheveux.

— Il est venu vous voir. Vous.
— Absolument. Est-ce que tout va bien, monsieur ?
— Vous l'avez donc vu ? En personne ? insista Eli, éludant la question.
— Absolument. M. Emmanuel Baillet nous a avertis, hier soir, après avoir assuré les soins de Mlle Delambre. Vu l'heure tardive à laquelle M. Baillet est parti, j'ai jugé plus opportun de vous prévenir ce matin à la première heure.

Eli se pinça l'arête du nez. Manu ne bossait pas hier. Pourquoi s'était-il rendu dans l'hôtel sans avertir les autres infirmiers ? C'était absurde.

— Hier soir, répéta-t-il, hébété. Et c'est lui qui vous a dit de me dire ça ?
— Absolument.

Depuis le début de la conversation, le stress d'Elliot ne cessait de croître. Il réprima avec peine l'envie de lui faire ravaler ses « absolument ».

— Pourquoi ne m'a-t-il pas appelé directement ?
— Je l'ignore, monsieur.
— Vous savez où il se trouve en ce moment ?
— Que monsieur m'excuse, je ne connais pas non plus la réponse à cette question.

Un filet d'eau continu s'écoulait maintenant de la satanée gouttière.

— Eh bien ?
— Eh bien quoi ? finit par répondre Elliot après un moment d'égarement.
— Pourrez-vous venir ce soir ?
— Je… Oui… Je viendrai.

— Merveilleux. Je vous souhaite une agréable journée, cher monsieur. À ce soir.

Assis sur le perron, les fesses trempées, Elliot ne parvenait plus à bouger.

13

— Vous n'avez pas omis de nous parler d'un détail, lors de la soirée de lundi à mardi ?

Le capitaine Aubert avait balancé sa question sans préambule, le pied à peine posé sur le lino de la chambre. Il ne masquait pas son agacement. Nabil le talonnait, arborant un air belliqueux sous son bonnet noir. Le médecin de l'UHCD, confus de cette intrusion impromptue, entra à son tour et pria la prothésiste et la psychologue de quitter le chevet du patient.

Antoine ne comptait pas ménager Bonnefoy – après tout, ce type avait filmé une agression sexuelle –, aussi repartit-il à l'offensive une fois que le corps médical eut déserté la pièce. Le laïus de la psy sur le choc post-traumatique l'avait laissé de marbre.

— Il y avait une fille ce soir-là, n'est-ce pas ?

Allongé dans le lit, une couverture beigeasse et rêche remontée jusqu'au menton, Jules Bonnefoy plaqua sa main sur son visage en secouant la tête. Son moignon heurta le matelas. Il semblait le faire souffrir. Les traits tirés par la douleur, il appuya sur le bouton de la pompe à morphine qui, après une série de « bips », administra le médicament dans sa veine perfusée.

— Alors, cette fille ? insista Antoine en tambourinant contre la barrière du lit.

— Je ne vois pas de quoi…

— Vous savez en quelle année nous sommes ? le coupa Antoine.

Déstabilisé par la question, Jules Bonnefoy le regarda d'un air ahuri.

— Nous sommes en 2020, reprit Antoine. Et en 2020, il faut être très organisé ou complètement stupide pour commettre un crime dans un lieu public. Dans votre cas, j'opte pour la deuxième possibilité. Alors, cette fille ?

Bonnefoy le toisa avec défi.

— Vous avez été filmés par les caméras de surveillance de la ville, intervint Nabil d'une voix calme et pondérée. Nous avons tout. Nous savons ce que vous avez fait à cette jeune femme avant que le tueur vous agresse. Dites-nous qui elle est.

L'amputé se mura dans le silence, cependant ses yeux devinrent larmoyants.

— Vous la connaissiez avant cette soirée ? demanda Nabil.

Antoine renchérit :

— Si on la retrouve, il est possible qu'elle porte plainte contre vous. Mais si vous voulez nous aider à mettre la main sur celui qui vous a raccourci le bras et qui a découpé vos amis, vous devez nous dire qui elle est. À vous de choisir.

Une larme roula sur la joue creusée de Bonnefoy. Il s'écria tout à coup :

— J'ai rien fait, moi ! Je l'ai pas touchée !

— Non, toi, tu filmais, dit Antoine en passant soudain au tutoiement. Je sais pas ce qui est le pire.

— Je vous jure qu'on la connaissait pas, cette fille. Elle nous a chauffés au club. Elle avait faim, fallait la voir se frotter contre nous. Stef a voulu se la faire, mais elle l'a rembarré. François a essayé à son tour, pareil. Vous savez comment elles font. Elles vous allument, tout ça pour vous jeter après.

— C'est bien connu, fit Antoine, sarcastique, les femmes se font violer parce qu'elles l'ont bien cherché.

— C'est pas ce que j'ai voulu dire…
— Comment s'appelle-t-elle ?
— Andréa.
— Andréa comment ?
— J'en sais rien.
— Des tatouages ? Un signe distinctif ? Quelque chose qui pourrait nous aider à la retrouver ?
— Non… Je… J'en sais rien. Merde, j'étais farci, moi, j'ai pas fait gaffe.

Antoine, sidéré par tant de bêtise et par l'absence de remords de Bonnefoy, se tourna vers Nabil, qui embraya :

— Vous avez pu voir le tueur sur la vidéo que vous avez filmée ?
— Non, ce cinglé m'a tranché le bras avant que j'aie le temps de comprendre ce qui se passait.

Au bout du rouleau, il fondit en larmes. Antoine et Nabil prirent congé ; le Dr Rives les cueillit dans le couloir.

— Il pourra sortir d'ici quarante-huit heures. Je vous préviendrai quand ce sera fait. Conformément à la réquisition judiciaire que j'ai reçue, voici les dossiers des trois patients admis pour amputation par arme blanche. Bonne chance.

Antoine s'empara des documents en lui adressant un sourire reconnaissant et ils quittèrent le CHU de Purpan.

Coincé dans les embouteillages aux abords des Ponts-Jumeaux, le capitaine Aubert pianotait sur le volant de sa Peugeot 508 Hybrid de fonction, un véhicule saisi à un dealeur notoire toulousain. Un silence pesant siégeait dans l'habitacle, parasité par les balais d'essuie-glace chassant la fine pellicule d'eau qui se déposait inlassablement sur le pare-brise. Antoine changea de file dans un concert de klaxons puis, une fois la voiture à nouveau immobilisée, il pivota vers Nabil.

— Donne-moi ton avis sur tout ça.

Pris au dépourvu, le bizut bafouilla :

— Sur Bonnefoy ?

— Non, sur toute cette histoire. Dis-moi ce que ça t'inspire.

Nabil mit de l'ordre dans ses idées. Il s'éclaircit la gorge avant de répondre :

— Nous cherchons un individu droitier, expérimenté dans le maniement du sabre, comme les autopsies l'ont confirmé hier soir. Un homme – statistiquement j'opterais pour un homme –, solitaire, téméraire.

— Téméraire ?

— Il faut une sacrée volonté pour guetter une nuit entière avant de passer à l'action.

Antoine acquiesça en grimaçant, le front rayé de rides. Nabil continua :

— Je pense que le tueur ne frappe pas au hasard. Il attend la cible idéale. Il y a un message à travers ces meurtres. Assier, Normand, Benoît et Bonnefoy représentaient, à ses yeux, une élite. La classe supérieure. Ils étaient le symbole de la décadence de la société, des inégalités sociales. Des jeunes hommes riches, alcoolisés et sous l'emprise de cocaïne, comme l'ont également confirmé les autopsies.

— Tu veux parler d'une énième vendetta contre les riches ? Une guerre des classes ? Un peu surfait, non ?

— Peut-être pas, capitaine.

— Antoine.

— Antoine. En tout cas ça m'en a tout l'air. Le désespoir a toujours poussé les hommes à commettre le pire. Il est intemporel.

— T'en as du vocabulaire pour ton âge, constata Antoine, qui néanmoins demeurait perplexe quant au raisonnement du bleu.

— J'ai fait deux années de littérature à la fac avant d'entrer dans la police. Ça doit être pour ça.

La réplique amusa Antoine.

— Et puis je lis beaucoup, ajouta Nabil d'un ton humoristique, grisé d'avoir fait rire son chef.

— Ne le dis pas aux autres, sinon ils ne vont pas te lâcher. Pourquoi ce brusque changement de cursus ?

Le jeune lieutenant recouvra son sérieux.

— Parce qu'il a fallu trouver du boulot. Payer les factures. Grandir. Devenir autonome. Mes parents ne pouvaient plus me financer les études. Ils avaient assez de soucis avec mon frère.

— C'est toi l'aîné ?

— Oui, avec Nassim, on a quatre ans de différence. Il est né avec un seul rein. Il a subi une transplantation quand il était gamin, mais son organisme a rejeté le greffon une première fois avant que j'arrête la fac, et une seconde l'année dernière. Depuis, il refait trois séances de dialyse par semaine. On attend un autre rein…

Antoine hocha la tête, une moue compréhensive dessinée sur le visage.

— Je suis désolé. Pourquoi avoir choisi la police et pas la médecine, par exemple ?

Nabil décida de jouer la carte de la franchise.

— Être policier n'a jamais été une vocation, mais j'ai toujours eu du respect pour cette institution. Il me fallait du boulot, je savais qu'elle recrutait, que j'aurais la sécurité de l'emploi, alors j'ai foncé. Et puis j'aurais jamais pu être médecin ou infirmier, j'ai la phobie des aiguilles.

Le capitaine esquissa un sourire discret. La Peugeot avança de trois mètres. Le regard ébloui par les phares arrière qui se réverbéraient sur le pare-brise moucheté de gouttes, Antoine se laissa aller à spéculer à voix haute.

— Pour revenir à notre affaire, le tueur suit peut-être un genre de code. Il exécute ceux qui transgressent ses règles, ses valeurs. Il est guidé par une conception radicale de la justice. Je ne crois pas que la richesse des victimes ait son importance, c'est ce qu'elles s'apprêtaient à faire qui a tout déclenché.

— Même si je sais que vous n'aimez pas ce surnom, vous voulez dire que l'on aurait affaire à une sorte de justicier ?

— Oui et non. Le mobile pourrait aller dans ce sens, je le conçois, mais c'est le mode opératoire qui me chiffonne. Un aspect de cette affaire me dérange. Cependant tu as raison sur un point : le tueur a voulu faire passer un message. Mais c'est la nature de ce message qui m'échappe. À mon avis, cela va au-delà de la simple notion de justice, il s'agit d'un dessein plus grand. Plus terrible. C'est comme si… non. En fait, je n'en sais rien.

— Vous pensez à quoi ?

Songeur, Antoine parut soudain distant, comme plongé dans un état de transe.

— Ce que je pense…, répéta-t-il au bout d'un moment, c'est que, quelle que soit la motivation de notre tueur, il ne va pas s'arrêter là. Il va bientôt repasser à l'acte.

14

L'aiguille transperça la peau cartonnée, constellée d'hématomes. Face à cette visiteuse indésirable, la veine se hâta de se carapater dans les tissus adipeux.

Elliot pesta à voix basse. Il sortit l'excuse la plus mesquine des infirmiers :

— Madame Debreuil, arrêtez de bouger s'il vous plaît.

Accroupi devant le bras tendu que lui proposait la dernière patiente de la matinée, il vissa une nouvelle aiguille dans la tulipe et piqua une troisième fois en direction de cette maudite veine récalcitrante, la seule qu'il sentait au bout de ses doigts. Un liquide rouge affleura enfin dans le tuyau ; il connecta le premier tube.

Une fois la prise de sang réalisée, il sortit dans la fraîcheur de la mi-journée. Les nuages s'amoncelaient, compacts, menaçants, une chape grise et oppressante d'où s'écoulait une pluie fine.

Elliot déposa ses derniers prélèvements sanguins au laboratoire le plus proche du cabinet. En chemin, il passa devant l'ogre de brique rouge. Il s'élevait à une hauteur vertigineuse, ridiculisant l'hôtel Pullman, plus loin en amont des allées Jean-Jaurès. L'enseigne lumineuse se déployait à la verticale, les lettres de néons écarlates ciselaient la brume qui dégoulinait entre les bâtiments. Au rez-de-chaussée, l'immense sas circulaire en verre fumé empêchait de voir le hall d'entrée. C'était tout le paradoxe avec l'Hôtel Ferdinand : il s'exhibait, seigneur des immeubles, souverain architectural de la Ville rose, mais personne ne savait ce qui s'y passait. Sans pénétrer dans les locaux des Rois de Pique, Eli laissa la Clio dans la ruelle et partit à pied en direction de chez lui.

Depuis l'aube, il ruminait sa conversation téléphonique avec le réceptionniste. Pourquoi Manu n'avait-il pas prévenu lui-même le cabinet ? Pourquoi diable ne répondait-il pas aux appels incessants ? Eli hésitait désormais à signaler sa disparition à la police ; ce Gaspard tout droit téléporté d'un autre siècle lui avait appris que son collègue était présent dans l'hôtel la veille au soir. Oui, mais disait-il la vérité ? Les mains dans les poches de son caban, sa mèche de cheveux plaquée par la pluie, Elliot s'interrogeait. Manu était-il toujours à l'intérieur de l'établissement ? Le retenait-on dans l'hôtel contre sa volonté ? Était-il devenu fou ? Était-il séquestré ? Torturé ? Respirait-il encore ? Embourbé dans ses suppositions, il traversa le parvis de l'église Saint-Aubin et s'arrêta manger un morceau chez Burger'N'Co.

Tout en mâchonnant son burger – les meilleurs de la ville –, il envoya un SMS à Alice. La seule, finalement, à qui il pouvait réellement se confier. Au cabinet, la routine s'était installée, les relations s'étaient délitées. La fièvre des débuts s'était volatilisée depuis longtemps, chacun restant concentré sur son petit pré carré. Et puis Eli en avait marre de passer pour le stressé de service, le *freak* du groupe, celui qu'on écartait des confidences car on l'estimait trop sensible, voire instable. Une oreille extérieure, compatissante, lui paraissait plus appropriée.

15 heures. Angle de la place Dupuy.
— Deux fois dans la même semaine, je commence à croire que tu veux me reconquérir, Eli.

Alice portait une robe en laine sous un perfecto en cuir noir. Trempé de la tête aux pieds, Elliot prit place et commanda un café.

— L'Hôtel Ferdinand m'a appelé ce matin.

La jeune femme manqua de s'étrangler avec son thé vert. Elliot lui raconta l'appel, l'absence de Manu, sa présence, la veille au soir, dans le mystérieux établissement

— Je ne sais pas du tout quoi faire, conclut-il. Du coup j'hésite à me rendre au commissariat. Si je leur explique que Manu a disparu mais qu'il effectue les soins de la patiente de l'hôtel, ils vont me prendre pour un dingue…

— Tu sais quoi sur cette patiente ?

— Rien. Manu ne l'a pas planifiée. Il n'y a aucune transmission. Que dalle.

— Elle est chelou ton histoire.

— Et même si j'ai dit au réceptionniste que j'irais la voir ce soir, j'hésite à annuler. J'ai répondu trop vite, sans réfléchir. J'avoue que cet endroit me fout un peu les jetons.

À mesure que les heures s'égrenaient, l'appréhension montait en intensité. La peur le poussait à croire aux pires inepties. Il versa deux sachets de sucre dans son café et l'avala d'un trait.

Alice s'efforça de meubler la conversation face au silence gênant qui s'éternisait.

— T'as entendu parler de ces trois cadavres découpés au sabre à Saint-Georges ?

Elliot secoua la tête. Il n'avait pas suivi les infos de la semaine. De toute façon il ne regardait pas la télé – c'était un matraquage de messages publicitaires entrecoupé de mauvaises séries et d'émissions débiles ; quant aux actualités du Net, elles le laissaient sceptique.

— Ça m'a rappelé une patiente qu'on a eue il y a un mois ou deux, continua Alice. Elle a fait un choc post-traumatique à la suite d'une amputation du membre supérieur, et ça s'est terminé en épisode dépressif sévère. Il s'est ensuivi plusieurs tentatives de suicide. Sa famille a signé une HDT, aujourd'hui elle est internée en secteur fermé. Et tiens-toi bien : le bras qu'elle a perdu, elle se l'est fait trancher par un type armé d'un sabre. Curieux, non ? Si ça se trouve, c'est le même gars ?

— C'est toi qui devrais aller voir les flics. Ton histoire est plus intéressante que la mienne.

— Figure-toi que le chef de service y a songé. On en a parlé ce matin au boulot.

Nouveau blanc. Long. Inconfortable.

Alice s'efforça de faire preuve d'empathie ; Eli semblait ailleurs, impossible à rassurer. Elle se recentra sur ses problèmes.

— Ils en pensent quoi, tes collègues, de l'absence de Manu ?

Elliot, apathique, tournait sa cuillère dans sa tasse vide.

— On dirait que ça ne les inquiète pas plus que ça. Manu nous a souvent fait le coup de s'absenter. Alors, forcément, ils y prêtent moins attention, même si ça fait chier tout le monde. C'est comme le patient qui sonne neuf fois pour des conneries. À la dixième, t'y attaches moins d'importance, et c'est là qu'il y a urgence… Enfin bref, j'ai l'impression d'être le seul à trouver tout ça louche.

— Tu comptes faire quoi, alors ? Tu ne vas quand même pas aller dans l'hôtel ?

— Je crois que je n'ai pas trop le choix.

Un masque de terreur recouvrit la bouille ronde d'Alice.

— Eli, n'y va pas. On en a déjà parlé. Cet endroit est dangereux.

— Tu exagères. J'avoue que je flippe à l'idée de m'y rendre mais, au final, je vois des gens entrer et ressortir tous les soirs en bonne santé. Et puis je pourrais poser des questions à cette fameuse patiente, voire au personnel. Qui sait, peut-être que je tomberai même sur Manu s'il y est toujours.

— Il se passe des trucs pas clairs dans cet hôtel. C'est prouvé !

Alice avait haussé le ton ; les clients du comptoir, surpris, pivotèrent dans leur direction.

— Va voir la police, chuchota-t-elle, les joues rouges de honte. Explique-leur la situation.

— Qu'est-ce qu'ils vont faire, hein ?

Elliot secoua la tête, désabusé. Alice saisit sa main ; il sursauta d'étonnement : ce geste d'affection était inédit depuis leur rupture.

— Ne mets pas les pieds là-bas, Eli.

Elle l'implorait presque.

— J'ai vu les effets de cet hôtel sur les gens. Il ne ferait qu'une bouchée de quelqu'un comme toi.

Elliot ne répondit pas, la mine sombre.

Les derniers mots d'Alice avaient provoqué un électrochoc, un revirement brutal dans sa prise de décision.

Ça suffisait. Lui, le bon gars trop gentil, trop sympa, allait prouver à tous de quoi il était capable.

15

Un silence de bibliothèque emplissait la salle du groupe 2 de la brigade criminelle.

Assis à son bureau, le capitaine Aubert étudiait les dossiers d'admission des patients amputés remis par le Dr Rives. Il avait chaussé ses lunettes de vue pour lire, sous les regards moqueurs de Jérôme et Mylène. Les deux policiers étaient revenus bredouilles de leur visite à la Business School et à celle du club le Millénium, et à présent… Antoine ne savait même pas ce que ces deux-là fabriquaient vraiment. Nabil, quant à lui, avait terminé de rédiger le procès-verbal de Bonnefoy et compulsait ceux réalisés lors de l'enquête de voisinage. Il apprit avec stupeur que personne n'avait rien vu ni rien entendu.

Le seul absent était Alban. Le procédurier était parti enquêter auprès des clubs qui enseignaient la pratique du sabre de samouraï. Plus tôt dans la journée, il avait épluché les fadettes, mais aucune Andréa ne figurait sur la liste des appels émis ou reçus par les quatre victimes, ni sur les SMS envoyés de leurs portables. Apparemment Bonnefoy avait dit la vérité : ils ne se connaissaient pas. Il avait ensuite visionné le film sur le téléphone de Bonnefoy dans les locaux de la police scientifique. On n'y voyait rien. Cet imbécile était tellement bourré que la vidéo tressautait toutes les trois secondes, la qualité était bonne mais ses comparses masquaient Andréa. Comme Bonnefoy l'avait spécifié, il n'y avait pas non plus d'image du tueur ; le bras qui tenait l'appareil avait été tranché avant qu'il n'ait le temps de réagir.

Il s'était remis à tomber des cordes en milieu d'après-midi, le vent cognait contre les fenêtres. Une nuit orageuse se profilait.

Éclairé par sa lampe de bureau, Antoine examinait les dossiers avec minutie, faisant abstraction des fautes d'orthographe qui avaient le don de l'horripiler. Les renseignements administratifs étaient lapidaires ; le profil des trois victimes différait. Un homme, trente-sept ans, cadre dans une filiale d'Airbus, marié, père de famille. Un autre de vingt-deux ans, sans emploi. Une femme, vingt-huit ans, esthéticienne, célibataire. Ce constat déroutant en aurait découragé plus d'un, cependant Antoine continua, obstiné, passant les détails techniques et le jargon médical pour s'arrêter uniquement sur la partie remplie par l'infirmière d'accueil des urgences, ou celle du SMUR, qui expliquaient les circonstances de la blessure. Il comprit très vite que le tueur qu'ils traquaient était l'auteur de ces attaques à l'arme blanche.

— C'est lui. Cela ne fait aucun doute.

Sa remarque attira l'attention de Jérôme et Mylène, qui le rejoignirent à son bureau. Nabil les imita. Antoine leur fit lire le compte rendu des prises en charge. Des patients jeunes. Sans antécédents particuliers. Le premier avait été amené aux urgences de Purpan, les autres avaient nécessité une intervention du SMUR. Des attaques éclair. Impitoyables. L'une des victimes avait aperçu un individu masqué s'enfuir. Et le point redondant : toutes étaient sur leur smartphone au moment des faits.

— Pourquoi t'es aussi catégorique, boss ? demanda Mylène. À cause du portable ?

— Aujourd'hui tout le monde a les yeux scotchés sur son téléphone, renchérit Jérôme. Ça ne prouve rien.

— La spontanéité, répondit Antoine. Des attaques fulgurantes, précises. Avec, effectivement, un dénominateur commun : l'utilisation d'un téléphone portable.

— C'est un peu maigre, lâcha Mylène.

— Vérifie si les patients ont porté plainte, s'il te plaît.

Mylène s'exécuta, tandis que Jérôme et Nabil relisaient les dossiers d'admission.

Deux minutes plus tard, l'accent toulousain de Mylène brisa le silence austère de la pièce.

— Incroyable, boss. Aucune plainte.

Antoine esquissa un sourire.

— Pourquoi je sens que tu t'y attendais ? fit Jérôme.

— Parce que ça confirme qu'il s'agit bien de notre homme.

Adossé à la fenêtre, Nabil intervint :

— Parce que ces patients ont quelque chose à se reprocher. Comme Jules Bonnefoy, qui soit dit en passant avait son smartphone dans la main, ils étaient sur le point ou en train de commettre un délit.

— Un délit ou un acte qui, aux yeux de notre tueur, enfreignait les règles et méritait un châtiment.

— Pourquoi il ne les a pas tués ? demanda Mylène, impressionnée par la perspicacité du nouveau.

— Ça, je l'ignore, avoua Antoine. Le délire de notre assassin a peut-être mûri. Dorénavant, ôter un membre ne lui suffit plus. Il veut ôter la vie.

— Ou bien les actes commis – ou que s'apprêtaient à commettre ces trois patients – ne méritaient pas la mort, suggéra Nabil. Ils étaient moins *graves* que ceux de la place Occitane. Il est seul juge, c'est selon son appréciation. Il doit se fier à son fameux code.

— T'as trop maté *Dexter*, railla Mylène, qui à présent était irritée par la sagacité de Nabil.

— C'est possible aussi, admit Antoine. Dans tous les cas on a de quoi dérouler. Vous me passez ces victimes à la moulinette avant qu'on les interroge. Je veux tout savoir sur elles. Jérôme et Mylène, vous irez voir la deuxième demain matin. Avec Nabil on s'occupera de la troisième, elle est internée à Purpan en psychiatrie. Le chef de service nous a contactés tout à l'heure, il nous attend dans la matinée. Je me réserve la première pour ce soir, elle habite sur mon chemin. Avec un peu de chance, l'une d'entre elles pourra nous en apprendre plus sur notre tueur.

16

Le capitaine Aubert, lessivé, ressortit du bureau du commissaire. C'était un homme proche de la retraite, un géant auvergnat qui avait exercé toute sa carrière à Toulouse, gravissant les échelons les uns après les autres. Veuf depuis six ans, il avait perdu sa femme des suites d'un cancer du sein diagnostiqué trop tard. Son dévouement, son professionnalisme, mais aussi les tragédies qui avaient jalonné la vie de Sylvain Brugier en faisaient une figure respectée et appréciée par l'ensemble du SRPJ. Il lui restait moins d'une année à tirer avant de couler des jours heureux avec sa chienne, au bord de l'étang de Thau, où son bateau et ses cannes à pêche l'attendaient.

Le procureur de la République de Toulouse – un type qui ressemblait étrangement à Voldemort – s'était déplacé pour assister au débriefing, il avait abordé les difficultés avec la presse, les statistiques montrant des taux d'élucidation en baisse, les pressions qu'il subissait, autant de sujets qu'Antoine trouvait ennuyeux et dont il se fichait royalement. Alors que le commissaire et le chef du parquet discutaient politique, avec le commandant Maria Salgado, ils avaient chahuté tels deux cancres au fond de la classe, imitant les mimiques des costumes-cravates. Elle avait dû se mordre la lèvre pour ne pas rire.

Après lui avoir fait la bise et avoir reluqué discrètement la jupe crayon anthracite qui suivait la ligne de ses hanches, il se dirigea vers son bureau, enivré de chaleur andalouse.

Il se retourna quand on l'interpella dans le couloir. C'était Brugier.

— Je compte sur vous pour élucider cette affaire au plus vite, dit le commissaire avec solennité, une fois qu'Antoine l'eut rejoint. Elle doit être bouclée avant mon départ à la retraite. Je refuse de terminer sur une fausse note.

Antoine approuva.

— Quand toute cette histoire sera finie, ajouta le commissaire, rêveur, comme s'il se parlait à lui-même, je vous emmènerai pêcher la daurade sur l'étang de Thau. On les fera cuire au barbecue. C'est une merveille, vous verrez.

Le capitaine Aubert prétexta un appel urgent à passer pour éviter de répondre et regagna son bureau.

Alban était en train de regrouper ses affaires, son manteau plié sous le bras.

— Ah ! Antoine. Super, t'es encore là. Je pensais te laisser un message : j'ai du nouveau sur notre tueur.

— La piste des dojos ?

— Non, les gars de la scientifique m'ont appelé. D'après les images de vidéosurveillance, ils ont pu déterminer la taille de notre samouraï. Il mesure 1,78 mètre. Ils ont fait le calcul en soustrayant la hauteur des semelles de ses baskets de running.

— Il chausse du 44 et mesure 1,78 mètre, résuma Antoine en enfilant son manteau. Ça en fait des suspects… Et du côté des dojos ?

— J'avance petit à petit.

Alban avait fait l'inventaire de tous les clubs du département où il était possible de pratiquer le sabre ou ses variantes. Une liste exhaustive, plus longue que prévu, et où, à chaque fois, il recensait les individus – homme et femme – licenciés. Le tueur pouvait certes être un autodidacte, fan de films d'arts martiaux, cependant sa dextérité à manier une lame tendait à prouver le contraire. Il fallait donc vérifier cette piste.

— Et le Salvac ? s'enquit Antoine en boutonnant son caban et en lorgnant d'un air dépité le déluge par la fenêtre.

— Toujours pas de réponse. Ça peut prendre du temps.

— OK. Bon boulot, Alban. On se voit demain.

— Bonne soirée, Antoine. Oh ! dis, au fait, tu as rappelé le type de *La Dépêche* ?

Antoine avait complètement zappé.

— Merde ! Demain, sans faute.

Sous l'œil amusé d'Alban, il descendit les escaliers de l'hôtel de police et traversa l'esplanade en trottinant jusqu'à la station de métro.

On était à l'heure de pointe, les usagers s'agglutinaient, poussaient, se marchaient dessus. Personne ne voulait attendre la prochaine rame. Ballotté au cœur de la marée humaine, Antoine parvint à s'agripper à la barre métallique du bout des doigts. Vision de solitude collective : les voyageurs avaient les yeux rivés sur leur portable, hypnotisés par leur écran tactile, reclus dans leurs mondes virtuels. Cela ramena Antoine à l'affaire. Un tueur aux méthodes archaïques. Un obscur mobile de justice. Des victimes démembrées. Des smartphones. Il se demandait si les trois cas recensés aux urgences de Purpan n'étaient que la partie émergée de l'iceberg, si l'assassin avait déjà sévi auparavant, sectionnant *seulement* des doigts, blessant superficiellement, si d'autres individus avaient été admis dans des services de soins extérieurs au CHU, des cliniques privées, autant d'attaques qui étaient passées sous les écrans radar. Cette hypothèse le troublait : combien y avait-il réellement de victimes ?

La voix féminine annonça l'arrêt des Carmes en français puis en occitan. Les inflexions latines rappelèrent à Antoine les courbes de Maria Salgado ; il sortit du métro, un brin émoustillé.

La première victime s'appelait Pascal Furet et vivait dans une ruelle perpendiculaire à la rue de Metz. Antoine se présenta devant une porte cochère et sonna à l'interphone.

Le col de son caban relevé jusqu'à ses tempes grisonnantes, il attendit sous la pluie qu'on daigne lui ouvrir.

— Oui ?

— Madame Furet ? Je suis le capitaine de police Antoine Aubert. Est-il possible de parler à votre mari ?

— C'est au sujet de son agression ? Vous avez retrouvé le coupable ?

Antoine dissimula sa surprise. Pascal Furet n'avait jamais porté plainte, le Dr Rives avait manqué à ses obligations en oubliant d'aviser le commissariat au sujet de l'attaque par arme blanche, par conséquent la police n'était pas censée être au courant. Le déluge faisait un vacarme assourdissant, des scooters pétaradaient en slalomant dans la rue embouteillée : on n'entendait rien.

— Pourriez-vous m'ouvrir, s'il vous plaît ? Qu'on puisse en discuter au calme.

— Oh ! oui, bien sûr. Excusez-moi. Deuxième étage gauche.

Antoine entra dans un appartement qui lui rappela celui de son enfance sur l'avenue Daumesnil, à Paris. Plafond haut à caissons. Moulures qui couraient le long des murs. Grandes fenêtres haussmanniennes. Parquet en point de Hongrie qui s'affaissait par endroits. Le vestibule était encombré de trottinettes, de vélos munis de roulettes pour les petits et de ballons. Une femme d'une quarantaine d'années se tenait près des patères encombrées de manteaux. Ses cheveux blonds étaient remontés en un chignon élégant, elle portait un tailleur crème, des collants noirs avec des talons. Deux bambins de moins de dix ans étaient cachés derrière ses longues jambes, ils observaient le capitaine, les yeux pétillant de malice. La Pile leur fit coucou de la main ; ils rigolèrent. Plus en retrait, Pascal Furet était appuyé contre l'encadrement d'une porte donnant sur un couloir. T-shirt blanc, bas de survêtement et pantoufles. Le contraste avec son épouse était saisissant. Un mauvais pressentiment assaillit Antoine : que foutait-il ici ?

Mme Furet dut s'y prendre à plusieurs reprises, jusqu'à ce que le ton monte, pour envoyer les enfants dans leur chambre, puis elle invita le capitaine à pénétrer dans le salon. Antoine prit place sur un canapé d'angle en cuir blanc. Le mari, muet jusqu'à présent, ne cessait de le dévisager ; un air coupable suintait de ses traits fatigués. Il tentait tant bien que mal de cacher le manchon en silicone qui épousait son moignon, comme s'il voulait camoufler la preuve de son implication directe dans cette histoire.

— Mon mari a porté plainte il y a deux mois, et nous n'avons jamais eu de nouvelles, débuta Mme Furet, les mains jointes entre ses cuisses, en prenant place à l'autre bout du canapé. Que se passe-t-il ? La vie de mon mari est un calvaire depuis cette agression. On attend une prothèse depuis des semaines mais les spécialistes nous ont dit qu'il fallait que la cicatrisation soit parfaite. Il ne peut plus prendre nos enfants dans ses bras. Il est en arrêt maladie pour une durée indéterminée et ne sait pas s'il pourra retravailler un jour.

Pascal Furet demeurait debout, silencieux, gêné.

Antoine cernait vite les gens. Aussi, il comprit qu'il n'obtiendrait aucune réponse tant que cette femme resterait dans les parages.

— Madame Furet, est-il possible de discuter en privé avec votre mari ?

Vexée, elle s'apprêtait à exprimer son mécontentement quand Pascal Furet l'exhorta d'un signe de tête à quitter la pièce.

Une fois qu'ils furent seuls, Antoine mit les pieds dans le plat.

— Pourquoi n'avez-vous rien dit à votre épouse ?
— De quoi parlez-vous ?

C'était la première fois qu'il entendait le son de sa voix. Une voix hésitante, éraillée. Antoine sourit.

— Pourquoi ne lui avez-vous pas dit que vous n'aviez jamais porté plainte ?

— Comment...

— Écoutez, l'interrompit Antoine en soupirant. On va essayer de gagner du temps. Je suis capitaine à la brigade criminelle et j'enquête sur les crimes de la place Occitane. Il se pourrait que l'homme qui vous a coupé l'avant-bras soit le tueur que je recherche.

Pascal Furet ouvrit la bouche mais Antoine le fit taire d'un geste de la main.

— Expliquez-moi comment ça s'est passé, dit-il en montrant le membre amputé. Je veux tous les détails. Même ceux qui vous semblent insignifiants.

Furet se pencha vers le couloir qui menait à la cuisine – sans doute pour s'assurer que sa femme ne pouvait pas les entendre –, puis s'installa dans un fauteuil, près de la fenêtre qui donnait sur une cour pavée. Il paraissait terrorisé.

— Promettez-moi que vous ne direz rien à mon épouse au sujet de la plainte.

— Que s'est-il passé ? demanda Antoine.

Pascal Furet prit une longue inspiration.

— C'était il y a deux mois environ. On était à la mi-novembre. Il faisait encore doux pour la saison. Comme tous les matins, je me suis rendu au boulot en trottinette. Je mets une vingtaine de minutes quand il fait beau. Il devait être 6 h 30, dans ces eaux-là. Il n'y avait personne dans les rues. Je traversais la place Esquirol, au niveau de la boulangerie, après le grand magasin de bricolage, lorsque ce type a jailli devant moi et...

Sa voix flancha. Le souvenir du drame le bouleversait.

— Ce type, il ressemblait à quoi ? dit Antoine pour l'encourager.

— Je l'ai vu au dernier moment. Il portait une casquette noire et un long manteau noir, comme ceux des cow-boys dans les westerns. Il a sorti un sabre et, avant que je puisse réagir, mon avant-bras reposait au milieu d'une flaque de sang.

Il renifla, chamboulé.

— C'était très curieux. Je n'ai même pas eu mal sur le coup. J'ai vu mon membre voltiger, peut-être durant une demi-seconde, avant de me mettre à hurler et de capter ce que ce fou m'avait fait.

Antoine opina d'un air compatissant.

— Les secouristes ont mentionné que vous aviez votre téléphone portable dans la main. Que faisiez-vous avec ?

— Ma musique est sur mon portable. J'aime bien l'écouter pendant que je roule. J'étais en train de changer de morceau quand ce malade est arrivé.

Le capitaine Aubert se massa les paupières. Son pied se mit à remuer, faisant grincer les lattes du parquet.

— Bien, maintenant, monsieur Furet, dites-moi ce qui s'est vraiment passé.

Pascal Furet l'observa avec incompréhension.

— Comment ça ? Je viens de vous le dire ! Un type m'a barré la route pour trancher mon putain de bras !

— Comme ça ? Sans raison ? D'après vous, pourquoi s'en est-il pris à vous ?

Furet s'énerva.

— Comment voulez-vous que je le sache ? On laisse des fous se promener en liberté, des fanatiques religieux qui attaquent des innocents au couteau.

— Alors pourquoi n'avez-vous pas porté plainte ?

Furet eut soudain l'air embarrassé. Coupable. Il regarda à nouveau dans le couloir.

— Parce que je sortais de chez une stagiaire, expliqua-t-il d'une voix étouffée.

— Je vois.

Le père de famille éprouva le besoin de se justifier.

— C'est arrivé une fois. Une seule fois. J'y ai mis un terme aussitôt après. C'était une erreur. Ma femme ne doit pas être au courant. Vous comprenez ? Et puis, même si j'avais porté plainte, qu'est-ce que ça aurait changé, hein ? Est-ce que vous l'auriez retrouvé ?

— Au moins on aurait essayé, répondit Antoine.

Le menton appuyé sur ses poings, il grimaça, songeur, et reprit :

— Vous me compliquez la tâche, monsieur Furet. Voyez-vous, j'ai toutes les raisons de croire que l'assassin que je recherche frappe sans préméditation. Ce sont des crimes opportunistes. Votre histoire d'adultère n'entre pas dans l'équation. Le tueur vous a vu. Il vous a surpris. Il vous a attaqué, vous, et pas quelqu'un d'autre, pour une raison précise. Je vous repose donc une dernière fois la question. Que s'est-il passé juste avant qu'on vous agresse ?

Pascal Furet souffla bruyamment.

— Rien ! J'ignore dans quelle langue il faut vous le dire mais il ne s'est rien passé ! Je suis une victime dans cette histoire. Et vous, vous avez le culot de débarquer ici et de me traiter comme si...

Sa femme fit irruption dans le salon, accompagnée des deux bambins.

— Chéri, tout va bien ?

— Oui. Très bien. Le capitaine allait partir. On cherche toujours mon agresseur.

Il fusilla Antoine du regard, qui se leva en direction de la sortie.

Une fois dehors, le capitaine Aubert resta devant la porte cochère, abasourdi, avec le sentiment de s'être planté en beauté. Ses théories s'effondraient. Pourquoi le tueur avait-il pris pour cible ce père de famille ? Quel « crime » avait-il commis à ses yeux ? L'infidélité n'entrait pas en ligne de compte, il en était persuadé. L'assassin ne préméditait pas ses meurtres.

17

Elliot fumait clope sur clope en attendant l'heure fatidique.

Un brouillard de tabac en suspension stagnait sous le plafond du cabinet. La journée était terminée. Le compte à rebours arrivait à son terme.

Il s'arma de courage, attrapa sa sacoche et sortit. Le tonnerre grondait au-dessus de la ville, des éclairs zébraient le ciel, tels des harpons dorés qui illuminaient la nuit orageuse d'une lumière électrique éphémère.

Il remonta la ruelle du cabinet, tourna à droite sur les allées Jean-Jaurès. Ses baskets clapotaient dans les flaques d'eau éparses disséminées sur le macadam.

Nouvelle clope. La dernière avant d'entrer.

Le stress avait atteint son paroxysme et lui cisaillait les entrailles ; Elliot s'inventait des excuses pour se défiler, repousser l'échéance. Il avait enchaîné les crises d'angoisse durant tout l'après-midi, se cachant parfois dans la salle de bains des patients en prétextant un problème intestinal. Néanmoins – et curieusement –, se rendre dans ce lieu énigmatique lui procurait une sorte d'excitation qui tempérait par moments son anxiété.

L'Hôtel Ferdinand se dressait sur sa droite, golem de pierre rouge, inébranlable, qui dominait la ville. Les néons de l'enseigne illuminaient la nuit toulousaine.

Elliot se réfugia sous les piliers colossaux qui soutenaient le bâtiment. Abrité, il termina sa cigarette. En alluma une autre. La vraie dernière.

À une dizaine de mètres se trouvait l'entrée de l'hôtel, ce sas en verre insondable, gibbeux, qui semblait scruter les passants tel l'œil noir de Sauron. Eli s'apprêtait à fouler les terres du Mordor. À la gauche des portes circulaires automatiques, un tandem de voituriers grelottait dans leur uniforme, posté devant un pupitre en bois, sous une grande tonnelle rouge et arrondie qui empiétait sur toute la largeur du trottoir. À droite, deux cerbères patibulaires en costume sombre sous leur caban montaient la garde. Ils observaient Eli d'un air mauvais ; l'infirmier était déjà dans leur collimateur.

Il attendit qu'une femme vêtue d'un manteau de fourrure entre dans l'hôtel pour s'engouffrer à sa suite. L'un des vigiles l'intercepta.

— Passez votre chemin, monsieur.

Son acolyte croisa les bras en fronçant les sourcils, ses biceps triplèrent de volume, tendant les coutures de son caban.

— Je viens voir une patiente, expliqua Eli, un peu intimidé, en levant sa sacoche.

Les deux hommes de la sécurité se regardèrent. Le premier consulta un registre qui paraissait minuscule dans sa patte de grizzli. Il pencha la tête, des plis de graisse ondulèrent sur sa nuque. Le second inspectait Eli d'un regard perçant à vous filer les chocottes.

— Vous êtes l'infirmier ? demanda le registre-man, sans lever les yeux.

— C'est moi. Elliot Akerman.

Ils marmonnèrent entre eux, prudents, puis finirent par s'effacer pour laisser passer Elliot.

Le sas s'ouvrit.

Et alors que le tonnerre continuait de rugir, Eli pénétra dans l'Hôtel Ferdinand.

Un portail vers un autre monde. Un autre siècle.

Une pause dans le temps.

Elliot eut l'impression d'avoir reculé de cent ans.

Une fois les portes en verre teinté refermées, une mélodie suave lui parvint dans le hall d'entrée. Les notes de piano de *Rhapsody in Blue*, du compositeur George Gershwin, immergeaient aussitôt les visiteurs dans une autre époque. Une époque où les redingotes et les robes à franges charleston étaient de rigueur, où les hommes portaient des hauts-de-forme et les femmes, des chapeaux-cloches. Elliot resta un instant sans bouger, contemplatif.

La pièce était immense, fastueuse. Des colonnes grimpaient jusqu'à un plafond haut, voûté, d'où tombaient des lustres rutilants. Un espace creusé dans le sol était aménagé au centre du hall, accessible grâce à une volée de marches, encadré de blocs de marbre. De rares clients patientaient sur les fauteuils en velours, agencés en petits salons individuels. Dans leur costume chic ou leur robe de soirée, ils sirotaient des coupes de champagne posées sur des tables en fer rondes, bordées d'un liseré en laiton. Des dalles noir et bordeaux ornées de formes géométriques complexes couraient sur toute la surface du sol, jusqu'à un comptoir brun en acajou qui frangeait le hall, encastré entre les couloirs qui desservaient les ascenseurs. Le papier peint et les tentures étaient du même acabit : motifs graphiques Art déco de couleur sombre, rehaussés par des ornements dorés. Tout suintait l'opulence et la décadence emblématiques des Années folles.

Sur la gauche, une double porte s'ouvrait sur le restaurant. Un couple faisait la queue devant un lutrin, derrière lequel un employé affublé de l'uniforme de l'établissement – pantalon noir et chemise blanche, gilet et nœud papillon bordeaux – vérifiait les noms sur un registre.

Elliot tourna la tête dans l'autre direction. Une porte en bois donnait sur les rayonnages d'une gigantesque bibliothèque. Il aperçut une échelle montée sur un rail, qui permettait d'accéder aux ouvrages les plus hauts. Un client flânait entre les allées obscures, éclairées par une lumière rouge feutrée.

Eli avait remonté le temps. Machinalement, il consulta son portable et constata avec effarement qu'il n'avait pas de réseau. Il se dirigea d'une démarche gauche, hésitante, vers la réception, à l'autre bout de la salle. Ses pas résonnaient sur les dalles, atténués par la musique entêtante.

La gorge sèche et les mains moites, Elliot se présenta devant le comptoir verni qui précédait une série de casiers en bois, fixés aux tentures murales grenat, et dans lesquels étaient accrochées les clés des chambres. De vieilles clés en fer avec les lettres « HF » sculptées sur la tête. Des clés comme on n'en faisait plus. Dans quelle dimension avait-il atterri ? Un sentiment d'insécurité mêlé de vulnérabilité l'envahit.

L'homme qui se tenait derrière la réception le gratifia d'un large sourire, bien qu'il n'ait cessé de l'épier depuis son arrivée. Il ressemblait à Michael Caine et dégageait une forme de sérénité, de sagesse, un flegme de majordome anglais.

— Bienvenue à l'Hôtel Ferdinand. Gaspard, pour vous servir.

Encore stupéfait par le contraste avec le monde extérieur, Elliot bafouilla :

— Bonsoir. Je… Je viens voir Mlle Delambre. Je suis l'infirmier.

— Monsieur Akerman ! Quelle joie de vous recevoir ! Mlle Delambre vous attend dans sa chambre. Arthur va vous y conduire. N'hésitez pas à m'appeler si vous avez besoin de quoi que ce soit.

Il interpella un jeune garçon d'une dizaine d'années – travaillait-il vraiment ici à son âge ? –, fondu dans le décor, près des plantes en pot qui jalonnaient le hall. Elliot ne l'avait même pas remarqué en passant. Gaspard effectua une série de gestes ; Arthur rappliqua aussitôt et mit une main tendue devant sa bouche avant de l'éloigner vers l'infirmier. L'enfant était muet.

Deux couloirs partaient du hall de l'hôtel. Ils empruntèrent celui de gauche puis Arthur appuya sur le bouton des ascenseurs. Elliot sentait le poids du regard de Gaspard dans son dos ; il aurait juré avoir vu l'ébauche d'un sourire avant qu'ils ne quittent la réception. Un sourire glaçant. Un sourire de prédateur.

Ils s'élevèrent jusqu'au neuvième étage. Palpitations. Nausées. Eli fut pris d'un mauvais pressentiment. Et si c'était un piège ? Son portable ne captait pas entre les murs de l'hôtel. La cabine branlante, avec sa grille en fer qui couinait, grimpait vers les cieux, l'éloignant inexorablement de la sortie. Son pouls s'accéléra. Un voile de sueur nappa son front, et son cou se mit furieusement à le démanger. Comme s'il était sujet à une crise de claustrophobie, prisonnier dans ce fichu ascenseur. Il tenta de calmer sa respiration ahanante en se retenant au miroir veiné de dorures. Le petit Arthur demeurait stoïque, les yeux fixés sur les numéros des niveaux qui défilaient.

Neuvième étage. Le mini-groom escorta Eli dans le couloir, au cœur d'un boyau de velours sombre, faiblement éclairé par des lanternes rouges. Chambre 923. Arthur toqua, un sourire taquin d'écolier peint sur le visage.

Elliot était livide, l'estomac noué.

La porte s'ouvrit.

18

Un ange.

Un ange blond tombé du ciel.

Elliot succomba instantanément à son charme.

Laure Delambre n'était pas une fille ravissante : les filles ravissantes rêvaient de ressembler à Laure Delambre.

Des yeux bleus cristallins, un visage délicat, des traits fins, de jolies fossettes, des pommettes légèrement bombées, encadrées par un carré plongeant blond qui flirtait avec sa nuque gracile. Toutefois on pouvait noter des cernes et un teint hâve qui témoignaient de jours difficiles. De taille moyenne, elle portait un simple legging noir presque transparent avec un débardeur blanc. Les vêtements moulaient le galbe de sa silhouette, on devinait des petits pansements autour de son nombril. Elle avait la peau hâlée, ornée de tatouages discrets sur les poignets, les doigts, l'intérieur des bras et derrière le lobe de ses oreilles trouées de diamants.

Elliot demeura les yeux écarquillés durant ce qui lui sembla être une éternité, incapable de parler ou de remuer un orteil. Laure Delambre remercia le petit Arthur puis s'éclipsa dans sa chambre.

— Vous comptez rester planté sur le palier ?

Elliot se hâta de remettre ses idées en place. Il entra.

— Bonjour, dit-il en posant sa sacoche au pied du lit.

Laure Delambre haussa ses fins sourcils blonds.

— Rebonjour. Vous l'avez déjà dit il y a trente secondes.

— Oh. Désolé. Je m'appelle Elliot Akerman. Je suis l'infirmier.

Elle l'observait comme un animal curieux.

— Je sais. Gaspard m'a prévenue que vous arriviez.

— Mon collègue a eu un empêchement. C'est moi qui le remplace.

Elle acquiesça d'un air désintéressé. Elliot fit un rapide tour du propriétaire ; jusqu'à présent, il n'avait pu s'arracher au spectacle de cette fille tout droit sortie d'un compte Instagram suivi par des millions d'abonnés.

La chambre était décorée dans le même esprit Art déco : moquette décorée de formes géométriques, papier peint agrémenté de motifs floraux, meubles en bois sombre, lit king size, draps en soie bordeaux. Des bibelots étaient posés çà et là. Un téléphone à cadran trônait sur la table de nuit, au milieu de cachets antidouleur. À cette hauteur, la vue était magnifique, le canal du Midi se déployait tel un serpent noir dans le paysage monochrome strié d'éclairs. En se penchant, Eli distingua la ruelle, minuscule, du cabinet.

— Je peux vous emprunter la salle de bains ? demanda-t-il.

Elle lui indiqua la porte derrière lui.

Carrelage noir et grenat, murs recouverts de faïence, baignoire à pattes de lion. Elliot essayait d'être à nouveau en état de penser, tout en s'essuyant les doigts avec une serviette blanche brodée des lettres « HF », mais ses sens reprirent l'ascendant : une culotte, dont la superficie de tissu frisait l'indécence, séchait sur le pommeau de douche.

— Je vais être franc avec vous, mademoiselle Delambre, dit-il une fois de retour dans la chambre, après avoir recouvré un semblant de professionnalisme. Mon collègue ne m'a laissé aucune information à votre sujet. J'ai peur qu'il faille tout reprendre depuis le début.

Laure Delambre haussa les épaules et s'assit dans un fauteuil en velours. Elliot l'imita. Il ne put s'empêcher de remarquer le roman de Maxime Chattam posé sur la table de chevet. Sous les lumières tamisées de la chambre, bercée par la musique jazz qui s'échappait des enceintes, Laure Delambre raconta son histoire. Elle avait été admise en urgence aux soins intensifs de chirurgie digestive, à l'hôpital de Rangueil, pour la prise en charge d'une pancréatite aiguë fulgurante, liée à une lithiase biliaire. En clair : des calculs obstruaient la plomberie. On lui avait retiré la vésicule par cœlioscopie – Eli avait reconnu les petits pansements spécifiques sur son ventre. Elle était restée hospitalisée durant deux semaines et était ressortie dimanche, équipée d'un PICC line : un cathéter veineux inséré dans le pli du coude, et qui s'introduisait jusqu'à l'oreillette droite du cœur. Éprouvant encore des difficultés à s'alimenter, elle avait besoin d'un apport supplémentaire quotidien, une poche de nutrition qu'on branchait sur son cathéter pendant la nuit. C'était là qu'Eli entrait en jeu : il s'occupait de la réfection des pansements, de la prise en charge de la douleur – les souffrances d'une pancréatite pouvaient être insoutenables –, mais aussi des prises de sang afin de contrôler les enzymes du pancréas.

— On m'a expliqué comment rincer mon cathéter et débrancher ma poche une fois qu'elle est vide, conclut-elle en montrant la pompe fixée au pied à perfusion. Je peux me débrouiller toute seule le matin.

Elliot l'avait écoutée sans l'interrompre, aimanté par son regard et, bien qu'il se refuse à le reconnaître, par ses seins comprimés dans un débardeur qui laissait deviner ses tétons. Durant un instant il oublia tout : cette tension sur ses épaules, le sentiment d'insécurité qui l'habitait depuis qu'il avait franchi le sas de l'hôtel, l'absence de réseau, la disparition de Manu. Cloîtré dans cette chambre, en compagnie de la *créature* la plus saisissante qu'il ait jamais vue, il se sentait en sûreté. Restait que sa timidité presque maladive lui provoquait des bégaiements d'ado prépubère.

— Demain il faudra refaire aussi les pansements, bredouilla-t-il en lisant la prescription qu'elle lui avait donnée. 21 heures ? Comme aujourd'hui ? Ça vous irait ?

Distraite, Laure opina puis s'allongea dans le lit, le bras tendu. Elle sentait bon l'encens. Eli déchira la poche de la perfusion, stockée dans le minibar, la purgea avant de la loger dans la pompe qui calculait le débit. À présent qu'il était dans son élément, maniant tubulures, bouchon et cathéter, il osa engager la conversation.

— Alors, comme ça, vous travaillez à l'hôtel ?
— Oui.

Silence gênant. Elliot persévéra.

— Tous les employés vivent ici ?
— Oui. C'est la règle. On est tous logés, nourris, blanchis. C'est l'hôtel qui régale.
— Cool.

Elliot balaya la chambre d'un regard circulaire.

— Si on m'avait dit un jour que j'entrerais dans l'Hôtel Ferdinand, je n'y aurais jamais cru, dit-il en riant.

Il voulait éviter d'aborder les sujets qu'il estimait scabreux : la réputation de l'établissement, le massacre perpétré par Eugène Ferdinand. Il se mordit la langue pour ne pas demander où avait eu lieu le crime. Eli recouvrait peu à peu sa confiance en lui, l'auteur de thrillers avait soif d'anecdotes macabres. Une autre question intrusive le turlupinait : quel métier exerçait Laure Delambre ? Là encore il s'abstint et préféra se réfugier dans une nouvelle tentative d'humour désastreuse.

— Il a l'air immense, cet endroit. Un vrai labyrinthe. Et moi qui trouvais les couloirs de l'hôpital de Rangueil interminables. Vous vous y retrouvez avec tous ces étages ?
— Question d'habitude. J'imagine que c'est la même chose quand on débarque dans un grand CHU.

Autre silence. Un liquide blanc, pâteux, cheminait vers la veine de Laure. Voyant les efforts que faisait Eli pour entretenir la discussion, elle expliqua :

— L'hôtel est divisé en deux parties. L'aile est et l'aile nord. L'aile est accueille les clients occasionnels, les touristes et, aux derniers étages, le personnel. C'est là que nous sommes. L'aile nord, elle, héberge les résidents permanents, les clients VIP et le directeur, Monsieur Ferdinand.

— Monsieur Ferdinand vit aussi ici ?

— Tout en haut de l'aile nord. Il y a une partie mitoyenne, compléta-t-elle, qui comprend le hall d'entrée, le restaurant et la bibliothèque. Les occupants des deux ailes interfèrent très rarement, sauf au rez-de-chaussée, s'ils ne souhaitent pas que Gaspard leur monte à manger dans leur chambre ou leur apporte leur prochaine lecture. Chaque aile est indépendante, autonome, elle dispose de son bar, ses salons privés, ses lieux de divertissements.

Elliot s'était *habitué* à la plastique de sa patiente, son visage, ses yeux. Se sentant moins intimidé, il se recentra sur la principale raison qui l'avait convaincu de se rendre dans l'hôtel – outre sa déontologie de soignant.

— Ce que je vais vous dire risque de vous paraître fou mais, à tout hasard, vous ne sauriez pas ce qu'a fait mon collègue, hier soir, après avoir quitté votre chambre ?

Elle le regarda comme s'il avait parlé mandarin sans accent.

— Qu'est-ce que vous voulez dire ?

— Non, rien. Laissez tomber. C'est juste qu'avec ce qu'on raconte... Les légendes...

— Il ne faut pas croire tout ce qu'on entend, asséna-t-elle d'un ton péremptoire.

Nouveau malaise. La perfusion s'écoulait. Lentement. Elliot se sentit stupide.

— Oui, vous avez raison. Il a certainement dû louer une chambre. Le dépaysement est impressionnant quand on pénètre ici. Peut-être qu'il a voulu faire durer le plaisir. Je peux le comprendre. Cela dit, j'ignore avec quel argent. Faut que je revoie la trésorerie, moi !

Nouvelle plaisanterie, nouveau fiasco. Laure détailla ce drôle d'infirmier qui se révélait plutôt sympathique.

— Vous n'avez aucune nouvelle de lui ?

— Aucune. Il ne répond pas à mes appels. C'est curieux d'ailleurs, j'ai vu que mon portable ne captait pas depuis que je suis arrivé.

Laure acquiesça.

— Il n'y a pas réseau dans l'hôtel. Ni Internet. Les antennes sont coupées. C'est un choix de Monsieur Ferdinand. Il y a juste une salle avec le wi-fi dans la bibliothèque.

— Comment faites-vous pour vivre sans Internet ?

La question lui avait échappé. Laure ne sembla pas s'en formaliser.

— Et comment faisait-on, avant ? Si j'en ai vraiment besoin, je vais à la bibliothèque.

Très étonné, Elliot retourna dans la salle de bains pour se laver les mains sans reluquer quoi que ce soit, puis rassembla ses affaires dans la chambre.

— Vous avez tout ce qu'il vous faut ? demanda-t-il en observant ce corps splendide, entravé par une perfusion jusqu'au lendemain matin.

— Ça ira, merci.

— Vous savez s'il est possible de faire un tour dans l'hôtel ? Au cas où quelqu'un aurait aperçu mon collègue.

— Voyez avec Gaspard. Il est au courant de tout. Rien ne lui échappe. Vous pourrez jeter un coup d'œil dans l'aile est.

— Gaspard, évidemment, répéta-t-il.

Il omit de préciser qu'il s'était déjà renseigné auprès d'*Alfred*, le matin même au téléphone, et que le réceptionniste n'avait pu l'éclairer sur le sort de Manu. C'est du moins ce qu'il avait affirmé. Restait à savoir s'il disait la vérité…

— Et l'aile nord ? s'enquit-il.

Laure se redressa sur les coudes d'un air grave qui déstabilisa Eli. Des rides creusèrent des sillons au coin de ses yeux. Son joli minois se mua en un masque de givre, implacable. Elle le fusilla du regard.

— Personne n'est autorisé à pénétrer l'aile nord sans un carton d'invitation signé de la main de Monsieur Ferdinand.

Elliot se retrouva dans le couloir, englouti par l'obscurité. Déboussolé. Impossible de savoir de quel côté étaient les ascenseurs. Il s'élança dans une direction, au hasard. Les lanternes rouges clignotaient par endroits, noyant des zones entières du corridor dans la pénombre. Les motifs hypnotiques de la moquette semblaient se distordre à mesure qu'il progressait. Le sentiment de dangerosité qui s'était estompé durant l'intermède de la chambre déferla à nouveau dans sa poitrine, saccadant sa respiration. Ce lieu lui filait la chair de poule.

Soudain, un courant froid le traversa. Ses poils se hérissèrent.

Il se retourna, aux aguets.

Personne.

Néanmoins il ressentit comme une présence, une variation dans l'atmosphère, une perturbation dans l'air ambiant difficile à interpréter. Il n'était pas seul dans ce couloir. Il en était persuadé. Quelqu'un – *quelque chose* – le suivait.

Il accéléra, paniqué, tourna dans un sens, puis dans l'autre. Il arriva devant les ascenseurs. Appuya avec acharnement sur le bouton.

Tout l'étage était plongé dans un silence anxiogène, *anormal*. Eli pouvait entendre les battements filants de son cœur. Le sang pulsait contre ses tempes, sa pression artérielle grimpait en flèche, créant un bourdonnement assourdissant dans ses oreilles.

Le « ding » de l'ascenseur le fit sursauter. Eli se rua à l'intérieur et martela cette fois-ci le bouton du rez-de-chaussée.

Il traversa le hall à toute vitesse et sortit de l'Hôtel Ferdinand sans un regard pour Gaspard, posté derrière la réception, qui l'observait avec un sourire étrange.

19

L'homme pleurait au milieu du couloir, au neuvième étage de l'aile nord de l'Hôtel Ferdinand.

Il avança au fond du boyau de velours, inséra la clé en fer dans la serrure de la chambre 903.

Des larmes coulaient sur ses joues rugueuses, couperosées. Secoué par les sanglots qui l'assaillaient, il s'assit sur les draps satinés et se prit la tête dans les mains. Sa tristesse paraissait incommensurable. Insupportable. Pathologique.

Peut-être avait-il abusé des distractions proposées dans les salons privés ; un mal de crâne ne cessait d'enfler, intolérable, depuis qu'il était retourné dans sa chambre. Il avait appelé la réception pour que Gaspard lui apporte un Doliprane, mais l'antalgique ne parvenait pas à gommer les céphalées insidieuses qui rongeaient son cerveau.

La pièce semblait grossir, se rétrécir, au rythme d'une pulsation inaudible. Pleurant toutes les larmes de son corps, l'homme s'y reprit à dix fois pour ôter ses mocassins. Ses gestes étaient désordonnés ; ses pensées, confuses. Soudain la lumière des lampes rouges devint aveuglante. Il ferma les yeux ; sa tête se mit à tourner. Au début doucement puis à toute vitesse comme après une cuite monumentale.

Et il crut discerner une voix. Puis une autre. Et encore une autre. Des dizaines de voix.

Il se leva, les chaussettes enfoncées dans la moquette moelleuse. Les voix murmuraient en sourdine, accompagnaient ses douleurs lancinantes, qui gagnaient en intensité.

Il avait l'impression qu'on lui introduisait des pics à glace dans le cerveau.

Puis les voix se muèrent brusquement en hurlements. Une cacophonie de cris, de geignements, de supplices, autant de souffrance libérée à pleins poumons qui résonnait dans son crâne. Il actionna l'interrupteur de la salle de bains. Flash de lumière. Il éteignit aussitôt. Avança à tâtons, courbé jusqu'au lavabo. Aspergea son visage d'eau fraîche.

L'homme releva la tête, qui semblait peser une tonne. Son regard se posa sur le miroir de la pièce carrelée plongée dans la pénombre.

Le reflet que lui renvoyait la glace n'était pas le sien.

Il hurla, horrifié. Mû par un instinct de survie, un réflexe d'autodéfense, il frappa contre la surface réfléchissante. Frappa jusqu'à ce que ce visage monstrueux et étranger disparaisse. Jusqu'à ce que les voix dans son crâne cessent une bonne fois pour toutes. Jusqu'à ce que la douleur de son poing supplante celle de sa tête.

Une bouillie de sang et de verre brisé s'écoula dans le lavabo.

La figure de *l'autre* apparaissait toujours sur le miroir fracturé, déformée par les constellations de morceaux cassés, lui conférant un aspect encore plus effrayant.

L'homme glapit, au comble de l'épouvante. La migraine amplifia. Exponentielle. Les voix braillèrent de plus belle, au-delà du tolérable.

Il devait les faire taire. À tout prix. Pour ne pas devenir fou.

À bout de souffle, ses doigts ensanglantés s'emparèrent des plus gros éclats du miroir et, tout en expulsant un cri de rage, il enfonça les morceaux de verre dans ses oreilles de toutes ses forces.

Dans la glace fissurée, *l'ombre* l'observa tandis qu'il s'écroulait sur le carrelage.

20

Jeudi 30 janvier 2020

Pour la troisième journée consécutive, la Peugeot 508 du capitaine Aubert se gara sur le parking visiteur de l'hôpital Purpan.

Dès qu'il sortit de la voiture, une pellicule aqueuse enroba son caban. Le crachin qui tombait depuis l'aube, poisseux, invasif, se déposait partout et imprégnait les vêtements. À ses côtés, Nabil remonta la fermeture Eclair de sa parka pour se protéger des bourrasques.

Les phares d'un tramway perforèrent la brume coulant sur le CHU. Cette fois-ci, au lieu de se rendre dans l'immense rectangle vitré qui abritait les urgences, ils se dirigèrent vers le service de psychiatrie, non loin de la maternité.

On les guida à travers des couloirs, des sas, des portes qui ne s'ouvraient qu'avec des badges magnétiques. Antoine supposa qu'il était devenu le cauchemar des ASH : une jeune métisse le fusilla du regard quand elle remarqua ses traces de pas mouillés sur le lino.

Secteur fermé. Escortés par une infirmière qui s'était présentée sous le prénom d'Alice, ils entrèrent dans le bureau du chef de service, un homme petit et chauve, vêtu d'un gilet écossais sous sa blouse. Il tenait une paire de lunettes entre ses doigts velus. Antoine lui serra la main.

— Capitaine Aubert, dit-il. Et voici le lieutenant Boutaleb. Merci de nous recevoir.

— Docteur Darigrand. Je dirige ce service.

Il congédia l'infirmière, invita les policiers à s'asseoir. La Pile déclina, incapable de rester immobile.

— Comme je vous l'ai expliqué hier, nous enquêtons sur les meurtres de la place Occitane, et nous pensons que votre patiente pourrait être une des victimes de l'individu que nous recherchons.

Il s'interrompit, esquissa un sourire.

— Mais il me semble que vous êtes arrivé à la même conclusion, n'est-ce pas ?

Le psychiatre acquiesça. La veille au téléphone, il avait lui-même abordé le sujet, se targuant d'avoir fait le lien.

— Effectivement, confirma-t-il. L'histoire de cette patiente est tout à fait singulière et, dirons-nous, assez troublante. Quand la presse a fait mention d'un sabre, nous avons tous pensé à la même chose. J'imagine que ce n'est pas un mode opératoire très… répandu.

— Ce n'est rien de le dire. Peut-on la voir ?

Le Dr Darigrand secoua la tête en s'enfonçant dans son fauteuil.

— Je crains malheureusement que ce ne soit pas possible.

— Pourquoi ? demanda le capitaine Aubert, toujours planté sur le seuil.

— Elle refusera de vous parler. C'est la raison pour laquelle je vous ai attendus ce matin. Vous êtes sûrs que vous ne voulez pas vous asseoir ?

Antoine, résigné, fit un signe à Nabil, et ils posèrent leurs fesses sur les sièges mis à leur disposition. Le bureau était spartiate : une table, ornée de quelques photos et de dessins d'enfants, une contrefaçon de Modigliani assez glauque, des diplômes encadrés sur les murs pâles. Le psychiatre chaussa ses lunettes, fronça les sourcils en détaillant l'immense écran plat de son ordinateur.

— J'y suis. Ève Pocholle. Vingt-huit ans. Elle a été internée le 4 décembre 2019, sur demande d'un tiers – en l'occurrence sa mère – après des tentatives d'autolyse médicamenteuses. Je vous passe les détails des comprimés absorbés. Ces incidents, et notamment le dernier, sont survenus dans un contexte très particulier : la patiente a été blessée par une arme blanche le 27 novembre 2019, attaque au cours de laquelle elle a perdu sa main gauche.

Antoine opina. Ces informations corroboraient celles du dossier des urgences. Le Dr Darigrand ôta ses lunettes avant de poursuivre :

— Ève souffre d'un grave syndrome dépressif. Elle a été victime d'une agression d'une violence inouïe. Pour se défendre et lutter contre ce traumatisme, son esprit a totalement occulté les circonstances de cette attaque, il est hermétique à toute intrusion, toute thérapie.

Il sonda son auditoire.

— Elle est atteinte d'une amnésie dissociative. Cela arrive souvent dans les cas de troubles post-traumatiques. Nous en avons longtemps discuté lors des entretiens hebdomadaires avec les infirmiers et son psychiatre référent : elle est, à ce jour, incapable de se souvenir de la perte de sa main.

Ses lunettes brassaient l'air au bout de ses doigts lorsqu'il s'exprimait. Il ajouta d'un ton professoral :

— Cela va même plus loin. Il y a des conséquences physiologiques, dirons-nous. Son moignon ne cicatrise pas correctement, comme si son organisme réfutait l'amputation. Elle ne peut donc pas prétendre à la mise en place d'une prothèse. Le pouvoir de l'esprit sur le corps... C'est la raison de ma vocation.

Gesticulant sur son siège, les jambes croisées, Antoine se renfrogna.

— Il est donc impossible de connaître les circonstances de cette attaque, c'est bien ça ?

Le psychiatre pointa la branche de ses lunettes vers le néon blafard du plafond.

— Pas de sa bouche, non. De plus, Ève suit un traitement antidépresseur couplé d'un neuroleptique.

Antoine souffla.

— En bref, c'est un zombie.

— Je ne l'exprimerais pas en ces termes. Je dirais qu'elle est ralentie sur le plan cognitif. Il faut savoir que la mise en place des antidépresseurs prend du temps et présente des risques. Notamment un : la levée d'inhibition. Il arrive, à un moment du traitement, en général au bout d'un mois, que le patient ressente une forme d'euphorie. Il va avoir la sensation d'être libéré de ses entraves mentales. Le ralentissement psychomoteur, qui est spécifique dans les cas de dépression majeure, va cesser lui aussi, le patient va alors se sentir revigoré, il va oser faire ce qu'il n'aurait même pas imaginé auparavant. Le risque de suicide augmente lors de cette phase. Dans le cas d'Ève, cela a ouvert son esprit à cet épisode traumatique. Une sorte de fenêtre sur son passé, si vous préférez.

— C'est là que vous allez me sortir le laïus sur le secret médical ? fit Antoine, un brin caustique.

La remarque sembla amuser le psychiatre.

— Nous ne sommes pas dans une série télé, capitaine. Si nous pouvons aider la police, nous le faisons. Tout en préservant les intérêts et la santé de nos patients, cela va de soi.

Le néon crépita. Une semi-pénombre envahit brièvement le bureau, accentuant les fossettes taillées à la serpe du praticien. À l'extérieur, le vent cognait contre la fenêtre ; le halo bleuté d'une ambulance peignit la façade du bâtiment.

— Je vous résume le compte rendu de l'entretien du 3 janvier 2020 dirigé par le Dr Costain, le psychiatre référent d'Ève. Durant cette séance, elle est revenue pour la première fois sur le jour de son agression. C'était le 27 novembre 2019. Elle a expliqué à mon confrère qu'elle se promenait avec une amie sur le boulevard Pierre-Paul-Riquet. Les deux jeunes femmes se rendaient dans le centre-ville pour une journée de shopping. Au croisement de la rue de la Colombette, elles ont assisté à un accident. Un scooter s'est fait emboutir par une voiture. Ève ne se rappelait plus qui était en tort, elle se souvenait uniquement du pilote, échoué sur la chaussée, qui hurlait de colère. Le conducteur de la voiture, tout aussi furibond, est revenu sur le lieu de la collision. Le ton est monté entre eux quand le pilote s'est relevé, et une violente dispute s'est ensuivie. Un attroupement s'est alors formé autour des deux hommes. Ève et son amie se sont approchées et, comme la plupart des curieux, elles ont sorti leur téléphone portable.

Il reprit son souffle.

— Elle filmait la scène quand un individu habillé en noir l'a attaquée par surprise.

Antoine se grattait la barbe, attentif.

— Quelle heure était-il, à peu près ?

— En début d'après-midi. Aux alentours de 14 heures.

Décontenancé, Antoine se tourna vers Nabil, visiblement aussi secoué que lui. L'attaque avait eu lieu en pleine journée, devant plusieurs témoins. Inimaginable.

— Elle n'a rien dit sur son agresseur ? s'enquit-il.

— Un individu habillé en noir. Il n'est pas fait mention d'autres détails.

— Peut-on lui parler, malgré tout ?

— Au risque de me répéter : je crains que ce ne soit pas possible.

— Et de mon côté je crains de devoir insister.

Bras de fer mental. Alors que Nabil se ratatinait sur son siège, Antoine soutint le regard du psychiatre. Pour la première fois depuis le début de l'entretien, celui-ci posa ses lunettes sur le bureau. Pontifiant, il répliqua :

— Je crois que vous ne m'avez pas bien compris, capitaine. Ève n'a pas l'acuité intellectuelle pour vous répondre de manière cohérente. Vous allez vous heurter à un mur. L'individu qui l'a agressée ne lui a pas seulement ôté un membre, il lui a ôté la raison.

21

Rue du Général-Hoche. Cité Bourbaki.

Les barres d'immeubles se noyaient dans le ciel. Le brouillard coulait entre les bâtiments qui formaient des U, constructions défraîchies par le temps, la misère et l'ennui. Les capitaines Mylène Garibal et Jérôme Valant se fondaient dans le décor. Leur accoutrement ne contrastait pas avec ceux des habitants du quartier, personne ne pouvait les prendre pour des flics, au point que même le jeune *chouf* qui les toisait, juché sur un scooter au pied de la tour, hésita à siffler pour donner l'alerte, malgré son flair surdéveloppé pour repérer la police.

Mylène et Jérôme étaient dans leur élément. L'une avait grandi à la Reynerie, en face du lac, l'autre, à Bellefontaine ; ils connaissaient les us et coutumes de ces quartiers dits sensibles. Bien qu'ils aient quitté les blocs de béton depuis des années pour la tranquillité du centre-ville, les codes de la rue demeuraient ancrés dans leur ADN, transparaissant parfois dans leur attitude, leur vocabulaire, leur comportement. Irréductibles célibataires, les deux officiers de police aimaient se taquiner au sujet de leur vie privée, des aventures d'un soir qu'ils collectionnaient et de leur passé, de cette reconversion au sein des forces de l'ordre qui les avait extirpés des rets de la cité. Certains, au SRPJ, les avaient rebaptisés Tom et Jerry.

Avec ses faux airs de Nicolas Duvauchelle, engoncé dans une écharpe grise sous son blouson en cuir, Jérôme fit un clin d'œil au petit guetteur avant de pénétrer dans un immeuble décrépit. Sur ses talons, Mylène, nageant dans un sweat à capuche ample, casque sans fil autour du cou qui crachait en sourdine les *samples* d'EPMD, jeta son mégot d'une pichenette directement dans une bouche d'égout et lui emboîta le pas.

Contrairement aux deux autres cas d'amputation signalés par le Dr Rives, la troisième victime était bien connue des services de police. Abraracourcix, comme le surnommait Jérôme, collectionnait les délits et avait été arrêté à de multiples reprises pour possession et vente de cigarettes et de cannabis. Il avait néanmoins évité la case prison en dénonçant son fournisseur. Sans emploi, il habitait chez sa mère avec son petit frère au cœur d'une forêt de béton.

Les noms inscrits sur les boîtes aux lettres étaient illisibles – quand celles-ci n'étaient pas éventrées, vomissant des tas de prospectus sur le sol crasseux.

— C'est quel étage ? demanda Mylène.

Jérôme s'écarta pour laisser passer une vieille dame qui traînait un cabas.

— Aucune idée. Il va falloir tous se les taper.
— T'es pas sérieux ?
— Super sérieux.
— Fait chier.

Ils empruntèrent l'escalier et commencèrent à vérifier les numéros à chaque palier.

Après une vingtaine de minutes à essuyer des échecs et des insultes, Jérôme consulta son téléphone, un vieux Motorola à clapet.

— Comment tu fais pour trimbaler cette antiquité ? railla Mylène.

— Quoi ? Il est très bien.

— Arrête, tu pourrais le revendre à un musée.

— T'oublies une chose, ma grande, une chose primordiale qui nous différencie, toi et moi.

Il rabattit bruyamment le clapet de l'appareil sous le nez de sa collègue.

— C'est que moi, j'ai le style.

Mylène se retint de pouffer, et ils continuèrent leur ascension dans le bâtiment insalubre.

Dernier étage. Un paillasson rêche. Une porte à la peinture écaillée. Mylène sonna. Pas de réponse. Jérôme l'écarta.

— Laisse faire tonton.

Il tambourina du poing.

— Police ! Ouvrez !

— Y a personne, laisse tomber.

Il plaqua son oreille contre le bois.

— J'ai cru entendre un bruit.

— Il y a un œilleton, indiqua Mylène, peut-être qu'on nous voit.

— C'est toi, l'œilleton.

— Réessaie, abruti.

Jérôme cogna derechef.

— Ça bouge.

La porte s'ouvrit sur une femme d'une quarantaine d'années en peignoir, dont la ceinture mal attachée peinait à camoufler une nuisette blanche. L'appartement exhalait le tabac froid.

— Madame Moulinier ?

Elle confirma. Jérôme présenta son insigne.

— Je suis le capitaine Valant, de la brigade criminelle. Et voici ma collègue, la capitaine Garibal. Votre fils est ici ?

— Lequel ?

— Gaëtan.

— Il est dans sa chambre. Vous lui voulez quoi ? Le pauvre en a assez bavé comme ça.

Mylène, malgré ses allures de rappeuse *east coast*, intervint d'une voix apaisante :

— Justement. Nous enquêtons sur l'individu qui l'a agressé. Peut-on le voir ?

Mme Moulinier s'effaça, et ils entrèrent dans l'appartement. Elle s'excusa pour le désordre, expliqua qu'elle travaillait de nuit dans un Ehpad et qu'elle ne s'attendait pas à recevoir de la visite aussi tôt. Mylène et Jérôme suivirent le couloir qu'elle leur indiqua et frappèrent à la chambre du fils aîné.

Gaëtan était vautré sur son pieu, un manga coincé entre les doigts de sa prothèse en silicone, l'autre main tenant une cigarette à moitié consumée. Il portait un sweat bleu, un bas de jogging, des tongs sur ses chaussettes blanches. Il avait vingt-deux ans, en paraissait cinq de moins. Trois poils au menton, les cheveux rasés, sa tête oscillait au son de PNL, qui sourdait d'une borne d'iPhone posée sur la table de nuit.

Après la lecture de son casier judiciaire, les officiers de police étaient arrivés bourrés de préjugés, aussi furent-ils surpris quand Gaëtan les invita à s'asseoir – où ils pouvaient, au milieu du bordel qui ensevelissait la chambre.

Le jeune homme se révéla étonnamment coopératif. Presque repentant. Il émanait de sa voix et de son attitude une sorte de désir de rédemption. Il raconta aux policiers ses déboires au sein de la cité, la délinquance, les mauvaises fréquentations qui l'avaient mené au trafic de drogue et à la contrebande de cigarettes. Mylène en alluma une, en tendit une autre à Gaëtan. Ce dernier embraya sur l'agression qu'il avait subie, l'amputation, sa mère qui doublait les heures à la maison de retraite pour pouvoir lui payer une prothèse mécanique, sa rupture avec ses anciens amis, l'angoisse d'être traqué par les caïds de la cité où on le vitupérait à longueur de journée, l'impossibilité désormais de jouer à Fortnite.

Assise à l'autre bout du lit, Mylène acquiesçait, tandis que Jérôme déambulait tel un funambule au milieu des habits en vrac qui parsemaient la moquette tavelée de brûlures de cigarette. Le courant était immédiatement passé entre sa collègue et Gaëtan.

— On a besoin de connaître exactement les circonstances de ton agression, dit Mylène en écrasant sa clope.

— C'était le 19 décembre, précisa Gaëtan. La dernière semaine avant les vacances de Noël. Il était genre 23 h 15, 23 h 30. La place Arnaud-Bernard commençait à se vider. Depuis un moment on sentait que ça allait partir en couille avec les gars des Izards. On savait qu'ils avaient des vues sur ce territoire.

Mylène et Jérôme hochèrent la tête de concert : la place Arnaud-Bernard était convoitée par les dealers. Plaque tournante de trafics en tout genre, théâtre de conflits entre gangs rivaux, c'était un emplacement stratégique.

Gaëtan renifla puis enchaîna :

— À un moment, c'est parti en vrille. On a commencé à se chauffer, un type a sorti un couteau et un mec de chez eux s'est fait planter. Ils ont reculé. Nous, on était au taquet. On a chopé nos portables pour filmer celui qui se traînait sur le bitume. On se foutait de sa gueule, vous voyez le genre.

Il marqua une pause, chamboulé. Curieusement, son moignon se mit à le démanger.

— J'ai rien vu venir. Personne, en fait. C'était comme s'il était invisible. Il est apparu d'un coup, m'a...

Nouveau reniflement. Raclement de gorge.

— Il m'a frappé et a disparu direct.

— Personne ne l'a vu s'enfuir ? demanda Mylène.

— Mes potes ont déboulé près de moi avant que je tombe dans les vapes. On m'a raconté plus tard que c'est le SMUR qui m'a emmené aux urgences. Pendant ce temps les gars des Izards ont récupéré celui qui pissait le sang et personne n'a vu dans quelle direction ce fils de pute est parti.

Les capitaines Garibal et Valant échangèrent un regard de connivence.

— Tu pourrais nous le décrire ? fit Jérôme, tout en pointant discrètement la jaquette du DVD de *Pulp Fiction* à l'intention de Mylène – qui aurait juré l'avoir vu articuler en silence : « Le meilleur Tarantino. »

— Tout en noir. Avec des vêtements super larges. Durant une demi-seconde, le seul laps de temps où je l'ai vu, on aurait presque dit qu'il avait une cape tellement ses fringues flottaient dans les airs. Et il avait un masque, aussi. Genre ceux des types qui graffent.

— Comme ceux des peintres ?

— C'est ça. C'était carrément flippant. Le gars ressemblait à une espèce de mouche humaine.

— OK. Autre chose ?

— Non. Tout est allé trop vite. Je suis tombé dans les pommes presque sur le coup.

Mylène glissa une mèche de cheveux rebelle sous son bonnet. Le jeune homme n'osait pas s'épancher davantage, cependant elle sentait que quelque chose le turlupinait. Elle l'encouragea :

— Y a autre chose que tu aimerais nous dire ?

Gaëtan alluma une nouvelle cigarette.

— Les mecs du quartier me foutent la paix depuis cette histoire. Avant, je rasais les murs pour pas me faire défoncer. J'avais les jetons. Le type que j'ai dénoncé est en prison à cause de moi. Mais maintenant on me laisse tranquille. Un gars est venu me voir l'autre jour, le genre haut placé dans le business. Et je commence à croire qu'il avait raison.

— Il t'a dit quoi ? demanda Mylène.

— Vous allez trouver ça con, mais il m'a dit que c'était la Mort qui m'avait puni pour ce que j'avais fait. Qu'elle m'avait coupé le bras pour avoir balancé aux keufs. Que maintenant on était quittes.

— La Mort, ironisa Jérôme, incrédule.

Une lueur de défi embrasa les prunelles de Gaëtan.

— J'ai vu les infos. Je sais qui vous traquez. Qui d'autre pourrait semer autant de cadavres sans laisser de traces ?

22

Elliot rentra au cabinet après sa tournée du matin.

Un brouillard compact stagnait au-dessus de la ville, rappelant le smog d'une métropole chinoise. On était à la mi-journée mais les locaux étaient allumés. Dans la salle de consultation, Luiz s'affairait à administrer une chimiothérapie par voie intraveineuse et surveillait sa patiente comme le lait sur le feu. Elliot lui adressa un sourire de façade avant de s'isoler dans le bureau.

Depuis la veille au soir, Laure Delambre occupait toutes ses pensées. Elle avait chassé ses angoisses à propos de son collègue Manu, la peur que lui suscitait l'hôtel, et notamment cette sensation étrange d'avoir été suivi dans les couloirs obscurs du neuvième étage de l'établissement. Il s'imaginait dans le rôle du preux chevalier s'en allant délivrer la princesse en détresse, retenue prisonnière au sommet de la dernière tour du château.

La porte du bureau s'ouvrit, faisant redescendre Elliot de son petit nuage. Luiz avait l'air en colère.

— Il fout quoi, Manu ?

Assis devant l'ordinateur, Eli se reconnecta avec le monde réel.

— Je sais pas.

— Ses absences nous mettent encore dans la merde. On peut pas continuer comme ça. Faut prendre une décision.

Déçu par le pragmatisme froid de son collègue, l'air de rien, Elliot rétorqua :

— J'espère surtout qu'il ne lui est rien arrivé de grave.
— Ouais. Et sinon ça a donné quoi, l'hôtel, hier soir ?

Eli avait trop honte de répondre qu'il avait pris la fuite sans chercher son collègue, que l'image de Laure Delambre avait gommé celle de Manu.

— Aucune piste, dit-il, penaud, les joues écarlates. Je demanderai à faire un tour ce soir.
— Tu y retournes ?

Il se mordit la lèvre pour ne pas avouer qu'il n'attendait que ça depuis ce matin.

— Oui, j'ai ajouté la patiente sur ma tournée. Une pancréatite aiguë. Nutrition parentérale tous les jours et réfection de pansements de cœlioscopie. Je l'ai planifiée sur quinze jours, la durée de la prescription.

Son cerveau phallique se désengorgea de sang, permettant à l'autre, plus haut, d'être irrigué correctement. Manu. Introuvable. Il fallait agir.

— Je vais passer chez lui. Et j'essaierai de contacter son père. Peut-être qu'il a des nouvelles. Il me semble qu'ils sont amis sur Facebook, je me souviens que Manu s'en était moqué une fois. Il avait ignoré ses invitations pendant des mois avant de céder. Si tout ça ne donne rien, on ira signaler sa disparition à la police.

Luiz opina, toujours aussi énervé.

— Ouais. En tout cas, ça nous fout dans la merde, répéta-t-il. Cédric a un souci avec son gosse. Il sera absent demain. Et Stéph est en vacances. Du coup j'ai fait une demande d'intérim. On aura la même fille que l'autre fois. Elle s'était bien débrouillée. J'espère que Manu va vite se repointer parce que là, c'est pas gérable.

Elliot accusa le coup, affligé. Où était passé l'esprit d'équipe ? L'entraide ? La cohésion des Rois de Pique ? Ce rêve qui les avait tous animés durant leurs études ? Le « bip » d'un tensiomètre retentit dans la salle de consultation. Irrité, Luiz retourna auprès de sa patiente.

Smartphone. Empreinte digitale. Facebook.

Eli fureta sur le profil de Manu. La dernière publication de son collègue datait de 2018, fin octobre, une photo de lui à l'arrivée du marathon de Toulouse. L'infirmier n'était pas un féru des réseaux sociaux, il se connectait de façon occasionnelle et n'était sur aucune autre plate-forme. Elliot passa en revue la liste d'amis. Il interrogea les contacts partageant la passion du running, ceux qui étaient susceptibles d'être toujours en relation avec Manu, puis il envoya une invitation à son père, accompagnée d'un message laconique pour ne pas l'affoler : « Avez-vous des nouvelles de Manu ? » Manu était fils unique et avait perdu sa mère durant leurs études ; les futurs Rois de Pique avaient enduré cette terrible épreuve ensemble. Une autre époque.

Eli empocha son portable, enfila son caban. Après avoir adressé un signe de tête furtif à Luiz, il sortit sous le crachin.

Célibataire depuis un an – tout du moins aux dernières nouvelles –, Emmanuel Baillet habitait dans un appartement à Saint-Cyprien. Elliot décida qu'il irait y faire un tour dans l'après-midi. Dans l'éventualité où il ne découvrirait pas d'indice sur la localisation de son collègue, il irait signaler sa disparition au commissariat le lendemain. Laure Delambre l'avait aveuglé, certes, mais il devait à présent faire ce qui était nécessaire. Il ne misait plus sur ses chances de trouver Manu dans l'hôtel ; en réalité il ne misait plus sur le fait qu'on l'autorise à fouiller l'établissement. Surtout dans cette fameuse aile nord.

Il mangea un kebab rue de la Colombette, puis rentra chez lui en longeant le canal du Midi dont les eaux vertes frétillaient sous la pluie fine.

Soudain il s'arrêta, éberlué, à dix mètres de l'entrée de sa résidence.

Une personne inattendue patientait devant chez lui.

23

— Qu'est-ce que tu fais là ?
— Je t'attendais.
— Tu… Tu veux monter ?
— Non, je préfère rester sous la flotte.
— …
— Évidemment que je veux monter. À ton avis, pourquoi je suis venue jusqu'ici ?

Elliot, stupéfait, composa le code de sa résidence et invita Alice à entrer.

Sept étages plus haut, des remugles dignes d'une ménagerie agressèrent les narines de l'infirmière psychiatrique dès que la porte de l'appartement s'entrebâilla. Aussi confus que si sa mère avait foulé le seuil de chez lui – cette comparaison commençait à être malsaine –, Eli s'empressa d'emporter les cadavres de canettes de soda et les boîtes de fast-food qui jonchaient la table basse dans la cuisine, puis il ouvrit les volets et la fenêtre pour aérer. Peinée, Alice assista à ce triste spectacle. Elle demeura interdite, enracinée sur le palier. Le mode de vie de son ex se dégradait. Son état mental l'inquiétait.

— Tu prends toujours tes médocs, le soir ?

Eli acquiesça, un peu gêné. Alice hocha la tête d'un air désolé, comme elle avait l'habitude de le faire avec ses patients.

— Tu veux un café ? proposa-t-il.
— Un thé, si tu as.

Il repartit vers la cuisine, ignorant s'il y avait des sachets de thé dans ses placards. Alice ôta son manteau et l'accrocha à une patère, toutefois elle préféra garder son sac à main sur elle, se demandant qui du sol ou du canapé était le plus poussiéreux.

— C'est infect, ton truc, dit-elle en reposant sa tasse.
— Il doit dater de l'époque où on habitait encore ensemble.

Alice leva les yeux au plafond puis se reprit.

— Devine qui j'ai escorté ce matin, au boulot. Allez, devine.

Eli fit l'inventaire de leurs relations communes. Dans un curieux cheminement de pensées, il s'attarda sur les beaux gosses de leur promotion, ceux qui avaient courtisé Alice durant leurs études, se demandant, avec une certaine perfidie, lequel d'entre eux avait pu finir dans un service de psychiatrie.

— Alors ? Tu ne vois pas ?
— Ben non... désolé.
— J'ai escorté les flics qui enquêtent sur les meurtres de la place Occitane. Le carnage au sabre ! Ils sont venus interroger mon chef de service. La patiente qu'on a dans le secteur fermé serait une des victimes du tueur. C'est dingue, non ?

Elliot avait complètement oublié cette histoire. Hormis l'Hôtel Ferdinand, Laure Delambre et la disparition de Manu, les autres infos entraient par une oreille et sortaient par l'autre. Il opina, singea une expression enthousiaste pour ne pas décevoir son amie, puis s'approcha de la fenêtre où il alluma une cigarette. L'euphorie d'Alice s'émoussa. Elle qui raffolait de thrillers et de romans sanglants se retrouvait impliquée – très indirectement, certes – dans une véritable enquête policière, et pourtant Eli restait parfaitement flegmatique. Cela annihila toute forme d'exaltation. Un silence gênant emplit l'appartement. On n'entendait que la circulation le long du canal, le raffut des travaux d'un immeuble voisin. Les doigts d'Alice trituraient les lanières de son sac à main. Elle s'enquit d'une petite voix :

— Ça a donné quoi, l'hôtel, hier soir ?

Eli termina son café, tirant sur sa clope comme un aspirateur. Il comprit que c'était la véritable raison de la visite de son ex.

— Ça a été, fit-il. Par contre, aucune nouvelle de mon collègue Manu.

— Et cette mystérieuse patiente ?

— Bah… Une pancréatite aiguë. Une nutrition parentérale à brancher tous les soirs. Rien d'extraordinaire.

Il se surprit à éviter d'entrer dans les détails.

— C'est un endroit magnifique, ajouta-t-il, le regard perdu sur les toits orange du port Saint-Sauveur qui s'alignaient jusqu'au boulevard. On se croirait à une autre époque. C'est impressionnant quand on entre. Les couloirs sont un peu flippants mais, comme tu vois, j'en suis ressorti indemne.

Il se voulait convaincant, désinvolte, cependant l'inquiétude se lisait sur le visage arrondi d'Alice.

— Tu vas y retourner ?

— Oui. Les soins vont durer une quinzaine de jours.

Le trouble d'Alice grandissait.

— Promets-moi de ne pas t'y éterniser. Tu fais ton boulot et tu repars.

— Hum.

— Hein ?

— Oui, OK.

— Et tu n'y restes pas la nuit.

Difficile d'éviter une nouvelle comparaison avec sa mère. Eli bafouilla derechef un « oui, OK ». De toute manière il n'avait pas les moyens de séjourner dans l'hôtel, les tarifs y étaient exorbitants.

Alice réfléchit.

— Et pour ton collègue ? Tu vas aller voir la police ?

— J'ai prévu de faire un saut chez lui cet après-midi. S'il ne donne pas signe de vie d'ici demain matin, j'irai signaler sa disparition pendant ma pause.

Une étincelle malicieuse pétilla dans les yeux d'Alice. Eli savait déjà ce qu'elle allait lui dire. Il la connaissait par cœur.

— Et avant que tu me le demandes : oui, tu peux venir avec moi.

Ils empruntèrent la ligne A du métro et sortirent à la station Saint-Cyprien – République. La pluie avait redoublé d'intensité durant leurs pérégrinations souterraines, le vent aussi s'était levé, remplaçant le brouillard par d'épais nuages menaçants.

La conversation gravitait invariablement autour de leurs dernières lectures, les coups de cœur d'Alice, les corrections du manuscrit d'Eli, ses projets littéraires. Ils arpentèrent une série de ruelles étriquées, encastrées entre l'hôpital La Grave et l'Hôtel-Dieu. Des bâtiments ocre aux volets blancs se succédaient ; ils s'arrêtèrent devant l'un d'entre eux.

— Je crois que c'est ici, dit Eli.
— Tu crois ou t'en es sûr ?
— Je suis venu qu'une fois. Ça fait longtemps.

Il écrasa sa clope sur le rebord d'une poubelle, coula un regard vers le fond de la ruelle.

— Oui, c'est bien ici.

Abrités sous le parapluie d'Alice, ils sonnèrent à l'interphone. Rien.

L'infirmière prit alors l'initiative d'appuyer sur tous les boutons.

— Qu'est-ce que tu fous ? dit Eli.
— Tu vas voir. C'est quoi déjà, son nom de famille ?
— Baillet.

Une voix grésilla dans le haut-parleur.
— Oui ?

— Bonjour, madame. Je suis infirmière à domicile et j'ai oublié de rendre une ordonnance à mon patient. Vous pourriez m'ouvrir pour que je la lui laisse dans sa boîte aux lettres ?

La porte se déverrouilla.

— Et voilà le travail, fit-elle, toute fière. On ne dit jamais non à une infirmière.

Eli secoua la tête alors qu'ils pénétraient dans l'immeuble. Un porche voûté en pierre rouge courait sur quelques mètres avant de déboucher sur une cour intérieure. Ils dépassèrent un garage à vélos, un local à ordures, un empilement de boîtes aux lettres. Elliot jeta un œil à l'intérieur de celle de Manu : elle n'avait pas été relevée depuis un moment, à en juger par le tas de pubs et de courriers qui croupissaient dans l'humidité. Des écoulements d'eau résonnaient sous l'arche de pierre, métronome angoissant qui s'additionnait aux bruits de leur pas se réverbérant sur les murs.

— C'est au rez-de-chaussée, indiqua Eli. On avait pris l'apéro dans cette cour, la dernière fois.

Ils traversèrent les pavés glissants, se présentèrent devant l'appartement de Manu. Alice sonna. Tapa du poing. Toujours rien.

— Bon, ben il est pas là, constata Eli.

Il s'apprêta à faire demi-tour quand Alice l'interpella.

— Eli, c'est ouvert !

— Attends ! T'es folle ou quoi ? On peut pas entrer.

— Ben quoi ? Tu ne veux pas savoir ce qui est arrivé à ton collègue ? Si ça se trouve il a fait un malaise, on doit aller vérifier.

Cette réplique jeta un froid. L'image de Manu, allongé raide mort, victime d'une attaque cardiaque, s'imprima sur les rétines d'Eli. Il frissonna. Son regard craintif embrassa les bâtiments silencieux qui ceignaient la cour.

— Je ne sais pas si c'est une bonne idée, murmura-t-il.

Alice s'introduisit la première ; Elliot, résigné, la talonna en soupirant.

— Manu ? appela l'infirmier. Manu, c'est Eli !

Ils avancèrent dans le salon, précautionneux. L'appartement était mal exposé, les deux seules fenêtres donnaient sur la cour intérieure et diffusaient une faible luminosité, affadie par les nuages sombres qui surplombaient la ville. Ils mirent en marche l'application lampe torche de leurs téléphones pour mieux se repérer. L'état de saleté leur sauta immédiatement aux yeux. Une couche de poussière recouvrait le canapé convertible, la table basse et le sommet de l'écran plat, acheté pour voir les matchs de foot – Manu était un fan du PSG –, mais aussi les tabourets hauts alignés devant le comptoir de la cuisine américaine. Eli s'attarda sur la collection impressionnante de Blu-ray, des films d'action pour la plupart ; il y avait du Liam Neeson à toutes les sauces. Guidé par l'éclairage de son téléphone, il suivit Alice dans la cuisine. Ici aussi le manque d'hygiène était sidérant. L'évier débordait de vaisselle sale, de boîtes de kebabs et d'emballages de surgelés.

— Le ménage n'a pas été fait depuis des lustres, lâcha Alice.

Elle ouvrit le frigo. Des produits périmés. Des fruits pourris dans le bac à légumes. Une bouteille de jus d'orange à la couleur douteuse. Un Tupperware de pâtes à la carbonara moisies. Tous les aliments avaient dépassé la date limite de consommation.

— On dirait qu'il n'habitait plus ici, ajouta-t-elle.

— C'est curieux qu'il ait laissé ouvert, fit Eli, de plus en plus nerveux.

Il appela à nouveau le prénom de son collègue, redoutant l'instant où il verrait un pied, une jambe, le corps échoué de Manu, grignoté par des nuées d'insectes nécrophages. Il balaya les meubles de la cuisine de son pinceau lumineux, tout en se rassurant sur l'absence d'odeur : un cadavre en putréfaction les aurait fait vomir dès leur arrivée.

— T'as des gants ? demanda Alice.

— Des gants ? Et puis quoi encore ? On n'est pas sur une scène de crime ! Tu lis trop de thrillers.

— Et toi tu m'aides pas beaucoup.

Elle fouilla dans son sac à main – un sac à main d'infirmière –, enfila une paire de gants en latex et en jeta une autre à Eli, qui secoua la tête de dépit. En évitant de coller ses doigts partout, elle entreprit d'explorer toutes les pièces.

Le plancher grinçait sous leur pas, les volets claquaient sous la force des bourrasques. À la lumière de leurs smartphones, ils furetèrent dans l'obscurité.

Cuisine, salon, toilettes, salle de bains : RAS.

— On perd notre temps, argua Eli, sur le qui-vive, au milieu du couloir.

L'angoisse d'enfreindre la loi le tenaillait, le moindre craquement de l'appartement le faisait sursauter. Parler semblait le délester de son stress ; il ajouta :

— En plus on ne devrait pas être là. OK, techniquement, on n'est pas entrés par effraction, mais si on nous trouve on... Alice ?

Elle avait déjà filé vers la chambre.

— Allez, ça suffit, on devrait partir avant de... Alice ? Ça va ?

La jeune femme était figée sur le seuil.

— Eli, viens voir.

Sa voix semblait venir d'outre-tombe.

Elliot la rejoignit, intrigué par ce changement brutal de comportement. Alice demeurait tétanisée. Pétrifiée. On aurait dit qu'elle avait vu un fantôme.

Il s'approcha, anticipant le pire. Ses yeux s'écarquillèrent.

Les volets de la chambre étaient fermés, il faisait aussi noir que dans un four. La couette était en boule au pied du lit, les draps jonchés de vêtements épars, jetés en vrac. Penderie et tiroirs ouverts, comme si un tsunami avait traversé la pièce.

Le faisceau de la torche d'Alice illuminait le papier peint. Eli promena le sien sur les murs de la chambre.

Il recula, effaré. Se cogna au chambranle.

Les lettres « HF » étaient inscrites sur les parois, luisantes dans le halo des téléphones. De tailles différentes, elles remplissaient tout l'espace mural, des dizaines de « HF » inscrits en rouge. En rouge sang.

24

Il faisait nuit, une ligne de véhicules congestionnait le boulevard de l'Embouchure, tel un train interminable qui scintillait dans l'obscurité. Une pluie diluvienne s'abattait sur l'esplanade, les riverains se hâtaient de s'engouffrer dans la station de métro Canal-du-Midi.

Antoine avait renvoyé son équipe à la maison ; à présent il ruminait, seul, une affaire qui le dépassait. Qui le rongeait. Il n'arrivait pas à cerner les véritables intentions du tueur, le mobile et la victimologie demeuraient vagues, parfois incohérents. Il sentait que quelque chose d'important se jouait, là, juste sous son nez, les prémices d'une catastrophe à grande échelle, la promesse de jours sombres. Mais peut-être avait-il trop d'imagination…

On toqua à la porte. Le commandant Maria Salgado fit irruption dans la salle du groupe 2 de la brigade criminelle.

— C'est quoi, cette tête ? demanda-t-elle en suspendant son manteau.

Antoine frotta ses yeux cernés, fatigués.

— Je pédale, Maria. Il y a un truc dans cette histoire qui m'échappe.

Elle posa une fesse sur l'angle du bureau ; Antoine adorait quand elle faisait ça.

— Tu me briefes ?

Il se leva, pointa la première colonne d'un deuxième tableau blanc où était inscrit le nom de Pascal Furet.

— Lui. Que vient-il faire dans tout ce merdier ?

Maria Salgado fronça ses sourcils noirs et fournis d'un air d'incompréhension. Antoine développa sa théorie.

— On a un type qui agresse des inconnus en pleine rue, à n'importe quelle heure du jour ou de la nuit. Il est animé par un sens obtus de la justice et cible des personnes qu'il estime coupables d'actes répréhensibles. Actes qui, dans cent pour cent des cas, ont impliqué l'utilisation d'un téléphone portable.

Il détailla les histoires d'Ève Pocholle et de Gaëtan Moulinier, attaqués alors qu'ils filmaient une scène tragique avec leur smartphone.

— Ça semble évidemment paradoxal, continua Antoine, mais je pense que le tueur punit avec son sabre ceux qui n'adoptent pas un comportement civilisé à l'égard des victimes. Il condamne l'insensibilité, l'indifférence, la cruauté. Il frappe ceux qui sont dépourvus d'empathie. C'était aussi le cas sur la place Occitane, Bonnefoy s'apprêtait à filmer un viol.

— Pour résumer : il découpe ceux qui se conduisent mal.
— C'est mon hypothèse, oui. D'où mon problème avec lui.

Antoine tapota la colonne de Pascal Furet.

— Je me demande ce qu'il vient faire dans cette équation. Le gars est marié, avec deux gosses, il roulait en trottinette, à l'aube, quand il s'est fait attaquer. Son seul tort est d'avoir trompé sa femme, mais je ne vois pas comment le tueur l'aurait su et, de toute manière, ça ne cadre pas avec les « délits » perpétrés par les autres victimes. On cherche un assassin opportuniste, je le dis et je le répète, ses crimes ne sont pas prémédités. J'en suis sûr.

Maria Salgado croisa les bras.

— Il te ment, Antoine. Si tu es sûr de toi, alors ce Pascal Furet omet de te dire ce qui a précédé son attaque.

— C'est aussi ce que je pense. Je retournerai chez lui demain matin. Sans sa femme dans les parages, il sera peut-être plus loquace.

Le commandant acquiesça, sa chevelure d'ébène dégringola sur son chemisier, camouflant son décolleté.

— Et la rescapée, cette Andréa ?

— Son signalement circule dans tous les commissariats. On verra bien. Peut-être qu'un appel à témoin se révélera nécessaire.

Maria Salgado opina, pensive, tout en étudiant les colonnes des tableaux.

— Rien de neuf sur le tueur avec ces nouveaux témoignages ? Pas d'autres descriptions ?

— 1,78 mètre, pointure 44, souffla Antoine, désappointé, les mains plaquées contre ses joues râpeuses. Tu vois pour un portrait-robot ?

Le commandant laissa échapper un rire. Une bonne humeur éphémère envahit les bureaux. L'hilarité de sa supérieure insuffla une bouffée d'oxygène à Antoine. Ces occasions étaient rares. Trop rares. Après avoir recouvré son sérieux, il développa ses principaux axes de recherches.

— Alban fouine du côté des clubs d'arts martiaux. T'as vu la vidéo ? Le gars est un putain de samouraï. On espère qu'il est licencié dans un dojo. On se renseigne aussi du côté des ventes d'armes blanches. Mais avec le e-commerce, n'importe qui peut acheter une arme sur le Net, regretta-t-il, amer. Sans parler du Darknet.

— Au sujet des armes blanches, j'ai vu avec le commissaire. Il t'a mis deux stagiaires en disponibilité et un agent qui a eu la gentillesse de venir nous filer un coup de pouce. Comme tu le sais, on manque de personnel. Ils vous aideront tous les trois à éplucher les agressions par armes blanches signalées par les services d'urgence.

Antoine la remercia. Maria s'approcha, posa la main sur son épaule.

— Rentre chez toi, je peux me charger de faire un topo au commissaire. Et je t'épargne le point presse prévu tout à l'heure. C'est cadeau !

Elle ponctua sa phrase d'un clin d'œil.

— Merci, Maria.

— Tu m'en dois une sur ce coup-là !

Le sourire du commandant s'élargit, elle connaissait l'aversion du capitaine Aubert pour la politique.

— Je sais que tu raffoles de ce genre de choses, ironisa-t-elle. Le proc sera là, aussi. On va choisir ce que nous communiquerons aux journalistes. Quel os ils pourront ronger. Si on ne leur donne rien, on va les avoir tout le temps dans les pattes. Et tu sais comme moi que c'est de plus en plus difficile de leur dissimuler des informations. Pour le moment, ils ignorent les autres attaques, le déguisement du tueur, ses motivations, la présence des smartphones. Ils sont juste au courant que c'est un sabre qui a été utilisé pour les meurtres de la place Occitane.

— Que ça dure le plus longtemps possible.

Maria attrapa son manteau, se dirigea vers le couloir puis, une fois sur le seuil, elle se retourna.

— Quel est ton sentiment sur tout ça, Antoine ? Je connais Brugier, il va me demander ton point de vue. Tu sais qu'il t'estime beaucoup.

— M'en parle pas, je ne sais plus comment décliner les invitations à ses parties de pêche.

Le commandant Salgado gloussa.

Tout en enfilant son caban, le regard vague, perdu sur la longue file de voitures roulant au ralenti dans la rue, Antoine retrouva son sérieux. Il reprit d'une voix morne :

— On n'a rien, Maria. Et il va recommencer. C'est certain. Chaque nouvelle attaque est plus brutale que la précédente. Je crains qu'il y ait encore plus de victimes la prochaine fois.

25

L'ascenseur s'élevait dans les arcanes de l'hôtel.

Près des boutons, le petit Arthur, immobile, tête levée, observait la rotation de l'aiguille des étages. Un air mutin imprégnait les traits de son visage juvénile, fendu de ce sempiternel sourire espiègle qui, curieusement, fichait les jetons.

La grille en fer couinait, la cabine bringuebalait, les motifs tissés sur les tentures bordeaux semblaient s'animer. Plaqué dans un coin, Elliot se cramponnait à la bordure dorée du miroir. L'appréhension de sillonner ces couloirs lugubres l'étreignait, il sentait la crise d'angoisse poindre. Même son reflet paraissait vaporeux. Incontestablement, un mal inconnu s'était emparé de cet endroit.

Après la découverte des lettres « HF » inscrites sur les murs de la chambre de Manu, Alice et Elliot avaient aussitôt décampé de l'appartement. Cette fois il n'y avait plus à tergiverser : il fallait signaler sa disparition à la police. Néanmoins, Elliot avait dû faire face à ses impératifs – la tournée du soir –, aussi avaient-ils convenu de se retrouver le lendemain midi devant le commissariat de Saint-Cyprien.

Le père de Manu lui avait répondu sur Messenger dans l'après-midi : lui non plus n'avait pas de nouvelles de son fils, et ce depuis près de deux ans. Ils avaient eu des différends depuis la mort de Mme Baillet, leurs chemins se séparaient, inexorablement. Inquiet, il avait malgré tout exprimé son désarroi et prié Eli de le tenir au courant.

D'autres connaissances avaient également répondu à Elliot sur Facebook mais, là encore, personne ne savait où était passé Manu, la plupart ayant coupé les ponts avec lui depuis des mois, voire des années.

Eli avait collectionné les étourderies durant le reste de la journée. Ses patients ne le reconnaissaient plus. Cette histoire altérait sa concentration. Malgré tout, ses contrariétés s'étaient évaporées à la seconde où il était entré dans l'Hôtel Ferdinand. Mais lorsqu'il s'était présenté à Gaspard, toutes ses préoccupations avaient déferlé, manquant de le faire vaciller, tel un coup de poing dans l'estomac. Même la perspective de revoir Laure Delambre n'arrivait pas à le rasséréner.

Neuvième étage. Arthur arpentait la moquette rouge d'une démarche presque sautillante. On aurait dit le petit Gibus quittant l'école ; il ne lui manquait que le cartable et le béret. Eli le suspectait d'être nyctalope pour se repérer ainsi dans la pénombre. Les lanternes paraissaient moins nombreuses que la veille, une obscurité glacée inondait le couloir. Elliot se retournait par moments, s'attendant à apercevoir des jumelles en robe bleu ciel, le corridor aspergé de sang. Son imagination, comme bien souvent, lui jouait des tours.

Arthur toqua à la chambre 923.

Les neurones d'Eli disjonctèrent. Bim ! Arrêt d'urgence. Il en oublia ses déconvenues de la journée, son enquête sur Manu. Son prénom.

Laure Delambre portait un minishort blanc et un crop top de la taille d'un serre-tête. Ses cheveux étaient emmaillotés dans une serviette de bain. Des gouttes d'eau perlaient sur sa peau hâlée ; elle sortait de la douche. Un parfum d'encens embauma le vestibule.

Elle sourit, s'agenouilla pour embrasser la joue d'Arthur, qui leva aussitôt la tête vers l'infirmier comme pour marquer ce moment. Elliot arqua un sourcil vers le gamin – quel âge pouvait bien avoir ce foutu gosse ? – puis bafouilla un piteux « bonsoir » avant d'entrer dans la chambre.

Il posa sa sacoche au pied d'un fauteuil, se lava les mains dans la salle de bains – aucune lingerie ne l'attendait ce soir –, puis déballa son matériel : un set à pansement, des compresses, de l'antiseptique, de l'eau stérile, des gants. Laure était allongée sur le lit, exhibant son ventre plat et les cicatrices de la cœlioscopie.

Par la fenêtre, des traits de pluie rayaient le panorama, le canal du Midi ondoyait au cœur des lumières de la ville tel un tentacule ténébreux.

Elliot se mit au travail. Le roman de Maxime Chattam trônait toujours sur la table de chevet, comme une invitation à entamer la conversation.

— Vous aimez cet auteur ? demanda-t-il avec une nonchalance feinte, tout en confectionnant une poupée avec ses pinces en métal.

Ce type d'échange l'aiderait peut-être à instaurer un climat de confiance. Laure, surprise, se tourna vers lui.

— Vous connaissez ?
— C'est un de mes écrivains préférés.

Elliot se retint de préciser que c'était le romancier qui l'inspirait le plus. Il était trop complexé pour avouer qu'il écrivait.

Les commissures des lèvres de Laure s'étirèrent en un sourire qui fit fondre Eli. C'était la première fois qu'il la voyait si rayonnante.

— Moi aussi, fit-elle. J'ai tout lu de lui.

Durant dix minutes ils échangèrent sur leur top 3, sur les plus gores, les plus terrifiants ou ceux dont le twist final les avait bluffés.

Elliot aurait voulu que le temps s'arrête. Néanmoins il se sentait gêné, la promiscuité avec le corps dénudé de sa patiente le mettait mal à l'aise, il luttait de toutes ses forces pour que son regard ne s'égare pas sur les seins compressés par le top.

Un court silence s'installa. Des pansements propres colmataient les cicatrices de la chirurgie, la nutrition parentérale pendait au pied de la perfusion. Eli s'attela à ouvrir le cathéter. Il devinait que Laure voulait préciser quelque chose mais qu'elle hésitait. Soudain elle lâcha une grenade qui lui explosa au visage.

— Vous savez qu'il est venu une fois à la bibliothèque de l'hôtel ?

Eli en laissa échapper la tubulure.

— Pardon ?

— Il m'a dédicacé trois romans. J'ai bien conscience d'être une petite veinarde.

Elle indiqua du menton la bibliothèque qui épousait le mur perpendiculaire à la fenêtre ruisselante.

— Vous… Vous êtes sérieuse ?

Les grands yeux bleus de Laure hypnotisaient Eli.

— Tout à fait. Une rencontre a ensuite été organisée dans les salons de l'aile nord.

Ces deux derniers mots anéantirent Eli. Tout resurgit dans son esprit. La disparition de Manu. Les lettres de sang découvertes dans sa chambre. Un peu gauchement, il inséra la perfusion dans la pompe, calcula le débit.

— À ce sujet, j'aurais une question à propos de l'aile nord.

Laure Delambre se referma, froide, austère. Une porte de prison avec une serviette sur la tête.

— Je ne peux rien dire, répondit-elle d'un ton mécanique.

Le reste des soins s'effectua dans un silence pesant ; Eli ne savait plus où se mettre, quoi dire. Il souhaita une bonne nuit à Laure, déçu d'avoir rompu le lien fragile qu'il s'était efforcé de faire naître entre eux.

Il retourna dans le couloir sombre, déconcerté, se trouva ridicule quand il courut vers les ascenseurs – il avait cette fois-ci pris le temps de mémoriser le chemin à l'aller.

Il regagna le hall sans encombre.

Les notes gracieuses d'*Un Américain à Paris*, de George Gershwin, emplissaient le vaste espace d'une symphonie enivrante, mélodieuse. De rares clients flânaient dans les salons individuels, un couple faisait la queue devant le restaurant. Les lustres diffusaient une lumière éblouissante qui se réverbérait sur les dalles cirées, les blocs de marbre, le comptoir en acajou derrière lequel Gaspard guettait.

— Monsieur Akerman, lança celui-ci. J'ose espérer que tout s'est déroulé comme vous le souhaitiez.

— Euh, oui, merci.

— Sachez que Monsieur Ferdinand vous est reconnaissant pour les soins que vous dispensez à Mlle Delambre. Il a eu vent de vos compétences et de votre professionnalisme. Il a un œil sur vous.

Il ponctua sa dernière réplique d'un sourire en coin.

— Ah. Très bien, c'est gentil à lui.

Elliot prit son courage à deux mains.

— Excusez-moi, Gaspard, mais je m'inquiète pour mon collègue Emmanuel Baillet. Il a disparu depuis mardi soir, d'après ce que vous m'avez dit au téléphone. Vous ne l'avez pas revu, par hasard ?

— Je suis navré, monsieur Akerman. La dernière fois que j'ai vu M. Baillet, c'était justement ce jour-là, après les soins qu'il a donnés à Mlle Delambre.

Coup de bluff.

— Il m'a dit qu'il avait reçu une invitation pour l'aile nord. Est-ce exact ?

Un rictus sournois s'ébaucha sur le visage du réceptionniste.

— Que monsieur m'excuse, la confidentialité est une des règles d'or de notre établissement. Je ne peux malheureusement pas répondre à votre question.

Elliot opina, désabusé. Il avait voulu tenter sa chance. Son regard se déporta sur le couloir de droite et l'ascenseur qui desservait les quinze étages de l'aile nord. Deux vigiles en costume montaient la garde. Pourquoi de telles mesures de sécurité ? Autant de précautions ? Qu'y avait-il dans cette partie de l'hôtel ? Hébergeait-elle des personnalités importantes, des célébrités ? Quels mystères recelait cet endroit ?

Gaspard, à qui rien n'échappait, sembla lire dans les pensées de l'infirmier.

— Seuls les clients disposant d'un carton d'invitation signé de la main de Monsieur Ferdinand sont autorisés à pénétrer dans l'aile nord. Nous avons un dicton ici : « Tout ce qui se passe dans l'aile nord reste dans l'aile nord. » Vous m'en voyez sincèrement désolé pour votre collègue, monsieur Akerman. Le mieux que je puisse vous conseiller, à mon humble niveau, est de prévenir les autorités compétentes.

Elliot acquiesça, l'air hagard.

— Vous avez raison, confirma-t-il avec un aplomb insolite visant à déstabiliser le réceptionniste. Demain la police sera informée de la disparition de mon collègue.

La menace à peine voilée échoua lamentablement ; Gaspard ne fut pas le moins du monde intimidé. Au contraire, son sourire de majordome anglais s'accentua. Empreint d'un sentiment d'orgueil inédit, Eli persévéra :

— Comment obtient-on un carton d'invitation pour l'aile nord ?

— Nos clients de l'aile nord, ainsi que nos résidents permanents, sont triés sur le volet et sélectionnés par Monsieur Ferdinand en personne.

— Qu'ont-ils de si particulier ?

Gaspard parut amusé par la question. Comme s'il s'y attendait.

— Ils le méritent, monsieur Akerman. Tout simplement.

Il adressa un signe discret de la tête à un vigile posté près de la bibliothèque, qui se décala de quelques mètres en direction de la réception.

Elliot comprit le message subliminal : la discussion était close.

26

Vendredi 31 janvier 2020

Antoine raccrocha et termina son mug de café.

Il avait enfin daigné rappeler le journaliste de *La Dépêche du Midi*. Ce dernier lui avait tenu la jambe pendant vingt minutes, le bombardant de questions. L'article paraîtrait en début de semaine prochaine, avait-il indiqué, et ferait un portrait de la vie trépidante du capitaine Aubert, que les lecteurs attendaient avec impatience.

Résultat : Antoine était en retard. Il enfila son caban, jeta un œil par la baie vitrée. Il ne pleuvait plus, des nuages blancs voguaient dans le ciel bleu-gris, charriés par le vent d'autan. Il s'apprêta à sortir de chez lui quand son téléphone sonna. Un SMS.

Ses clés chutèrent sur le carrelage.

Les yeux exorbités, il ouvrit le message d'un numéro qu'il ne connaissait pas d'une glissade du pouce.

Bonne journée Papa. Bisous.

Sa fille Amandine lui envoyait un SMS. Sa fille – de huit ans – *textotait* avec son propre portable.

Antoine fulmina. Il avait déjà eu des débats houleux à ce sujet avec son ex-femme. Pour lui, Amandine était trop jeune pour posséder un smartphone. Pour sa mère, il était largué par son époque : les gosses, dès la fin du primaire, jouaient sur leur portable. Le monde était ainsi, et on n'y pouvait rien. Après tout, il ne fréquentait pas leur fille au quotidien, ignorait les pressions subies dans la cour de récréation. Les moqueries des autres enfants. Le harcèlement enduré par ceux qui ne correspondaient pas au moule. Antoine n'avait rien voulu savoir. Pourtant, visiblement, elle avait cédé.

Il répondit à Amandine en incorporant quelques smileys joyeux – après tout, elle n'y était pour rien – et sortit en trombe de son appartement.

Assis dans le métro, Antoine parcourut le quotidien et tomba sur l'article qui évoquait les meurtres au sabre. Le commissaire Brugier et le procureur de la République de Toulouse s'étaient exprimés la veille au soir devant la presse. Comme l'avait expliqué Maria, ils avaient donné un os à ronger aux journalistes ; dorénavant, les médias étaient au courant pour les attaques, celles de Furet, Pocholle et Moulinier, sans toutefois divulguer de noms. Antoine roula le journal dans son poing. Ses pensées s'égarèrent sur le commandant Salgado. Son sourire. Mais aussi sa gentillesse, son tempérament. La marque de l'alliance qu'elle portait autrefois à l'annulaire, stigmate d'un mariage raté. Une naufragée de la vie sentimentale. Comme lui. Appuyé contre les strapontins relevés, il se fit la promesse, un jour prochain, de l'inviter à dîner.

Antoine débarqua dans la salle du groupe 2 avec une poche de viennoiseries. Près de la cafetière, une assiette de cannelés l'attendait.

— Sers-toi, Antoine, dit Alban.

— C'est ta mère qui les a faits ? demanda d'un ton goguenard Jérôme en ôtant son cuir.

— Ben oui…

La Pile en piocha un et l'enfourna dans sa bouche.

— Et toi, t'as la même chemise qu'hier, fit remarquer Mylène à Jérôme. T'as découché ? Comment est-ce qu'elle s'appelle ?

— De quoi je me mêle ? T'es flic ?

— Tu te souviens plus de son prénom, c'est ça ?

Jérôme décocha un clin d'œil espiègle à sa collègue avant d'avaler un cannelé.

Antoine fit taire les chamailleries, attribua aux membres de son équipe les tâches du jour. Nabil avait prévenu qu'il serait en retard, prétextant un problème avec son jeune frère, hospitalisé en urgence durant la nuit.

Le capitaine Aubert rejoignit le lieutenant Boutaleb directement chez la première victime.

— Je croyais que nous nous étions tout dit la dernière fois, lâcha Furet en s'installant sur le canapé d'angle.

— C'est aussi ce que je pensais, rétorqua Antoine.

Il prit ses aises, s'adossa au cuir blanc, les jambes croisées. L'appartement était vide, les enfants à l'école, l'épouse modèle au boulot. Tant mieux. Nabil restait volontairement en retrait, dans le dos de Furet, contraignant ce dernier à se retourner pour le surveiller. Ils le tenaillaient. Ils avaient élaboré cette stratégie pour intimider le père de famille, l'inciter à avouer la vérité. Avec sa parka ample, son bonnet et ses fossettes mal rasées, le bleu arborait un air patibulaire exacerbé. L'effet était escompté : Pascal Furet, perturbé, ne cessait de gigoter pour regarder les deux policiers.

— Vous êtes le caillou dans ma chaussure, monsieur Furet.

— Je vous demande pardon ?

— Vous êtes l'incohérence dans toute cette histoire. Mais si vous acceptiez de me dire ce qui est arrivé avant votre attaque, peut-être pourrais-je avancer dans mon enquête.

Antoine n'était pas très fier de sa métaphore mais le message était passé. Sur le buffet du salon, derrière eux, Nabil faisait un raffut de tous les diables en déplaçant les bibelots et les photos de famille.

— Votre collègue pourrait-il faire un peu plus attention ?

— Oubliez mon collègue, racontez-moi encore une fois cette matinée du 15 novembre.

La tension montait. Pascal Furet gratta son manchon en silicone.

— Je n'ai rien à ajouter depuis la dernière fois.

Nabil laissa échapper un cadre. Bruit de verre brisé.

— Oups, désolé.

Furet se retourna, furibond.

— Faites attention, bordel ! Non mais... je rêve ! C'était intentionnel ! Qu'est-ce que c'est que ces méthodes de voyous ? On est où, là ? Ma femme connaît du monde, vous allez voir de quoi...

Antoine se pencha brusquement vers lui.

— Soit vous nous répondez maintenant, soit on reste ici jusqu'à ce que votre épouse revienne pour lui expliquer où vous étiez ce matin-là.

Furet s'étrangla avec sa salive. Il se retrouvait acculé, piégé. Et alors qu'Antoine était sur le point d'enfoncer le clou, de le menacer d'entrave à la justice, de dissimulation d'informations, autant d'éléments erronés en pareille circonstance, le père de famille craqua. Les larmes jaillirent, une cascade de remords, de culpabilité intarissable.

— Promettez-moi que ma femme n'en saura rien, parvint-il enfin à articuler entre deux hoquets.

Nabil abandonna son rôle de racaille – qui ne lui allait pas du tout – et s'assit à côté d'Antoine. Ils l'écoutèrent.

— Ce matin-là, je sortais de chez cette stagiaire. Comme je vous l'ai dit l'autre jour, ce n'est arrivé qu'une fois. Une seule fois, putain.

Le pied battant la mesure, le capitaine Aubert l'enjoignit à continuer.

— Je roulais en trottinette. Mes écouteurs dans les oreilles. J'ai voulu changer de musique quand...

Il s'interrompit, dévasté.

— Quand cette poussette est sortie de nulle part.

Antoine se raidit. Une décharge glaciale irradia le long de sa colonne vertébrale. Un étau comprima sa poitrine. Furet essaya de se justifier.

— Je n'ai rien pu faire pour l'éviter. Vous devez me croire.

Nabil coula un regard vers l'entrée. Une trottinette électrique était appuyée contre le mur, sous les patères encombrées de manteaux. Un modèle qui pouvait atteindre les cinquante kilomètres/heure. Troublé, il envisagea le pire.

— La poussette est partie sur le côté, reprit Pascal Furet. J'ai entendu des cris et...

Poursuivre semblait impossible. Cette histoire virait à l'horreur. Un silence funeste ensevelit l'appartement. Les secondes passèrent, longues, accablantes. Le père de famille termina ses confidences d'une voix chevrotante :

— J'ai vu une forme, une petite forme emmitouflée dans une chancelière sur le trottoir.

Antoine ne respirait plus. Sa fille surgissait en filigrane dans son esprit.

— Je me suis relevé et... j'ai pris la fuite. Sans me retourner. Cent mètres plus loin on me tranchait l'avant-bras.

Antoine soupira en fermant les yeux.

— C'est pour cela que vous n'avez pas porté plainte ?

Hochement de tête brouillée de larmes.

Le capitaine Aubert se leva sans ajouter un mot tandis que Pascal Furet sanglotait sur son canapé. Les policiers quittèrent l'appartement.

Au moment de refermer la porte, la trottinette tomba sur le parquet.

Antoine aurait juré que Nabil l'avait fait exprès.

27

La ligne d'arrivée se profilait au loin.

Donkey Kong dérapa dans le dernier virage, le kart perpendiculaire à la route. Il doubla Bowser, Toad et Luigi, esquiva la banane placée judicieusement au milieu de la piste, mais aucune manœuvre n'empêcha la carapace rouge de le percuter. Bim ! Elliot tapa du pied en pestant. Il franchit la ligne d'arrivée en quatrième position.

Assis à ses côtés sur le lit, Mamadou, lui, jubilait. Son sourire radieux contrastait avec sa peau d'ébène.

— J'ai encore gagné !

Eli posa la manette de la Nintendo Switch et éteignit Mario Kart. Le vendredi matin, la dernière partie de la tournée était consacrée à Mamadou. C'était un petit garçon de onze ans qui souffrait d'une leucémie. La maladie avait été diagnostiquée cinq ans auparavant, à l'Oncopole de Toulouse. Elliot lui administrait les chimiothérapies lors des cures et réalisait une prise de sang chaque fin de semaine. Chétif, coiffé d'un bonnet sur la tête, le petit bonhomme vivait cloîtré chez lui et suivait une scolarité à domicile. Ses frères aînés étaient bien plus âgés que lui, certains avaient même un travail, aussi Eli avait-il pris l'habitude de rester après les soins, le temps d'une partie ou deux de jeux vidéo. Il aimait les vendredis pour ces moments de complicité, ces instants précieux qui maintenaient en vie, au même titre que les traitements, son jeune patient.

— Une dernière ?

— Ça fait trois fois que c'est la dernière.

Le garçon se mit à bouder. Eli n'arrivait même pas à asseoir son autorité avec un gamin de onze ans. Il songea au petit Arthur, qui devait avoir à peu près le même âge. Comment s'était-il retrouvé groom ? Avait-il des parents ? Ce môme lui fichait la frousse.

— Au fait, t'as lu ce que je t'ai conseillé ? demanda-t-il pour changer de sujet, tout en récupérant sa sacoche.

— Non.

— Pourquoi ?

— On n'est pas sortis cette semaine.

— Commande-le sur Internet.

— Tu sais faire ?

— Oui. Tu veux que je te montre ? Comme ça tu pourras le faire avec ta mère.

Mamadou hocha énergiquement la tête.

Eli s'installa devant un ordinateur portable posé sur le bureau, dans la chambre de l'un des grands frères.

— Tiens, par exemple la Fnac. Tu tapes le titre. Ah, le voilà.

La figure exsangue du Joker, balafrée d'un sourire dément, s'afficha sur l'écran. La mère de Mamadou entra à ce moment-là.

— Ma... Qu'est-ce que vous lui montrez ?

Penaud, Eli bafouilla :

— Oh ! ne vous inquiétez pas. Je lui expliquais juste comment commander sur Internet. Sans fournir les informations bancaires, bien sûr. Et... avec votre permission.

— C'est quoi, cette horreur ? fit-elle en pointant l'écran et le sourire démoniaque du super méchant.

— C'est un comics, précisa Eli, confus, les joues écarlates. Une bande dessinée. C'est...

— Venez, Elliot. Il faut qu'on parle.

Il fit un signe de la main à Mamadou, qui le couvait d'un regard semblant dire « désolé ».

Une fois dans la cuisine, un ouragan drapé d'une robe colorée déferla.

— De quel droit montrez-vous ces choses à mon fils ?

— L'autre fois, vous vous plaigniez qu'il passait trop de temps devant les jeux vidéo. J'ai essayé de l'initier aux bandes dessinées. C'est de son âge.

— Mon fils ne lira pas ça.

— Très bien, comme vous voulez.

La mère enchaîna :

— Je trouve que vous avez une mauvaise influence sur lui. Jouer avec lui, lui montrer ces trucs bizarres. Ça ne me paraît pas très professionnel.

Elliot avait l'impression de se faire gronder par la maîtresse.

— J'aimerais que vous vous repreniez, Elliot. Mamadou n'est pas votre ami. C'est votre patient. Sinon je ferai appel à quelqu'un d'autre.

Eli hissa sa sacoche sur son épaule, affecté par cette remontrance qui, selon lui, était disproportionnée. Tout ce qu'il souhaitait, c'était faire plaisir au gamin. Attristé, il sortit en silence et regagna la Clio.

Labo. Bureau. McDo. Métro.

Elliot fumait sa troisième cigarette, planté devant le commissariat de Saint-Cyprien. On lui en avait demandé plusieurs et, chaque fois, pusillanime, il en avait donné une à contrecœur. Le vent soufflait fort, des bourrasques lui giflaient le visage ; sa mèche rebiquait par moments, couvrait son front à d'autres. Sur le trottoir opposé, un cortège de poussettes défilait en direction de la clinique Rive Gauche ; des punks à chiens, installés sur des matelas de fortune, canette de 8.6 à la main, interpellaient les passants aux abords des distributeurs automatiques de billets recouverts de graffitis.

Alice arriva enfin. Sous le bonnet à pompon, ses yeux pochés de cernes témoignaient d'une nuit difficile. Elle semblait exténuée, préoccupée, aussi.

Ils entrèrent dans le hall du commissariat.

Durant l'attente, Elliot raconta son entrevue avec le réceptionniste de l'Hôtel Ferdinand. L'absence d'indice concernant Manu. Les cartons d'invitation donnés à « ceux qui le méritent », *dixit* Gaspard. Alice l'écouta d'un air abattu, elle paraissait de plus en plus affectée par cette histoire.

On les guida dans un bureau où un policier nota sur un ordinateur portable la chronologie de la disparition de Manu depuis le lundi soir, lorsque Eli s'était inquiété de ne pas voir rentrer son collègue au cabinet. N'omettant aucun détail, l'infirmier énuméra les faits, encouragé par Alice, qui avait manqué de le faire sursauter quand elle lui avait pris la main au milieu de son exposé. Éprouvé, il lui passa le relais pour détailler les circonstances de leur intrusion dans l'appartement de Manu, la présence des lettres rouges sur les murs de la chambre.

— Vous allez le retrouver ? s'enquit-elle.

Le policier s'étira le dos.

— Votre ami va faire l'objet d'une fiche de recherche. Il arrive qu'on retrouve une personne portée disparue lors d'un barrage routier, par exemple, on lui demandera alors par procès-verbal si elle souhaite qu'on vous communique ses coordonnées. Mais je vais être très honnête avec vous : techniquement, tout individu majeur peut rester invisible s'il le désire. De plus, votre histoire est très bancale. Cet hôtel, ces lettres sur les murs. Tout ça n'est pas clair.

— Et son absence au boulot ? objecta Eli.

— J'ai bien conscience que cela vous met dans l'embarras et que vous êtes inquiet mais, là encore, votre collègue a peut-être décidé de mener une nouvelle vie. De couper les ponts avec son passé. Aucune loi ne l'interdit.

Alice sentit monter l'irritation.

— Et les lettres écrites avec du sang, vous en faites quoi ?

— Ne vous énervez pas, mademoiselle. Vous avez dit qu'il faisait noir, que vous étiez stressée. Comment pouvez-vous être sûr que c'était du sang ?

— Nous sommes infirmiers, rappela-t-elle d'une voix un peu trop forte au goût du flic. Nous savons reconnaître du sang.

Eli, lui, fut pris d'un doute. Et s'il s'était trompé ? Si la pénombre et l'angoisse l'avaient induit en erreur, le laissant suggérer le pire ? Après réflexion, il n'était plus certain que les lettres « HF » étaient inscrites avec du sang.

— On va faire ce qu'il faut, assura le policier. De votre côté prévenez-nous si vous avez du nouveau.

Alice et Eli se levèrent, désabusés.

Personne ne leur viendrait en aide.

28

Jeudi 13 février 2020

La vie continuait. Comme si de rien n'était. Une vie sans Manu, une vie où une reine avait intégré les Rois de Pique – Alex avait recruté l'infirmière intérimaire pour un CDD de six mois –, et tout le monde semblait s'accommoder de cette situation.

Elliot avait jeté l'éponge. Il était las de se battre, de s'inquiéter, de secouer ses collègues pour les faire réagir. Il faisait son boulot dans son coin, se cantonnant à sa tournée, en pilote automatique. Après tout la police avait été alertée, c'était désormais à elle qu'incombait la tâche de retrouver l'infirmier.

Elliot, interférant le moins possible avec son entourage, avait tout de même rendu une visite expéditive à sa mère le samedi précédent. L'état de santé de cette dernière ne cessait d'empirer, le carcan de la maladie neurodégénérative la troublant au point qu'elle ne reconnaisse plus son propre fils. Curieusement, Alice aussi avait pris ses distances. Si au début ils avaient échangé leurs impressions sur l'enquête en cours, la jeune femme n'avait pas répondu à son dernier SMS et ils ne s'étaient pas retrouvés dans leur bistrot habituel. Qui sait si cette histoire ne s'était pas frayé un chemin vers la sortie de son cerveau ; pour elle aussi : la vie continuait.

Terré dans la pénombre de son appartement, Eli enregistra le fichier Word intitulé « Roman 4 » sur sa clé USB et sortit dans la nuit toulousaine. Le roman 3, lui, était parti depuis une semaine chez une dizaine d'éditeurs. Elliot avait retravaillé les passages pointés par Alice, il avait tout relu d'une traite avant de soumettre son dernier manuscrit.

La pluie avait cessé depuis quelques jours, remplacée par un temps sec et froid. Les mains dans les poches de son caban, Elliot longea le canal, pensant aux lettres de refus qui lui seraient inévitablement adressées, aux frais exorbitants de l'Ehpad où résidait sa mère, à la hausse inexorable de son loyer, à la devanture du cabinet. Le week-end précédent, lors des heurts hebdomadaires entre manifestants et forces de l'ordre, un groupe de types cagoulés avait mis le feu à un container. Le brasero s'était renversé, les flammes avaient léché la vitrine, une série de traînées noires maculaient la façade des Rois de Pique. Eli avait eu l'assureur au téléphone, un expert avait été mandaté. Il fallait attendre. Comme pour son roman. Il fallait encore et toujours attendre…

Il écrasa sa cigarette sur le cadre d'une poubelle et récupéra sa sacoche d'infirmier au cabinet. Son matériel était resté ici ; Eli ne travaillait pas aujourd'hui. Il avait supprimé Laure Delambre de la tournée afin d'être le seul à s'occuper d'elle. En dépit de la contrainte réelle que cela représentait – la patiente ne figurait plus parmi les clients et, par conséquent, se faisait soigner gratuitement –, il était le seul à pouvoir pénétrer l'hôtel. Le seul à profiter du cadre de l'établissement, à côtoyer une élite inaccessible, à se sentir privilégié, l'espace de quelques instants. Comme une pause dans le temps, un intermède dans sa vie insipide. Et puis, l'Hôtel Ferdinand agissait sur lui comme une drogue. D'un côté, il se culpabilisait à l'idée de s'y rendre, mais de l'autre, cela l'émoustillait : il y avait cet anachronisme, ce sentiment d'orgueil enivrant à l'idée de vivre une expérience hors du commun, cette atmosphère étonnamment enveloppante et paisible. Il avait *besoin* de s'y rendre.

Et puis il y avait Laure. Leur relation s'était améliorée, dire qu'ils avaient sympathisé était un peu exagéré mais ils parlaient librement, il leur arrivait de plaisanter pendant les soins, parfois de rire.

Un soir, par hasard, ils s'étaient mis à se tutoyer. Un sujet en amenant un autre, Eli lui avait avoué sa passion pour l'écriture, ses créations littéraires. Laure avait paru admirative, ce qui l'avait comblé de bonheur. Par la suite, il avait appris qu'elle était née à Montauban, qu'elle avait une grande sœur à qui elle n'adressait plus la parole, qu'elle avait arrêté ses études à l'université Paul-Sabatier pour enchaîner les petits boulots, en France et en Espagne, avant d'être approchée, une nuit, alors qu'elle buvait un verre avec des amies dans un bar branché, pour être recrutée à l'Hôtel Ferdinand. Eli n'osait toujours pas demander quelle fonction précise elle occupait, il l'imaginait tantôt en barmaid, tantôt en femme de ménage.

Laure avait éprouvé des difficultés à s'alimenter normalement par voie orale, ses dernières tentatives s'étaient soldées par des vomissements, c'est pourquoi son médecin avait prolongé le traitement par nutrition parentérale pour cinq jours supplémentaires. L'échéance tombait le lendemain, c'était donc l'avant-dernière fois qu'Eli se rendait au chevet de sa patiente. Il comptait les jours, résigné, anticipant le vide qui s'ouvrirait sous ses pieds lorsqu'il ne pourrait plus se rendre à l'Hôtel Ferdinand. Cela faisait soixante-douze heures que Laure mangeait des aliments solides sans désagrément, il était évident que les perfusions et les visites d'Eli s'achèveraient le lendemain.

— Monsieur Akerman. Ponctuel, comme à l'accoutumée. J'ose espérer que votre journée a été plaisante. Mlle Delambre vous attend dans sa chambre.

Gaspard. Elliot ne pouvait esquiver le réceptionniste, véritable tour de contrôle humaine qui scannait le hall de son comptoir. Bien qu'il éprouvât constamment une forme de méfiance à son égard, il ne le diabolisait pas comme au début. Même le petit Arthur, qui rappliqua illico d'on ne savait où, ne provoquait plus chez lui ce malaise irrationnel ressenti lors des premières visites.

Couloir de gauche. Ascenseur. Feulements des pas sur la moquette. Chambre 923.

Laure apparut, époustouflante, dans une de ces tenues qui laissaient peu de place à l'imagination quant à ce qu'elles tentaient en vain de recouvrir.

Eli effectua ses soins, les discussions s'enchaînèrent naturellement, sans les blancs embarrassants qui émaillaient leurs premières conversations. Laure racontait le synopsis du roman qu'elle lisait en ce moment, un auteur qu'Eli ne connaissait pas. Elle était allongée dans le lit, le bras tendu. Elle exhalait un parfum de jasmin et de bergamote. L'odeur capiteuse obligea Elliot à froncer les sourcils quand il se pencha pour examiner le ventre plat et les cicatrices roses qui détonnaient avec le teint hâlé de sa patiente.

— J'ai mis la dose, ce soir. L'habitude, désolée.

Eli se crispa. Laure avait lancé une perche, et il hésitait à la saisir. Son métier exigeait-il qu'elle se parfume ? C'était idiot. Elle embraya :

— Si tu rentres chez toi avec cette odeur, c'est Mme Akerman qui ne va pas être contente.

C'était la première fois que l'un d'eux faisait allusion à la sphère privée.

— Ça ne risquera pas de la déranger, rétorqua Eli. Il n'y a pas de Mme Akerman.

— Même pas un petit flirt ? Une fille pour qui tu as le béguin ?

Elliot se retint de lui révéler que la fille pour qui il avait le béguin se trouvait là, sous ses yeux, au lieu de quoi il répondit :

— À part mon ex, je ne fréquente pas beaucoup de filles.

Laure hocha la tête, ses lèvres brillantes de gloss se resserrèrent en une sorte de moue dubitative.

— Vous êtes séparés depuis longtemps ?

— Un bail, ouais. Ça va faire huit ans.

— Et rien depuis ? s'enquit-elle sans masquer son étonnement. Même pas quelques petites histoires ?

— J'en ai eu une autre... mais c'était compliqué. Ça s'est mal terminé.

— Qu'est-ce qui s'est passé ?

Eli était dérouté par la tournure que prenait la discussion. Il connecta la tubulure à la pompe à perfusion, « ligotant » ainsi Laure au pied métallique comme si cela lui octroyait une chance de s'éclipser sans avoir à répondre.

— Sujet sensible, lâcha-t-elle avant qu'il n'ouvre la bouche. Je comprends. Les filles sont parfois cruelles.

— C'est le cas de le dire.

C'était une de leurs dernières conversations. Eli le savait. Demain, il devrait tourner la page. Pour ne pas souffrir. Un sentiment d'urgence l'envahit, un besoin irrépressible de se confier. L'ambiance tamisée de la chambre, sa décoration surannée. Laure, son charme. L'hôtel et ses couloirs, ses mystères. L'altitude, aussi. Le panorama. Tous ces paramètres se cristallisèrent, insufflant à Eli le courage de parler.

— Elle me frappait, dit-il d'une voix presque inaudible.

Les yeux bleus de Laure s'écarquillèrent. Eli se décomposait, couvert de honte. Il ne savait plus où se mettre, n'arrivait pas à la regarder en face. Il puisa malgré tout la force de continuer.

— On est sortis ensemble pendant un an. Ça a commencé à déraper au bout de quelques mois, quand on a habité tous les deux. Au début c'était des reproches, des humiliations. Les coups sont arrivés après. Elle était possessive. Elle voulait que je change de boulot, que j'arrête de voir les gars en dehors du cabinet. Le problème, c'est que j'ai emménagé chez elle. Le temps que je trouve un appart, que je déménage, ça a pris des mois. Elle a tout fait pour me retarder, elle m'a menacé de faire des conneries si jamais je la quittais. Ce qui est ironique, c'est que c'est mon autre ex qui m'a aidé à partir.

Laure semblait abasourdie.

— C'est pas courant, en effet.

Sa main se posa sur celle d'Eli, un geste affectueux qui dura quelques secondes. Le cœur de l'infirmier s'emballa, comme aspiré dans une centrifugeuse.

— Désolée, Elliot.

Il sourit timidement, incapable de lui demander si elle aussi était célibataire – « Eli, merde ! » Le moment était passé, il avait raté sa chance. Ils parlèrent de choses plus légères puis Eli prit congé, un peu dépité : il flottait un sentiment d'inachevé.

Il sprinta dans le couloir jusqu'à l'ascenseur, tel un gamin qui remonte de la cave de la maison familiale. C'était devenu une habitude pour distraire son imagination féconde de romancier, assaillie de scènes plus sordides les unes que les autres lorsqu'il arpentait cet étage lugubre.

Les grilles de la cabine s'ouvrirent. Le grand miroir renvoya son visage d'albâtre. Durant la descente, Eli songea à la chance qu'il avait de connaître une fille comme Alice, ce qu'il adviendrait si elle disparaissait de sa vie. Il devait renouer le contact. Et vite.

Gaspard lui souhaita une « délicieuse soirée » – qui utilisait sciemment ce genre de mots à l'oral ? – puis Elliot retourna sur les allées Jean-Jaurès, non sans un subtil pincement au cœur comme chaque fois qu'il quittait l'opulence du hall pour la grisaille extérieure.

Il alluma une cigarette sur le trottoir et s'apprêta à rédiger un message à Alice. Ayant retrouvé du réseau, son smartphone se mit à vibrer entre ses doigts. Un SMS. Numéro inconnu.

Salut Eli, c'est Julien. Il est arrivé quelque chose de grave à Alice.

29

Il apporta la substance visqueuse à sa bouche – était-ce le cœur ? – et la fit glisser dans son œsophage.

— Alors ?

— Délicieux, avoua Antoine en posant la fourchette et la coquille d'huître dans son assiette.

Un amoncellement de fruits de mer le séparait de son rencard : huîtres, bulots, bigorneaux, crevettes grises et roses, pinces de tourteau. Une bouteille de quincy reposait dans un seau rempli de glace, fixé à la table. Un bardage en bois revêtait les murs, sur lesquels étaient accrochés les tableaux en ardoise énumérant les plats et les plateaux, mais aussi des bouées, des instruments de navigation, autant d'objets qui plongeaient les clients dans une atmosphère maritime.

Car ce soir, c'était le grand soir. Après plusieurs jours à ruminer sur la meilleure manière de l'aborder, Antoine s'était armé de courage et avait enfin osé faire le premier pas : il avait invité le commandant Salgado. Après s'être concertés, ils avaient opté pour un dîner Chez Jeannot, un restaurant réputé pour la fraîcheur de ses fruits de mer. Maria avait grandi à Cadix, sur la côte Atlantique, son enfance avait été bercée par les produits de l'océan, les poissons pêchés le jour même, que sa mère cuisinait.

Antoine, lui, se débrouillait comme il pouvait pour ne pas tacher sa chemise. Les fruits de mer, ce n'était pas trop son truc, mais il avait voulu faire plaisir à Maria. Ces saloperies de mollusques et de crustacés giclaient quand il s'échinait à les décortiquer. Mais c'était bon, il était obligé de le reconnaître. Et la vue le subjuguait. Maria portait un chemisier fuchsia dont plusieurs boutons avaient été ouverts, offrant un panorama magnifique sur sa poitrine ferme et généreuse.

— Je m'attaque au crabe, déclara-t-elle avec gourmandise.

Antoine n'avait pas la moindre foutue idée de comment dépiauter ce machin-là, aussi opina-t-il en buvant une gorgée de vin. Il attendait de voir comment elle s'y prendrait, quelle pince elle utiliserait. Passé la gêne des premières minutes, les regards obliques et les gestes un peu gauches, la conversation était devenue plaisante, évoquant parfois leurs lots d'échecs personnels, de désillusions amoureuses. Ils passaient un bon moment.

Ils s'étaient défendu de parler boulot. Chaque fois que l'un d'eux mettait le sujet sur le tapis, machinalement, l'autre le stoppait. De toute manière il n'y avait rien à dire. L'enquête sur le tueur au sabre s'enlisait, l'ADN n'avait rien donné, les auditions des témoins de la place Occitane et des autres scènes de crime non plus. La rescapée du viol, la mystérieuse Andréa, demeurait introuvable, et ce malgré l'appel à témoin qui avait été lancé. Le groupe du capitaine Aubert n'avait rien. Pas l'ombre d'une piste. Il recensait les attaques signalées auprès des services d'urgence mais, là encore, ils n'avaient pas glané d'infos tangibles sur le meurtrier. Les criminels, eux, en revanche, continuaient à sévir, d'autres dossiers s'empilaient sur les bureaux de la crim, supplantant petit à petit celui du « justicier ». Alban poursuivait ses investigations du côté des clubs d'arts martiaux, Mylène et Jérôme travaillaient sur un cas de double homicide, un type encapuchonné qui avait tiré sur la terrasse d'un kebab avant de prendre la fuite sur un scooter. Une histoire de règlement de comptes. Nabil et lui faisaient la navette entre les dossiers. C'était terrible à admettre mais, depuis quinze jours, Antoine *attendait* une nouvelle attaque, tout en espérant que le tueur commette cette fois-ci une erreur.

— On a dit pas de boulot !

Pris en faute, Antoine se concentra sur son bulot, ou bigorneau, ou peu importait le nom que ce truc à la carapace préhistorique portait.

— Je...

— Tu pensais au boulot, insista Maria.

— C'est vrai. Je pensais à ce bébé renversé.

— Quelle histoire affreuse. Mais tu t'es renseigné, il va bien, non ?

— Oui... il va bien. Ses jours ne sont plus en danger. Sa mère a décidé de porter plainte contre Furet.

Le commandant hocha la tête, songeuse.

— Tu fais un transfert sur ta fille, c'est ça ?

— Difficile de ne pas se projeter.

Antoine se retint de développer. Il savait que Maria n'avait pas d'enfants, qu'elle n'avait jamais souhaité en avoir, et il craignait qu'elle se lasse de l'entendre à nouveau épiloguer sur sa fille, sa plus grande fierté. C'était plus fort que lui. Amandine s'incrustait dans toutes les discussions.

— Alors, ce crabe ? dit-il pour changer de sujet.

— Pas mal. Si un jour tu vas en Espagne, je te donnerai deux, trois coins qui valent le détour.

— Mon sens de l'orientation est pitoyable. J'aurai besoin d'un guide.

Il ponctua sa phrase d'un fugace haussement de sourcil. Ils continuèrent à plaisanter en dégustant leur plateau, Maria se vantait de la chance qu'elle avait de dîner avec une « célébrité ». La parade nuptiale se poursuivit, un jeu de séduction, une chorégraphie sensuelle dans laquelle les doigts s'effleuraient, les regards lascifs flirtaient, les chevilles se frôlaient sous la table.

Le smartphone de Maria se mit à danser sur la nappe.

— Oh ! ça, c'est pas bon signe, fit Antoine en grimaçant.

Le sien vibra la seconde suivante.

— Vraiment pas bon signe, répéta-t-il alors que Maria répondait.

Il se tourna sur son siège et fit de même.

— Oui ?

Une logorrhée affolée jaillit du téléphone.

— Moins vite, Alban. Je comprends rien. Où ça ?

— Métro Capitole. Viens le plus vite possible. C'est le tueur au sabre, aucun doute. Il a récidivé.

En face, Maria avait raccroché. Alban continua d'une voix essoufflée :

— Faut que tu rappliques, Antoine. Tout de suite. C'est pire que sur la place Occitane. Ça dépasse tout ce qu'on imaginait. Je n'ai jamais vu ça... Personne n'a jamais vu ça...

30

Des volutes de vapeur éphémères s'échappaient de la bouche d'Elliot à chaque expiration. Les joues rougies à cause de l'effort, il sprintait le long des allées Jean-Jaurès. Son front enduit de sueur brillait sous l'éclairage des lampadaires. Il était en nage. Ses baskets martelaient le trottoir, la sacoche se balançait dans son dos au rythme des foulées. Les gens qu'il croisait le prenaient pour un fou.

Malgré la trentaine de clopes qu'il grillait chaque jour, additionnée à son cocktail du soir, Eli disposait d'une bonne condition physique. Les cellules de son organisme gardaient en mémoire les heures d'entraînement de natation, les cours de krav-maga, les tours de piste d'athlétisme dont il raffolait durant son adolescence. Il accéléra, mû par l'incertitude et les angoisses concernant la santé de son amie. Julien, le copain d'Alice, était resté évasif au téléphone : l'infirmière psychiatrique était en réanimation. Le pronostic vital était engagé.

La respiration haletante, Elliot ralentit progressivement avant de s'immobiliser au croisement du boulevard Lazare-Carnot et des allées Jean-Jaurès. Un spectacle inattendu s'offrait à lui. Des flics. Partout. Des voitures sérigraphiées barraient la route, les gyrophares arrosaient la nuit glaciale de kaléidoscopes bleutés. Des escouades de policiers circulaient entre les allées du Président-Franklin-Roosevelt, repoussant les cohortes de curieux et de journalistes qui s'agglutinaient autour des cordons de sécurité. Des fourgons étaient stationnés en file indienne devant la Fnac, des ambulances et des véhicules de pompiers s'alignaient en face, près du Burger King. Une fourmilière d'uniformes s'affairait aux abords des escalators du métro.

L'accès au transport en commun étant impossible, Elliot repartit vers le cabinet.

D'autres voitures de police déboulèrent, pied au plancher, les deux-tons beuglaient dans les allées Jean-Jaurès. Un hélicoptère vrombit au loin. La seconde suivante, l'appareil surgit au-dessus de la médiathèque, son faisceau lumineux balayant les artères de la ville. Elliot tourna dans la ruelle, avant le titan en brique rouge, et se faufila dans sa Clio. Il ouvrit la fenêtre, alluma une clope. La transpiration suintait de tous ses pores. Son cœur cognait dans sa poitrine, tambourinant jusqu'à ses tympans. Il préférait occulter la scène dont il venait d'être témoin, même si un mot siégeait inévitablement dans tous les esprits depuis plusieurs années : attentat. Un tel déploiement de forces de l'ordre et de soignants était forcément lié à un drame d'une grande ampleur. Soudain il se crispa. Bien que le timing ne concordât pas, il se demanda malgré tout si cette catastrophe n'avait pas un lien avec l'état de santé d'Alice.

La Clio traversa Toulouse. Direction l'hôpital Purpan.

Eli franchit la voie de tramway quand il avisa Julien qui l'attendait devant le bâtiment Pierre-Paul-Riquet. Grand, les mains enfouies dans un long manteau noir, il grelottait près des vitres du Relais H. L'extrémité de sa cigarette embrasait son visage anguleux à chaque bouffée, les lunettes fines posées sur son nez, le bouc qui encadrait sa lippe contrariée.

— Comment va-t-elle ? demanda Eli.

— Elle est dans le coma.

Elliot alluma une clope.

— Merde. Qu'est-ce qui s'est passé ?

— Elle a eu un accident de voiture en rentrant du Drive de Leclerc. C'était il y a trois jours. Elle a de multiples fractures et un traumatisme crânien. Du sang comprime son cerveau. Elle est en réanimation et respire grâce à une machine.

Il marqua une pause, épuisé. Consterné.

— Des tuyaux lui sortent de partout, Eli.

Il souffla sa fumée bruyamment vers le ciel d'encre. Julien n'était pas issu du milieu hospitalier, il bossait devant un ordinateur, Eli ne savait plus dans quel domaine exactement. Le jargon médical devait lui échapper, supposa-t-il. Transi de froid, il hasarda :

— Elle a un hématome sous-dural ?

— Oui, c'est ça. Les médecins l'ont drainé mais elle est toujours dans le coma. Apparemment la pression a augmenté sous son crâne et ça les inquiète. Ils ont parlé d'un risque d'engagement cérébral, je t'avoue que j'ai pas tout saisi.

Elliot, lui, comprenait parfaitement la situation : Alice était entre la vie et la mort.

— Ils disent quoi, les toubibs ? demanda-t-il d'une voix qu'il aurait souhaitée moins chevrotante.

— Qu'il faut attendre.

Attendre. Encore et toujours. Julien écrasa sa clope, souffla sur ses doigts pour les réchauffer. Il s'installa sur le dossier d'un banc. Eli préféra rester debout à se dandiner d'un pied sur l'autre. Il ne portait qu'un T-shirt à manches longues sous son caban ; il était gelé.

— On peut la voir ?

— Les visites sont terminées. C'est au moment de quitter la chambre, quand j'ai éteint les infos à la télé, que j'ai pensé à toi. Il y a eu un massacre dans le métro. Le tueur au sabre, comme le surnomment les journalistes. Je me suis souvenu qu'elle t'en avait parlé. Je sais qu'elle compte encore beaucoup pour toi. Désolé de ne pas t'avoir prévenu avant. Comme tu peux t'en douter, j'avais la tête ailleurs. Et avertir l'ex de sa copine n'est pas le premier réflexe quand un accident survient.

Un sourire empli de tristesse déforma son bouc. Il n'y avait pas d'hostilité dans sa dernière remarque, seulement du chagrin. Beaucoup de chagrin.

— C'est gentil de m'avoir appelé. Je pourrai la voir demain, tu penses ?

— Oui. J'y serai en début d'après-midi. T'auras qu'à passer à ce moment-là.

Elliot accepta. Un silence s'installa entre les deux hommes, aussitôt brisé par la stridulation d'une sirène d'ambulance. Ils se souhaitèrent bon courage puis chacun repartit vers sa voiture.

Eli gambergea durant tout le trajet. L'hôtel. L'accident d'Alice. Le tueur au sabre. Il prit conscience qu'il ne s'était jamais senti aussi seul de toute sa vie. Il gara la Clio dans une rue perpendiculaire à sa résidence, puis, amorphe, il longea le trottoir, composa le code d'entrée de l'immeuble et grimpa dans l'ascenseur jusqu'à son appartement.

La minuterie du couloir s'enclencha automatiquement. La lumière crue éblouit ses yeux fatigués. Il battit des paupières et se dirigea jusque chez lui avec une démarche de robot.

Son regard papillonnait entre le palier de ses voisins anonymes, les paillassons dégueulasses, les motifs du papier peint. Sa porte.

Eli fronça les sourcils. Il ralentit, suspicieux.

Une feuille cartonnée pliée en deux était accrochée à la poignée de son appartement grâce à un ruban bordeaux, rappelant celui d'un paquet cadeau.

Un frisson parcourut sa moelle épinière, une vague glacée qui activa une zone de son cerveau reptilien.

Il s'approcha, méfiant. Saisit le carton adressé à son nom d'une main tremblante. Le grain paraissait d'excellente qualité, le papier était blanc cassé, et les mots étaient calligraphiés d'une élégante et formelle écriture cursive.

Avant même de lire, Elliot savait.

31

Des voitures de police, des ambulances et des véhicules de pompiers étaient garés un peu partout. Près du square, un camion-hôpital du CHU était déployé, accordéon médical pouvant accueillir jusqu'à dix-huit patients de réanimation. Le personnel du SMUR s'activait, les brancards passaient de la bouche du métro à l'hôpital de campagne. Cette unité mobile issue de la technologie militaire avait été conçue pour faire face aux situations de crises. Ce soir, en l'occurrence, à la folie d'un homme armé d'un sabre.

Des flics repoussaient les assauts des journalistes et des curieux, d'autres parquaient les témoins. On notait les noms, les adresses, des dizaines d'identités à vérifier, à convoquer plus tard. Les blessés légers étaient soignés sur place ; les plus graves, évacués ; les cas critiques, eux, étaient traités en urgence dans le camion-hôpital. Les couvertures de survie brillaient dans la nuit noire. En retrait de l'agitation, les cadavres défilaient dans des housses mortuaires vers la rue Alsace-Lorraine, où les fourgons de l'institut médico-légal patientaient. Un circuit pour la vie ; un autre pour la mort. Une cacophonie assourdissante émanait de la place ; ça pleurait, ça criait. On se serait cru dans une zone de guerre.

Antoine n'avait jamais vu ça.

On les escorta jusqu'à l'entrée du métro où Mylène et Jérôme, pour une fois, n'étaient pas d'humeur à plaisanter.

— Où est Alban ? demanda Antoine.

— En bas, répondit Jérôme. Il discute avec le responsable de Tisséo et le chef de l'identité judiciaire.

— Et Brugier ? s'enquit Maria.

— On l'attend d'une minute à l'autre. Le proc et le juge ont été prévenus aussi. Ils ne devraient pas tarder. Il paraît même que le préfet va rappliquer avec le ministre de l'Intérieur et le Premier ministre.

Nabil arriva en courant, la sueur dégoulinant de son bonnet sur son front.

— J'ai fait au plus vite. Désolé. Qu'est-ce qu'on a ?

Silence funeste.

— C'est en bas que ça se passe, lâcha enfin Mylène en coulant un regard sombre vers l'entrée souterraine.

Ils s'engouffrèrent au niveau des tourniquets qui précédaient l'accès aux quais. Une série d'escalators vertigineux s'enfonçaient dans les entrailles de la ville. Durant la descente, Antoine eut l'impression de plonger dans les arcanes d'un cerveau malade, chaque roulement de l'escalier mécanique l'entraînant inexorablement sous terre, comme s'il franchissait un à un les neuf cercles de l'Enfer. D'autres blessés, accompagnés de pompiers ou d'infirmiers du SMUR, grimpaient dans le sens inverse. Les regards se croisaient, incrédules. Comment pouvait-on en arriver là ?

Les escalators libérèrent les officiers de police dans une grande salle haute de plafond. Les quais s'étiraient de chaque côté, accessibles par des arches creusées dans les parois. Ici aussi, des victimes, des flics, des agents Tisséo, mais également des techniciens de l'identité judiciaire qui ratissaient la station au peigne fin. Une voix masculine, diffusée en boucle dans les haut-parleurs souterrains, informait de l'interruption de la ligne A pour une durée indéterminée. Son timbre trahissait sa frayeur. La voie de gauche était vide ; l'autre, occupée par une procession de wagons, portes automatiques ouvertes.

— C'est de ce côté, boss, indiqua Mylène en pointant son pouce vers la droite.

Antoine hocha la tête, silencieux. Il était entré dans sa « bulle », un état proche de la transe où les paroles devenaient des murmures inaudibles. Il devait s'imprégner de la scène de crime, absorber toute la violence du tueur pour en saisir le déroulement, la raison. Après avoir enfilé une tenue adéquate, afin de ne pas semer son ADN partout, il avança vers le quai barbouillé d'empreintes de pas ensanglantées, qui traçaient un chemin rouge, répugnant et grossier, jusqu'aux escalators. Ses collègues semblèrent ajouter quelque chose – sans doute une dernière recommandation, un avertissement quant à la barbarie de la scène de crime –, cependant il ne *pouvait* plus les entendre. Il se glissa sous une arche.

Les wagons s'alignaient en un organe métallique oblong, appendice d'acier qui, en son centre, abritait une tumeur, une cellule rouge qui détonnait avec ses congénères gris et jaune. Cette image ancrée dans la tête, Antoine s'approcha du wagon. Du sang tapissait les sièges et les parois, gouttait du plafond ; les vitres arrière étaient trop barbouillées elles aussi pour qu'on distingue l'intérieur, tels les rideaux écarlates d'une scène de théâtre macabre. Ces flots rouges s'écoulaient jusqu'au sol en une abjecte moquette poisseuse qui exhalait le fer, une couche immonde d'un centimètre qui stagnait et dans laquelle les techniciens de l'IJ barbotaient en quête de prélèvements.

Des morceaux de cadavres étaient disséminés entre les sièges, puzzle ignoble que l'équipe du légiste s'affairait à placer dans des sacs pour le recomposer plus tard au CHU de Rangueil.

Le capitaine Aubert imagina la scène, les passagers terrifiés, impuissants, confinés dans le wagon sans possibilité de s'enfuir ; les artères sectionnées qui arrosaient les vitres et les strapontins en une infâme aquarelle.

Une main se posa sur son épaule, Antoine bondit sous l'effet de surprise. C'était Maria.

— Viens, Antoine. Alban nous attend pour nous mettre au parfum.

Ils regagnèrent la salle principale et s'isolèrent près d'une série de tourniquets. Alban les rejoignit, en compagnie du responsable des transports en commun. Le chef de la police scientifique retourna auprès de son équipe, non sans avoir jeté un regard dédaigneux en direction d'Antoine.

— C'est un bordel sans nom, attaqua le procédurier. Quarante-trois secondes. C'est le temps qu'il a fallu pour arriver à… ça.

Le capitaine Aubert grimaça, un peu perdu.

— Explique-toi.

Alban relut les notes sur son carnet avant de clarifier ses propos.

— Le métro allait en direction de Basso Cambo. L'assassin est entré à la station Jean-Jaurès, celle qui précède la nôtre, à 21 h 38 précisément. Et il faut très exactement 43 secondes pour effectuer le trajet. Le conducteur du métro me l'a certifié. Le tueur au sabre a donc mis 43 secondes pour faire… ça.

Antoine se tourna vers Maria, qui soupira ostensiblement.

— Quel est le bilan ? demanda-t-elle.

— Cinq morts. Sept blessés. C'est un bilan provisoire, les urgences prennent en charge de nouveaux patients. Sans compter ceux qui ont dû se barrer dès que les portes se sont ouvertes. Heureusement le wagon n'était qu'à moitié rempli.

Tout le monde était effaré, suspendu à ses lèvres. Alban reprit son souffle et consulta son carnet.

— On note tous les témoins, les blessés mais, là encore, il y en a plein qui ont pris la fuite. Retrouver toutes ces personnes va être difficile, voire impossible.

— Mon Dieu, lâcha Maria.

— Et sur le tueur ? demanda Antoine, plus pragmatique.

— On a retrouvé un long manteau cape avec une grande capuche maculé de sang dans le wagon. Un modèle identique à celui des images de la place Occitane. Le genre d'accoutrement qu'affectionnent les gothiques. On suppose qu'il a dû profiter de la panique générale pour s'éclipser avec les autres. Il devait porter un autre vêtement à capuche dessous pour pouvoir s'enfuir incognito. Possible qu'il ait eu un masque, aussi, comme les fois précédentes. Maintenant il va falloir se farcir tous les témoignages pour corroborer cette version.

Antoine se gratta furieusement la barbe. Ses questions jaillirent en rafale.

— Et son arme ?
— Aucune trace. Il a dû la garder.
— Les caméras de surveillance ?
— On est déjà dessus.
— Et dans le métro ?
— Les wagons ne sont pas encore tous équipés de vidéo-surveillance. Cette rame est ancienne, elle n'en possédait pas.

Le capitaine Aubert se massa les tempes. Le tueur avait récidivé avec une violence inouïe. Bien au-delà de tout ce qu'il avait pu imaginer dans ses pires cauchemars.

— Dis-moi qu'on a quelque chose, dit-il à Alban d'un ton presque suppliant. Un indice, n'importe quoi. Un truc sur lequel on peut dérouler.

— Désolé, Antoine. Pour le moment on n'a rien.

Les paupières d'Antoine se fermèrent.

La même question le taraudait depuis que son téléphone avait sonné Chez Jeannot : que s'était-il passé dans ce wagon pour que le tueur décide d'exterminer la moitié de ses passagers ?

32

Vendredi 14 février 2020

Trop de témoins tuent le témoignage.
Prenez dix personnes, demandez-leur de vous en décrire une onzième et vous obtiendrez dix versions différentes.

C'était ce que pensait Antoine, dépité, en se jetant dans le fond de son fauteuil. Il referma l'ordinateur portable avec agacement. La lecture des procès-verbaux était aussi rébarbative qu'infructueuse. Les policiers avaient recueilli une vingtaine de témoignages la veille au soir. D'autres témoins étaient convoqués en ce moment même et durant toute la journée dans les locaux du SRPJ. D'autres, encore, avaient pris la fuite après l'attaque, et il paraissait impossible de tous les retrouver.

« Les gens ne se regardent plus », déplora Antoine en avalant une gorgée de café. Il avait passé en revue les PV rédigés cette nuit, et aucun détail ne concordait. L'unique point commun restait que le tueur portait effectivement cette espèce de manteau cape retrouvé dans le wagon, ainsi qu'un masque intégral noir utilisé par les peintres en bâtiment.

Le capitaine était éreinté. Son regard erra à travers la fenêtre : une nappe grise ensevelissait le boulevard de l'Embouchure, des nuages de brume voguaient à la surface du canal du Midi. Une horde de journalistes avaient investi l'esplanade, parquée par les forces de l'ordre derrière des cordons de démarcation. La rumeur des voix s'élevait dans la grisaille occitane. Il devait être 14 heures, ou peut-être 17, Antoine n'avait plus la notion du temps. Il n'avait rien mangé depuis son rencard avorté. Il avait fallu que le tueur récidive ce soir-là, à croire que le destin brisait ses velléités de trouver l'amour. Comme le reste de son équipe, il avait passé une nuit blanche à siroter café sur café en suivant l'évolution des témoignages, la récolte des indices. Un nouveau bilan avait été établi : six morts – une des victimes avait succombé dans le camion-hôpital des suites d'une hémorragie –, huit blessés. Ces derniers s'en sortiraient, avaient affirmé les médecins réanimateurs, leurs jours n'étaient plus en danger, néanmoins, pour certains, il faudrait apprendre à vivre avec un membre manquant.

Cette fois, les médias nationaux s'étaient emparés de l'affaire. Un tueur armé d'un sabre et vêtu de noir sévissait dans la Ville rose. Une série d'actes abominables qui n'avait pas été revendiquée, mais semblait être l'œuvre d'un individu isolé, n'étant affilié à aucune mouvance, un désaxé, un marginal, un solitaire dont les motivations demeuraient floues. La population avait été avertie : la prudence était de rigueur dans les espaces publics.

Le préfet en personne avait tenu à s'impliquer dans l'enquête, exigeant des points quotidiens sur l'avancée des investigations. Il avait intimé au directeur de la Sécurité publique d'augmenter le nombre d'agents aux abords des transports en commun, dans l'éventualité d'une nouvelle attaque. La Haute-Garonne ainsi que toute la région Occitanie étaient sous le feu des projecteurs de l'exécutif ; le matin même, le préfet avait accueilli le président de la République, en compagnie du Premier ministre et du ministre de l'Intérieur, avant de les escorter sur les lieux du drame, puis au SRPJ.

Cherchant un nouvel angle d'attaque, Antoine avait décidé de se concentrer sur le katana. En fin de matinée, avec Nabil, il avait montré la vidéo des meurtres de la place Occitane au patron d'une boutique spécialisée dans la vente d'armes blanches, situées dans le centre-ville de Toulouse. Antoine ne misait pas sur les autres pistes. Le vêtement du tueur était parti au labo pour être examiné, mais il était tellement imbibé de sang que, même en y collectant l'ADN non répertorié d'une des victimes du métro, celui-ci pouvait appartenir à un témoin ayant pris la fuite.

Au-delà de la fatigue physique et mentale, Antoine se sentait largué. Cette affaire lui court-circuitait le cerveau. Son hypothèse était simple : le tueur punissait des anonymes pour leur manque d'empathie. C'était le cas dans les attaques précédentes. Pourquoi cela différait-il à présent ? Pourquoi s'en prendre aux usagers du métro ? De quoi étaient-ils coupables ? Le tueur avait frappé des innocents, au hasard, dans un wagon, et Antoine se retrouvait complètement démuni pour en déterminer le mobile. Un élément lui échappait. Cependant il sentait qu'il touchait presque au but. Que la solution était là, sous ses yeux...

Mylène et Jérôme pénétrèrent dans les bureaux, un ordinateur portable sous le bras. Ils firent un signe de négation à leur chef. Traduction : deux nouveaux témoignages stériles. Antoine tapa du plat de la main sur la table. Cette preuve de nervosité surprit tout le monde.

— On fait un point, déclara-t-il.

Alban s'empressa de se planter devant les tableaux blancs – un troisième avait été installé près des armoires métalliques, sur lequel était noté en en-tête : métro Capitole. Mylène et Jérôme expliquèrent qu'ils n'avaient rien glané de probant lors des dernières auditions.

— Du côté des caméras, embraya Mylène, on voit très clairement le tueur monter dans la rame à Jean-Jaurès. La tenue correspond à celle retrouvée dans le métro. C'est après que ça se corse. On y a passé la nuit, boss. Quand les portes se sont ouvertes à la station suivante, à Capitole, il y a eu un mouvement de foule, aussi bien dans le wagon des meurtres que dans les autres. Les gens ont vu le massacre à travers les lucarnes. Ils ont entendu les cris. Du coup, des dizaines de personnes se sont pressées de monter les marches ou les escalators, certaines se sont fait bousculer, d'autres ont été piétinées, bref, c'était de la folie. Malgré tout on a repéré un individu qui pourrait correspondre à notre tueur. Sweat à capuche noir super large et baggy. Il n'a pas été répertorié parmi nos témoins et, jusqu'à maintenant, aucun usager répondant à ce signalement n'a été aperçu en amont de la ligne A. On ne peut pas être sûr à cent pour cent mais, vu son accoutrement et surtout son attitude, on suppose que c'est lui.

— Son visage a été filmé ? demanda Antoine, dont les doigts dansaient la polka sur son bureau.

— Non. Il garde la tête baissée. Et la capuche avale toute sa figure. C'est pour ça que je faisais allusion à son comportement. Le gars est chelou. Clairement. Il est sorti plus calmement que les autres, en marchant, sans jamais lever les yeux ni crier. On le perd ensuite dans les rues piétonnes.

— Il connaissait les lieux, intervint Jérôme, les mains sur la tête et les pieds posés sur son bureau. Il savait où étaient les caméras.

— Tu penses qu'il avait fait des repérages ? lâcha Alban. Que c'était prémédité ?

Prémédité. Et puis quoi encore ? Antoine s'embourbait dans ses raisonnements. Depuis le début il était convaincu qu'il s'agissait de meurtres sans planification. Le doute germa dans son esprit. À quel point s'était-il trompé ?

— Peut-être, avoua Jérôme en écartant les bras et en se tournant vers son chef. Les tueurs en série changent parfois de mode opératoire. Ça s'est déjà vu.

— Pas de conclusion hâtive, grogna Antoine.

Il se leva, étudia le tableau.

— Je ne pense pas que les témoignages nous seront d'une grande aide. C'était la panique générale. Tout le monde était choqué, blessé, terrifié. La plupart souffrent de choc post-traumatique, je doute que les déclarations soient pertinentes. Il nous faut un nouvel angle d'attaque. Avec Nabil, on s'est intéressés à l'arme. Il me semble que c'est un des points clés, si ce n'est l'élément primordial de toute cette histoire.

L'équipe approuva de concert.

— D'où vient cette arme ? demanda-t-il, rhétorique. Pourquoi choisir un katana ? Y a-t-il une symbolique ? Un message ? Et surtout, bordel, comment fait-il pour se promener en pleine rue avec un tel instrument sans se faire remarquer ?

Attentif, le groupe acquiesça. Antoine poursuivit.

— On a montré la vidéo de la place Occitane au proprio d'une boutique spécialisée pour avoir son avis sur cette fameuse arme.

Il consulta son calepin.

— Le sabre de notre tueur est un katana à lame courte : un wakizashi. Cette lame mesure cinquante à cinquante-deux centimètres, avec une poignée de vingt à vingt-deux centimètres. Dans son fourreau, elle a une longueur totale d'environ soixante-dix-huit à quatre-vingts centimètres, ça dépend des modèles.

Il écarta ses doigts d'une distance à peu près similaire pour illustrer son exposé. Jérôme et Alban l'imitèrent.

— Il est donc relativement aisé de la dissimuler, reprit Antoine. Dans le dos d'un vêtement ample par exemple ou, comme je pense que c'était le cas dans le métro, dans un pantalon large. Selon le patron de la boutique, il s'agit d'une arme particulièrement maniable et redoutable. Même placée entre des mains inexpérimentées, elle peut causer des ravages. Malheureusement il n'a pas pu nous en dire plus sur son origine à cause de la qualité médiocre de l'image.

Des chuchotements circonspects emplirent la salle quand le téléphone d'Alban, resté sur son bureau, se mit à sonner. Mylène se pencha vers l'écran qui illuminait la pénombre des locaux.

— C'est le labo, annonça-t-elle.

— Réponds, ordonna Antoine.
— Allô ? Non, c'est le capitaine Garibal.
Un blanc.
Mylène bascula subitement en avant, les semelles de ses Converse clouées dans le sol.
— Vous pouvez répéter ?
Nouveau blanc.
— Vous êtes sûr ?
L'ensemble du groupe était en suspens.
— Très bien.
Mylène mit fin à la communication.
— Les gars de la scientifique ont décortiqué les images de la station Jean-Jaurès. Ils ont fait leurs calculs, et on a un problème. Le type mesure 1,69 mètre. Donc soit notre homme a rapetissé…
— Soit on a un deuxième tueur, compléta Antoine.

33

À l'attention d'Elliot Akerman,
Invitation pour une nuitée dans l'aile nord
de l'Hôtel Ferdinand.
Richard Ferdinand

Elliot tenait entre ses mains moites le carton d'invitation. C'était la centième fois qu'il le relisait depuis la veille.

Sa cigarette lui brûla les doigts. Eli l'écrasa dans le cendrier de la table basse. Son appartement était immergé dans l'obscurité, la fenêtre renvoyait l'image d'un homme avachi sur son canapé, au bord de l'implosion. Une ambivalence exténuante le déchirait. Était-ce raisonnable de passer une nuit dans ce lieu maudit qui, paradoxalement, l'attirait comme un aimant ? Cet endroit qui portait dans ses fondations, ses couloirs et ses chambres une malédiction qui fauchait des âmes et brouillait les esprits.

Elliot se rongea les ongles, attrapa la télécommande et fit défiler le catalogue Netflix avant de renoncer et de relire le carton d'invitation. Il avait répété cette scène durant tout l'après-midi, incapable d'écrire, de lire, de regarder une série ou de sortir pour s'aérer. Il s'était rendu avec Julien au chevet d'Alice après la tournée du matin. La vision de son ex inconsciente, allongée dans un lit de réanimation, l'avait chamboulé. Ces sondes et ces tuyaux emmêlés. Les « bips » du respirateur et des pousse-seringue. Ces courbes et ces chiffres sur le moniteur. Alice était réduite à un tas de données numériques à maintenir dans des valeurs correctes pour qu'elle reste en vie. Elliot n'avait su juguler la peine qui l'avait submergé, néanmoins il avait pris soin d'essuyer ses larmes avant que Julien ne les remarque. Les parents d'Alice l'avaient interpellé dans le couloir au moment où il s'apprêtait à partir. La mère de son ex le portait toujours en haute estime ; Eli avait dû refuser leur invitation à se joindre à eux pour un café. L'état de santé d'Alice s'était amélioré dans la mesure où le pronostic vital n'était plus engagé. Mais elle n'était pas encore sortie d'affaire, et les médecins ne savaient pas combien de temps il lui faudrait pour se remettre.

En quittant le CHU de Purpan, Eli avait prévenu ses collègues qu'il ne se sentait pas bien, qu'il ne pourrait assurer la tournée de l'après-midi ni celle du lendemain. Luiz, furibond, lui avait raccroché au nez. C'est à cet instant qu'Eli avait pris sa décision. Une décision qui paraissait évidente depuis le début. Il pouvait mentir à qui il voulait, au fond de lui il savait déjà. Il en avait envie. Il en avait *besoin*. Sa seule amie était dans le coma. Sa mère dérivait sur un océan d'oubli. Ses collègues le dédaignaient. Anéanti et esseulé, il avait estimé qu'il n'avait pas grand-chose à perdre, qu'il pouvait s'octroyer le luxe de profiter des réjouissances de l'Hôtel Ferdinand. Il répondrait présent à l'invitation.

20 h 30. Elliot enfila son caban, hissa sa sacoche avec ses affaires de rechange et inspecta brièvement sa mine de lémurien dans la glace de la salle de bains avant de sortir. Il s'était rasé, coiffé et parfumé pour l'occasion. Le résultat était satisfaisant. En refermant la porte de son appartement, un mauvais pressentiment lui fit rater le trou de la serrure à plusieurs reprises : et si c'était la dernière fois qu'il foulait la moquette de sa résidence ?

Le col de son manteau relevé jusqu'aux oreilles, les mains enfoncées dans les poches de poitrine, Eli marchait lentement. Comme si, inconsciemment, il souhaitait retarder le moment où l'hôtel l'engloutirait. Des vélos, des trottinettes et des joggeurs le frôlaient sur le chemin bordant le canal du Midi. Sourd aux avertisseurs sonores qui tintaient dès qu'il se décalait au milieu de la voie, Eli essaya de se souvenir de la dernière fois où il avait découché. Cela remontait à l'année 2018, lors des fêtes de fin d'année, où il avait dormi chez sa mère. Une époque qui lui parut lointaine ; c'était avant qu'elle confonde la porte d'entrée avec celle des toilettes.

À mesure qu'il se rapprochait, un étau lui comprimait la poitrine. L'avertissement d'Alice tournait en boucle dans sa tête.

Ce que je veux dire, Eli, c'est que des gens sont devenus fous après avoir séjourné à l'Hôtel Ferdinand...

Soyons sérieux deux minutes. Comment cela était-il possible ? Comment, bordel, pouvait-on rendre une personne folle en une nuit ? Elliot songea à Manu, à ses absences, à son comportement étrange. Son collègue était-il fragile ? Souffrait-il d'un déséquilibre psychologique ? Ces frasques de l'année passée étaient-elles la conséquence de cette instabilité émotionnelle ? Est-ce qu'il avait sombré dans la folie après avoir pénétré dans l'Hôtel Ferdinand ? La maladie mentale prenait ses racines dans un terreau fertile, s'infiltrait chez les personnalités meurtries, vulnérables, emplies d'un profond désespoir. Manu avait-il une prédisposition à perdre la raison ? Et question supplémentaire : où était passé l'infirmier depuis tout ce temps ? Elliot s'interrogeait encore quand il bifurqua dans les allées Jean-Jaurès.

Les vigiles et les voituriers le saluèrent d'un mouvement du menton. Cela faisait plus de quinze jours qu'Eli venait tous les soirs, le personnel le reconnaissait, ne vérifiait plus son nom sur le registre. Le sas automatique l'avala et le recracha dans un autre univers, une époque révolue, comme s'il avait franchi un portail spatio-temporel. Les notes langoureuses d'une symphonie jazz rythmèrent ses pas à travers le hall. Des clients faisaient la queue devant le restaurant, l'employé posté derrière le lutrin gratifia Eli d'un signe de tête. Soudain il se sentit bien, rasséréné. Il traversa le hall et se présenta à la réception. Celle-ci était déserte. Une première depuis qu'il fréquentait l'établissement. Il appuya sur la clochette en laiton gravée de l'emblème de l'hôtel, posée sur le comptoir. Une sonnerie stridente carillonna. Une minute plus tard, Gaspard apparut dans le couloir desservant l'aile nord.

— Monsieur Akerman, je vous prie de bien vouloir m'excuser pour l'attente.

Eli lui fit signe qu'il ne lui en tenait pas rigueur.

— Ce soir, c'est le grand soir ! s'exclama le réceptionniste. Comme je vous l'ai expliqué lors de notre dernière discussion, Monsieur Ferdinand a un œil sur vous et il a jugé que vous *méritiez* de profiter des divertissements de notre établissement.

— C'est vraiment gentil à lui, répondit Eli, un peu gêné d'être le centre d'autant d'attentions, qui plus est de la part d'un personnage aussi énigmatique et fantomatique que le directeur de l'hôtel. Mais avant cela, je dois voir Mlle Delambre. C'est le dernier jour de ses soins.

Le visage de Gaspard trahit son embarras.

— Je suis désolée, monsieur Akerman. Mlle Delambre n'est pas disponible ce soir. Elle m'a dit de vous dire qu'elle a vu son médecin à l'hôpital aujourd'hui et que son état ne nécessitait plus d'alimentation supplémentaire. Il lui a retiré son cathéter.

Un poids s'effondra dans la poitrine d'Eli. Une affliction. Un vide. Il ne la reverrait pas. C'était le dernier soir où il aurait pu tenter une approche, un flirt, bref, quelque chose. En fait il ne savait pas ce qu'il avait espéré... Il se trouva ridicule.

Sans masquer sa déception, il tendit son invitation à Gaspard.

— Chambre 802, dans l'aile nord, annonça ce dernier en consultant son grand registre.

Un rictus déformait sa bouche. Il rangea le carton sous le comptoir, griffonna sur le cahier avant de plonger ses yeux dans ceux d'Eli.

— Avant toute chose, monsieur Akerman, je dois vous faire signer ce contrat.

Il présenta à l'infirmier un document officiel estampillé du logo de l'hôtel.

— Ceci est une clause de confidentialité. En signant ces papiers, vous vous engagez à garder le secret sur tout ce que vous pourrez voir ou réaliser au sein de notre établissement. En cas de divulgation de votre part, attendez-vous à recevoir un courrier de nos avocats.

Elliot tomba des nues.

— C'est une simple mesure de précaution, ajouta Gaspard avec un sourire glaçant.

Interloqué, Eli lut le contrat en diagonale puis, mû par ce besoin aussi étrange qu'irrépressible de découvrir les mystères de l'hôtel, il apposa sa signature en bas de la page.

— Parfait ! s'exclama joyeusement le réceptionniste. À présent laissez-moi vous expliquer le fonctionnement de notre établissement. Vous trouverez sur votre table de nuit cinq pièces en or. Il s'agit de la monnaie de l'hôtel. L'euro n'a pas de valeur pour les clients de l'aile nord, seules ces pièces vous permettront d'acquérir ce que vous désirez. Chaque activité que nous proposons correspond à un tarif spécifique. Par exemple, lorsque vous souhaiterez dîner, munissez-vous de l'une de ces pièces. Elle vous sera demandée que vous alliez au restaurant ou que vous mangiez dans votre chambre. Ai-je été suffisamment clair ?

Eli opina, ahuri.

— À la bonne heure ! Arthur va vous conduire à votre chambre. Je vous souhaite une délicieuse soirée, monsieur Akerman, et n'hésitez pas à m'appeler s'il y a quoi que ce soit que je peux faire pour rendre votre nuit plus agréable.

Eli le remercia, récupéra la vieille clé que Gaspard avait glissée sur le comptoir et manqua de sursauter ; le petit groom se tenait à un mètre de lui. Il ne l'avait pas entendu arriver. Ils empruntèrent le couloir de droite. Les vigiles qui surveillaient les ascenseurs s'effacèrent pour les laisser entrer.

La grille en fer coulissa. Arthur effectua une courbette pour inviter Eli à grimper.

La cabine s'éleva dans l'aile nord de l'Hôtel Ferdinand.

34

Huitième étage.

Le couloir était similaire à celui de l'aile est. Elliot emboîta le pas du petit Arthur. Un manga accrocha son regard, enroulé dans la poche arrière de l'uniforme du jeune groom. Enfin un détail, en dehors de son air mutin, qui correspondait à son âge, releva Eli.

Soudain, un vertige. Il eut l'impression que le tunnel de velours était plus étroit, les murs, plus épais. Plus étouffants. Il ralentit l'allure, posa une main sur le revêtement mural. Ses doigts s'y enfoncèrent légèrement. Tandis qu'Arthur continuait son chemin jusqu'à la chambre de sa démarche sautillante, Eli, lui, se mit à inspecter les lieux. Il s'approcha d'une des lanternes qui balisaient le couloir et découvrit qu'une sorte de mousse dense tapissait les parois. Elle dessinait des alvéoles dans les motifs des tentures. Ces excavations moelleuses couraient le long des murs, et même du plafond, lui donnant l'impression d'évoluer dans une ruche. Elliot trottina pour rattraper le mini-groom. Cette mousse lui rappelait celle qu'on utilisait dans les studios d'enregistrement. Traversé d'un sentiment fulgurant d'épouvante, il rattrapa Arthur. Une constatation terrible s'insinuait dans son esprit : s'il devait lui arriver quelque chose, personne ne l'entendrait hurler.

La chambre 802 se profila dans la pénombre. Eli, troublé, inséra la clé dans la serrure. Arthur lui offrit un sourire radieux avant de disparaître dans le couloir obscur nimbé de rouge.

L'infirmier se concentra sur sa respiration. Inspira calmement. Il s'était fait la promesse de conserver sa vigilance, sa lucidité, son acuité, mais la seule présence de cette mousse étrange avait fait sauter la digue qui le préservait de l'affolement. La panique annihila sa raison. Il refusait de croire à la malédiction de l'hôtel, cependant ce détail architectural l'ébranlait.

La chambre était pratiquement identique à celle de Laure, seul l'agencement différait. Mobilier sombre. Overdose de bordeaux. Draps en satin. Salle de bains vintage. Une vue plongeante sur la médiathèque et la gare de Toulouse-Matabiau. Elliot remarqua les pièces d'or sur la table de nuit, empilées près d'un vieux téléphone à cadran. Elles avaient la dimension de celles de deux euros, festonnées, lourdes, gravées d'un dessin de l'hôtel côté face, des initiales « HF » côté pile. Eli les fit tinter dans sa main.

Son ventre gronda. Il empocha alors ses pièces, laissa sa sacoche avec ses vêtements dans le fauteuil en cuir près du bureau et ressortit dans le couloir. Il courut comme un dératé jusqu'aux ascenseurs et redescendit dans le hall sans encombre.

Gaspard était fidèle au poste, surveillant les allées et venues. Eli passa devant lui d'une démarche hésitante et s'avança vers le restaurant. Le petit Arthur, coincé entre un pilier en marbre et une plante en pot, agita la main avec enthousiasme dans sa direction.

Elliot lui répondit par un sourire timide et entreprit d'intégrer la file d'attente, quand l'employé positionné derrière le lutrin lui fit signe d'approcher.

— Monsieur Akerman. Venez, je vous prie.

Les clients observèrent l'infirmier avec une forme d'admiration et de curiosité qui enorgueillirent Eli. Il doubla tout le monde, donna une pièce en or à l'employé qui, après avoir noté son nom sur le registre, l'invita à entrer dans le restaurant.

Plusieurs tables occupaient une grande salle de la taille d'un demi-terrain de foot. Des piliers soutenaient un plafond haut orné de moulures d'où pendaient des lustres aussi fastueux que ceux du hall. On escorta Eli jusqu'à sa table. Nappe blanche. Serviettes grenat. Une série de couverts en argent. Un serveur tira sa chaise, et Eli, un peu penaud, prit place. Il balaya le restaurant d'un regard circulaire. La pièce était comble, peuplée d'une clientèle hétéroclite. Il s'était attendu à côtoyer une élite extravertie et prétentieuse, à être la risée de l'établissement ; que les rires fusent sur son passage ; qu'on le montre du doigt, lui, l'infirmier introverti qui croupissait dans la petite classe moyenne, cette catégorie de gens qui n'étaient pas assez pauvres pour prétendre à des aides et qui se serraient la ceinture dès le 15 du mois. Or, force était de constater qu'il s'était trompé. Personne ne l'importunait. Personne ne le jugeait. La majorité des clients l'ignoraient, et ceux des tables voisines lui adressèrent un signe poli de la tête. La plupart étaient certes sur leur trente et un, en revanche d'autres portaient jean et pull. Et il y avait même ce type, attablé à quelques encablures près de la fenêtre teintée, affublé d'un survêtement. Elliot se détendit. Il avait fait un effort vestimentaire ; avec son pull en cachemire et son pantalon de costume – sa tenue des grandes occasions –, il se fondait dans le décor.

On lui apporta le menu puis on lui servit du pain avec une pince en argent. Eli fit l'effort de vider son esprit pour profiter de l'instant. Il refusa la carte des vins et commanda une eau pétillante ; Elliot Akerman ne buvait jamais d'alcool.

Tartare de veau, vinaigrette de mangue et mesclun. Tournedos Rossini (la viande provenait de l'Enclave, une zone recluse et pourtant réputée de l'Aveyron), pommes de terre persillées et fricassée de champignons. Fromage de brebis. Banoffee. Le dîner était divin. On lui proposa alors de prendre un café dans un des bars de l'aile nord.

Moment de flottement. Elliot mit du temps à répondre. Il avait souvenir de la discussion avec Laure au sujet des interférences entre les clients des deux ailes. Le restaurant faisait partie de cet espace mitoyen. Et maintenant qu'on l'invitait à quitter la zone mixte, cette zone de *sécurité*, le doute s'insinua dans son esprit. Il hésitait à remonter dans sa chambre et à se barricader jusqu'au lendemain matin pour protéger sa santé mentale. Il avait dégusté un délicieux dîner, cela était suffisant. Pourquoi prendre un tel risque ? Alice aurait choisi cette option. Mais, d'un autre côté, il avait envie de découvrir les mystères que recelait l'hôtel, les fameuses activités proposées aux clients de l'aile nord. Et, qui sait, peut-être tomberait-il sur Manu. Ou sur Laure…

— Monsieur Akerman ? s'enquit le serveur. Est-ce que tout va bien ?

— Oui, désolé. Pour le café ça sera avec plaisir.

Elliot retourna dans le hall et prit la direction des ascenseurs. Arthur se matérialisa devant la réception.

— Je me suis pété le bide, s'entendit-il dire au petit groom.

Son ton badin accentua le sourire du garçon. Curieusement, il se sentait décontracté, sûr de lui.

— D'où viens-tu, Arthur ?

Le gamin pointa un doigt vers le sol.

— Tu as toujours vécu dans cet hôtel ?

Arthur opina à s'en fracturer les cervicales.

— Je vais prendre un café dans l'aile nord. Tu peux m'accompagner ?

Le garçon lui attrapa la main, et ils suivirent le couloir jusqu'aux ascenseurs. Les vigiles, courtois, respectueux, souhaitèrent une bonne soirée à Eli. Arthur appuya sur le bouton du premier étage.

La grille se referma. L'ascension dura moins de dix secondes.

Lorsque la porte s'ouvrit, Eli demeura stupéfait, les yeux écarquillés.

35

Elliot n'arrivait plus à bouger, à parler, à réfléchir.
La vision qui s'offrait à lui était sidérante.
L'ascenseur s'ouvrait sur une plate-forme qui surplombait une pièce aux dimensions incommensurables, découpée en mezzanines géantes. On accédait aux différents niveaux grâce à des escaliers en bois recouverts de moquette. L'endroit était faiblement éclairé, des lanternes et des lustres diffusaient cette lumière rouge et feutrée propre à l'établissement. De lourds rideaux étaient tirés, conférant une atmosphère atemporelle, une rupture brutale avec le monde extérieur. Il y avait un autre restaurant, des bars à chaque étage et, au rez-de-chaussée, plusieurs tables de jeu derrière lesquelles s'affairaient des croupiers. Un casino.
Elliot fit un pas hors de la cabine. Il n'entendit pas l'ascenseur repartir. Un calme étrange régnait en ces lieux alors qu'une centaine de personnes étaient réparties entre les différents niveaux. Eli descendit les marches, progressa entre des banquettes et des fauteuils molletonnés en cuir noir. Il déambula, hagard, jusqu'au premier bar. Un curieux sentiment l'anima, inexplicable ; l'impression d'être déjà venu. Un large comptoir en bois brun, veiné d'un liseré en laiton, formait un coude à l'angle de l'étage. Eli s'y appuya.
Une serveuse d'une soixantaine d'années, vêtue d'un gilet noir et d'une cravate bordeaux, lui demanda une pièce d'or. Eli eut un léger mouvement de recul. La peau de l'employée était criblée de tatouages, les inscriptions

indélébiles grignotaient son cou, son front et son crâne glabre, formant une toile d'araignée. Un arachnide au réalisme répugnant, dessiné à l'encre noire, terminait sa course dans son oreille droite. La serveuse expliqua d'une voix rocailleuse et amusée que la première consommation était payante mais que les suivantes étaient gratuites. Eli commanda son café et elle revint une minute plus tard avec la boisson chaude.

Des colonnes de fumée grimpaient jusqu'au plafond, où un brouillard compact stagnait. Elliot dégaina son paquet de Lucky et alluma une clope. Le tabac agressa sa gorge mais termina de calmer ses nerfs. Il prit sa tasse, vadrouilla au travers des allées obscures en quête d'une place assise, puis finit par s'installer dans un fauteuil confortable, près d'une rambarde en bois où la vue sur les niveaux inférieurs était spectaculaire.

Il fit un furtif tour d'horizon. Sur sa droite, un vieux bonhomme avec des lunettes rondes et une barbe grise nouée avec un élastique écrivait sur un cahier. Un autre, à côté, lisait un bouquin, un cigare roulant entre ses doigts, un verre de cognac posé devant lui. Un peu plus loin, une femme entre deux âges, vêtue d'un tailleur de couleur sombre, tenait un porte-cigarette et caressait un iguane lové entre ses cuisses tout en recrachant sa fumée vers le plafond. Derrière, un groupe de clients jouaient aux cartes, d'autres, aux échecs ; en face, deux hommes d'une trentaine d'années en guenilles entamaient une partie de jeu de go.

Eli se ratatina sur son siège, intrigué. Les silhouettes de cette faune étrange étaient séparées par une nébulosité oppressante, compacte, l'éclairage tamisé des abat-jour nimbait les corps d'une lumière rouge qui semblait distordre les membres et les visages lorsque ces individus lançaient des regards obliques en direction de l'infirmier.

Elliot se risqua à saluer les joueurs les plus proches d'un timide signe de tête ; la politesse lui fut rendue. Il se détendit.

Qui étaient-ils, tous ? Avaient-ils un métier, une famille, une vie en dehors de l'hôtel ? Se côtoyaient-ils à l'extérieur ? Les yeux plissés, Eli se focalisa sur les deux SDF. Ces gars *méritaient-ils* de venir dans l'aile nord ? Chamboulé, il se demanda sur quels critères se fondait Richard Ferdinand pour déterminer si un individu était digne de passer une soirée ici.

Alors qu'il savourait son café et sa cigarette, tout en formant des ronds de fumée avec sa bouche, une voix le fit frémir :

— Alors, c'est le grand soir ?

Elliot se retourna. Elle était là. Radieuse. Tel un trait de peinture écarlate sur une toile sombre. Elle fendait la semi-pénombre d'une démarche chaloupée, perchée sur des talons, sa silhouette moulée dans une robe courte à manches longues de couleur rouge, côtelée, avec un col cheminée. C'était la première fois qu'Eli la voyait ainsi maquillée et coiffée ; elle était belle à couper le souffle. Laure Delambre lissa sa tenue avant de s'asseoir, les jambes croisées.

— C'est moi qui ai parlé de toi à Monsieur Ferdinand, révéla-t-elle d'un air espiègle.

— Oh ! merci. Fallait pas.

— Tu le mérites, Eli.

La beauté insolente de son interlocutrice le rendant nerveux, Eli tira sur sa cigarette comme un condamné à mort.

— C'est gentil. Est-ce que Monsieur Ferdinand est ici ? Je devrais peut-être aller le remercier.

— Malheureusement, non. Monsieur Ferdinand est un homme très occupé. Il gère plein de choses. Il n'est pas souvent présent.

— En tout cas je passe une super soirée, dit Eli en occultant le léger malaise qui l'éperonnait depuis qu'il avait pénétré dans cette salle immense. Encore merci. Gaspard m'a dit qu'on t'avait enlevé le cathéter.

— Oui. Je suis débarrassée de ce machin. Une bonne chose de faite. Tu veux boire un coup pour fêter ça ?

Elliot leva sa tasse de café. Laure éclata de rire.
— Allez, viens. On va trinquer.
Ils zigzaguèrent sur la moquette cotonneuse, entre des salons individuels et des banquettes qui dégageaient des fragrances de vieux cuir, puis descendirent les escaliers qui desservaient l'étage inférieur. Une musique entêtante emplissait ce niveau. Noyé dans la brume des cigarillos, un groupe de jazz, composé d'un pianiste, un contrebassiste, un trompettiste et un saxophoniste, jouait des notes enivrantes. Les musiciens étaient juchés sur une petite estrade en bois accolée à un autre bar. Laure s'y dirigea. Commanda deux coupes de champagne. Ils s'installèrent sur un canapé, près d'un billard, à l'écart des musiciens pour mieux s'entendre.

Elliot contemplait sa flûte comme s'il violait une règle sacrée. Laure nota son air contrarié.
— Quelque chose ne va pas ?
— C'est que, normalement, je ne bois pas d'alcool.
— Quelle drôle d'idée ! Pourquoi ça ?
Eli avait honte d'en avouer la raison.
— C'est un truc religieux ? demanda Laure.
— Non… C'est… Oh et puis allez ! À la tienne !
Laure sourit, et les coupes se heurtèrent.

Eli but une gorgée. Les bulles lui chatouillèrent les narines, un pétillement agréable enivra son palais. Une sensation d'euphorie l'envahit aussitôt : il passait la nuit à l'Hôtel Ferdinand avec la plus belle fille du monde, alors merde ! Il pouvait bien faire une entorse au règlement. Que risquait-il, après tout ? Ils discutaient de la consultation de Laure à l'hôpital quand Eli remarqua d'autres jeunes femmes, aussi ravissantes que Laure, vêtues de la même robe rouge aux manches longues. Elles passaient d'une banquette à une autre, de bar en bar. Seules ou accompagnées. D'une perspicacité redoutable, Laure interrompit le récit de sa journée.
— Vas-y, Elliot.

— Quoi ?
— Pose-moi la question.
Embarrassé, Eli fit celui qui ne comprenait pas.
— Quelle question ?
— Ne fais pas l'idiot. Celle que tu n'oses pas me poser depuis que l'on s'est rencontrés. Celle qui te fait peur.
— Je ne vois pas de quoi tu...
— Arrête.
Il hésita, but une gorgée de courage liquide avant de se lancer.
— OK. Qu'est-ce que tu fais dans la vie, Laure ?
— La même chose que ces filles.
— Vous êtes des sortes d'accompagnatrices de soirée, des stripteaseuses ?
— Des escorts, Elliot. Des prostituées, si tu préfères.
Elliot acquiesça alors que les yeux bleus de Laure le sondaient avec intensité. Elle guettait sa réaction. Eli demeura placide, les bulles crépitant dans son œsophage. En vérité, il l'avait depuis longtemps, sa réponse. Soulagée de ne pas entendre une remarque déplacée, une proposition graveleuse ou une tirade admirative feinte, Laure se relaxa et sirota sa coupe.
— Ça te pose un problème ? fit-elle.
— Aucun, s'empressa-t-il de répondre.
Il observa les autres prostituées. Et compléta :
— En fait, je vous trouve courageuses.
Laure leva les yeux au ciel.
— Ne me la joue pas condescendant, Elliot Akerman.
Eli se demanda pourquoi les filles prononçaient toujours son prénom *et* son nom quand elles étaient en colère. Elle enchaîna d'un ton comminatoire :
— Tu peux garder ta pitié. J'assume pleinement ce que je fais. Figure-toi que je suis très heureuse dans la vie. Toutes les nanas qui travaillent ici le font par choix. Parce qu'elles aiment ça. Parce que ça paie bien et qu'elles se sentent en sécurité. Nous sommes libres de choisir nos clients, de

refuser ceux avec qui le feeling ne passe pas. Personne, et je dis bien personne, ne nous force à faire quoi que ce soit. Crois-moi, Monsieur Ferdinand y veille. Le premier qui nous manque de respect se retrouve aussitôt dans…

Elle s'arrêta avant d'en dévoiler trop.

— Je ne pensais pas que tu me jugerais, Elliot. Pas toi. Bonne soirée.

Elle s'apprêta à partir quand Eli bondit pour la retenir.

— Non, attends, tu n'y es pas du tout ! Tu ne m'as pas laissé finir.

Laure se rassit.

— Quand je disais que vous étiez courageuses, je le pensais vraiment. Ce n'est pas de l'arrogance. Je trouve que se livrer comme tu le fais, totalement, sans filtre, d'offrir ainsi ce que l'on a de plus intime à des inconnus, tout ça demande une forme de courage.

Les bras croisés, elle le dévisageait toujours, mi-figue mi-raisin. Eli conclut avec humour :

— Honnêtement, moi, je ne pourrais pas le faire.

Elle explosa de rire.

— La robe rouge ne t'irait pas, je confirme.

L'ambiance se détendit. Laure commanda deux autres coupes.

— Tu sais, fit-elle d'un air malicieux. Avec une pièce d'or tu pourrais passer une nuit avec n'importe laquelle de ces filles. Je me porte garante. Avec mon approbation, pourrais avoir qui tu veux.

Elliot s'étrangla avec son champagne. Était-ce l'ébriété ou avait-il bien entendu la proposition ?

— T'es sérieuse ?

— Très sérieuse.

Elle opinait en souriant. Un sourire qui fit fondre le cœur d'Eli. Son regard s'égara sur le galbe des silhouettes en robe rouge. Ces filles étaient sublimes, certes, cependant Elliot était lucide : jamais il n'arriverait à bander devant ces corps de rêves.

— Une autre fois, peut-être.

Laure haussa les épaules. Des applaudissements sporadiques récompensèrent le groupe de jazz qui, après une courte pause, se remit à jouer avec un entrain contagieux. Elliot, lui, se sentait fier d'être vu avec son ancienne patiente. La présence de la jeune femme l'avait déridé. Son âme de romantique supplanta celle de l'auteur de thriller ; ce soir c'était la Saint-Valentin, et il était le cavalier de Laure Delambre. Il s'apprêtait à lui proposer de faire un tour quand elle consulta sa montre, mettant un terme à ses espérances.

— Oh ! j'avais pas vu l'heure !

— Tu… Tu vas travailler ?

— J'ai un rendez-vous, oui, avec un client. Un régulier. Trente minutes qu'il doit poireauter, le pauvre. En tout cas c'était sympa ! J'espère qu'on se reverra.

Attristé qu'elle prenne congé aussi brutalement, il acquiesça, sans grande conviction.

— Tu vas faire quoi ? demanda-t-elle.

— Je sais pas encore.

— Si tu aimes les sensations fortes, le sous-sol vaut vraiment le détour. Enfin, si c'est ton truc.

Elle ponctua sa phrase d'un clin d'œil, se pencha au-dessus de la table et déposa un baiser qui flirta avec les lèvres d'Eli. Avant qu'il recouvre ses esprits, elle avait disparu.

Il n'avait pas l'habitude de boire, l'alcool lui montait à la tête, aussi le sol se mit à tanguer lorsqu'il se leva. Il se retrouva à errer sur la moquette rouge, sans but précis. Sans la présence captivante de Laure, l'endroit lui semblait plus hostile que jamais. Ces visages anonymes dissimulés dans l'ombre. Les regards envieux ou suspicieux lancés depuis ces anfractuosités immergées dans le noir. Tout cela le déstabilisait. Il traversa l'étage, guidé par les lampes qui ciselaient la semi-pénombre, puis descendit jusqu'au casino. En chemin, il croisa des types bodybuildés guindés dans des costumes carmin. Apparemment l'hôtel respectait la mixité : on pouvait recevoir les faveurs sexuelles de femmes comme d'hommes.

Sous la première mezzanine, un barbier, un salon d'esthéticienne et une petite salle de cinéma se partageaient l'espace.

Elliot alluma une cigarette, pivota en direction d'un escalier dérobé qui menait au sous-sol. Un vigile faisait le guet devant le cordon écarlate qui précédait les premières marches, filtrant le flux de clients qui souhaitaient s'enfoncer dans les entrailles de l'établissement. Sans trop réfléchir, Elliot louvoya entre la table de la roulette, celles de blackjack et de poker, sous le regard inquisiteur du chef de salle. Il s'inséra dans la file d'attente.

Une fois son tour venu, le cerbère le toisa, exigea une pièce d'or avant de le laisser passer.

Un escalier abrupt en colimaçon s'engouffrait dans les fondations de l'Hôtel Ferdinand.

Elliot descendit, prudent, se tenant aux murs de pierre pour ne pas dégringoler. Les coupes de champagne avaient altéré son esprit, son équilibre. Il atterrit dans un long couloir voûté, au fond duquel se trouvait une porte rouge gardée par un autre vigile.

Un courant d'air hérissa les poils d'Eli. Le vent s'insinuait dans le sous-sol. Il avança, sur le qui-vive. Son cœur tambourinait dans sa poitrine. Le garde en costume le jaugea. Ouvrit la porte. La referma derrière lui.

Elliot eut subitement l'impression de devenir fou.

Car ce qui se tramait ici était inconcevable.

36

Une cave tentaculaire se déployait sous l'hôtel. Des piliers en brique soutenaient un plafond haut et voûté. Les dalles étaient recouvertes de tapis bordeaux, les murs, tapissés de rideaux aux tons similaires, créant l'illusion que des cascades d'hémoglobine descendaient vers le sol.

Elliot fit quelques pas, nerveux.

Sur sa gauche, une vingtaine de personnes étaient agglutinées autour d'un ring grillagé. À l'intérieur, deux combattants luttaient comme si leur vie en dépendait. Les mains et les pieds nus, ils portaient chacun un short de couleur différente. Il n'y avait pas d'arbitre ; tous les coups étaient permis. Les visages boursouflés saignaient, les corps musculeux étaient parsemés d'hématomes. Une clameur sourde, contenue, émanait des spectateurs malgré le combat qui se jouait sous leurs yeux – une forme de discrétion qu'Eli avait notée chez l'ensemble des clients de l'aile nord.

Les paris allaient bon train, un bookmaker amassait les pièces d'or, assis derrière une table jouxtant le ring. Il consignait tout par écrit sur un grand cahier.

Eli demeura interdit une minute avant de se diriger vers la droite.

D'épais rideaux suspendus à des tringles escamotaient cette partie de la cave, formant une démarcation avec le *fight club* limitrophe. Intrigué, Eli s'approcha. Une odeur âcre lui souleva l'estomac. Il sentit poindre la nausée, néanmoins il persévéra, mû par cette même curiosité malsaine qui l'animait depuis qu'il avait décidé de franchir le sas opaque de l'hôtel. Il traversa le premier rideau, où un vigile – encore un – régulait le passage.

Sa mâchoire manqua de se disloquer.

Les draperies formaient une sorte de labyrinthe inextricable, fractionné en alcôves de velours dans lesquelles des clients étaient installés dans des canapés ou des fauteuils club élimés. Des volutes de fumée s'élevaient de ces niches de textile intimes. Elliot avait eu sa période pétards durant son adolescence, or il ne reconnaissait pas les fragrances du cannabis. Il se décala pour espionner l'occupant du renfoncement le plus proche. Ce dernier avoisinait la quarantaine. Crâne rasé, barbe broussailleuse ; il portait un pull noir à capuche et tenait entre ses doigts noueux une longue pipe en bambou. Il bouquinait en fumant, pépère, vautré sur un canapé.

— Première fois ici ?

Eli sursauta.

— Euh, oui, balbutia-t-il en se retournant.

Assis derrière une table à moitié cachée par les rideaux, un gringalet d'une trentaine d'années, vêtu de l'uniforme de l'hôtel, l'épiait d'un air amusé. Un assortiment de petites formes ressemblant à des cailloux, aux nuances ambrées, siégeait dans des boîtes en bois compartimentées.

— Pour une première fois, je recommande de partir sur du chandoo. On est sur quelque chose de raffiné, agréable en bouche. L'effet vous plaira, je vous le garantis.

Eli fronça les sourcils, incrédule. On aurait dit que le gars lui vendait une bouteille de vin.

— Excusez-moi mais... de quoi est-on en train de parler exactement ?

Le type sourit.

— D'opium, bien entendu.

Elliot crut qu'il délirait.

— Mais on a du cannabis ou des champignons hallucinogènes, si vous préférez, proposa l'employé.

Eli hésita, enfonça les mains dans ses poches. Ses doigts rencontrèrent les pièces d'or. Comme un signe. Une invitation à céder à la luxure. Il songea à Laure, à ce qu'elle devait être en train de faire. Imaginer son ex-patiente à quatre pattes avec un client lui laissa un goût amer dans la bouche. Un pincement au cœur. Ne comptant plus toutes les règles qu'il avait transgressées ce soir, il estima que cette soirée était unique et finit par accepter. Il donna sa quatrième pièce. Il opta pour une résine de cannabis grasse, un chanvre afghan qui colla à la pulpe de ses doigts lorsqu'il l'effrita. Affalé sur une banquette, il fuma son joint.

C'était incroyable.

Elliot n'avait aucune idée de l'heure qu'il était, mais il présumait qu'il devait être tard. Toutefois, le cannabis mélangé à l'alcool lui insuffla une forme d'euphorie. Complètement désinhibé, il s'installa à une table de blackjack et convertit sa dernière pièce d'or en un tas de jetons qui fondit rapidement sur le tapis rouge.

La fatigue tomba sur Elliot d'un coup. Ayant décrété qu'il avait bien profité des festivités, que la soirée arrivait à son terme, il quitta le casino. Il était temps d'aller au lit.

Il s'envola pour le neuvième étage, le cerveau cotonneux à cause du champagne et du cannabis. À mesure qu'il s'élevait, les angoisses qu'il avait occultées jaillirent comme un feu d'artifice dans son esprit embrumé. Le massacre d'Eugène Ferdinand. La malédiction de l'hôtel. La disparition de Manu. L'accident d'Alice. Les effets du joint asséchaient sa bouche et accéléraient son rythme cardiaque, mais surtout ils accentuaient sa paranoïa. La peur irrationnelle et incoercible de devenir fou durant la nuit le poinçonna, semblable à un uppercut dans le plexus. Plié en deux, il reprit son souffle. L'impression qu'une presse broyait son sternum.

La cabine s'ouvrit. Elliot tituba dans le boyau anxiogène. Il avait la tête qui tournait, un mal de crâne insupportable, comme si un foret lui trouait les méninges. Les motifs des revêtements semblaient se distordre. Les courbes de la moquette ondulaient ; les lanternes devinrent aveuglantes.

Soudain, Eli entendit un rire.

Il se retourna. Personne.

Ce rire dément paraissait provenir de partout à la fois, des murs, mais aussi du plafond, il était impossible d'identifier sa provenance exacte. Comme si l'hôtel l'avait jeté dans une arène pour qu'un public se moque de lui.

Bordel ! Qui riait ainsi ? Elliot se hâta. La porte de sa chambre se profila au loin. Il chancela, les mains plaquées contre ses tympans pour atténuer les esclaffements qui résonnaient encore aux quatre coins de l'étage. Les motifs psychédéliques des parois lui causaient des vertiges, aussi il ferma les yeux et avala les derniers mètres en courant à petites foulées. Il entra dans le vestibule. Referma la porte derrière lui, le dos appuyé contre le bois. Seules les lumières de la ville et la faible lueur de la lune filtraient par la fenêtre.

Quand ses paupières s'ouvrirent, ce qu'il découvrit à travers la pénombre lui fit perdre la raison.

Les meubles apparaissaient au plafond.

Sa chambre était *à l'envers*.

37

Elliot devenait fou.

Il ne pouvait en être autrement.

Il resta un instant stupéfait avant de parvenir à se relever et de comprendre ce qu'il se passait : le plafond de la chambre était recouvert de miroirs qui reflétaient le mobilier. Tout simplement. Mais comment n'avait-il pas pu remarquer ce détail lorsqu'il était entré dans sa chambre en début de soirée ? Il fit quelques pas vers le lit, sur lequel était étalé un ample vêtement noir muni d'une large capuche, comme si la personne qui l'avait enfilé s'était évaporée. Il alluma la lumière et examina le reste de la pièce, de plus en plus perplexe.

Il n'y avait aucune trace de ses affaires dans le fauteuil du bureau – bureau qui avait inexplicablement changé de place près des toilettes ; la fenêtre donnait sur un autre panorama, des taches brunes paraient les murs grenat, telles des ombres malfaisantes aux membres anormalement longs et aux griffes acérées.

Eli perdait les pédales. Quelque chose s'était passé ici depuis son départ pour le restaurant. On était entré dans sa chambre. Quelqu'un cherchait à le rendre dingue en bougeant les meubles, en saccageant les tentures, en déposant cette mystérieuse tenue. Mais comment expliquer la nouvelle vue sur le quartier Saint-Aubin ? Les chambres de l'hôtel pouvaient-elles se déplacer ? C'était absurde. Eli tenta de se raisonner, de rester lucide malgré les excès de la soirée. Abasourdi, il continua son inspection quand il remarqua le numéro inscrit sur le téléphone à cadran : 902. Elliot souffla.

Il s'était trompé d'étage.

Il retourna dans le vestibule, tout en cherchant sa clé dans le fond de sa poche. Il ouvrit la porte du couloir et jeta un œil par l'entrebâillement avant de se risquer à sortir. La voie était libre. Le rire maléfique s'était tu.

Elliot s'apprêtait à quitter la chambre 902 quand une goutte atterrit sur son front.

Il se statufia.

La seconde suivante, une autre goutte explosa contre son nez. Eli posa le doigt dessus, porta l'échantillon de liquide suspect sous son regard fiévreux. On aurait dit de l'eau.

Il leva la tête, machinalement, imaginant une simple fuite provenant de l'étage supérieur.

Son cœur faillit s'extraire de sa cage thoracique.

Une *créature* était accrochée au plafond.

Une silhouette adulte androgyne, vêtue d'une combinaison noire intégrale, qui ne laissait apercevoir que des yeux sombres, observait Elliot depuis les parois vitrées. Elle tenait ainsi, la tête en bas, grâce à des ventouses fixées à ses mains et à ses pieds. La sueur gouttait par l'orifice de ses yeux.

Affolé, Eli donna un coup d'épaule contre la porte et courut aussi vite que possible à travers le boyau moquetté. Il tourna dans un sens, puis dans un autre, bifurqua encore avant de retrouver les ascenseurs. Son doigt appuya avec fureur sur le bouton.

Elliot arriva au huitième étage, et sa fréquence respiratoire commença à recouvrer une valeur normale. Il avait frôlé la crise cardiaque. À cet étage aussi le couloir était désert ; il progressa doucement, sur ses gardes.

Au détour d'un virage, il remarqua une porte entrouverte. Un rai de lumière s'insinuait par l'interstice, dessinant un rectangle doré sur les formes géométriques du sol. La tête baissée, Eli continua son chemin, craintif, refusant d'assister à une nouvelle scène dérangeante. Des gémissements – beaucoup de gémissements – émanaient de l'ouverture.

Il arriva au niveau de l'entrebâillement puis, au dernier moment, il coula malgré tout un regard à l'intérieur, comme s'il avait été attiré par une force malsaine.

Des types déambulaient à quatre pattes sur la moquette, sucette dans la bouche, simplement vêtus d'un bavoir et d'une couche-culotte de taille adulte. En arrière-plan, Elliot distingua une femme obèse vautrée dans le lit ; elle donnait un sein flasque à l'un de ces énergumènes travestis en bébés.

Révulsé, il accéléra.

L'étage semblait interminable. Les jambes flageolantes, Eli avançait en direction de sa chambre quand un bruit l'alerta.

Un grincement régulier.

Il se raidit. En apnée.

Une seconde plus tard, une femme de ménage âgée émergea à l'angle du couloir. Son visage était strié de rides. Elle ressemblait à une comtesse anglaise et poussait avec un air sévère un chariot de linge dont les roues couinaient sur la moquette.

Elliot soupira, soulagé.

Elle arriva à sa hauteur sans lui adresser un regard, alors qu'Eli cherchait à capter son attention par politesse. Rien à faire. La femme de ménage l'ignora, le dépassa et continua vers les ascenseurs comme s'il était invisible. « Comme si tu étais déjà mort », murmura une voix à l'oreille d'Eli. Au moment où elle s'éloigna, il aperçut un drap qui saillait du sac de linge. Ses yeux s'arrondirent. Des taches maculaient le drap. Des taches sombres. Des taches de sang.

Eli fonça jusqu'à sa chambre – la bonne, cette fois-ci ! – et s'enferma à double tour.

Il ôta ses vêtements, piocha son nécessaire de toilette dans sa sacoche et s'en alla dans la salle de bains. La douleur grondait sous son crâne, il lui semblait même, par moments, entendre à nouveau ce rire démoniaque. Comment cela était-il possible ? Eli refusait d'importuner Gaspard pour qu'il lui apporte du paracétamol. Ne pas déranger. Jamais. Telle était la devise de ce pauvre Eli.

Les lanternes de la pièce carrelée s'allumèrent. Elliot but de l'eau au robinet avant de contempler son reflet dans le miroir.

Et là, le choc.

Sa figure était méconnaissable. Il faisait peur à voir. La fatigue déformait ses traits, des cernes pochaient ses yeux injectés de sang.

Qu'allait-il bien pouvoir se passer, à présent ? Quelles surprises l'hôtel lui réservait-il encore ? Serait-il un homme aliéné à son réveil ? Plus dérangé, plus seul encore et plus fou ?

Sous ses draps en soie, Elliot cogita des heures avant de trouver le sommeil.

38

Samedi 15 février 2020

Deux tueurs.

Antoine n'arrivait pas à s'ôter cette terrible réalité de la tête. Ce retournement de situation avait eu l'effet d'un séisme dans ses certitudes. Les « experts Toulouse » avaient été catégoriques : l'auteur du massacre du métro ne pouvait pas être le même que celui de la place Occitane. Antoine avait alors investi les locaux de la police scientifique avec son groupe et émis plusieurs hypothèses : le port de semelles compensées, une erreur de calcul. Hélas, les techniciens demeuraient formels : il y avait près de dix centimètres d'écart entre les meurtriers, la seule explication logique était que deux assassins armés d'un sabre sévissaient dans la ville.

Ce nouvel élément laissait présager le pire. Un duo de meurtriers. La probabilité que deux individus partageant les mêmes délires se rencontrent et décident d'assouvir leurs fantasmes était quasiment nulle, néanmoins il existait des précédents dans l'histoire de la criminologie. Antoine connaissait la théorie. En général, les duos de criminels étaient composés d'un dominant et d'un dominé. Le premier, instigateur, meneur, influent ; l'autre suiveur, soumis. Qui était qui ? Le comportement du suspect du métro, fagoté d'un sweat à capuche et d'un pantalon ample, tendait à confirmer qu'il avait repéré les lieux. Jérôme partageait d'ailleurs ce point de vue. Il avait décimé six personnes, en avait blessé huit. Ces chiffres étaient ahurissants. Était-ce lui, le dominant ? Ou bien était-ce l'autre, dont les caméras de surveillance de la place Occitane avaient immortalisé le sang-froid, la détermination, sans parler de cette extraordinaire habileté à manier un katana ?

Debout devant la baie vitrée de son appartement, un mug de café à la main, Antoine s'enlisait dans ses raisonnements. La veille au soir, il était rentré chez lui juste à temps pour le Skype avec sa fille. Il avait buté sur les mots, bafouillé par moments. Amandine avait bien compris que son papa était tourmenté.

Après une minute entière d'inactivité – presque un record –, la Pile termina son café d'un trait. Il alluma BFM en boutonnant sa chemise. Les images du métro Capitole passaient en boucle sur la chaîne d'infos. Les journalistes se perdaient en conjectures, répétaient inlassablement le nombre de victimes, la description de l'assassin, son mode opératoire stupéfiant. Tout un tas d'experts faisait de la figuration sur le plateau de télévision, procureur, flic, psychiatre, criminologue, ils déblatéraient dans une cacophonie assourdissante sur le mobile et le profil du tueur. « Des tueurs », corrigea mentalement Antoine. Si tous ces imbéciles savaient réellement de quoi il était question… Il termina d'attacher ses boutons, pesta lorsqu'il s'aperçut qu'il en avait oublié un, puis éteignit la télé, las d'entendre des types qui n'étaient au courant de rien lui expliquer quel genre d'individus il traquait.

Pour le moment, le groupe 2 de la brigade criminelle conservait l'affaire, épaulé par « tout effectif pouvant se détacher », avait assuré Sylvain Brugier. Le commissaire continuait de soutenir Antoine à cent pour cent, lui garantissant les moyens nécessaires pour mener à bien sa mission. Aussi, une vingtaine d'officiers de police, tous services confondus, se relayaient pour prêter main-forte à l'équipe du capitaine Aubert. L'ensemble du SRPJ était mobilisé. Le massacre du métro, aussi sordide soit-il, n'avait pas de caractère terroriste, aucune accointance avec le grand banditisme, par conséquent il gardait les rênes de l'enquête. Pour le moment… La pression sur le préfet, le procureur, le directeur du SRPJ et le commissaire Brugier était telle que la place Beauvau les avait dans le collimateur et n'excluait pas de détacher une unité spéciale pour reprendre l'affaire. Tous les projecteurs étaient braqués sur Toulouse, sur le SRPJ. Et, dans les coulisses, c'était à Antoine qu'incombait la lourde tâche de résoudre l'enquête.

Il termina de s'habiller, remplit de croquettes la gamelle de Tequila, qui ne cessait de l'implorer en miaulant, puis éclusa un deuxième café avant de sortir dans la fraîcheur matinale.

Le vent glacial ébouriffa aussitôt ses cheveux. Le ciel grisâtre crachait une pluie fine qui s'insinua dans le col de son caban ; Antoine tira dessus et avança jusqu'au métro. Ses chaussures claquaient sur le boulevard des Récollets, pratiquement désert à cette heure-ci. Il tourna à gauche sur la grande-rue Saint-Michel, frigorifié, puis s'engouffra dans la station, en face de l'ancienne prison.

Comme la veille au soir, retourner dans une rame de métro lui provoqua des aigreurs d'estomac. Les interrogations se bousculaient dans sa tête. Pourquoi les tueurs avaient-ils ciblé des innocents ? Pourquoi ce changement abrupt de victimologie ? Y avait-il un message ? Si oui, lequel ? Et comment ce couple d'assassins comptait-il le diffuser ? Allaient-ils revendiquer les attaques ? Par quel moyen ? Agacé par toutes ces questions sans réponses, Antoine présenta sa carte Tisséo sur le tourniquet et le fit pivoter en grattant sa barbe broussailleuse. Il l'avait taillée avant son rencard avec le commandant Maria Salgado ; leur dîner avorté semblait dater de la semaine dernière, voire du mois dernier. Ils n'avaient pas eu deux minutes en tête à tête pour en discuter, l'idée même de reporter cette soirée paraissait incongrue.

Le capitaine Aubert bouscula un type planté au milieu du quai, en plein passage, aussi réactif qu'un zombie repu, les yeux rivés sur son écran tactile. Agacé, Antoine grimpa dans la rame juste avant que celle-ci ne reparte.

Son smartphone tinta dans la poche ventrale de son caban humide. Un SMS. Il resta debout, appuyé contre les portes automatiques. Autour de lui, des usagers peu nombreux, silencieux, étaient eux aussi concentrés sur leur portable. Seul un groupe de jeunes, passablement éméchés, et pour qui la soirée n'était visiblement pas terminée, parlait fort à l'avant du wagon.

Antoine lut le message. C'était sa fille. Elle lui souhaitait d'attraper plein de méchants. Amandine était à un âge où elle n'avait pas encore honte du métier de son papa. Cela ne durerait pas longtemps, il n'y avait que les enfants de flics qui n'osaient pas révéler le boulot de leur parent. Ému, il resta ainsi ballotté par les mouvements du métro et relut à plusieurs reprises les mots touchants de sa fille, ponctués d'un smiley dont il ignorait la signification. Ses paupières se fermèrent. Quand il les rouvrit, trois personnes se tenaient devant lui ; deux assises sur les strapontins, la dernière debout, agrippée à la rampe. Leurs doigts glissaient sur les écrans tactiles. Antoine était parti dans une sorte de transe, un refuge mental où Amandine occupait toutes ses pensées. Il n'avait pas fait attention aux deux stations passées ni aux voyageurs à bord.

Soudain, son bras retomba contre sa cuisse comme un poids mort. Ses épaules s'affaissèrent. Une secousse du métro manqua de lui faire perdre l'équilibre. Sonné, il en oublia de répondre à sa fille.

La solution avait fait tilt dans son cerveau.

Une solution qui était sous son nez depuis le début.

Le mobile des tueurs était d'une simplicité élémentaire.

39

L'interstice des rideaux libérait un ruban de lumière qui se déroulait sur la moquette. Elliot consulta l'heure sur le vieux réveil chromé à cloches. 9 h 30. Étonné de découvrir autant de clarté dans la pièce, il s'étira comme un chat. Avait-il mal tiré les rideaux avant de se coucher ou quelqu'un avait-il pénétré dans sa chambre durant la nuit ? Il se redressa, assis au milieu du lit, le cerveau ensuqué par les excès de la veille. Il détailla les quatre coins de la pièce à la recherche d'un indice, une anomalie, la preuve d'une intrusion nocturne. Il n'en détecta aucune. Avait-il avalé une substance aliénante, un poison qui rend fou ? L'avait-on hypnotisé pour lui insuffler des idées qui putréfieraient sa santé mentale ? Non. C'était grotesque.

Malgré tout, il se dirigea d'une démarche hésitante pour vérifier la porte d'entrée. La clé était introduite dans la serrure. Verrouillée de l'intérieur. Rassuré, il pénétra dans la salle de bains.

Si l'endormissement avait été laborieux, le sommeil qui avait suivi avait été réparateur. Eli avait dormi d'une traite. Comme un bébé – bien qu'il soit peu probable que les créateurs de cette expression aient eu des enfants. En contemplant ses yeux rougis dans le miroir, ses pensées s'ordonnèrent ; à première vue il paraissait « normal », il n'était pas devenu fou. Au contraire, il se sentait bien, détendu, en pleine forme, même s'il avait oublié d'ingurgiter son cocktail médicamenteux d'avant coucher.

Sous la douche, il repensa à cette soirée inoubliable. Certes, il demeurait ici des zones d'ombre, des faits indéniablement étranges, des pratiques bizarres, mais il n'avait croisé aucun fantôme et, bien qu'il ait eu la frayeur de sa vie dans la chambre du neuvième étage, il n'avait ressenti à aucun moment l'envie subite de se suicider. Avec le recul d'une nuit de sommeil, il relativisait la présence de ces taches brunes sur les draps, poussés par cette vieille femme de ménage aigrie. Après tout il faisait sombre, Eli était fatigué, ivre et défoncé.

Il s'habilla, rassembla ses affaires et quitta la chambre.

Le petit déjeuner était offert à tous les clients de l'hôtel, aussi Elliot se présenta-t-il dans le restaurant et choisit une table près d'un pilier. Ses cheveux encore mouillés gouttaient sur son pull, sa mèche balayait ses sourcils. Il déambula, un plateau entre les mains, à travers des étalages de viennoiseries, de pain frais, de tartines grillées, de charcuteries, de fromages, d'œufs brouillés. Cela lui changeait du café-clope qu'il avalait tous les matins. Il piocha deux croissants, puis se servit un café et un verre de jus d'orange.

Depuis son réveil, il effectuait chacun de ses gestes au ralenti, comme s'il voulait profiter un maximum de ses derniers instants passés dans l'hôtel, repousser le moment où Gaspard le prierait de quitter les lieux.

Il mangea en prenant tout son temps, mâcha doucement, presque de façon exagérée. Le buffet étant à volonté, il se resservit copieusement trois fois.

Désormais, il était l'heure de partir. Elliot le savait.

Il remercia les serveurs et se présenta à la réception. Gaspard était absent. Un autre réceptionniste, tiré à quatre épingles, l'air austère, se tenait derrière le long comptoir brun. Eli fut presque déçu de ne pas pouvoir dire au revoir à *Alfred*. Si on lui avait dit, quelques semaines auparavant, qu'il regretterait un jour la présence du réceptionniste, jamais il ne l'aurait cru. Son regard scanna le hall à la recherche du petit Arthur. En vain. Il hésita à demander l'autorisation de monter pour saluer Laure, puis se ravisa au dernier moment. Le nouveau réceptionniste semblait peu conciliant et cela n'aurait eu pour effet que de le faire davantage souffrir. Il devait se faire une raison. Il fallait quitter les lieux. Clore la parenthèse « Hôtel Ferdinand » et continuer à vivre sa vie.

Le vent chargé de pluie lui fouetta le visage. Transi de froid, Eli enfonça ses mains dans ses poches. Un long soupir empli d'amertume s'échappa de sa bouche en une volute de vapeur. Sur les allées Jean-Jaurès, les voitures embouteillées klaxonnaient, caillot de métal sclérosant l'artère toulousaine. Les gens se hâtaient sur les trottoirs, pressés, stressés, emmitouflés dans leurs manteaux. Fusil d'assaut en bandoulière, une escouade de militaires patrouillait, rappelant à Eli la scène de guerre dont il avait été témoin le jeudi soir aux abords du métro.

Triste retour à la réalité.

Il alluma une cigarette, l'air dépité. Se retourna pour observer l'Hôtel Ferdinand, tel un Lilliputien face au géant de brique rouge.

Une seule pensée le tourmentait. Entêtante. Perfide. Dévastatrice. Elle était apparue à la seconde où son pied avait touché le trottoir. Le syndrome de manque le happait. À quoi ressemblerait sa vie désormais ? Quel stratagème pourrait-il fomenter pour pouvoir bénéficier à nouveau des distractions de l'établissement ? Elliot n'avait qu'une obsession : retourner coûte que coûte dans ce lieu.

40

Le capitaine Aubert débarqua dans la salle du groupe 2 comme un boulet de canon.

— Arrêtez tout !

Ni bonjour ni merde. L'équipe se concerta du regard, interloquée, surprise par cette entrée fracassante qui ne ressemblait pas à leur chef.

— On fait un point ! ordonna Antoine en jetant sur le dossier de son fauteuil son manteau humide, qui échoua par terre.

Sans se donner la peine de le ramasser, la Pile fonça vers la cafetière et remplit son mug.

Assise en tailleur à son bureau, Mylène, casque sur les oreilles et capuche vissée sur la tête, échangea un coup d'œil circonspect avec Jérôme, en face d'elle. Nabil referma l'écran de son ordinateur portable, tandis qu'Alban, engoncé dans une veste en tweed d'une couleur improbable, se positionna près des tableaux blancs.

— On a pris le problème à l'envers, débuta Antoine en s'appuyant contre la fenêtre.

Le groupe, attentif, attendit la suite.

— On est partis du principe que notre tueur, nos tueurs, rectifia-t-il, attaquaient des personnes dont le comportement était dépourvu d'empathie lors de situations tragiques. Des victimes qui étaient témoins d'un accident, c'est le cas d'Ève Pocholle ; d'une agression, c'est celui de Gaëtan Moulinier ; ou qui étaient directement coupables, comme

Pascal Furet, qui a pris la fuite après avoir renversé une poussette, ou encore nos quatre gus de la place Occitane.

Il avala une gorgée de café en grimaçant.

— Moi le premier, je pensais que nos meurtriers s'en prenaient à des individus dépourvus de compassion, des gens qui, pour une raison que nous ignorons, ont refusé de porter assistance à des personnes en danger. Des tueurs armés de katana, motivés par une sorte de pseudo-justice arbitraire et opportuniste. Oubliez ça. J'avais tort. On est à côté de la plaque depuis le début. Parce que cette hypothèse n'explique pas le massacre perpétré dans le métro, ce changement radical de victimologie.

Déglutition laborieuse. Frottage de barbe intensif.

— On a occulté un détail, continua Antoine. Un détail qui se révèle capital. On l'a mis de côté, sous prétexte de coïncidences, car c'est un accessoire omniprésent dans notre société. Or il a toute son importance, et c'est précisément la clé de toute cette histoire.

— Les téléphones portables ! s'exclama Nabil.

Antoine mima un pistolet avec ses doigts en direction du bleu.

— Bingo. Nos tueurs s'en prennent à des utilisateurs de smartphone. Ils *chassent* dans la ville, en quête d'une occasion, un événement, un rassemblement qui attirerait du monde, et en profitent pour frapper. La composante dramatique de cette opportunité était capitale lors de leurs attaques antérieures, mais à présent ils sont passés à la vitesse supérieure. Le massacre du métro en est la preuve. Les victimes étaient toutes « innocentes », aucun événement tragique n'a précédé le bain de sang. Elles étaient simplement, comme une grande majorité des usagers, branchées sur leur smartphone. Nos meurtriers ciblent donc des individus qui utilisent publiquement leur téléphone portable, et j'insiste sur le mot « publiquement », quel que soit leur genre, leur âge ou leur profil.

Les membres de l'équipe digéraient l'info, des murmures d'incompréhension fusèrent dans la salle. Alban fut le premier à lever la main, tel un écolier.

— OK, Antoine. Mais dans quel but ? On aurait affaire à un duo de criminels en rupture avec la société ? Des extrémistes radicaux qui puniraient qui exactement ? Les consommateurs de nouvelles technologies ?

— Genre des amish ninjas ? railla Mylène.

— Qu'est-ce qui les pousse à agir ? s'enquit Jérôme, perplexe. Pourquoi des smartphones ?

Antoine tapa dans ses mains.

— C'est justement ce que nous devons découvrir. Des idées ?

— Ils sont contre les nouvelles technologies, le progrès ? lâcha Nabil, peu emballé par sa propre hypothèse.

Jérôme embraya :

— Les téléphones nous relient aux autres. Ils nous permettent de communiquer. Peut-être a-t-on affaire à des fanatiques individualistes ? Des types qui sont contre la mondialisation ?

— Des antimatérialistes ? fit Nabil. Des adeptes de l'anti-consumérisme ?

Jérôme réfléchissait à voix haute.

— Des écologistes radicaux qui pensent que les ondes sont nocives pour la santé, que la 5G nous tuera tous ?

Les Converse de Mylène heurtèrent le bureau ; elle suggéra, presque exaltée :

— Ou alors ces mecs veulent s'en prendre aux tout-puissants, aux empires du numérique, aux Gafas !

Antoine acquiesçait, enthousiaste, encourageant son équipe à s'exprimer. Il aimait ces ping-pong d'idées entre les membres du groupe. Cependant il nota l'air contrarié d'Alban, songeur, étrangement silencieux près des tableaux.

— Il y a quelque chose qui me chiffonne, confia le procédurier. Si leur objectif est de s'en prendre à des utilisateurs de portable, dans le but de façonner je ne sais quelle nouvelle société exempte de smartphones, c'est donc qu'ils agissent selon une sorte d'idéal, une cause à laquelle ils croient. Or, pour diffuser ses idées, il faut les exprimer.

Les lèvres d'Antoine s'ourlèrent en une moue satisfaite ; Alban était perspicace, il ferait un foutu bon commandant.

— Tu as mis le doigt sur ce qui me tracasse aussi.

Mylène intervint :

— Mais si leur but est de faire passer un message, de nous dire à tous : « Hé ! vous ! les accros aux portables, lâchez un peu vos écrans ! », comment ils vont faire pour que tout le monde soit au courant de leur délire ? Par la presse ?

— Si on suit notre idée, ça ne sera sûrement pas par les réseaux sociaux, répliqua Jérôme. La télé ? Des banderoles ? Des affiches sauvages placardées sur les abribus ?

— Je l'ignore, avoua Antoine. À nous d'y réfléchir pour pouvoir l'anticiper.

Il désigna la carte dépliée de Toulouse, scotchée sur un quatrième tableau blanc.

— Du nouveau du côté de la zone morte ?

La veille, ils avaient établi un périmètre virtuel où les tueurs avaient échappé aux caméras de vidéosurveillance de la ville. Ils l'avaient baptisé la « zone morte ». Elle avait un rayon de trois cents mètres, dont le centre approximatif se situait sur la piscine Léo-Lagrange, entre les allées Jean-Jaurès et la rue Gabriel-Péri. Sur la carte, des punaises de couleurs différentes ciblaient les lieux des attaques, d'autres retraçaient l'itinéraire des tueurs lors de leurs fuites, les dernières circonscrivaient le périmètre dans lequel ils avaient disparu, la fameuse « zone morte ». Où ils étaient entrés et n'étaient jamais ressortis. Antoine supposait qu'ils se terraient quelque part à l'intérieur. Peut-être y étaient-ils en ce moment...

— On a listé tous les établissements ouverts aux heures des meurtres, répondit Alban. Y a plus qu'à...

— OK, Jérôme et Mylène, vous vous en occupez. Avec Nabil on ira interroger les rescapés du métro. Alban, toi, tu te colles aux auditions des témoins. Si c'est trop chargé, vois avec Maria pour qu'elle te file des renforts. On a carte blanche. Allez ! On ne se décourage pas. On déroule. Je sais qu'on est samedi, mais dehors ça caille et il fait un temps de merde. Alors au boulot. Vous vous abrutirez devant Netflix une autre fois.

L'équipe esquissa un sourire avant de vaquer à ses tâches.

Le reste de la journée fut stérile. Auditions de témoins du wagon infructueuses. Interrogatoires inutiles des blessés de l'attaque du métro hospitalisés en traumatologie – pour ceux qui disposaient de leurs facultés mentales, car la plupart souffraient de choc post-traumatique et étaient incapables de raviver ces souvenirs douloureux. Mylène et Jérôme avaient enquêté du côté des tabacs, épiceries de nuit, bars et autres restaurants ouverts dans la « zone morte » lors de la fuite des tueurs mais, là encore, ils n'avaient dégoté aucun témoin oculaire.

À 20 h 30, Antoine fit un dernier point avec Maria avant de rentrer chez lui. Depuis leur soirée interrompue, leur relation évoluait curieusement ; ils n'osaient flirter ou plaisanter, ils se contentaient de parler de l'affaire. Comme si, finalement, le destin voulait qu'ils restent collègues.

Une fois de retour chez lui, Antoine ôta son manteau et se laissa choir dans le canapé. Sur la table basse, un amoncellement de pages attendait son autographe ; cela faisait des jours, des semaines qu'il procrastinait. Pas l'humeur ni la motivation. Il posa ses chaussettes sur la pile de papiers. Alluma la télé.

Le bandeau qui défilait sur le bas de l'écran le fit bondir du canapé. « Le tueur anti-téléphones portables. »

Ce matin il découvrait le mobile et le partageait avec son équipe ; ce soir les chaînes d'info le diffusaient. Antoine avait voulu éviter ça à tout prix. Ses poings se fermèrent, ses articulations blanchirent ; il sentait poindre la colère.

Le timing était parfait. Trop parfait. C'était étrange. Suspect, même. Antoine ne croyait pas aux coïncidences : le véritable mobile avait fuité.

Cette nouvelle impliquait deux terribles réalités. La première, inéluctable, catastrophique : un vent de panique allait balayer la ville, la psychose contaminerait ses habitants.

La deuxième, plus personnelle : il y avait une taupe dans son équipe.

41

Jeudi 26 mars 2020

Près de six semaines s'étaient écoulées depuis la nuit passée à l'hôtel. Entre-temps, un « ennemi invisible » – *dixit* le président de la République – avait paralysé le pays, le continent, le monde. La pandémie contraignait les gens à rester chez eux pour freiner la propagation du virus et désengorger les services hospitaliers saturés. Un virus qui semblait directement mettre à mal notre mode de vie, nos valeurs, notre culture, l'essence même des plaisirs de l'existence. D'une part à cause des mesures mises en place par le gouvernement pour empêcher la population de se réunir, de sortir, de se divertir ; d'autre part en assénant un coup de grâce par la disparition du goût et de l'odorat.

Pour Elliot, casanier et solitaire, cela ne changeait pas tellement le quotidien. À quelques détails près. Les gens n'avaient pas arrêté d'être malades du jour au lendemain, ils avaient toujours besoin de soins ; Eli effectuait donc sa tournée comme d'habitude, simplement inquiet de voir le stock de matériel s'épuiser. Cependant plusieurs choses le contrariaient vraiment. Il ne pouvait plus rendre visite à sa mère, confinée en Ehpad, ni à Alice, plongée dans un coma stationnaire. L'infirmière avait perdu près de dix kilos et l'état de sa peau inquiétait les soignants : malgré les changements de position, une escarre s'était formée sur son sacrum. Elliot se sentait plus seul que jamais. Au cabinet, tel un fantôme, il croisait à peine ses collègues, avec qui il ne parlait plus que par monosyllabes. L'ambiance était maussade.

Pourtant, Eli était devenu un héros national. Tous les soirs, à 20 heures, Toulouse l'applaudissait. Les habitants remerciaient le personnel soignant pour son dévouement face à ce fléau viral. Eli ne voulait pas être un héros. Il ne l'avait jamais souhaité. Lui, il faisait juste son boulot. Infirmier n'était pas une vocation, il n'était pas épris d'un besoin irrépressible de sauver son prochain ; si là, maintenant, on lui proposait un autre job qui lui permettait d'écrire et de remplir son frigo, il l'accepterait volontiers. Néanmoins ces preuves de reconnaissance quotidiennes l'émouvaient, il ne pouvait pas dire le contraire. Sauf quand elles émanaient des voisins du dessous, ces abrutis qui se réunissaient à dix tous les soirs et buvaient l'apéro jusqu'au milieu de la nuit tout en les félicitant comme des cons à 20 heures, au détriment des mesures sanitaires.

Mais il y avait également le revers de la médaille, la face sombre de l'humanité, ceux qui jugeaient le travail d'Eli dangereux pour la communauté. Plusieurs fois, il avait découvert des messages haineux scotchés ou carrément gravés sur sa porte, des menaces – « Déménagez ! », « Vous mettez nos enfants en danger ! ».

Pour finir, il restait un problème majeur à Eli : sa réserve de cocktail du soir s'amenuisait. Son médecin avait pris sa retraite à la fin du mois de février et, en pleine période de confinement, il fallait besogner pour trouver un praticien qui acceptait de nouveaux patients. La plupart des consultations étaient suspendues ou réalisées en visioconférence, or Elliot devait rencontrer physiquement un professionnel de santé pour renouveler son ordonnance. Si au début le stress l'avait conduit à épuiser les numéros des toubibs du quartier, anxieux à l'idée que son stock diminue, à présent il laissait couler.

Car, depuis sa soirée à l'Hôtel Ferdinand, petit à petit, il avait changé.

Il était moins angoissé qu'à l'accoutumée, alternant entre des épisodes dépressifs durant lesquels il mangeait le pot de Nutella à la cuillère devant *Deadpool* – son *Dirty Dancing* à lui –, ou au contraire des moments d'euphorie où il se sentait curieusement bien. Une espèce de laxisme l'avait contaminé, une indolence qui interpellait ses patients.

Les premières lettres de refus concernant son troisième roman, par voie postale ou électronique, étaient arrivées, inévitables, amères, semant le doute dans son esprit quant à ses qualités d'écrivain. Néanmoins Elliot ne s'était pas laissé abattre, au contraire, ces six semaines avaient été prolifiques sur le plan créatif. Son ordinateur portable étant tombé en panne, il s'en était fait livrer un neuf et avait abandonné son roman 4 pour un roman 5, une histoire horrifique dans un palace mystérieux qui lui donnait la fièvre. Il avait écrit la moitié du manuscrit.

Ce jour-là, Elliot se coltinait la comptabilité. Location du logiciel de soins, du TLA, le lecteur de carte Vitale, des téléphones, frais de déplacement, autant de charges à vérifier, à déclarer. La soirée était douce, agréable. Il faisait un temps magnifique depuis le début du confinement, comme si la nature brandissait un gigantesque doigt d'honneur à l'humanité condamnée à rester chez elle.

Si pointilleux d'ordinaire, Eli se laissait désormais déborder : facturation en retard, défaut de mise à jour de la liste de patients, commandes de matériel oubliées. Son esprit s'égarait sur la ruelle déserte, la cour de l'hôtel où des employés prenaient leur pause dans l'obscurité naissante. Même s'il se réfugiait dans son nouveau roman ou dans le sommeil pour oublier le mal-être profond qui l'habitait par phases, cette proximité avec le lieu de son obsession était atroce et le renvoyait quotidiennement à ce gouffre que sa vie ennuyeuse échouait à combler. La tentation était là, à portée de main, il n'avait qu'à traverser la rue. Cette situation s'avérait cruelle.

Elliot soupira. Il s'apprêtait à se remettre au boulot administratif fastidieux quand il repéra trois types qui marchaient sur le trottoir. « Des rebelles qui bravent le confinement », se dit-il en faisant du tri dans les ordonnances et les feuilles de soins entassées dans une bannette.

La nuit coulait sur la ruelle. Éclairé par l'écran d'ordinateur, Eli fronça les sourcils. Les hommes s'étaient arrêtés devant sa Clio et lorgnaient l'intérieur avec une convoitise qui l'intrigua aussitôt. Avant qu'il ne se penche pour mieux les espionner, l'un d'eux dégaina un pied-de-biche, dissimulé sous sa veste de survêtement, et la vitre du côté passager vola en éclats.

Six semaines auparavant, Elliot se serait réfugié sous le bureau, les mains plaquées sur les oreilles en attendant qu'ils déguerpissent.

Mais Eli avait passé une nuit à l'hôtel. Il avait vu des *choses*. Il avait *survécu* aux légendes. Gagné en confiance. Et, de manière inexplicable, cela l'avait métamorphosé.

Il hésita une poignée de secondes sur la conduite à tenir, les doigts pianotant sur les accoudoirs. Il ne pouvait laisser couler. Pas cette fois-ci. Mû par un instinct bestial, il bondit de son fauteuil, traversa le cabinet au pas de course et surgit dans la ruelle. Les types le toisèrent, surpris. Celui qui tenait le pied-de-biche montait la garde devant la Clio, tandis que les autres volaient la boîte de masques posée sur le tableau de bord, ainsi que des flacons de gel hydroalcoolique disséminés sur le siège et dans les vide-poches.

— Hé ! Qu'est-ce que vous foutez ?

Était-ce Eli qui avait crié ainsi ? Il ne se reconnaissait plus. Ne savait même pas comment il était arrivé là aussi vite. Les types paniquèrent. Ils échangèrent un regard, se tournèrent vers l'infirmier, prêts à en découdre. Eli avança avec hostilité. Allait-il vraiment se battre ? Lui, le gars sympa et pas agressif pour un sou ? Attaquer le premier. Surprendre l'adversaire. Dopé à l'adrénaline, il bondit sur celui qui tenait les masques – tout ça pour des putains de masques – et lui asséna un coup dans la glotte de toutes ses forces avec le tranchant de la main. Le larynx émit un craquement, un filet d'air chuinta de la gorge du type avant qu'il ne recule, désorienté, asphyxié, et pose un genou à terre. Elliot se retournait quand une douleur déchira son flanc droit. Pile dans le foie. Une nuée de points noirs voila son champ de vision, il s'effondra aussitôt sur le bitume, le souffle coupé. Le pied-de-biche effectua un moulinet et s'abattit une seconde fois sur son abdomen. Vomissement. Perte brève de connaissance. Eli se replia en position fœtale. Le troisième type fit le tour de la Clio et commença à le rouer de coups. Son acolyte raffermit sa prise sur l'instrument métallique, le fit tourner dans sa main avant de fracasser le visage d'Elliot. Le nez se brisa sous l'impact, embrasant toute sa figure d'un incendie de douleur. Perclus de souffrances, en chien de fusil pour protéger ses organes vitaux, Eli endura le déferlement de violence. Du sang coulait dans sa bouche, sa gorge ; il faillit s'étouffer et cracha une gerbe rouge sur le trottoir en hoquetant. La fin était proche. Eli le savait. La Mort lui tendait les bras.

Puis les deux types s'arrêtèrent, aidèrent le troisième à se relever, et ils déguerpirent à l'angle de la ruelle.

Le lynchage avait-il duré dix secondes ou dix minutes ? Eli avait perdu la notion du temps. Agonisant sur le sol, il recouvra sa respiration et finit par se redresser en réprimant un gémissement. Assis sur le trottoir, il palpa sa face tuméfiée, ses flancs douloureux. Du bout des doigts, il sentit des débris au fond de la poche de son jean. La clé USB était en miettes. Pulvérisée.

Ses manuscrits, envolés à jamais.

Une larme roula sur sa joue meurtrie alors qu'il observait la ruelle. Le quartier était désert. La cour du voisin en brique rouge aussi.

Si on lui avait posé la question à cet instant, Elliot n'aurait su expliquer sa décision.

Au lieu d'appeler les secours, ou de retourner au cabinet pour désinfecter et panser ses plaies, il boita jusqu'à l'Hôtel Ferdinand.

L'établissement n'accueillait pas de nouveaux clients depuis le début du confinement, cependant des gens y vivaient à l'année. Ayant remarqué que le sas opaque de l'entrée principale, lui, était fermé, il tenta sa chance de l'autre côté, derrière le parking hélicoïdal. Marcher lui déclenchait des douleurs insupportables dans les côtes. Certaines devaient être fêlées. En s'aidant des murs, il parvint à faire le tour de l'établissement, clopin-clopant, dépassa le cylindre de béton et aperçut une porte découpée dans la façade, accessible grâce à une volée de marches qui s'enfonçait dans une anfractuosité du bâtiment.

Essoufflé, le nez enflé comme une patate, l'arcade sourcilière droite fendue, Elliot fit plusieurs pauses avant de toquer.

La glissière de la porte s'ouvrit, révélant le regard noir d'un vigile dans le rectangle coulissant.

— Mot de passe, exigea-t-il.

Les sourcils froncés, il détailla Eli à travers la fente, qui secouait la tête en signe d'ignorance. Le visage boursouflé, défiguré par les hématomes, de ce visiteur impromptu ne sembla pas étonner ni incommoder le videur outre mesure. Après de longues secondes d'inspection, il ouvrit malgré tout, s'effaça, et Eli entra dans un couloir voûté au bout duquel un autre vigile était assis sur une chaise. Il fit signe à l'infirmier de patienter et disparut derrière la porte.

Les minutes s'égrenèrent ; Elliot attendait, accroupi contre le mur. Il se pinçait les narines avec un mouchoir en papier pour endiguer l'hémorragie, la tête bien droite. Des élancements irradiaient dans tout son corps, néanmoins il avait l'impression que ses douleurs s'étaient apaisées depuis qu'il était entré, comme si l'hôtel avait un pouvoir antalgique.

Un quart d'heure s'écoula avant que la porte s'ouvre à nouveau.

Gaspard se tenait dans l'encadrement.

— Monsieur Akerman, dit celui-ci d'un air grave.

Il n'y avait aucune courtoisie ni complaisance dans son intonation ; ses traits étaient tirés, sévères. Elliot, lui, n'avait plus la force de parler.

— Suivez-moi, reprit sèchement le réceptionniste.

Elliot emboîta le pas à Gaspard. Ils descendirent un escalier en colimaçon et se retrouvèrent dans le sous-sol, au cœur de l'immense salle qui hébergeait le ring et la fumerie d'opium. Le maître d'hôtel le conduisit dans un passage qu'Eli n'avait pas remarqué la dernière fois. Ils dépassèrent une série de hammams, des bains dont les vapeurs aromatisées embaumaient les lieux, puis ils empruntèrent un réseau de couloirs labyrinthiques qui les menèrent devant un ascenseur escamoté par un renfoncement architectural, à côté d'une pièce verrouillée par une porte métallique trouée d'un hublot. Eli jeta un regard à l'intérieur ; cette salle contenait des paillasses carrelées, des réservoirs en inox, un incinérateur. Il avala une gorgée de sang et parvint enfin à articuler, au prix d'un effort surhumain :

— Je... Je ne savais pas où aller... Je suis désolé. Où m'emmenez-vous ?

Gaspard se tenait de dos, raide comme un des piliers de soubassement. Il appela l'ascenseur, ses gestes trahissant un certain agacement. Sans se retourner, il répondit d'une voix glaçante :

— Au dernier étage. Monsieur Ferdinand souhaite vous parler.

42

La grille de l'ascenseur se referma dans un couinement lugubre.

Gaspard introduisit une clé sous le pupitre des boutons et appuya sur le numéro 15. La cabine s'éleva en grinçant.

Elliot, lui, peinait à se tenir debout et s'adossa contre le miroir. Sa cloison nasale déviée libérait un sifflement à chaque inspiration. Du sang coagulé maculait son front, son menton, son pull en V. Il ausculta son visage dans la glace. La plaie à l'arcade était superficielle, elle ne nécessitait pas de points de suture. En revanche son nez était brisé, il devrait consulter un médecin. Un silence gênant s'installa dans la cabine, Eli pouvait sentir la réticence qui suintait du majordome ; d'une certaine manière il l'avait contraint à le laisser entrer. Il lui avait forcé la main.

L'ascension fut lente, comme pour entretenir le suspense avant de rencontrer le directeur de l'Hôtel Ferdinand, ce Gatsby le Magnifique des temps modernes. Un mélange de peur et d'excitation l'étreignit. À quoi ressemblait-il ? Allait-il le rudoyer pour avoir osé se présenter sans invitation ? Allait-on le punir ? L'aiguille des étages semblait effectuer sa rotation avec paresse, chaque niveau dépassé majorant les interrogations de l'infirmier.

Il y était.

La porte s'ouvrit directement sur une mezzanine, bordée par une balustrade en orme aux montants élégamment sculptés. Deux escaliers moquettés de rouge descendaient en spirale jusqu'à un vaste salon, baigné d'une lueur écarlate feutrée qui caressait le mobilier en bois sombre, une grande bibliothèque, un aquarium, une platine vintage, des fauteuils clubs en cuir noir, une table basse en acajou moiré, l'âtre d'une cheminée dans laquelle se consumaient quelques bûches. La douce mélodie du feu crépitant emplissait l'espace.

Eli fit un pas, médusé : l'ascenseur donnait directement sur le duplex de Richard Ferdinand.

De chaque côté de la mezzanine, un couloir arrondi s'enfonçait dans l'obscurité. Les murs étaient ornés des mêmes tentures que dans le reste de l'établissement, d'épais rideaux masquaient la vue sur la baie vitrée et la terrasse, qui devait offrir une vue époustouflante à cette hauteur.

Gaspard, sans se départir de son air contrarié, fit signe à Elliot de rejoindre le salon. Il indiqua un fauteuil en se dirigeant vers un renfoncement du duplex, puis il revint avec une serviette imbibée d'eau, des compresses, de l'antiseptique et un tas de glaçons, emballés dans un torchon, qu'il appliqua sans ménagement sur le visage de l'infirmier après avoir désinfecté ses plaies. La sensation de froid sur ses contusions soulagea Eli.

— Monsieur Ferdinand va vous recevoir, annonça Gaspard d'une voix glaciale. Vous pouvez attendre ici.

Il remonta l'escalier et disparut dans l'ascenseur. Elliot, penaud, fixa la chorégraphie des flammes dans l'âtre, quand son regard fut happé par une toile accrochée au-dessus de la cheminée. Elle devait mesurer deux mètres de longueur sur un de hauteur. C'était une œuvre imposante, abstraite, aux tons rouge vermillon qui rappelaient ceux de l'hôtel, et dans laquelle des jeux d'ombre contrastaient avec la monochromie du tableau, donnant l'impression que des visages difformes sourdaient de la toile, en relief. Comme si des bouches anormalement longues hurlaient leur souffrance, noyées dans des torrents d'hémoglobine. Un frisson parcourut Eli. Sa pomme d'Adam fit les montages russes.

Cette peinture dégageait quelque chose de profondément dérangeant. C'était une déferlante de violence excrétée à coups de pinceau virulents. Elliot mit le doigt sur son malaise : cette œuvre semblait composée pour partie avec du sang.

Ses yeux finirent par se détourner de l'objet de son écœurement et il se débarbouilla la figure avec la serviette, tout en se demandant quel sort on lui réservait. Face au silence pesant de l'immense pièce, les légendes horribles sur l'hôtel l'assaillirent. Avait-il signé son arrêt de mort en s'imposant ainsi ?

Une voix tonna brusquement des ténèbres de l'étage.

— Savez-vous ce qu'est un hédoniste, Elliot ?

Ton âpre. Léger accent du Sud-Ouest. Timbre envoûtant.

— Je peux vous appeler Elliot ?

Eli tourna la tête en direction de la mezzanine, à la recherche de son interlocuteur. Il s'apprêtait à balbutier lorsqu'une silhouette se découpa dans la pénombre, derrière la balustrade qui surplombait le salon.

De taille moyenne, Richard Ferdinand était aussi imposant qu'une statue de marbre. Le directeur était à l'image de son hôtel : improbable. Ses cheveux étaient coiffés en pics, d'une blancheur immaculée, artificielle, non pas à cause de la vieillesse – il avait quarante-cinq ans, d'après ce qu'avait lu Eli – mais grâce à une teinture nacrée, dont les reflets irisés scintillaient dans l'obscurité. Il avait un visage avenant, un sourire charmeur souligné de jolies fossettes. Une robe de chambre carmin nouée à la ceinture enrobait sa silhouette plutôt efflanquée, sur une tenue en lin blanc. Il portait aux pieds des *geta*, ces tongs en bois japonaises, qui claquèrent quand il descendit les marches.

— Alors, Elliot, un hédoniste ?

Eli demeurait ébahi devant son charisme ; ses cordes vocales s'étaient enrayées. Richard Ferdinand s'arrêta au milieu de l'escalier.

— Vous avez eu le culot de vous présenter dans mon hôtel sans invitation, ayez au moins la décence de me répondre.

— Je ne sais pas, bafouilla Eli.

Richard Ferdinand opina pour lui-même. Posa une sandale sur la marche suivante.

— On confond à tort l'hédonisme avec l'épicurisme, qui tend vers un idéal raisonnable à long terme. Or un hédoniste, lui, à la différence d'un épicurien, n'a qu'un seul but dans son existence, et ce au détriment de tout le reste : assouvir ses propres satisfactions.

Elliot ne comprenait rien à son charabia. Il déposa sur la table basse la serviette souillée de sang et le torchon humide de glaçons, que le feu de cheminée avait fait fondre.

— À votre avis, pourquoi je vous pose cette question ?

Eli se racla la gorge.

— Parce que vous êtes un hédoniste ?

Richard Ferdinand se planta devant lui avec un sourire en coin.

— Parce que tous les clients de l'aile nord sont des hédonistes.

Elliot accusa le coup, bien qu'il ne saisît pas concrètement ce que cela impliquait. Intimidé par la prestance du directeur, son élocution, il n'osa rétorquer. Ce dernier s'empara d'un tisonnier et attisa le feu avant de s'installer dans un fauteuil, les jambes croisées, face à son invité.

— Avez-vous apprécié la soirée que vous avez passée ici ? demanda-t-il en tirant sur les pans de sa robe de chambre.

Eli acquiesça vivement.

— Cet établissement est une institution séculaire. Mon grand-père, Grégoire Ferdinand, a bâti cet hôtel en 1925. La construction s'est achevée en 1928. Il a fallu trois ans pour ériger les cinq étages qui le constituaient à l'époque. Aujourd'hui il en fait le triple. Dans les années 1920, bon nombre d'établissements toulousains ont été classés monuments historiques, d'autres ont été inscrits au patrimoine pour leur façade, leurs ferronneries ou leurs ornements en terre cuite moulée. Mon grand-père a voulu se démarquer en construisant un bâtiment inspiré de l'architecture américaine des Années folles. Il était tombé amoureux de New York après un voyage de trois ans aux États-Unis. Un hôtel unique en France, réservé à une élite, à la haute société : c'était son pari. Lorsque j'ai eu l'idée de reconstruire cet établissement, j'ai souhaité au contraire créer un refuge accessible à tous, un endroit où les gens pourraient s'adonner en toute impunité à ce qui leur fait plaisir. J'ai moi-même dessiné les plans. J'ai conservé les fondations d'origine en forme de F, les piliers colossaux et les salles inscrites au patrimoine comme le hall ou le restaurant, ainsi que cet esprit Art déco dans lequel j'ai passé les premières années de ma vie et que j'affectionne tout particulièrement. En revanche, j'ai érigé des nouvelles façades à mon image, j'ai modelé ces murs et ces couloirs pour permettre à mes clients de satisfaire tous leurs besoins, toutes leurs envies.

Il observa la danse des flammes dans l'âtre.

— Ce que vous avez vu lors de votre soirée n'est que la partie émergée de l'iceberg. Vous n'imaginez pas tout ce qu'il est possible de faire dans cet hôtel.

Silence énigmatique. Il reprit :

— Les plaisirs de la vie sont les fondements même de notre existence. Ce pour quoi nous travaillons, nous épargnons. Nous guettons l'heure en attendant de nous atteler à nos loisirs, à ce qui nous fait du bien. Ici, les cinq sens peuvent être comblés en toute liberté. Parfois en même temps…

Il fit une pause théâtrale puis reprit :

— Dites-moi, Elliot, quelle est votre conception de la liberté ?

Richard Ferdinand dégageait une forme de magnétisme. Ses inflexions plongeaient Eli dans une sorte de transe ; il se sentait bien, comme dans un cocon ; les paroles du directeur déclenchaient des picotements extatiques le long de son cuir chevelu. Plus étrange encore : les douleurs avaient disparu. Impressionné par le charisme de son hôte, il baragouina :

— Pouvoir faire ce que l'on veut…

Et ajouta :

— Sans être jugé.

Un sourire éclatant se dessina sur le visage de Richard Ferdinand.

— Exactement. La liberté, c'est le pouvoir de faire tout ce que vous souhaitez, indépendamment de ce que les autres pensent de vous. Sans être soumis au jugement d'autrui.

Elliot acquiesça en se réinstallant. Une douleur laboura son flanc droit – l'aura de guérison du directeur avait apparemment ses limites. Ce dernier changea de position dans son fauteuil club avant de poursuivre :

— De nos jours, les êtres humains passent leur temps à se juger. C'est le mal du siècle. Aujourd'hui, vous êtes jugé pour tout et n'importe quoi. Il existe les jugements standards : le sexe, la couleur de peau, la religion, le style vestimentaire, l'orientation sexuelle ; mais, ces dernières années, cette liste a augmenté de façon exponentielle. Désormais vous pouvez être jugé sur votre régime alimentaire, votre empreinte carbone, l'endroit où vous faites vos courses, si vous commandez sur Internet. Et, comble de la bêtise, vous pouvez même attribuer des notes. Nous sommes dans une culture de jugement et de notation. On juge. On note. Vous pouvez noter le film que vous avez vu au cinéma, le dernier bouquin que vous avez lu, mais aussi le restaurant où vous avez mangé la veille, le coiffeur qui vous a coupé les cheveux, le médecin qui vous a examiné, l'hôpital qui vous a soigné. Vous pouvez même demander à vos proches de noter le service funéraire qui s'occupera de vous.

Elliot était happé par les paroles de Richard Ferdinand. Il approuvait éperdument le point de vue du directeur. Un court silence s'installa durant lequel, sous le charme, il dévorait l'homme des yeux. Celui-ci contemplait la peinture morbide aux nuances rouges, l'air pensif. Soudain il darda son regard sur l'infirmier.

— Vous et moi, ça fait un moment que l'on se connaît, Elliot. Nous sommes sur la même longueur d'onde. Nous avons des valeurs communes. Je vous ai observé. Et mon instinct me dit qu'il est peut-être temps pour vous de nous rejoindre.

Il se leva d'un bond. Fit quelques pas devant l'âtre, les mains dans le dos.

— Néanmoins vous avez brûlé les étapes du processus d'intégration en vous présentant ainsi de votre propre initiative. On m'a expliqué ce qui vous est arrivé, devant votre cabinet. C'est regrettable. Sachez que je condamne fermement ce genre de violences gratuites. Des employés vous ont vu de la cour. C'est ce qui a convaincu Gaspard de vous ouvrir.

— Je… Je suis désolé. Je crois que je n'ai pas réfléchi. C'est comme si mes pieds m'avaient guidé ici d'eux-mêmes.

Richard Ferdinand émit une sorte de grognement.

— N'en parlons plus. Êtes-vous en état de faire un tour ?

— Euh, oui.

— Avez-vous dîné ?

— Non.

— Alors, venez. Dînons ensemble, et je vous présenterai la philosophie de mon hôtel.

Eli accepta. Avait-il la possibilité de dire non à quelqu'un comme Richard Ferdinand, cet homme qui semblait détenir *la* vérité, les réponses à toutes les questions existentielles ? Il ne voulait pas gâcher cette occasion. Il ne le *pouvait* pas.

Ses côtes le tiraillèrent furieusement lorsqu'il prit appui sur les accoudoirs. Il grimaça en se levant et suivit son hôte jusqu'à l'ascenseur. Ils descendirent au troisième étage dans la salle immense et s'installèrent au restaurant du premier niveau. Les clients gratifiaient Richard Ferdinand de gestes révérencieux, voire admiratifs ; Eli, lui, scrutait la pénombre à la recherche de Laure. Personne ne paraissait effrayé par son nez enflé, fracturé, auréolé d'un hématome aux nuances bleu et violet, ni par son entaille à l'arcade, ou encore son pull taché de sang. Personne ne le jugeait.

Richard Ferdinand héla un serveur.

— Deux coupes de champagne, s'il vous plaît.

Elliot, navré, intervint en levant le doigt.

— Non, merci. Une eau pétillante pour moi.

Il ne souhaitait pas revivre la paranoïa de la dernière fois. Les taches de sang sur les draps. Le sentiment que quelqu'un s'était introduit dans sa chambre durant son sommeil. Richard Ferdinand balaya l'air d'un geste théâtral de la main.

— Que voyez-vous autour de vous, Elliot ?

Le regard de l'infirmier s'attarda sur les gigolos et les escorts, le bar, la scène de musique qu'il distinguait à l'étage inférieur et, tout en bas, sur les tables de poker.

— Des gens provenant d'horizons différents, lâcha-t-il, prudent. Des gens… libres.

— Absolument. Vous assistez à l'annihilation des privilèges, des classes, des inégalités sociales. Le respect d'autrui est la philosophie de mon établissement. Ici, tout le monde est au même niveau. Les clients ne sont là que pour satisfaire leurs envies, leurs instincts. Sans l'appréhension d'être jugés.

Le serveur posa une flûte de champagne et un verre de Perrier avec une rondelle de citron. Le directeur de l'hôtel consulta la carte du restaurant, commanda pour eux deux avant de reprendre :

— Laissez-moi étayer mes propos. Si je regarde autour de moi, je vois un éboueur, un ostéopathe, un bibliothécaire et, oh ! nous accueillons même un officier de police de la brigade criminelle du SRPJ.

Il tendit sa coupe en direction du flic, dissimulé dans l'ombre d'une lampe, qui lui rendit son salut. Eli ne put distinguer son visage de là où il se trouvait. Richard Ferdinand lissa sa robe de chambre et but une gorgée de champagne.

— Permettez-moi de vous donner un exemple pour que cela soit concret, dit-il en reposant sa flûte. Vous allez comprendre où je veux en venir. Tenez, prenez ces deux types au comptoir.

Eli se retourna, plissa les yeux pour percer le nuage de fumée autour du bar.

— Vous voyez celui de gauche ? fit Richard Ferdinand. Celui qui a une grosse barbe, une gabardine trouée et une casquette ? Lui, c'est Maximilien. Vous pouvez le croiser tous les jours de 10 heures à 18 heures, devant le tabac de l'avenue de la Gloire, en train de faire la manche. Et l'autre, à côté, vous le voyez ?

Elliot avait les côtes douloureuses à force de pivoter sur sa chaise. Il confirma.

— Lui, c'est Frédéric. Il est chirurgien orthopédique à l'hôpital Purpan. Eh bien, dans cet hôtel, Maximilien et Frédéric discutent librement, sans éprouver la peur d'être jugés. Ils ne se seraient sans doute jamais adressé la parole à l'extérieur. Ici ils sont amis. Et j'irai même plus loin. Maximilien, en plus d'être le projectionniste de notre petite salle de cinéma, est un joueur de poker invétéré. Un bon joueur, qui plus est. Quand il pénètre tous les soirs dans cette salle, figurez-vous que Maximilien devient plus *riche* que Frédéric, qui lui se contente de surveiller quelquefois les clients de la fumerie. Mon système monétaire permet de faire table rase de la lutte des classes qui sévit à l'extérieur.

Elliot était au comble de l'admiration.

— Certains de vos clients ont un métier au sein de l'hôtel ? Et vous les rémunérez en pièces d'or ?

— Absolument. Tous, ici, contribuent au bon fonctionnement de l'établissement et sont payés en conséquence. Je vous épargne mon cursus, mais sachez que je connais les rouages de la finance. Le système est truqué, croyez-moi. J'ai donc souhaité créer le mien, équitable.

On leur apporta le dîner. Richard Ferdinand renifla son assiette avec gourmandise. Il termina sa coupe, demanda un verre de pessac-léognan, Château-Pape-Clément 2010.

Elliot inspecta son plat. Le dressage était esthétique, les couleurs, harmonieuses. Ils mangèrent en silence quelques minutes. Le suprême de pintade était fondant, très goûteux, la poêlée de légumes, savoureuse, la purée de panais, onctueuse.

Mâcher ravivait les douleurs faciales d'Eli. Mais c'était trop bon ! Hormis le pavé de bœuf qu'il avait englouti la fois précédente dans le restaurant du rez-de-chaussée, il n'avait jamais dégusté une viande aussi succulente.

— Votre plat vous plaît ? s'enquit Richard Ferdinand.
— C'est délicieux.

Le directeur, satisfait, fit tourner une gorgée de vin dans sa bouche, puis l'avala avant de reprendre :

— J'aurais une dernière question, Elliot. Aimeriez-vous faire partie de mon système ?

Eli médita un court instant, s'autorisa une once de provocation.

— Vous estimez donc que je le mérite ?

Richard Ferdinand afficha un sourire éblouissant.

— Tout à fait. Vous avez le profil pour intégrer notre communauté. Vous souhaitez devenir écrivain, d'après ce que m'a dit Mlle Delambre ?

— Oui, enfin c'est plus une passion, avoua modestement Elliot avec une pointe d'excitation.

— Je vous offre un emploi, Elliot. La possibilité d'exercer votre métier d'infirmier auprès de nos résidents, d'écrire quand bon vous semble dans un cadre propice au calme, à la réflexion, tout en jouissant de *tous* les plaisirs que nous proposons. Il y a parmi nos clients réguliers des auteurs, des éditeurs parisiens de renom, je ne vous garantis rien mais vous aurez la possibilité de les rencontrer. Vous disposerez de votre propre chambre, ou non, ce n'est pas une obligation. C'est vous qui déciderez. Qu'en dites-vous ?

Contre toute attente, Eli se sentit emporté par un élan de confiance.

— Est-ce la proposition que vous avez faite à mon collègue Emmanuel Baillet ?

— M. Baillet a eu une promotion spéciale, répondit Richard Ferdinand, aucunement embarrassé par le sujet.

Sous le choc de cette révélation, Elliot rebondit :

— Vous voulez dire qu'il est ici ? Dans l'hôtel ?

— Ma réponse dépendra de la vôtre. N'oubliez pas que la confidentialité est une règle d'or dans cet établissement. Je ne peux divulguer ce genre d'information à un individu qui ne fait pas partie de la clientèle attitrée de l'aile nord. Prenez vingt-quatre heures de réflexion. Dînons. Passez la nuit ici. Gaspard vous préparera une chambre. Frédéric, le médecin que j'ai mentionné tout à l'heure, viendra vous voir plus tard pour vous signer un arrêt maladie et vous prescrire une radio pour votre nez et vos côtes. Et demain soir vous me donnerez votre réponse.

La proposition était trop belle pour être vraie. Sceptique, Eli demanda :

— Il n'y a pas de contrepartie ? Et mon métier au cabinet ?

— Vous pouvez conserver votre emploi si vous le désirez. Il n'y a pas de contrepartie…

Il laissa sa phrase en suspens. Puis, d'une voix glaçante qui réveilla son accent du Sud-Ouest, il ajouta :

— Sauf une. Vous ne pourrez jamais révéler ce qui se passe ici. À personne. Cette clause figurera sur votre contrat. Voyez-vous, la magie de cet hôtel réside dans le fait qu'on puisse jouir de tous les plaisirs sensoriels en toute impunité. Peu importe qui vous êtes. L'unique condition est que j'estime que vous le méritiez grâce à vos actes. Car seuls les actes comptent dans la vie.

Il écarta les bras en grand.

— Voici la liberté. Celle de déguster des vins ou des alcools issus de notre cave d'exception, de fumer des produits de grande qualité, de coucher avec des femmes ou des hommes magnifiques qui sauront satisfaire vos moindres désirs, de manger les mets les plus raffinés, comme celui que nous apprécions en ce moment, ou encore de céder à nos bas instincts... Je vous offre tout ça, Elliot, si vous promettez de n'en parler à personne.

Il ponctua sa tirade d'un nouveau mouvement ample du bras. La ceinture de la robe de chambre se dénoua, dévoilant un fourreau attaché à sa taille grâce à une cordelette. L'objet qu'elle contenait désarçonna Eli.

Un couteau. Un couteau à la lame légèrement incurvée. Comme celui utilisé par Eugène Ferdinand pour massacrer sa famille. À l'exception de son quatrième fils, Richard. Objet qui, d'après la légende sur Internet, n'avait jamais été retrouvé.

43

Vendredi 27 mars 2020

L'enquête était au point mort depuis des semaines.

Dans un premier temps, un vent de panique avait balayé la ville. Les habitants, suspicieux, toisaient leurs voisins dans la rue, n'osant sortir leur smartphone, de peur qu'un individu masqué, vêtu de noir, ne surgisse pour les tailler en pièces. Aussi incroyable que cela puisse paraître, un mouvement de soutien avait émergé, rassemblant plusieurs dizaines de sympathisants chaque week-end, complotistes pour la plupart, des nostalgiques radicaux d'une époque révolue qui adhéraient aux revendications des assassins – le nombre des meurtriers avait aussi fuité dans la presse. Puis le confinement avait été instauré, et la psychose collective s'était émoussée, ainsi que les regroupements de partisans. Les médias nationaux ne parlaient plus des tueurs anti-téléphones portables, la crise sanitaire siégeait dans tous les esprits. Cependant la presse locale, elle, continuait à publier des articles sporadiques, des papiers douteux quant à leur neutralité, presque complaisants ; en effet certains frisaient la propagande en soutenant l'idéologie des assassins et soulignaient l'incompétence des forces de l'ordre, qui demeuraient impuissantes face à ces publications hebdomadaires horripilantes. Malgré la pression exercée sur les canards toulousains, ces parutions faisaient grincer des dents les enquêteurs chaque semaine.

Officieusement, quatre autres cas d'amputations sauvages avaient été signalés par les services d'urgence de l'hôpital de Rangueil et de Purpan, par conséquent le duo de tueurs œuvrait toujours dans l'ombre, bien qu'il n'y ait pas de nouveaux meurtres à déplorer. Antoine et son équipe avaient interrogé les victimes, mais aucune n'avait été en mesure d'améliorer la description des agresseurs qui, après chaque attaque, avaient encore disparu dans la « zone morte ». Mais il y avait pire. Un travail de fourmi avait été réalisé auprès des services hospitaliers pour recenser les patients blessés par la lame d'un sabre. Le bilan était effroyable : le nombre de cas s'élevait à dix-huit.

Avachi dans son fauteuil, près de la fenêtre, le capitaine Aubert regardait le boulevard de l'Embouchure désert. Pourtant, il était 19 h 45. Des joggeurs couraient le long des eaux vertes du canal – Antoine n'en avait jamais vu autant que depuis le début du confinement. Les membres de son équipe étaient déjà rentrés chez eux, faute de preuves à exploiter, de témoins à auditionner, d'un fil à tirer pour démêler la vérité.

La situation était d'autant plus compliquée qu'il suspectait une taupe dans son effectif. La fuite du mobile et celle du nombre de tueurs dans les médias ne pouvaient provenir que de son service, pourtant Antoine rechignait à y croire – bien que ce soit la seule explication plausible. Il avait une confiance aveugle en chacun de ses coéquipiers ; il était inconcevable que l'un d'entre eux l'ait trahi. En toute logique, ses soupçons se tournaient vers le nouvel arrivé, Nabil Boutaleb, le bleu. Il ne pouvait décemment croire que Jérôme, Mylène ou Alban, avec qui il trimait depuis quatre longues années, puisse le poignarder dans le dos en vendant des infos à un journaliste. C'était insensé.

Antoine était plus renfrogné qu'à l'accoutumée ; face à l'absence de preuves sur l'identité de la taupe, le service tournait comme si de rien n'était, même si une méfiance générale parasitait la bonne humeur de l'équipe. Fini les apéros du vendredi soir et les soirées copieusement arrosées au Cactus.

Depuis des jours Antoine errait au bureau, relisant les procès-verbaux, revisionnant la vidéo des meurtres de la place Occitane, étudiant sans relâche la cartographie de la « zone morte ». Rien. Il n'avait rien pour avancer. Pour « dérouler », comme ils disaient dans le groupe. Bien qu'il ait trouvé le véritable mobile des tueurs, cela ne lui fournissait pas les outils nécessaires pour les attraper. La consultation du Salvac n'avait rien glané de probant ; il n'y avait aucune concordance avec d'autres meurtres perpétrés dans l'Hexagone, aucune affaire à laquelle ils pouvaient se raccrocher. L'investigation sur les dojos qui enseignaient le maniement du sabre avait été interrompue, mais cette piste, de l'avis d'Antoine, ne mènerait nulle part. Il avait réalisé de nombreuses recherches sur les katanas, leur histoire, leur signification ; l'utilisation d'une telle arme pouvait signifier, selon lui, l'attachement à une époque ancestrale, des valeurs désuètes, ce qui en faisait un objet de choix dans le mode opératoire, par opposition aux smartphones, symboles de la modernité, des progrès du numérique. Une théorie bancale, à laquelle Antoine tenait malgré tout.

Il griffonna sur son calepin les idées qui lui passaient par la tête, se leva pour enfiler son manteau quand une voix retentit sur le seuil de la porte. C'était Maria.

— Antoine, j'ai eu la Municipale au téléphone. Des agents ont verbalisé une jeune femme qui n'avait pas d'attestation de déplacement sur elle. Une dénommée Andréa Besson. Elle correspond à la description du témoin de la place Occitane.

Antoine écarquilla les yeux.

— Où est-elle ?

— Ils nous l'amènent. Elle a accepté de témoigner.

Le capitaine Aubert observait Andréa Besson à travers la glace sans tain. Le commissaire Brugier se tenait à ses côtés, immense, les sourcils froncés. Il desserra son nœud de cravate, passa une longue main osseuse dans sa chevelure argentée avant de la poser sur l'épaule d'Antoine.

— Nous avons enfin de la chance. Profitons-en. Je compte sur vous pour lui faire dire tout ce dont elle se souvient.

Antoine opinait, concentré. Il savait aussi que cette enquête avait un caractère particulier pour son supérieur, notamment à cause des téléphones portables ; comme l'ensemble du SRPJ, il connaissait l'histoire tragique de la petite-fille du commissaire, victime du harcèlement scolaire et des réseaux sociaux.

— Bonne chance, fit Brugier en tapotant l'articulation d'Antoine.

La Pile hocha distraitement la tête. Son attention était à nouveau focalisée sur Andréa Besson. La vingtaine, elle était assise sur une chaise, face au miroir, de l'autre côté de la table. Elle rongeait ses ongles, dont le vernis s'écaillait. Une robe en laine épousait ses courbes, des bottes noires avalaient ses jambes fines jusqu'aux genoux, qui tressautaient sous le mobilier. Antoine la trouva ravissante avec ses cheveux blonds qui cascadaient sur ses épaules dénudées, son minois délicat et ses grands yeux verts. Il constata aussi qu'elle était très agitée. Il ferma les paupières, souffla. Enfin une bonne nouvelle. Le petit coup de pouce du destin qui lui permettrait de résoudre cette affaire. Du moins l'espérait-il.

Maria le rejoignit, son ordinateur portable sous le bras, et ils entrèrent dans la salle d'interrogatoire.

— Madame Besson, débuta le commandant en s'installant à côté d'Antoine. Nous vous remercions de nous avoir suivis jusqu'ici. Sachez que nous sommes sincèrement désolés pour ce qui vous est arrivé sur la place Occitane et que nous apprécions votre collaboration.

— Si je témoigne, vous ferez sauter mon amende ?

— Nous verrons cela plus tard. Je vais aller droit au but pour vous libérer le plus vite possible. Pouvez-vous nous confirmer que vous avez été victime d'une agression sexuelle, durant la nuit du lundi 27 au mardi 28 janvier, sur la place Occitane ?

Maria Salgado orienta l'ordinateur portable vers Andréa. Sur l'écran, on voyait la vidéo de l'agression sur pause, au moment où la jeune femme grimpait les marches de l'esplanade.

— Est-ce bien vous sur cette vidéo ?

Elle acquiesça. Antoine nota une certaine froideur, un détachement face à l'événement traumatisant qu'elle avait subi. Maria referma l'ordinateur et enchaîna :

— Bien. Inutile de visionner le film, nous ne tenons pas à vous faire revivre ce calvaire. Je n'ose imaginer à quel point cet événement a dû être terrible. Ce que nous aimerions, mon collègue et moi-même, c'est que vous nous donniez le plus d'éléments possible sur l'individu qui s'en est pris à vos agresseurs.

L'anxiété d'Andréa se mua en étonnement exagéré.

— Attendez, il doit y avoir une erreur. On s'est mal compris. Je croyais que vous m'aviez fait venir ici pour témoigner contre les types qui ont voulu abuser de moi.

Maria et Antoine échangèrent un regard surpris.

— Pardonnez-nous, nos collègues n'ont pas dû être assez précis, dit le commandant, prise au dépourvu. L'individu qui vous a agressée est poursuivi pour complicité de viol, et nous souhaiterons bien entendu vous entendre sur cette affaire en tant que victime. Mais pour l'heure nous aimerions que vous témoigniez en tant que témoin contre l'auteur des meurtres.

— Alors j'ai rien à vous dire.

La réponse péremptoire avait cinglé dans la salle d'interrogatoire tel un coup de tonnerre.

Le capitaine Aubert jugea ce changement d'attitude pour le moins étrange. Andréa Besson avait été victime d'une agression abjecte et avait été témoin de meurtres d'une violence inouïe. Elle subissait sûrement un syndrome post-traumatique. Néanmoins – et curieusement – sa réaction mit Antoine mal à l'aise. Pourquoi acceptait-elle de témoigner contre ses agresseurs mais pas contre le tueur au katana ? Était-elle à ce point terrifiée par le souvenir de cet homme qu'elle ne puisse en parler ? Il détailla la posture de la jeune femme, sa gestuelle, les mimiques nerveuses qui déformaient l'ovale de son visage. Quelque chose clochait chez leur témoin. Indéniablement.

— Vous ne pouvez rien nous dire sur l'individu qui a tué vos agresseurs ? insista Maria, dubitative, qui sentait que la situation leur échappait.

— Vous avez vu la vidéo, non ? Tout s'est passé très vite. Le type a surgi de nulle part et les a découpés. J'ai pris la fuite dès que j'ai pu. Fin de l'histoire. Est-ce que je peux m'en aller ?

Maria persista.

— Il n'y a rien qui vous revient ? N'importe quoi ? Le moindre détail à son importance.

— Non, rien. Désolée, je ne peux pas vous aider. Est-ce que je peux m'en aller maintenant ? répéta-t-elle.

Le comportement d'Andréa ne cessait d'intriguer Antoine.

— Excusez-moi une minute, dit-il en s'éclipsant de la salle d'interrogatoire.

Il regagna son bureau. Lança la vidéo des meurtres sur son ordinateur. Depuis la première fois qu'il l'avait vue, un élément le chagrinait, sans qu'il puisse mettre le doigt dessus. Une incohérence. Un détail qui ne paraissait pas logique. Il regarda le film en grimaçant, les pieds battant une mesure effrénée sous son fauteuil. Un premier visionnage. Un deuxième. Lors du troisième, il ralentit la vidéo au moment où Andréa allait prendre la fuite. Image par image. Pause.

Antoine s'immobilisa brusquement.

Il avait tout compris.

44

— Vous le connaissez, lança-t-il en débarquant en trombe dans la salle d'interrogatoire.

Maria pivota sur sa chaise, aussi décontenancée que leur témoin.

Antoine resta debout, incapable de s'asseoir, les doigts fourrageant dans sa barbe.

— Ces quelques secondes d'interruption, durant lesquelles le tueur s'arrête pour vous observer et où vous en avez profité pour prendre la fuite, m'avaient paru surprenantes. Incohérentes. Un moment de flottement qui a permis également à la quatrième victime de se sauver. Notre homme vient de massacrer trois personnes, s'apprête à achever la dernière et là, comme si on avait appuyé sur un bouton « stop », il marque un temps d'arrêt. Curieux, non ? Ce détail me turlupinait, jusqu'à ce que je vous voie, que je vous entende, que j'analyse votre comportement.

Il fit une pause, dévisagea Andréa.

— Parce qu'il vous a reconnue. Et vous aussi, vous l'avez reconnu. Et c'est la raison pour laquelle vous refusez de parler. Vous avez peur de lui. Ou, plus grave encore, vous cherchez à le couvrir.

Andréa croisa les bras sur sa poitrine. Signe de repli sur soi ; Antoine comprit qu'il avait fait mouche.

— D'où le connaissez-vous ?

Elle tourna la tête vers le mur.

— Madame Besson, dit Maria, qui essayait de recouvrer une contenance après ce revirement subit de situation, l'homme qui a assassiné vos agresseurs a fait de nombreuses victimes. Il s'attaque à des innocents.

— Dans les journaux, ils disent qu'ils s'en prennent à des utilisateurs de portables.

La remarque dérouta les policiers.

— Nous parlons de femmes, de pères de famille, d'adolescents, madame Besson. Vous devez nous aider à attraper ces meurtriers. Dites-nous où vous l'avez vu.

Antoine renchérit d'un ton calme, occultant la possibilité que leur témoin soit une des fanatiques qui adhéraient aux idées des tueurs :

— Je conçois que, d'une certaine manière, vous vous sentiez redevable envers lui. Que vous lui soyez reconnaissante. Il vous a extirpé des griffes d'une bande de violeurs. Mais les desseins de ces individus nous dépassent. Comme vous l'a expliqué le commandant Salgado, ils tuent des innocents, des gens qui ont juste eu le malheur de consulter leur téléphone portable au mauvais moment. Ils vont continuer à frapper. Aidez-nous à y mettre un terme. Vous devez nous dire où vous l'avez connu.

Andréa semblait hésiter.

— Vous pouvez témoigner sous X, proposa Maria. Personne ne saura que vous nous avez parlé.

— Je regrette, je ne peux pas. Est-ce que je peux m'en aller ?

Dépités, Antoine et Maria se consultèrent du regard. Leur témoin se révélait coriace, récalcitrant ; elle ne moufterait pas. Et ils n'avaient aucune arme juridique en leur possession pour la retenir contre sa volonté. Andréa Besson allait quitter la salle d'interrogatoire avec les réponses à leurs questions.

La jeune femme se leva, lissa sa robe, enfila son long imperméable et noua son écharpe. Ses gestes étaient lents, hésitants. Le port altier, elle glissa la bandoulière de son minuscule sac à main sur son épaule menue. Prête à partir. Pour Antoine, c'était inimaginable. Il décida d'utiliser son ultime cartouche : son feeling.

— Une dernière chose avant qu'on vous libère. Que faisiez-vous ce soir-là ?

Elle renifla d'un air rebelle, condescendant.

— J'étais sortie me changer les idées.
— Au club le Millénium, c'est bien ça ?
— Ouais.
— Vous faites quoi dans la vie ?
— Je crois que ça ne vous regarde pas.

Andréa Besson fit un pas vers la porte.

— Vous alliez où quand vous êtes sortie du club ? D'après ce que vous avez dit aux policiers municipaux, votre domicile se trouve dans l'autre direction.

— Je voulais faire durer la soirée.

— Vous vouliez surtout repousser le moment de rentrer, je me trompe ?

Andréa s'arrêta, piquée au vif. Le sujet était sensible ; elle paraissait enfin déstabilisée. Le roc se fendillait. Son instinct lui dictant qu'il y avait un filon à exploiter, Antoine s'insinua dans la brèche.

— Votre domicile est assez particulier. Chargé d'histoire. Ça fait quatre ans que j'habite ici, et j'ai déjà entendu d'innombrables rumeurs à son sujet. Vous ne désiriez pas y retourner, c'est bien ça ?

— Il était encore tôt, lâcha-t-elle d'une voix chevrotante. J'ai voulu boire un verre ailleurs, c'est tout.

— Est-ce là-bas que vous avez rencontré le tueur ?

Andréa se mura dans le silence, immobile près de la table, cramponnée à son sac à main. Elle paraissait apeurée.

Antoine sentait que la jeune femme était à bout. Qu'elle désirait se confier mais qu'elle n'osait pas. Qu'elle ne *pouvait* pas. Qu'un poids indicible pesait sur ses frêles épaules, qu'une forme de culpabilité l'étreignait. Persuadé que la vérité était là, toute proche, il fit l'effort de juguler la frustration des mois d'enquête infructueuse et continua d'une voix conciliante, emplie d'empathie :

— Cet endroit vous éprouve, n'est-ce pas ? Vous saviez au fond de vous que c'était le véritable sujet de cette entrevue. Je pense que vous avez envie de vous libérer de cette pression, de ce lieu étrange, mais que vous avez peur des représailles si votre témoignage s'ébruite. Vous êtes venue jusqu'ici de votre plein gré, vous avez hésité à nous dire la vérité, puis finalement vous vous êtes rétractée. Ai-je raison ? Votre réaction excessive ne m'a pas leurré, tout à l'heure, vous saviez depuis le début de quoi il s'agissait. Écoutez-moi bien, madame Besson, nous vous offrons la possibilité de vous délivrer de ce fardeau, de cet endroit.

Andréa finit par se rasseoir, les yeux embués de larmes.

— Vous n'avez pas idée de ce qu'il se passe là-bas.

— Le tueur est-il un client ? dit Antoine avec douceur.

— Vous n'avez rien à craindre, la rassura Maria en lui offrant un visage paisible, souriant, ouvert aux confidences. Nous garantirons votre anonymat et votre sécurité. Faites-nous confiance. Personne ne saura que cette information provient de vous.

Andréa Besson hoqueta.

— L'homme que vous recherchez est un client de l'aile nord de l'Hôtel Ferdinand.

45

Samedi 28 mars 2020

La salle de réunion du deuxième étage du SRPJ était fermée.

À l'intérieur se tenaient le commissaire Brugier, le juge d'instruction, le commandant Maria Salgado, ainsi que le capitaine Aubert et son équipe au complet.

Des gobelets de café fumant s'alignaient sur la grande table centrale, entre une panière de croissants au beurre et une autre de chocolatines.

Une fois que le nom eut été prononcé, la nouvelle s'était répandue dans les couloirs du SRPJ comme une traînée de poudre, déclenchant l'affolement général. Antoine, lui, sentait qu'il se rapprochait de la vérité. Une pièce maîtresse venait s'ajouter au puzzle : l'Hôtel Ferdinand. L'établissement répondait à tous les critères de l'énigme. Premièrement il se situait dans la « zone morte ». Ensuite, on pouvait établir une corrélation entre son style désuet et l'idéologie archaïque des meurtriers. C'était maigre, Antoine le savait, cependant son instinct lui murmurait que des choses pas nettes se tramaient dans l'établissement à la réputation sulfureuse. Pour finir, le massacre perpétré par l'ancien directeur, Eugène Ferdinand, n'était pas sans rappeler le mode opératoire des tueurs anti-téléphones portables.

Après le *live* avec sa fille, Antoine avait rejoint Maria, et ils avaient compulsé l'ensemble des bases de données mises à leur disposition et épluché tous les dossiers parmi lesquels figurait l'hôtel. Le nombre de cas était ahurissant. Ils avaient travaillé en silence une bonne partie de la nuit, sans se déconcentrer d'un iota, comme s'il ne s'était rien passé entre eux.

L'implication de l'Hôtel Ferdinand avait créé une secousse qui ébranlait tout le SRPJ ; c'était le sujet de la réunion organisée en urgence ce matin. Comme le commissaire et le magistrat étaient debout, les autres protagonistes optèrent pour rester eux aussi sur leurs deux jambes. Positionné devant un mur blanc éclaboussé par le soleil matinal, le juge d'instruction, Louis Fabiani, portait un dossier d'une vingtaine de centimètres d'épaisseur. Il approchait de la cinquantaine. Costume gris, sans cravate. Mocassins vernis. Cheveux grisonnants plaqués en arrière. Barbe fine. Autour du cou, lunettes à la monture aimantée. Il laissa tomber le parpaing de paperasse, qui heurta la table dans un bruit mat, puis remonta les manches de sa chemise avant de s'éclaircir la voix.

— L'Hôtel Ferdinand.

Il pointa un doigt aux phalanges poilues en direction du dossier.

— Voilà toutes les affaires où le nom de l'établissement est mentionné depuis sa réouverture en 2012.

Adossée contre la fenêtre, le dos réchauffé par le soleil, Mylène siffla. Antoine, appuyé contre un mur, lui adressa un regard courroucé ; ses *gamins* ne savaient définitivement pas se tenir en public. Le juge continua :

— L'hôtel est suspecté d'être impliqué de près ou de loin dans des dizaines d'affaires de suicides, disparitions, agressions, vols à main armée. Cette liste n'est pas exhaustive. À ce jour, il n'a jamais été incriminé, sa responsabilité n'a pu être prouvée de façon irréfutable. L'année dernière, le directeur du SRPJ a voulu créer une cellule spéciale pour enquêter sur l'établissement Ferdinand, à la suite d'une double disparition supposée en lien avec l'hôtel, et compte tenu du nombre important d'affaires dans lesquelles son nom revenait. Malheureusement cette unité n'a jamais vu le jour, faute d'effectifs, de budget et de moyens. Néanmoins, voici le travail de récolte de données qui a été fait.

Il posa sa main velue sur le dossier. Antoine et Maria se regardèrent aussitôt, les yeux ronds comme des plaques d'égout ; ils avaient passé des heures à se coltiner un boulot qui avait déjà été effectué. Du haut de son mètre quatre-vingt-dix, le commissaire Brugier se racla la gorge. Son accent auvergnat résonna dans la salle.

— Vous connaissez ce genre d'histoires par cœur. Un type connaît un type, qui connaît un type, qui a séjourné dans l'hôtel avant de passer à l'acte. Agressions. Vols à main armée. Meurtres. Ces énergumènes défilent dans nos geôles. Ils rejettent la faute sur l'établissement pour se dédouaner. On a déjà vu ça vingt fois.

Maria Salgado confirma :

— Les services psychiatriques sont truffés de patients soutenant qu'ils ont dévissé après avoir dormi là-bas.

— C'est une légende urbaine, argua Jérôme, sans cacher son scepticisme. Vous croyez vraiment à toutes ces rumeurs ?

Le juge Fabiani tapa du doigt sur le dossier.

— Elles sont ici, vos légendes urbaines. Écrites noir sur blanc. Des dizaines de photocopies de procès-verbaux qui mentionnent l'Hôtel Ferdinand.

Alban opina.

— Je me souviens d'affaires similaires. Notamment une. Un braquage de banque qui a mal tourné. Le suspect a paniqué et a descendu deux personnes, dont une femme enceinte. Quand on l'a interrogé en garde à vue, il a plaidé la folie pour justifier son acte. Et il nous a raconté avoir dormi dans l'hôtel quelques jours avant. Tu t'en souviens, Mylène ?

L'intéressée hocha la tête en croquant dans un croissant.

— Pourquoi ces investigations n'ont-elles rien donné ? s'enquit Antoine, dont la grimace déformait la diction.

Échange de regards embarrassés entre le juge et le commissaire.

— Pour plusieurs raisons, expliqua Fabiani. La première est que le lien est très difficile à prouver. Il est techniquement impossible d'imputer la conséquence d'un état psychotique à un lieu. Cela relève de la fiction. Les victimes de suicide, défenestrées pour la plupart, ont été autopsiées. Aucune n'a été empoisonnée. Les conclusions des enquêteurs et des médecins légistes ont toutes convergé vers un suicide. Ils sont formels. Tout comme les personnes interpellées dans les affaires susmentionnées précédemment et qui ont affirmé être sous une forme d'emprise psychique ont été examinées, des prises de sang ont été réalisées ; encore une fois rien ne corroborait le lien entre leurs gestes criminels et l'hôtel. Hormis quelques suspects qui étaient positifs au cannabis, les sérologies toxicologiques des autres étaient normales. Aucun d'entre eux n'était sous l'influence d'une drogue hallucinogène.

Le juge avala une gorgée de café.

— Mais la principale raison de ces échecs judiciaires est que l'Hôtel Ferdinand constitue une impasse juridique. Il faut savoir qu'il dispose de toute une tripotée d'avocats prêts à mordre en cas de litige. Et ils sont coriaces, vous pouvez me croire. Pour vous la faire courte : l'établissement est très difficile à perquisitionner. Juridiquement parlant.

— Comment est-ce possible ? demanda Maria.

— Encore une fois, plusieurs facteurs entrent en jeu. Non seulement l'Hôtel Ferdinand est une propriété privée, mais il héberge également des clients de façon permanente. Les appartements alloués à cette clientèle particulière, leurs chambres, si vous préférez, sont considérés comme un domicile propre, par conséquent il nous faudrait un motif raisonnable pour fouiner dans chacune d'entre elles, ou suspecter l'intégralité des locataires pour pouvoir procéder à une fouille générale. Ce qui, en pratique, est inimaginable. Et irréalisable. Leurs avocats jouent très bien avec cette ambiguïté, ils connaissent parfaitement la loi. Ces types sont redoutables. Ça fait dix ans que je suis en poste à Toulouse, et je n'ai jamais vu une affaire impliquant l'Hôtel Ferdinand échouer sur le bureau de l'instruction.

Le juge reprit sa respiration.

— De plus, je sais par expérience que les perquisitions de ce genre d'établissement, dirigé par une figure locale, riche de surcroît, sont souvent infructueuses. Les propriétaires sont presque toujours avertis et, comme par hasard, les enquêteurs ne trouvent rien d'illégal lors de la fouille.

— Que sait-on sur le directeur ? demanda Antoine, songeur.

Nouveau contact visuel entre le commissaire et le magistrat.

— Peu de chose, fit ce dernier. Richard Ferdinand. Quarante-cinq ans. Né en 1975 à Toulouse. Il a fait fortune dans la finance avant de reprendre la construction de l'établissement de son père en 2010. Un personnage discret, à l'image de son hôtel. Il fait régulièrement des dons à des œuvres caritatives. C'est à peu près tout ce qu'on a sur lui. Il a perdu sa femme et ses deux enfants dans un accident de la route en 2007 et, comme vous le savez probablement tous, il est le survivant du massacre à l'arme blanche qui a coûté la vie à sa mère, à ses deux frères et à sa sœur dans des circonstances qui demeurent inexpliquées. Selon toute vraisemblance, c'est son père, Eugène Ferdinand, directeur de l'hôtel à l'époque, qui en serait l'auteur. En tout cas c'est l'hypothèse qui a été retenue par les enquêteurs. Le présumé coupable a été abattu par les forces de l'ordre alors qu'il pourchassait son fils Richard, caché dans un placard. L'arme du crime, elle, n'a jamais été retrouvée. Cette histoire a fait couler beaucoup d'encre dans les années 1980, les journaux ont émis tout un tas de théories plus délirantes les unes que les autres. Elle fait toujours partie du folklore local après toutes ces années.

— Un hôtel hanté qui rend fou, railla Mylène.

Fabiani opina.

— Le complexe est resté à l'abandon pendant trente ans. Le problème est que ses piliers et certaines de ses salles sont inscrits au patrimoine depuis 1978. Par conséquent il jouit d'une protection qui rend les projets de travaux ou de démolition particulièrement compliqués. Le propriétaire, Richard Ferdinand, s'est toujours montré inflexible quant aux idées de rénovation proposées par la municipalité, il a rejeté leurs offres pendant des années en décrétant qu'il restaurerait lui-même l'hôtel un jour. Force est de constater qu'il a tenu parole. La construction a commencé en 2010 et a duré deux ans. Le chantier était colossal, tout le monde s'en souvient. En décembre 2012, l'inauguration a fait beaucoup de bruit ; si certains étaient enthousiasmés par la réouverture de l'hôtel, dont le bâtiment désaffecté hébergeait des dizaines de squatteurs et faisait tache dans le paysage urbain, d'autres gardaient en mémoire les crimes horribles qui y ont été commis.

Les bras croisés, Antoine se mordillait la lèvre inférieure. Le personnage de Richard Ferdinand l'intriguait. Son parcours de vie, sa richesse, son profil ; il avait hâte de se retrouver confronté à lui. Un rai de lumière l'éblouit. Il plissa les yeux, se décala et demanda :

— Qu'est-ce qu'on peut faire, alors ? Qu'est-ce que vous êtes en train de nous dire ?

Le juge passa la main sur son visage, recoiffa ses cheveux vers l'arrière.

— Je vais être direct : si vous voulez perquisitionner l'Hôtel Ferdinand, il vous faudra plus qu'un témoignage sous X stipulant que l'un des tueurs était présent à un moment donné dans l'établissement.

Antoine fronça les sourcils.

— Donc on sait qu'il y était, qu'il vit peut-être là-bas, mais on ne peut rien faire ? C'est bien ça ?

Le juge Fabiani soutint le regard du capitaine Aubert, puis écarta les mains d'un geste fataliste.

— Je vous expose la réalité, capitaine. Ni plus ni moins. Croyez bien que cette situation m'exaspère autant que vous. Mais si nous voulons éviter de nous engouffrer dans une nouvelle impasse judiciaire ou fouiller un établissement qui a été récuré de fond en comble avant notre arrivée, il nous faut plus. Il *vous* faut plus.

Antoine soupira bruyamment. Les images du métro surgirent dans son esprit. Les fenêtres et les portes du wagon tapissées de sang, les membres amputés qui barbotaient dans une nappe de viscères. Mais aussi la tête décapitée de Stéphane Normand, voltigeant dans la nuit pluvieuse, sur l'esplanade de la place Occitane. Toutes ces résurgences le hantaient depuis des semaines. Il fallait mettre un terme à cette barbarie innommable.

Mylène, Jérôme, Nabil et Alban scrutaient leur chef dans l'attente de sa réaction. Ce fut finalement Maria qui prit le juge à partie.

— Vous nous proposez quoi, alors ?

— D'autres témoignages. Autant que vous pourrez. On pourra ainsi monter un dossier solide.

— Tout ça prend du temps, s'emporta Maria. Or nous n'en avons pas. Ces types font de nouvelles victimes innocentes chaque semaine.

La voix du commissaire Brugier tonna dans la salle :

— On va mettre l'hôtel sur écoute. De plus, deux employés sont connus de nos services. Nous les avons identifiés sur la liste du personnel déclaré à l'Urssaf. L'un pour possession de stupéfiants, l'autre pour conduite en état d'ivresse. Il s'agit d'un vigile, Lucas Morel, et d'une serveuse, Charlène Desroux. Les réquisitions sont déjà parties chez les opérateurs téléphoniques. Ça nous fera deux lignes supplémentaires à surveiller, en plus de celle de la réception de l'hôtel. En espérant que nous en dégoterons d'autres.

— Des écoutes ? fit Antoine, sans se départir de son air bougon. C'est tout ce que vous proposez ?

Un sourire illumina le visage buriné du commissaire.

— Et on va la jouer à l'ancienne. Du vrai boulot de flic.

— Mais encore ? grommela Antoine.

— On va installer une planque pour surveiller l'Hôtel Ferdinand.

46

Mercredi 1ᵉʳ avril 2020

Le néon crépitait, l'éclairage blafard et fluctuant plongeait la salle de bains dans une pénombre intermittente. Les riffs de *Root*, des Deftones, jaillissaient depuis la borne de l'iPhone, posée sur le bureau du salon ; le clapier tremblait sous les accords effrénés de basse et de guitare électrique. Si Eli avait passé sa vie à mettre le volume de la musique au minimum, terrorisé à l'idée de déranger ses voisins, il faisait à présent péter les décibels.

Le miroir tavelé de taches de dentifrice renvoyait l'image de son corps rachitique, d'une maigreur maladive. Ses côtes saillaient sous sa peau livide, recouverte d'hématomes aux nuances bleu-vert. Deux d'entre elles avaient été fracturées lors de la bagarre, six jours auparavant. Le médecin des urgences qu'Elliot avait consulté lui avait préconisé un simple repos, aucune intervention n'était indiquée. Des douleurs irradiaient par moments lorsqu'il faisait des mouvements brusques ou qu'il oubliait d'adopter une posture correcte. Les mains appuyées sur le lavabo souillé de crasse, il ausculta son nez cassé. La cloison déviait sur le côté, lui donnant des airs de boxeur. Peut-être que le style *bad boy* charmerait Laure Delambre ; Eli savait qu'il devait gravir l'Everest de la virilité pour passer du statut d'homme battu à celui de courtisan potentiel, aux yeux magnifiques de la jeune femme. Son nez nécessitait une rhinoplastie – toujours selon le toubib des urgences –, pour des raisons plus esthétiques que fonctionnelles. Elliot avait estimé qu'il verrait cela plus tard. En réalité il y avait une seule chose dont il se souciait : retourner chaque soir à l'hôtel.

Sans surprise, il avait accepté la proposition de Richard Ferdinand. Exercer son métier d'infirmer auprès de la clientèle. Écrire au cœur du lieu qui le fascinait, source d'inspiration de son roman. Profiter sans retenue des distractions de l'établissement. En attendant de prendre une décision au long cours quant à son « vrai » boulot au cabinet, il avait fait prolonger son arrêt maladie de quinze jours et se présentait à l'hôtel tous les soirs depuis près d'une semaine. Il côtoyait Laure Delambre, mû par l'espoir fou de la séduire ; néanmoins son cœur se fissurait chaque fois qu'il la voyait s'éclipser avec un client. Mais surtout, il recevait toutes les nuits les enseignements de Richard Ferdinand, cette doctrine utopique qu'Eli avait fait sienne et que le directeur avait su instaurer dans son établissement. Cependant certains détails demeuraient surprenants. La présence du poignard à la lame incurvée, notamment. Était-ce *le* couteau ? Celui qui avait décimé la famille Ferdinand et qui était censé avoir disparu ? Dans ce cas pourquoi le directeur portait-il sur lui cet instrument de mort qui devait lui rappeler sans cesse les crimes abjects de son père ? Ensuite il y avait le sort de Manu. Richard Ferdinand, qui restait étrangement évasif sur le sujet, avait insinué que l'infirmier était un client de l'hôtel. Eli supposait donc que son collègue avait recouvré la raison après avoir badigeonné les murs de sa chambre. Disposant d'une grande latitude dans ses déplacements – il pouvait vadrouiller pratiquement où bon lui semblait dans l'établissement –, Eli avait fureté çà et là, sans recueillir de renseignements sur la présence de Manu.

Malgré ces dissonances, Elliot écoutait depuis six jours avec attention les monologues ensorcelants de Richard Ferdinand. Les thèmes abordaient tout aussi bien le déclin de l'humanité que les dérives du XXIe siècle et avaient le don de captiver l'auditoire : une poignée de *fidèles* triés sur le volet parmi les clients, des individus sur lesquels le directeur misait et dotés d'un fort potentiel. Ces « séances » entraient dans le cadre d'un rite de passage en plusieurs étapes, dont la dernière, présentée sans arrêt par Richard Ferdinand comme déterminante et éliminatoire, était prévue cette nuit. Elliot avait hâte ; c'était l'ultime obstacle à franchir avant qu'il soit intégré au noyau dur de la communauté, l'élite de l'hôtel.

Le directeur l'avait convaincu d'arrêter de prendre son cocktail du soir – de toute manière la réserve était à sec, et Eli en avait marre de chercher un nouveau médecin. Désormais il se sentait ouvert d'esprit. Désinhibé. Libre. Il avait totalement perdu de vue sa mère, ses collègues, l'état de santé d'Alice.

Seules les opinions de Monsieur Ferdinand importaient.

Et puis Elliot avait changé de statut. Il était passé de héros national à ennemi public numéro un. Depuis quelques jours, une vidéo virale circulait sur les réseaux sociaux, un film amateur et anonyme où l'on voyait Eli frapper un homme à la glotte. Une attaque qui semblait injustifiée, gratuite. C'était le sentiment qui prédominait si l'on visionnait la scène telle qu'elle avait été montée. Filmée depuis un balcon surplombant la ruelle du cabinet, la vidéo s'interrompait après le premier coup – juste avant le lynchage par les voleurs de masques –, et s'intitulait « La haine des soignants ». Les internautes avaient interprété le film d'une façon curieuse, se questionnant sur le moral des professionnels de santé en période de confinement, leur épuisement, sur leur légitimité, pour certains, à continuer d'exercer leur métier malgré leur instabilité psychologique. Les spectateurs n'avaient pas vu un homme se défendre. Non. Ils avaient vu un infirmier, probablement à bout, qui s'était acharné sur un innocent. Un infirmier qui avait pété les plombs. Dès lors, même si des internautes avaient pris sa défense, prétextant le surmenage lié au contexte sanitaire, Elliot était devenu coupable d'un acte odieux. Un coupable condamné sans jugement par le tribunal médiatique des réseaux sociaux. Dévasté, il avait fondu en larmes face à cette pluie de commentaires haineux, autant d'injures et de menaces qui lui avaient fait perdre le reste de sa foi en l'humanité.

Le *monde extérieur* – comme il le surnommait lui aussi à présent – était hostile, injuste. Son avenir, Eli le savait, était au sein de l'Hôtel Ferdinand. Où on ne le jugeait pas.

Il s'habilla, attrapa sa sacoche d'infirmier et son ordinateur portable avant de sortir de l'appartement. Son smartphone vibra dans la poche de son jean quand il referma la porte. Un mail. Un énième refus d'une énième maison d'édition. Sans se formaliser outre mesure sur cette nouvelle déconvenue, il descendit dans le garage de sa résidence.

Eli hésitait toujours à dormir dans une des chambres de l'établissement, bien que le directeur, ou Laure, le lui ait proposé. S'il s'était senti encore trop pudique pour écrire son roman en public dans les salons de l'aile nord, ce soir il avait décidé de sauter le pas. Richard Ferdinand avait enfin réussi à le convaincre de s'imprégner des lieux pour stimuler sa créativité. Le deuil de sa clé USB comprenant ses anciens manuscrits était un processus long, douloureux et, même s'il l'avait toujours en travers de la gorge, il fallait aller de l'avant. Écrire. Encore et encore.

Elliot s'installa au volant de sa Ford Fiesta et démarra. *Maggie's Farm*, reprise par Rage Against The Machine, emplit aussitôt l'habitacle, manquant de faire bondir la petite citadine. Il s'engagea dans le boulevard ; on n'entendait que les notes de Tom Morello dans les rues désertes de Toulouse.

Elliot frappa trois coups contre la porte dérobée de l'Hôtel Ferdinand. La glissière s'ouvrit sur le visage patibulaire d'un vigile qui exigea le mot de passe, celui qui était attribué chaque soir pour le lendemain, après la paie journalière en pièces d'or.

— Purification.

Le cerbère hocha la tête avant de laisser entrer l'infirmier.

La routine nocturne pouvait débuter. Ganté et masqué, Eli commença par faire un tour au pressing de l'hôtel, où un employé souffrait de diabète. On lui avait communiqué la liste des clients suivis pour des pathologies chroniques, une autre pour les maladies aiguës. Durant trois heures, chaque soir, Eli ne chômait pas. Vérification des prescriptions. Administration des traitements. Contrôle des paramètres vitaux des patients les plus fragiles. Il s'occupait aussi des plaies et des contusions des boxeurs amateurs, des malaises des fumeurs d'opium, des blessures sexuelles qui résultaient de pratiques « singulières » ; en bref, de tous les problèmes de santé qui entraient dans son champ de compétences. Il était l'infirmier libéral de cette microsociété parallèle et obscure.

Une fois la tournée effectuée, Eli s'installa sur un canapé molletonné, sous l'éclairage tamisé d'une lampe, au deuxième niveau de l'immense salle de l'aile nord. L'étage était plutôt clairsemé : des habitués accoudés au bar, des joueurs invétérés d'échecs ou de cartes, des lecteurs. Il n'y avait pas de groupe de musique, seul un pianiste, coiffé d'un fédora en feutre de couleur taupe, jouait un air de blues suave et langoureux. Un cadre parfait pour écrire. Elliot commanda une bière – *fuck* l'abstinence ! – puis ouvrit son ordinateur portable sur la table ronde, dont le liseré en laiton brillait dans la semi-pénombre.

Arthur se matérialisa à côté du canapé.

— Hello, Arthur !

Le mini-groom escortait les ouailles de Richard Ferdinand pour qu'ils suivent les étapes d'initiation. Ce soir il était en avance, ce qui surprit Eli. Il se demanda aussi s'il arrivait au petit Gibus de dormir.

— Tu arrives bien tôt, aujourd'hui.

Arthur fit non de la tête d'un air contrarié. Traduction : pas de sermon idéologique cette nuit. Elliot accusa le coup, en proie à une profonde tristesse. La dernière étape, celle qu'il attendait tant, serait pour une autre fois.

Il remercia Arthur en sirotant sa bière. Son regard s'égara sur les courbes voluptueuses des filles en rouge, sur le pianiste aux yeux plissés à cause de la fumée de son cigare, sur les deux types sapés comme des sans-abri qui faisaient une partie de jeu de go.

Ne pas se laisser abattre. Rebondir. Avancer dans le roman. Il lui fallut malgré tout un certain temps pour digérer cette déconvenue, puis la magie de l'hôtel opéra et il se mit à écrire.

Ses doigts galopaient sur les touches quand une voix l'interrompit.

— Monsieur Akerman ?

Eli découvrit la serveuse tatouée.

— Oui ?

— J'ai un message pour vous. Gaspard requiert vos services au huitième étage. C'est urgent.

— Euh, très bien.

Un peu désarçonné, il rassembla ses affaires et se leva en direction de l'ascenseur.

Elliot n'était jamais rassuré lorsqu'il se retrouvait enfermé dans les cabines bruyantes et branlantes de l'hôtel. Les rouages grinçants rappelaient des hurlements de souffrance ; les grilles qui couinaient, le bruit d'une lame sur de l'acier ; et le grand miroir déformait ses traits par moments en un masque d'horreur. Il suffisait d'un tour en apesanteur pour que les légendes surnaturelles resurgissent dans son esprit.

Huitième étage.

Le « ding » retentit. La porte s'ouvrit. Eli fit glisser les barreaux en fer mais se retrouva bloqué net par un mur.

Un mur.

Que foutait un mur ici ?

Il vérifia qu'il était au bon niveau, palpa les tentures grenat de cette putain de cloison qui lui obstruait le passage. Comme si les couloirs de l'hôtel étaient amovibles, qu'on pouvait les déplacer, les faire pivoter, à la façon d'un labyrinthe de jeu de société.

Piégé dans l'ascenseur, Elliot sentit la panique poindre. Il était prisonnier. Il appuya sur les boutons mais rien ne se passa. La porte restait ouverte. Ouverte sur un putain de mur ! Il tourna sur lui-même, désorienté, le cœur battant à rompre les câbles de la cabine suspendue.

Son image dans le grand miroir ondula.

Puis s'effaça brusquement.

Eli se tétanisa, les yeux exorbités. Son reflet réapparut aussitôt, déformé en une silhouette flottante. Un spectre.

Une *ombre* observait Elliot à travers le miroir.

47

La paroi entière de l'ascenseur – celle qui comprenait le miroir – pivota.

Elle donnait sur un double fond ; en réalité la cabine était compartimentée en deux zones de quatre mètres carrés, séparées par une cloison mobile qui s'ouvrait comme une porte tourniquet.

Gaspard se dressait de l'autre côté, dans l'encadrement du second accès menant au couloir.

— C'est quoi, ce bordel ? ne put s'empêcher de lâcher Eli, estomaqué par le subterfuge.

Le majordome l'invita à emprunter le corridor secret.

— Monsieur Ferdinand en personne a dessiné les plans de l'hôtel, expliqua-t-il en marchant d'un pas pressé. Les étages 8, 9 et 10 de l'aile nord sont accessibles grâce à deux passages. Le premier, celui que vous avez déjà emprunté ; l'autre, caché dans le double fond de la cabine. Le miroir n'en est pas un, comme vous l'avez deviné. C'est une vitre déformante. Elle renvoie votre reflet lorsque l'ascenseur est en marche, à cause de l'obscurité entre les paliers, mais vous pouvez voir à travers quand il est à l'arrêt. Plusieurs filtres existent quant à la nature de l'image reflétée, le but étant de conférer un aspect terrifiant. Nos clients en raffolent.

— C'était vous de l'autre côté ? fit Eli, soulagé de ne pas avoir perdu la raison.

— En effet. Une facétie imaginée par Monsieur Ferdinand afin de divertir la clientèle de l'aile nord.

— Pourquoi ce passage secret ?

— Pour offrir un isolement optimal… La cloison murale qui vous a empêché de sortir est montée sur un rail, nous la faisons coulisser pour condamner l'accès à l'étage et ainsi préserver la tranquillité des clients. Qu'ils ne soient pas dérangés… Monsieur Ferdinand vous expliquera cela en détail lors de la dernière étape de votre initiation. C'est par ici, monsieur Akerman, suivez-moi.

Ils tournèrent à un angle, et Eli nota la présence d'escaliers de secours ; leur absence, dans l'autre couloir de l'étage, l'avait alerté. Tout en foulant la moquette bigarrée, il cerna mieux l'architecture. Le corridor qu'ils longeaient était plus long ; il présuma que celui-ci passait derrière les chambres alors que l'autre, plus court, les desservait et se situait au centre du bâtiment. Un couloir intérieur, un extérieur.

Il se demandait à quoi rimait cette supercherie quand un frisson le traversa. Le sentiment qu'une présence suivait ses pas. Cela lui arrivait parfois lorsqu'il arpentait les étages sinistres de l'hôtel, comme si une entité invisible l'épiait, discrètement, dans l'ombre. La peau recouverte de chair de poule, il s'immobilisa, puis se retourna.

Une seconde plus tard, le petit Arthur surgit dans l'étau de velours, exhibant un sourire éclatant. Elliot soupira, rattrapa le majordome jusqu'à un rectangle de clarté projeté sur les formes géométriques du sol, contrastant avec l'obscurité environnante.

— Après vous, monsieur Akerman.

Gaspard indiqua un marchepied qui menait à une ouverture découpée dans le mur. Incrédule, Elliot arqua un sourcil en direction du passage, puis d'*Alfred*.

— Je vous en prie, insista celui-ci en accompagnant ses paroles d'un geste de la main.

Un sourire narquois balafra son visage austère.

Eli grimpa les marches, baissa la tête pour s'introduire dans la cavité. Il atterrit dans une salle de bains. En tournant les talons, il découvrit un trou béant à la place du miroir.

— Une autre vitre déformante qui s'ouvre, précisa Gaspard en pénétrant à son tour. De ce côté, s'il vous plaît.

Il désigna la porte. Sous ses manières affables se dissimulait une autorité incontestable. Elliot, docile et impressionné, suivit la direction et fit irruption dans la chambre.

Une vision d'épouvante s'imprima sur ses rétines.

Un homme d'une quarantaine d'années était assis sur le lit, torse nu, en caleçon.

Un homme entièrement recouvert de sang frais.

Son crâne rasé en était couvert, comme les poils hirsutes de sa barbe, son torse velu, ses sous-vêtements maculés en outre de taches jaunâtres douteuses.

Il en avait aussi sur les gencives. Sur les dents.

Elliot fit un pas en arrière, heurté. Le type souillé d'hémoglobine maintenait une serviette imbibée contre sa main gauche.

— Je vous présente Bruno, monsieur Akerman, annonça Gaspard. Bruno est notre bibliothécaire. Peut-être vous êtes-vous déjà croisés.

Hochements de tête polis entre les deux hommes. Eli avait déjà vu cet homme dans la fumerie d'opium en train de bouquiner. Le majordome continua :

— Comme vous le constatez, Bruno s'est blessé à la main. Et il aurait besoin de vos compétences de soignant.

Eli acquiesça lorsqu'un sifflotement parvint à ses oreilles. Il connaissait cette mélodie. Son regard se déporta vers la porte d'entrée entrebâillée. Dans la pénombre du couloir, il aperçut un chariot débordant de linge. Il fit un pas de côté et distingua la vieille femme de ménage, à quatre pattes, en train de récurer la moquette en sifflant *La Vie en rose*.

Comme s'il lisait dans ses pensées, Gaspard enchaîna :

— Je vous prierai de ne pas poser de questions, monsieur Akerman. Soignez Bruno et quittez cette chambre. Monsieur Ferdinand répondra à toutes vos interrogations lors de la dernière étape de votre intégration.

Un peu déboussolé, Elliot se mit au boulot. Pas de questions ? Il était marrant. Eli en avait toute une ribambelle de foutues questions ! Il fit l'effort de les réprimer et ôta la serviette qui endiguait l'hémorragie du bibliothécaire. La plaie mesurait une dizaine de centimètres, paraissait profonde et rayait toute la paume. Elle saignait abondamment. Une blessure par arme blanche. Sans aucun doute.

Compresses. Désinfectant. Kit de suture – Eli outrepassait souvent ses fonctions d'infirmier dans l'hôtel, ce qui était grisant.

Dix minutes plus tard, la main de Bruno était emballée dans un pansement propre. Il remercia sobrement Elliot, qui fut à nouveau escorté par Gaspard jusqu'aux ascenseurs.

— Je vous sais gré de votre silence, dit-il alors qu'Eli grimpait dans la cabine. Soyez encore un peu patient, monsieur Akerman, bientôt vous ferez partie des nôtres.

Il offrit un sourire glaçant à l'infirmier avant de rabattre la cloison vitrée déformante.

Elliot, chamboulé, redescendit dans les salons privés. Cette fois-ci il commanda un café. Besoin de stimulant. Les notes de blues du pianiste voguaient entre les banquettes ; on se serait cru à La Nouvelle-Orléans dans les années 1910. Installé sur le canapé où il était un peu plus tôt, Eli ouvrit son ordinateur portable mais fut dans l'incapacité d'écrire. Il conjecturait sur l'origine de la blessure de Bruno d'après la quantité de sang astronomique qui enduisait le bibliothécaire. « Ça ne pouvait pas être que le sien », songea-t-il, effrayé. Si tel avait été le cas, il aurait perdu connaissance, avec une hémorragie pareille, son cerveau n'aurait pas été irrigué correctement. Non. Ce sang appartenait à quelqu'un d'autre. Quelqu'un qui était dans un sale état… Quelqu'un qui…

Un doux parfum émoustilla soudain ses narines. Laure se déhanchait en avançant dans sa direction, moulée dans une robe courte très échancrée.

— Je suis claquée, dit-elle en s'asseyant sur la banquette en face.

Elliot se retint de demander pourquoi elle était épuisée. Il ne souhaitait pas connaître les détails de ses parties de jambes en l'air.

— Ça avance, ton roman ?
— Bof. Ce soir j'ai du mal à m'y mettre.

Elle commanda une coupe de champagne ; Eli l'imita.

— C'est pour quand l'étape finale ? s'enquit-elle, enthousiaste.

Elliot referma son ordinateur et alluma une cigarette.

— J'espérais aujourd'hui, mais apparemment Monsieur Ferdinand est indisponible. Peut-être demain.

On apporta leurs verres. Ils trinquèrent à la santé de l'hôtel.

— J'ai une tâche à effectuer, dit Eli en reposant sa coupe. Monsieur Ferdinand me l'a confiée hier. C'est prévu pour vendredi.

— Cool !
— Ça t'est déjà arrivé, à toi ?

Elle opina en déglutissant.

— Au début, oui. Tu sais que les clients ont tous une fonction précise au sein de l'établissement et que c'est grâce à ce système que nous vivons en quasi-autonomie. Mais, parfois, Monsieur Ferdinand donne des tâches supplémentaires, en général aux nouveaux arrivants ou à ceux chez qui il décèle du potentiel, qu'il porte en haute estime. Des missions, en quelque sorte, à l'extérieur de l'hôtel. La plus courante est la distribution des cartons d'invitation. Certains clients continuent de les réaliser, même s'ils sont là depuis longtemps. Ça paie bien en pièces d'or.

Elle ponctua sa phrase d'un clin d'œil. Avec les cheveux dégagés derrière les oreilles, ses diamants scintillaient dans la pénombre. Elle se pencha en avant, de façon comploteuse, exhibant un décolleté vertigineux devant le visage vermeil d'Eli.

— Alors, tu as réfléchi ?

C'était la nouvelle lubie de Laure : caser Elliot – ne serait-ce qu'une nuit – avec une des prostituées de l'hôtel. Elle avait énuméré toutes les prétendantes, vantant les qualités des unes et des autres, jusqu'à leurs prouesses sexuelles. Ces discussions embarrassaient Eli, qui était encore trop timide pour révéler que la seule fille qu'il désirait était celle qui, comme cette nuit, lui tenait compagnie pendant la plupart de ses soirées.

Eli savait qu'elle pensait lui faire plaisir, or ces propositions l'anéantissaient, les prénoms prononcés s'apparentant à autant de torpilles dirigées sur son cœur.

Il écrasa sa clope. Laure se tenait courbée. Comme bien souvent elle ne portait pas de soutien-gorge, Eli pouvait distinguer sa poitrine libérée qui défiait la gravité. Un nom chemina dans sa tête, alors qu'il croisait les jambes pour masquer l'excroissance parasympathique qui enflait dans son caleçon.

— Puisque tu insistes, il y a peut-être quelqu'un.

Laure, excitée comme une gamine, tapa dans ses mains.

— C'est qui ? C'est qui ?

— Andréa.

Elle se rencogna dans son siège.

— Oublie.

Son ton acerbe intrigua Eli.

— Pourquoi ? Tu me demandes de choisir une fille depuis des jours. Et maintenant que j'ai fait mon choix, tu me dis d'oublier. Je ne te suis plus.

Laure croisa les bras sous sa poitrine.

— Andréa n'est plus parmi nous.

— Comment ça ?

Elle bascula à nouveau vers l'avant.

— Je ne devrais pas te dire ça, Eli, c'est à Monsieur Ferdinand de le faire.

— De quoi tu parles ?

Laure profita des accords du piano pour parler sans être épiée.

— Le sang qui recouvrait Bruno, le type que tu as soigné tout à l'heure, c'était celui d'Andréa.

48

Jeudi 2 avril 2020

Antoine se réveilla vers midi. Il avait passé une partie de la nuit à planquer avec Alban, une surveillance fastidieuse qui, pour l'instant, n'avait rien donné de probant. Les enquêteurs étudiaient l'adversaire.

La lumière du jour filtrait entre les stores vénitiens de la chambre. Antoine s'étira, éjecta l'énorme boule de poils noire étalée sur ses jambes et se leva. Le chat miaula son mécontentement mais le suivit jusqu'à la cuisine. Le ciel était dégagé, la Garonne miroitait sous le soleil de la mi-journée, l'arène blanche du Stadium resplendissait. Antoine consultait comme chaque matin les sites d'actualités, notamment celui de *L'Occitan*.

Le premier article le révulsa.

Cette fois-ci, le journaliste relatait un rassemblement illégal qui s'était tenu la veille, sur la place du Capitole, en faveur des tueurs anti-téléphones portables. Le texte mettait l'accent sur le nombre croissant de sympathisants, et non sur les forces de l'ordre mobilisées pour disperser la réunion clandestine. Pas un mot sur l'enquête, sur les victimes. Outré, Antoine reposa son mug avec violence, aspergeant le plan de travail. Il s'habilla en quatrième vitesse et fonça au SRPJ.

La ligne éditoriale du quotidien toulousain tendait à faire l'apologie du duo d'assassins. Pour Antoine, c'était inadmissible. Le journal avait-il des accointances avec les meurtriers ? Avec l'Hôtel Ferdinand ? Et quelle place tenait la taupe de son service dans cette toile d'araignée inextricable ? Qui refilait des infos à qui ? Furibond, Antoine grimpa les marches de la station de métro Canal-du-Midi, traversa l'esplanade au pas de course et prit les escaliers jusqu'au deuxième étage du SRPJ.

La salle du groupe 2 était déserte. Le capitaine Aubert s'installa à son bureau. Il réfréna l'envie de contacter la rédaction de *L'Occitan* pour découvrir s'il existait une forme de collaboration entre le journal et l'hôtel. Cela aurait été contre-productif, il le savait, son appel aurait intrigué et orienté les journalistes sur l'enquête en cours, mettant en péril la planque près de l'établissement. Mauvaise idée. Il s'exhortait au calme, massant ses tempes poivre et sel, quand Alban fit irruption devant son bureau.

— Salut, Antoine. Ça va ?

La Pile soupira.

— Ces journaleux m'exaspèrent, mais sinon ça va.

Trois notes s'échappèrent de son smartphone. Un SMS. Amandine.

Antoine envoya un smiley qu'il trouvait amusant, bien qu'il en ignorât la signification.

— C'est ta fille ? s'enquit Alban en s'asseyant sur son fauteuil et en chaussant ses lunettes de vue.

— J'en reçois à longueur de journée, répondit Antoine. Au début c'était sympa, mais maintenant ce langage SMS commence à me taper sur les nerfs et je réalise qu'Amandine passe toutes ses journées sur ce machin, dit-il en agitant son smartphone. J'arrête pas de m'engueuler avec sa mère à ce sujet. Et je ne te cache pas que l'avenir me fait peur… J'espère que son téléphone ne l'empêchera pas de sortir, de voir ses copines, de vivre pleinement.

— La situation est exceptionnelle, rétorqua le procédurier. Ça lui passera. Elle tient le coup, sinon ?

— Elle endure, comme nous tous. C'est fou ce qu'ils peuvent être résilients à cet âge-là. Et toi, comment va ta mère ?

— Je l'ai au téléphone deux fois par jour. Elle s'ennuie, toute seule dans son petit appartement.

Antoine acquiesça, compatissant. Il se leva, constata que le filtre de la machine à café était sale, rempli de marc. Manquant de motivation pour en refaire, et voulant se dégourdir les jambes, il alla jusqu'au distributeur du couloir, tandis qu'Alban se mettait au boulot.

Un jus de chaussette dégueulasse plus tard dans la main, il regagna son bureau et lança Google. Une idée le taraudait. Il tapa « Hôtel Ferdinand » et « Toulouse » dans la barre de recherche. Après avoir passé en revue un ramassis d'inepties, il découvrit un article intitulé « La malédiction de l'Hôtel Ferdinand », paru en 2018 dans *L'Occitan*. L'auteur mettait en exergue le taux anormalement élevé de suicide au sein de l'établissement. « Enfin un qui se mouille un peu », pensa-t-il après avoir terminé sa lecture, en levant les yeux de l'écran et en se frottant les paupières. Son cerveau enregistra le nom de l'auteur de l'article : Jean-François Galy. Il s'empara de son téléphone et appela le quotidien régional.

On le fit patienter, on l'aiguilla vers un correspondant, puis un autre. Au bout de cinq minutes, Antoine apprit que Jean-François Galy ne travaillait plus à la rédaction. Il avait été viré en 2018.

Sur LinkedIn, il chercha les Jean-François Galy en Occitanie. Un seul était journaliste indépendant à Toulouse. Antoine, grisé, lui envoya un message pour le rencontrer.

Trois heures s'écoulèrent durant lesquelles le capitaine Aubert s'était renseigné auprès de ses indics et de ses collègues, qui n'avaient rien à lui apprendre de plus, ni sur les allées et venues au sein de l'hôtel ni sur les écoutes téléphoniques. Ces dernières étaient inintéressantes et presque inexistantes, ce qui n'était pas étonnant, vu que l'activité de l'hôtel était à l'arrêt à cause du confinement. Détail étrange : les portables des deux salariés fichés ne bornaient jamais, à croire qu'ils n'utilisaient pas leur téléphone sur leur lieu de travail… Dépité, Antoine regagna son bureau quand un point rouge lui indiqua une notification sur son smartphone. Jean-François Galy souhaitait le voir ce soir, chez lui, à l'abri des regards. Et il insistait sur ce point.

Il était près de 19 heures lorsque Antoine sonna à l'interphone d'un immeuble de la rue Bayard. Dépouillée de sa faune noctambule hétéroclite, la voie vérolée de travaux à l'arrêt semblait abandonnée, hostile.

— Capitaine Aubert. SRPJ.

— Dernier étage.

La porte émit un claquement, et Antoine pénétra dans le bâtiment. Un escalier en colimaçon serpentait jusqu'à l'ultime palier, desservant des appartements mansardés. Le papier peint se décollait des murs, le plancher grinçait sous les pieds d'Antoine qui, méfiant, se dirigea vers le fond du couloir. Avant qu'il ne toque, Jean-François Galy ouvrit et l'invita précipitamment à entrer. Le journaliste avait la quarantaine. Rasé de frais, des cheveux noirs rassemblés par un catogan, il portait un pull à mailles fines et un pantalon de velours marron, assorti à ses pantoufles. Antoine s'était préparé à rencontrer un vieil ours mal léché, une sorte d'ermite vivant reclus dans sa chambre de bonne, il s'était fourvoyé. L'appartement était bien rangé, la décoration, épurée ; une large bibliothèque ornait un pan du salon, derrière un canapé d'angle convertible, entre un buffet et un piano.

Un ordinateur à écran plat incurvé siégeait près de la lucarne, qui diffusait une faible luminosité. Niché sous les combles, l'appartement conservait la chaleur, aussi la Pile ôta-t-elle sa veste et la posa, pliée, sur l'accoudoir.

— Pourquoi vous intéressez-vous à l'Hôtel Ferdinand ? demanda le journaliste en revenant dans le salon et en tendant un expresso au capitaine Aubert.

Antoine le remercia en souriant.

— Pourquoi vous, vous êtes-vous intéressé à l'Hôtel Ferdinand ?

La reformulation amusa Jean-François Galy.

— C'est vous qui posez les questions, c'est ça ?

— Vous avez tout compris.

Le journaliste tira le tabouret du piano et s'installa face à Antoine.

— Vous n'êtes pas le premier, vous savez. L'année dernière, vos collègues sont venus me voir. Ils voulaient monter un dossier sur l'Hôtel Ferdinand.

— Je sais. Je suis au courant.

— Alors vous devez savoir aussi qu'il n'y a pas eu de suite. C'est toujours le même problème. Tout le monde se dégonfle, et celui qui gagne, à la fin, c'est l'hôtel.

— Vous sous-entendez que les investigations ont été interrompues car il y a eu des pressions.

Jean-François Galy ricana.

— C'est évident. L'Hôtel Ferdinand a toute la ville dans sa poche. Les flics, les magistrats, les politiques, les journalistes. Personne n'ose s'en prendre à lui.

Antoine dégusta son café.

— Vous, vous avez osé, dit-il.

— Regardez où ça m'a mené.

Il ouvrit les bras en désignant son appartement.

— Je vis dans trente mètres carrés. Sous les toits. Je crève de chaud l'été et je me les caille l'hiver. Il a suffi d'un papier sur l'hôtel pour que je me retrouve viré comme un malpropre.

— Vos supérieurs vous ont licencié à cause de votre article ?

— Mon rédac-chef ne voulait pas le publier. J'avais bossé près d'un an pour le pondre. Un an de recherches, de témoignages, de documentation. Des familles de clients volatilisés m'ont contacté, j'ai mené mes enquêtes. Ce qui se passe là-bas est effroyable. Les suicides ne sont que la partie émergée de l'iceberg. Des gens disparaissent dans cet hôtel. Bien évidemment, je ne pouvais pas écrire ça, on m'aurait lynché. Je me suis donc concentré sur le taux élevé de suicide, mais même sur ce sujet la direction n'a pas voulu prendre de risque. J'ai dû faire du forcing, l'article est paru sans l'autorisation du rédac-chef. Il a été furieux. Le lendemain j'étais viré.

— Vous suspectiez votre hiérarchie de fréquenter l'hôtel ?

— Ma hiérarchie, vous déconnez ? Toutes les personnes influentes dans cette foutue ville se retrouvent là-dedans.

La facette complotiste du journaliste affleurait ; Antoine resta prudent.

— Vous y êtes déjà allé ?

— Une fois. Dans ce qu'ils surnomment l'aile est. C'était quelques mois avant la parution de l'article. J'ai voulu fouiner, mais les vigiles m'ont refait le portrait. Croyez-moi, ça m'a refroidi. Si j'y retourne, mon compte est bon. Ces types-là ne rigolent pas.

— D'après vous, c'est vrai ce que l'on raconte ?

— Les rumeurs ? Je l'ignore. Ce que je sais, en revanche, mais ce que je n'ai jamais pu prouver, ce sont les pots-de-vin, le chantage et la corruption impliquant toutes les personnalités importantes de Toulouse. Ça, j'en suis sûr.

Le discours se radicalisait, le journaliste s'exprimait à présent comme un paranoïaque.

Antoine soupira intérieurement. Peut-être était-ce une erreur d'avoir voulu venir ici. Pourtant, une hypothèse s'imposa à lui. Une hypothèse qui défiait toute logique, mais qui pouvait expliquer le comportement de l'ancien rédacteur de *L'Occitan*.

Jean-François Galy avait séjourné dans l'hôtel.

Avait-il perdu la raison ?

49

Vendredi 3 avril 2020

— Tu peux me passer une serviette ?
— C'est toi la serviette.
Mylène soupira.
— En fait t'as dix ans dans ta tête.
— Douze. *South Park* est déconseillé au moins de douze ans.

Elle considéra Jérôme d'un air blasé, qui consentit enfin à lui tendre un tas de serviettes en papier. Un assortiment de sushis et de makis s'alignait dans une boîte en carton, posée sur une table de camping dépliée près de la fenêtre.

Une pluie drue avait remplacé le soleil radieux des journées précédentes. Les deux policiers étaient en planque depuis 16 heures, dans un local désaffecté, sous le siège de SOS Médecins. L'emplacement offrait une vue sur la ruelle en sens unique qui desservait le parking, mais aussi sur l'angle des rues qui menaient à la porte dérobée de l'arrière du bâtiment. Cela faisait six jours que le groupe 2 de la brigade criminelle, relayé par le groupe 1, épiait les allées et venues devant leur nouvelle cible : l'Hôtel Ferdinand. Le sas principal en verre fumé étant condamné, ils surveillaient ainsi le passage des clients arrivant du centre-ville – soit la plupart d'entre eux –, mais surtout ils couvraient l'itinéraire présumé que les tueurs avaient emprunté pour se retrancher dans l'immense immeuble en brique rouge ;

les crimes ayant été commis en grande majorité de ce côté-ci du canal du Midi.

Une constellation de photos d'individus tapissait les murs du repaire, des clients de l'établissement pointés par les policiers, autant de suspects potentiels. Une légende était punaisée sous chaque profil, comprenant les habitudes de ces derniers : les horaires de passage, leur tenue vestimentaire, leur comportement.

Les mains collantes à cause des makis qu'il gobait comme des M&M's, Jérôme posa l'appareil-photo Nikon D300 et nota sur un grand cahier l'heure du dernier client avalé par l'hôtel.

Mylène alluma une clope, jeta un œil sur le numéro inscrit par son collègue et avisa sa présence sur le mur. Le 28. Il figurait sous le portrait imprimé en gros plan d'un type costaud approchant la quarantaine : cheveux châtain foncé, barbe fine, écharpe en laine enfouie sous le col d'un trench noir. Les clients étant impossibles à identifier, les policiers étaient obligés d'avoir recours à des numéros pour les recenser.

— Ponctuel, comme d'hab, fit-elle en expulsant un nuage de fumée.

— C'est un truc de fou. Qu'est-ce qu'ils peuvent bien foutre à l'intérieur ?

Mylène haussa les épaules tandis que Jérôme se repositionnait avec son appareil. Un nouveau type se pointait sous les trombes d'eau, abrité par un parapluie. Il zooma. Focus sur le client. Clic. Le numéro 9. 20 h 15. Il retranscrit ces informations sur le cahier. C'était le onzième visiteur de la soirée. La relève était prévue pour minuit, mais déjà le capitaine souffrait de douleurs dans les lombaires, une armée de fourmis gambadait sur ses jambes ankylosées à cause de la station assise prolongée.

— Prends le relais, dit-il à Mylène qui écrasait sa cigarette.

Il étira sa nuque, se dégourdit les pattes en tournant en rond.

— Qui nous relève ce soir ?

Les rues étant désertes, Mylène décolla son œil de l'objectif.

— Le groupe 1. Auriol et Park.

— Et demain matin ?

— Antoine et Alban.

Jérôme fit craquer ses cervicales en soufflant.

— Tu ne trouves pas ça chelou que Nabil fasse moins de planques que nous ?

Regard à l'extérieur. RAS. Mylène piocha un maki saumon avocat et demanda :

— Ça veut dire quoi, cette question ?

— Rien. Je dis ça comme ça.

— Arrête, Jérôme. Me la fais pas à moi. Tu penses qu'Antoine suspecte Nabil d'être la taupe.

— Tu veux que ce soit qui d'autre ?

— La taupe est quelqu'un qui sait cacher son jeu, un manipulateur, une personne intelligente. Donc, déjà, ça te raye de la liste.

— Ah ! Ah !

— Nabil est le nouveau, compléta Mylène, c'est logique que le chef se pose des questions.

— Tu ne penses pas que ce soit lui ?

— J'sais pas. Je le vois mal nous trahir.

— Ça pourrait être qui, alors ? Alban ?

Mylène engloutit un sushi au thon en pouffant.

— Alban ? Il doit être en train de faire du tricot avec sa mère à l'heure qu'il est.

— Ou un puzzle.

— Ou préparer les championnats de France de sudoku.

Le téléphone de Jérôme vibra, interrompant les plaisanteries.

— Allô ? Oui. Ah, merde. OK. On se tient prêts.

Il coupa la communication.

— *Qué pasa ?*

— C'était Salgado. Le SMUR a été appelé rue de Stalingrad. Une jeune femme s'est fait agresser par un des tueurs au sabre, elle a failli y laisser l'avant-bras.

— Merde. C'est tout prêt d'ici. Si un de nos deux samouraïs se réfugie dans l'hôtel, il va passer sous notre nez.

Un vent de tension balaya la planque insalubre. L'adrénaline se distilla dans les organismes sur le qui-vive. Jérôme, instinctivement, porta la main sur son Sig Sauer SP 2022, fixé à sa ceinture dans un holster rigide en polymère.

— Préviens Antoine, ordonna-t-il.

Il saisit les jumelles, aux aguets. La pression montait ; il aimait ça.

— On a le feu vert pour une interpellation, fit Mylène après avoir raccroché. Les renforts sont en route. Deux minutes avant leur arrivée.

— Putain. Le truc de dingue.

Ils inspectèrent la ruelle silencieuse durant des secondes qui leur parurent interminables. Les bars et les restaurants étaient fermés, un silence angoissant planait sur le quartier, exempt des bruits tapageurs habituels de la circulation ou des fêtards alcoolisés. Seul le raffut des gouttes d'eau tombant sur le couvercle des poubelles et les bâches des échafaudages se faisait entendre.

— Tu vois un truc bizarre ? s'enquit Mylène, nerveuse.

— C'est toi le truc bi… Là ! indiqua soudain Jérôme. À 9 heures. Le type avec une capuche et un sac de sport.

Mylène se pencha contre la fenêtre, puis écrivit les renseignements sur le cahier.

— Il se rapproche, commenta Jérôme. Il… Merde ! Tu vois ce que je vois !

— Oh ! putain ! Oui ! Ça dépasse du sac !

— Merde ! On intervient !

Ils traversèrent le local poussiéreux au pas de course, dévalèrent les escaliers et surgirent dans la ruelle.

Sig Sauer armés. Braqués sur le suspect.

— Police ! Montrez vos mains !

— Lève tes mains ! Police !

L'homme d'une trentaine d'années qui marchait sur le trottoir se figea sous le coup de la surprise. Il laissa échapper le sac de sport, qui atterrit dans une flaque d'eau, devant une vitrine opacifiée par un incendie. Son arme pointée vers l'individu, Jérôme lui intima de s'arrêter, tandis que Mylène procédait à son arrestation.

Elliot sentit le froid mordant des menottes lui cisailler les poignets.

50

Samedi 4 avril 2020

Le capitaine Aubert pouvait se targuer de reconnaître un homme dangereux.

Durant sa carrière, il avait rencontré un nombre considérable de criminels. Il avait aussi étudié des profils de tueurs en série lors de ses études de criminologie. Des meurtriers opportunistes, des cupides, des jaloux, des frustrés, des vindicatifs, des pervers narcissiques et autres psychopathes ou sociopathes. Si certains savaient dissimuler leurs pulsions derrière une vie sociale bien rangée, il y avait malgré tout des signes qui ne trompaient pas une fois le suspect neutralisé.

Or, en ce moment, l'homme qu'Antoine observait à travers la vitre sans tain le laissait perplexe. La personnalité d'Elliot Akerman ne correspondait pas à celle d'un tueur organisé, dénué de remords et qui avait massacré de sang-froid plusieurs personnes avec un sabre. Au contraire il paraissait craintif, sursautait au moindre bruit tonitruant ; c'était tout juste s'il ne s'excusait pas d'avoir été interpellé.

On avait informé Elliot Akerman du début de sa garde à vue à 20 h 47. Cette heure figurait sur les deux pages du procès-verbal. N'ayant aucune idée de qui contacter pour partager sa peine et expliquer l'inexplicable, il avait composé le numéro de l'Hôtel Ferdinand. Alban, le procédurier, avait écouté la conversation. À l'autre bout du fil, un dénommé Gaspard était resté étrangement évasif avant de promettre à l'infirmier qu'il allait « gérer » la situation… Il lui avait fait répéter mot pour mot ce qu'il devait dire à l'officier de police présent à ses côtés. Mais malgré les recommandations du réceptionniste, Eli ne cessait de clamer son innocence. Son incompréhension déroutait la brigade, semant le doute sur sa responsabilité. Sauf que les preuves s'accumulaient contre lui.

Les membres du groupe s'étaient réunis en urgence après l'interpellation. Ils avaient passé une partie de la nuit à collecter un maximum de renseignements sur leur suspect, avant de s'octroyer une pause de six heures pour aller dormir. Les infos glanées étaient stupéfiantes, et les affaires découvertes dans le sac de sport les avaient sidérés. Akerman était une énigme à lui tout seul ; son profil se révélait complexe. Très complexe. Pour la première fois depuis son déménagement, Antoine avait dû annuler le Skype avec sa fille.

À présent l'équipe au complet trépignait, imbibée de caféine, devant le spectacle de la vitre sans tain. Il était 7 heures du matin : l'heure d'écouter Elliot Akerman. Une excitation palpable habitait les corps harassés ; c'était leur première arrestation depuis des semaines d'enquête.

Antoine aimait comparer l'interrogatoire d'un gardé à vue à une partie d'échecs. Une partie d'une durée de quarante-huit heures avec des aveux signés en guise d'échec et mat. Il préparait sa stratégie, déployait ses pièces avec précaution jusqu'à ce que le suspect se sente acculé, que la réalité exposée, aussi terrible qu'indéniable, le contraigne à confesser ses crimes. Pour ce faire il redoublait d'imagination, sa « seconde vie » s'avérant un atout inestimable dans la conception de ses stratagèmes. Il avait décidé de confier la direction et la retranscription de l'interrogatoire à Alban, pendant que lui s'attellerait à décortiquer le comportement d'Akerman. Motivé et confiant, il pénétra dans la salle, talonné par le procédurier, qui posa un fin dossier sur la table et ouvrit son ordinateur portable avant d'allumer la webcam mobile fixée en haut de l'écran.

Elliot se tenait avachi sur une chaise. Il avait l'air aussi fragile qu'une brindille. Sa pâleur spectrale détonnait avec l'obscurité de la pièce, ses extrémités tremblaient ; on aurait dit un drogué en manque. Il marinait depuis la veille dans une geôle du SRPJ, au milieu des remugles de vomi et d'urine. Il était exténué. Déboussolé. Vulnérable. Antoine savait que ce serait un avantage pour lui extirper la vérité : une nuit en garde à vue pouvait métamorphoser le plus rétif des interpellés en moulin à paroles. L'absence d'avocat représentait également un atout pour le capitaine Aubert ; le refus d'Akerman, incohérent, d'avoir un défenseur confirmait le profil qu'il avait dressé du suspect : un jeune homme perturbé, déconnecté de la réalité. Il se fondit dans un angle de la pièce alors qu'Alban, après les banalités d'usage, entrait dans le vif du sujet.

— Où vous rendiez-vous avant qu'on vous interpelle, monsieur Akerman ?

Elliot affichait un sourire crispé.

— Si vous m'expliquiez exactement de quoi il...

— Contentez-vous de répondre.

— Ben... en fait...

— Vous alliez à l'Hôtel Ferdinand ? C'est exact ?

Penaud, il opina à contrecœur.

— Depuis combien de temps fréquentez-vous cet établissement ?

Eli réfléchit.

— Je m'y rends tous les soirs depuis une semaine.

— Vous n'y étiez jamais allé auparavant ?

— Si. Au mois de janvier. J'ai été appelé pour prendre en charge une patiente.

— Une cliente à l'année ?

— Oui.

— Combien de temps ont duré ces soins ?

Une moue songeuse tordit le visage d'Eli.

— Trois semaines.

— Aucune autre visite entre cette période de soins et la semaine dernière ?

— Non… Écoutez, si c'est à cause du sac, je peux tout vous expliquer. C'est un malentendu.

— Nous y viendrons plus tard, coupa Alban. Que faites-vous chaque soir dans l'hôtel ?

Une frayeur évidente émanait d'Akerman, cependant Antoine décela une forme de nervosité sourde qui hachait sa gestuelle et sa diction, et qu'il avait visiblement du mal à refréner.

— J'ai un emploi d'infirmier, répondit Eli.

Alban, surpris, arqua un sourcil.

— Vous soignez les clients ?

— C'est ça.

— Par qui êtes-vous passé pour dégoter cet emploi ?

— C'est le directeur en personne qui me l'a proposé.

Le procédurier hocha la tête pour lui-même en retranscrivant ces infos sur son ordinateur.

Un silence gênant s'installa. Les yeux d'Elliot papillonnaient entre l'objectif de la caméra, le flic accoutré comme un dandy qui lui posait des questions et l'autre, stoïque, qui grimaçait dans le coin de la pièce. Sentant l'agacement gronder en lui, incoercible, il fit l'effort de mesurer ses propos.

— Écoutez, vous faites une erreur. Si c'est au sujet du sac, je…

— Plus tard, le coupa à nouveau Alban avec autorité.

Les épaules d'Eli s'affaissèrent. Il se tassa dans le fond de son siège en se rongeant les ongles.

— Vous vivez seul, n'est-ce pas, monsieur Akerman ?

— Oui.

— Que faites-vous dans la vie, en dehors de votre emploi au sein de l'Hôtel Ferdinand ?

— Je suis infirmier dans un cabinet libéral.

— Je vois.

Cette fois-ci, Elliot haussa le ton.

— Vous ne me croyez pas ? C'est ça ? Je travaille dans un cabinet que j'ai créé avec cinq amis de promotion, exactement là où vous m'avez cueilli hier soir. Vérifiez. Appelez mes associés. Ils vous le confirmeront.

— Nous l'avons fait.

— Alors si vous me disiez de quoi il s'agit ?

Il désigna Antoine du menton, silencieux dans l'angle de la pièce.

— Et pourquoi il reste muet, votre collègue ?

Alban tira sur les pans de son gilet violet sans manches et esquiva effrontément la remarque.

— Prenez-vous un traitement médicamenteux ?

Elliot se rembrunit aussitôt.

— Non... Enfin... Je... Non...

Nouveau silence.

Alban échangea un regard avec Antoine, songeur, plaqué contre le mur. Les questions mitraillées commençaient à produire l'effet escompté : les réponses d'Akerman devenaient lapidaires, il présentait des signes d'irritation. Le piège se refermait. Après un hochement de tête entendu entre les deux officiers de police, Alban passa à la vitesse supérieure.

— Combien mesurez-vous ?

— Qu'est-ce que vous cherchez à savoir ? Je vous répète que tout ça est un malentendu. J'ai rien fait !

— Répondez, s'il vous plaît.

Soupir excédé d'Eli.

— Un peu moins d'un mètre quatre-vingts. Mais encore une fois je ne vois pas le rapport avec le sac. Si vous me laissiez le temps de vous expliquer, je...

— Votre pointure ?

Les yeux d'Eli s'arrondirent.

— Euh... 44, mais...

— Les baskets que vous portez en ce moment, vous pouvez nous les décrire ?

— Pardon ?
— Décrivez-nous vos chaussures.
— Vous êtes sérieux ?
— Absolument.
— Pourquoi vous voulez savoir ça ?
— Faites-le, s'il vous plaît.

Eli inspecta machinalement ses baskets.

— Ce sont des chaussures de sport noires.
— Modèle Nike Reax 8 TR ?

Elliot hallucinait. Son regard apeuré passait d'un flic à l'autre.

— Oui... Peut-être. Je me souviens plus. Ça fait un moment que...
— Pratiquez-vous les arts martiaux ?
— Les arts martiaux ?
— Oui, les arts martiaux.
— Je... Non.
— Est-ce vous sur cette vidéo ?

Alban orienta l'écran de l'ordinateur, sur lequel on voyait Elliot frapper un type à la glotte.

L'infirmier partit d'un rire hystérique.

— Non ! C'est pas ce que vous croyez ! Ces types voulaient me voler, je me suis défendu ! Regardez ce qu'ils m'ont fait.

Il montra son nez encore contusionnée. Alban leva un regard dédaigneux vers l'hématome puis demanda :

— Vous n'avez jamais fait de krav-maga ?

Les policiers étaient bien renseignés ; la voix d'Eli flancha.

— C'était il y a des années.

Puis Alban asséna le coup de grâce.

— Où étiez-vous durant la nuit du lundi 27 au mardi 28 janvier ?

Désemparé, Eli frissonna sur sa chaise.

— J'en sais rien... Ça fait longtemps. Comment voulez-vous que je m'en souvienne ? Pourquoi vous me posez cette question ?

— Vous arrive-t-il de regarder les infos, monsieur Akerman ? Ou est-ce que vous nous prenez vraiment pour des imbéciles ?

Elliot en resta bouche bée.

— Je... Non, je ne regarde pas la télé, finit-il par baragouiner. Et, non, évidemment, je ne vous prends pas pour des imbéciles. Je pourrais avoir une cigarette ?

— Non.

Il accusa le coup avant de tenter une nouvelle fois de se justifier.

— S'il vous plaît, écoutez-moi. Tout ça est une erreur, vous vous trompez ! Laissez-moi vous expliquer...

— Plus tard.

— Non ! Laissez-moi parler !

Eli avait hurlé. Il se tenait debout. Sa silhouette efflanquée s'était levée à une vitesse sidérante, manquant de renverser Alban.

Le capitaine Aubert se raidit. La lueur dans le regard d'Elliot Akerman avait déclenché en lui une onde glaciale qui s'était propagée le long de son échine. Cet homme peinait à contenir une rage latente. « Ce type déborde de violence, c'est une bombe à retardement », pensa-t-il en se décollant du mur et en s'asseyant à l'angle de la table.

— Qui êtes-vous, monsieur Akerman ? demanda Antoine, les yeux plissés par sa grimace des grandes réflexions.

La colère s'étant dissipée, Eli était redevenu ce petit animal peureux et inoffensif recroquevillé sur sa chaise. Son humeur avait changé tel un coup de tonnerre dans un ciel serein.

— Comment ça « qui je suis » ?

— Je vais vous révéler le fond de ma pensée, monsieur Akerman. Soit vous cachez bien votre jeu et vous êtes un excellent simulateur, soit vous souffrez de graves problèmes. J'opterais pour la seconde hypothèse. Quoi qu'il en soit, inconsciemment ou non, vous nous mentez depuis que vous êtes entré dans cette salle.

Eli fronça les sourcils, l'air incrédule. Antoine lui coupa l'herbe sous le pied.

— Est-il vrai que vous êtes suivi depuis l'âge de vingt-deux ans pour une schizophrénie ? Que vous souffrez d'hallucinations visuelles et auditives, ainsi que de délires de persécution ?

Il ouvrit le dossier qui reposait sur la table, s'empara d'une feuille de papier et la porta sous ses yeux cernés.

— Nous avons trouvé cette ordonnance à votre domicile. Je lis dessus que vous prenez tous les soirs trois antipsychotiques : de l'Haldol, du Tercian et du Prazinil. Vous le confirmez ?

Elliot garda la bouche ouverte, incapable de répondre.

— Vous arrive-t-il d'être sujet à des épisodes violents, des pertes de mémoire ?

— Non ! hurla Eli.

Antoine eut un mouvement de recul.

— Vous vous emportez souvent comme ça ?

— Mais merde ! Vous me traitez comme un criminel et vous espérez que je reste sans réaction ? Vous interprétez tout de travers ! s'écria Elliot, les larmes aux yeux.

Il plaqua ses mains osseuses sur son crâne.

Antoine lui laissa un moment pour recouvrer ses esprits, puis embraya d'un ton posé :

— Avez-vous un alibi pour la nuit du lundi 27 au mardi 28 janvier ? Nous le découvrirons si vous nous mentez.

— Je ne mens pas ! cria Elliot. Appelez mes collègues, ils vous confirmeront mon emploi du temps au cabinet !

Dépité, le capitaine Aubert soupira.

— Nous n'avons pas pu joindre vos collègues, Elliot. Pour la simple et bonne raison qu'ils n'existent pas. Vos camarades de promotion n'ont pas eu de nouvelles de vous depuis vos études. Ce sont eux qui nous ont parlé de votre condition et qui nous ont aiguillés vers votre psychiatre. Vous n'avez jamais exercé ensemble dans un cabinet d'infirmiers libéraux. Le local où vous prétendez travailler est inoccupé.

Les fusibles grillèrent dans la cervelle d'Eli. Le monde s'ouvrait sous ses putains de baskets noires.

Antoine coula un regard empreint de lassitude vers la vitre sans tain avant de revenir à son suspect.

— Avant de faire une pause, je vais vous poser une dernière question, Elliot. Et de votre réponse dépendra votre avenir. Que faisiez-vous avec un sabre et des vêtements tachés de sang dans votre sac de sport ?

51

— Alors, t'en penses quoi ? Tu crois qu'Akerman est un de nos deux tueurs ?

Une fesse posée à l'angle de son bureau, Antoine but une gorgée de café et se tourna vers Maria d'un air accablé.

— J'en sais rien.

— En tout cas ce type nous cache des choses, c'est un fait.

Antoine grimaça.

— Mais de là à l'imaginer endosser une tenue noire, des gants et un masque, puis se saisir d'un katana pour commettre un massacre... je ne sais pas, j'ai des doutes. Même s'il est instable psychologiquement, je te l'accorde, est-ce que tu l'as bien regardé ? Tu penses sincèrement qu'Akerman est le bourreau de la place Occitane ?

Les sourcils bruns de Maria s'arquèrent.

— Il souffre de graves problèmes mentaux, Antoine, c'est indéniable. Son discours est incohérent et il a des hallucinations. Sa réalité n'est pas la même que la nôtre. Je te rappelle qu'il n'a même pas voulu d'avocat. Et n'oublie pas la façon dont il est sorti de ses gonds, ce regard noir qu'il nous a adressé.

Songeuse, elle croisa les bras sur sa poitrine.

— Akerman est probablement le dominé que nous cherchions dans notre duo d'assassins. Il agit sous l'influence du dominant qui, d'une manière ou d'une autre, a réussi à implanter ses idées dans son esprit perturbé.

Le capitaine Aubert secoua la tête pour lui-même, dubitatif.

Des rubans de lumière filtraient à travers la fenêtre, entre les interstices des volets fermés. Le boulevard était silencieux, la ville semblait déserte. Antoine avait voulu faire une pause, au calme, seul, dans l'obscurité des bureaux de la brigade. Pour réfléchir. Se remettre en question. Affiner sa stratégie.

Car le *fou* adverse dégommait ses pièces les unes après les autres.

Et l'horloge tournait ; les heures de la garde à vue défilaient, sans apporter son lot de réponses satisfaisantes.

Elliot Akerman avait subi un nouvel interrogatoire, mené par Mylène et Jérôme, avant de retourner moisir dans une geôle du SRPJ. Il ne s'était pas montré plus loquace et se cantonnait à la même version des faits : le sac n'était pas à lui, il l'avait trouvé dans une laverie automatique en libre-service. Il clamait avec ferveur qu'il n'était pas fou, qu'il était infirmier. Il avait donné le nom des deux personnes étant en mesure de corroborer la vérité – *sa* vérité : Emmanuel Baillet et Alice Savignac. Le problème était que le premier avait disparu des écrans radar depuis le mois de septembre 2019, et la seconde était plongée dans le coma au CHU de Purpan. Les enquêteurs, déroutés, n'avaient aucun moyen de vérifier ces informations. De plus, Andréa Besson, le seul témoin oculaire pouvant identifier de façon formelle le tueur de la place Occitane, ne répondait plus à son téléphone depuis deux jours.

Maria posa sa main sur l'épaule d'Antoine en un geste affectueux. Une première depuis leur rencard interrompu. Elle demanda :

— Akerman souffre de dédoublement de la personnalité, ça me paraît évident. Qui sait de quoi il est vraiment capable une fois qu'il entre dans une de ses crises, qu'une personnalité perverse ou psychopathe, je n'y connais rien, supplante celle du garçon timide. Ça a donné quoi avec le psy ?

Antoine soupira, exténué. Il avait profité du dernier interrogatoire pour se rendre à l'hôpital Purpan et consulter le chef de service de psychiatrie, le Dr Darigrand, afin d'avoir l'avis d'un professionnel sur le cas « Akerman ». Le psychiatre d'Elliot étant à la retraite et donc injoignable, il n'avait aucun moyen d'accéder à son dossier médical.

— Il m'a dit qu'il était impossible de réaliser un diagnostic sans voir le patient. Que cette théorie de personnalités multiples était un peu trop extravagante, qu'on n'était pas au cinéma, mais qu'il existait malgré tout des précédents assez alarmants. Le terme exact est « trouble dissociatif de l'identité ». Encore une fois, il a bien insisté sur le fait que son point de vue n'avait aucune valeur car il n'avait pas procédé à un examen clinique. Tout cela n'est que pure présomption. Enfin bref, compte tenu des infos que je lui ai fournies, il n'y croit pas. Selon lui, au regard du traitement antipsychotique d'Akerman, son âge et son parcours professionnel, il pense qu'il souffre d'une schizophrénie qui est stabilisée, « sous contrôle ». D'ailleurs il a paru admiratif quand je lui ai cité les noms et les doses, il n'avait jamais vu ça. La trithérapie d'Akerman est unique. Il m'a expliqué que les molécules combinées entre elles augmentaient l'efficacité du traitement, et leurs faibles dosages permettaient de diminuer drastiquement les effets secondaires. Il trouve ça remarquable et serait curieux de rencontrer son praticien. Il m'a ensuite sorti un laïus sur la schizophrénie et toutes les idées reçues qui salissent l'image de la psychiatrie et des patients. Pour finir, selon lui, avec un traitement adapté, ce qui semble être le cas, et en respectant une observance scrupuleuse, Elliot Akerman pourrait très bien exercer en tant qu'infirmier libéral.

— Mais il pourrait être sujet à des pertes de mémoire, non ? À des accès de colère ? Il t'a dit quoi à ce sujet ?

— Il ne l'exclut pas. Mais de là à se métamorphoser en tueur en série une fois la nuit tombée, il y a un fossé. Les personnes atteintes de schizophrénie sont très rarement

– et il a insisté sur le « très rarement » – violentes envers les autres. Cependant, et encore une fois c'est purement théorique, il conçoit que des troubles mnésiques aient pu apparaître si Akerman n'a pas pris son traitement assidûment.

Le commandant Salgado consulta sa montre en soufflant.

— Il est 14 heures. Dans six heures ça fera vingt-quatre heures qu'il est ici, et on n'a pas l'ombre d'une piste concrète. La réquisition judiciaire pour mandater un psychiatre a été faite, on attend l'expert d'une minute à l'autre. J'espère qu'on en saura un peu plus.

Antoine opina, gagné par un mauvais pressentiment.

— Ça pue, Maria. J'ai peur qu'Akerman nous file entre les doigts. La perquisition de son domicile n'a rien donné et le labo est formel : il n'y a aucune empreinte sur le katana.

— Comment pouvait-il se balader tranquillement avec le manche de ce truc qui dépassait du sac ?

— S'il vit cloîtré chez lui, ou dans l'hôtel, il n'était peut-être pas au courant pour les meurtres.

— Ça paraît inconcevable.

Maria remarqua une nouvelle ride sur le front parcheminé d'Antoine.

— À quoi tu penses ?

— Non, rien. Tu vas me prendre pour un dingue.

— Quoi ?

— Et si c'était vrai ?

— Quoi ? Comment ça ?

— Et si l'hôtel l'avait rendu fou ?

— T'es pas sérieux, Antoine ? Akerman souffre d'une pathologie mentale depuis plus de dix ans. Ses problèmes ne datent pas de cette année.

— Oui, mais s'il avait décompensé après être allé là-bas ?

— Tu dérailles, là.

— Je ne te parle pas d'un truc paranormal, laisse-moi finir. Je me demande juste si un événement a pu survenir dans l'hôtel, un genre de traumatisme qui aurait « déréglé » son cerveau déjà fragilisé. Il aurait ensuite nourri ce délire autour du cabinet libéral et de ses collègues de promotion. Akerman avait peut-être une vie stable avant le mois de janvier. Peut-être exerce-t-il vraiment en tant qu'infirmier. Il a obtenu son diplôme en 2011 et est inscrit à l'Ordre national des infirmiers depuis 2016, là-dessus il ne nous a pas menti.

— C'est tiré par les cheveux, ton histoire.

— Je sais pas. Je sais plus. En tout cas il y a un autre point sur lequel il nous a dit la vérité : il a bien fait réaliser une fiche de recherche sur la personne d'Emmanuel Baillet.

— Ce type est mort, Antoine, ça me paraît évident ! Il a disparu de la circulation depuis plus de six mois et il n'apparaît sur aucune base de données. Akerman a continué de le voir dans ses délires, il hallucinait, c'est tout ! Fais attention, tu te laisses berner par notre suspect. Ce garçon est un dangereux malade ou un remarquable manipulateur. On ne sait pas ce qu'il se passe dans sa tête ni ce dont il est capable.

Antoine se gratta la barbe, embarrassé. Les conclusions hâtives de Maria n'étaient pas à son goût. Son instinct lui dictait que cette histoire de fou était plus complexe qu'elle n'y paraissait. Il posa son café sur le bureau, se massa les tempes et les paupières.

— Il n'y a pas trente-six solutions, dit le commandant Salgado, brisant ainsi le silence pesant qui s'éternisait. Soit une personnalité meurtrière prend possession d'Akerman et il se mue en tueur de sang-froid. Soit c'est le plus grand simulateur que j'aie jamais vu.

— Il y a une autre hypothèse, rétorqua Antoine en attrapant sa veste. On a ordonné à Akerman de récupérer le sac et de le rapporter à l'Hôtel Ferdinand. Je vais envoyer Alban et Nabil l'interroger au sujet de l'établissement. J'ai besoin de faire un tour.

Maria acquiesçait sans grande conviction quand des bruits de pas précipités résonnèrent dans le couloir. La seconde suivante, Alban passa sa tête d'intello dans l'encadrement de la porte.

— Antoine, viens vite. On a un problème avec Akerman.

52

Elliot végétait au fond de sa cellule.

Voilà où conduisaient la gentillesse, la mansuétude, la bienveillance et l'empathie : dans une geôle de garde à vue.

Il se sentait comme un naufragé sur une île déserte qui assisterait, impuissant, à la dérive inexorable de sa santé mentale sur un océan de folie.

Le monde tel qu'il le concevait venait de s'écrouler. Les fondements mêmes de son existence étaient ébranlés ; son esprit s'apparentait à un champ de ruines.

Comment cela était-il possible ?

Eli était déboussolé. En proie à des maux de tête qui comprimaient sa boîte crânienne, il s'échinait à faire son introspection. Qu'est-ce qui était vrai ? Qu'est-ce qui ne l'était pas ?

Assis sur le banc cimenté, étourdi par les remugles d'urine, il replia ses genoux contre son corps chétif. Comment les flics pouvaient-ils croire qu'il avait assassiné d'autres êtres humains ? Lui, le type sympa qui n'aurait pas fait de mal à un pigeon ? Lui qui disait « pardon » aux chats lorsqu'il en frôlait un dans la rue ?

Malgré le trouble qui l'animait, Elliot se forçait à se concentrer. Oui, il était infirmier. Oui, il bossait dans un cabinet libéral. Ses collègues le confirmeraient, forcément ; tout ça n'était qu'un malentendu, il ne pouvait en être autrement. Les policiers étaient-ils tombés sur Alex au téléphone ? L'infirmier leur avait-il fait une mauvaise blague ? Il secoua la tête. Non. Bien qu'Alex soit d'un tempérament narquois, il ne s'adonnerait pas à une plaisanterie aux conséquences aussi désastreuses pour Eli.

Alors quoi ?

Les flics disaient-ils vrai ? Avait-il halluciné tout ce pan de son existence ? Ce morceau de vie n'était-il qu'un délire psychotique ? C'était inimaginable.

Elliot était pourtant bien schizophrène. La maladie avait été diagnostiquée quand il avait atteint l'âge de vingt-deux ans, après des mois de morosité, de repli sur soi, un cursus universitaire erratique et entrecoupé d'abandons – Eli n'arrivait pas à trouver sa voie –, une errance affective et relationnelle qui avait fini par alerter sa mère. Il se montrait parfois irascible, ou au contraire apathique. Était alors apparue la phase aiguë de la psychose : les bizarreries dans son comportement, les propos incohérents, le sentiment d'être persécuté. Une hospitalisation s'était révélée nécessaire. Un traitement avait été mis en place. Le « cocktail du soir », comme il le surnommait. Une association de trois antipsychotiques qu'il avait pris pendant douze ans sans essuyer la moindre rechute, la moindre réapparition des symptômes délétères qui l'avaient désincarné. La vie avait repris. *Normalement.*

Jusqu'à l'Hôtel Ferdinand.

L'établissement l'avait-il plongé dans une crise ?

Le seul fait tangible auquel on pouvait imputer son épisode psychotique – si effectivement épisode psychotique il y avait – était l'interruption de son traitement, qu'il ne prenait plus depuis quelques jours. C'était l'unique explication plausible à sa détresse psychique.

Dans sa cage de plexiglas et de béton de quatre mètres carrés, Elliot, éreinté, se rongeait les ongles. Il n'avait pas touché à son plateau-repas. Depuis la veille il songeait à sa conversation avec Gaspard, la promesse du majordome de l'arracher aux griffes de la police. Il avait répété ce qu'on lui avait dit... À présent il attendait... Eli, sceptique, n'avait pas trop d'espoir.

Malgré l'état de confusion et de fatigue extrême qui l'habitait, il essayait de se raccrocher à des éléments concrets qui prouveraient son innocence. Les flics avaient parlé de sa taille, 1,78 mètre ; sur ce point il était difficile de démontrer le contraire : il s'agissait bien de la sienne. Ils avaient ensuite mentionné ses Nike noires. Eli ne se rappelait plus où ni quand il avait acheté ces pompes. La rumination mentale qui faisait surchauffer ses méninges l'empêchait d'extraire cette information cruciale de son cerveau. Cependant il eut un flash : il avait déjà vu ces baskets aux pieds de quelqu'un d'autre. Oui, c'était ça. Des Nike noires identiques sur un de ses collègues. Un des infirmiers du cabinet possédait ces chaussures. Ce même putain de cabinet où les flics prétendaient qu'il n'avait jamais travaillé... Qui n'existait même pas...

Qui croire ? Comment démêler le vrai du faux ?

Chamboulé, dépité, Eli secoua la tête. Prouver son innocence grâce à son esprit étiqueté « schizo », aux yeux de la police, était perdu d'avance. Tel était le fardeau du malade mental : on ne le prenait jamais au sérieux et on l'accusait hâtivement.

Un verrou coulissa, quelque part dans le sous-sol. Un type escorté par deux flics passa dans le couloir, devant sa geôle. Eli se demanda encore une fois ce qu'il fichait là, entouré de criminels. Les policiers commettaient une erreur monumentale, c'était évident, n'est-ce pas ? Il visualisa les membres de la brigade qui l'avait interrogé, s'attarda sur celui qu'il supposait être le chef, celui qui était resté dans l'ombre avant de lui sortir ses quatre vérités avec une forme de commisération qui l'avait irrité. Eli lui en voulait pour cela. À lui et à tous ces autres enfoirés de flics qui le traitaient comme un assassin. De plus, le visage de ce type lui disait quelque chose, avec ses faux airs de Bruce Banner barbu. Au prix d'un effort titanesque, Elliot fouilla dans les débris de sa mémoire. Oui. Il avait déjà vu cet homme quelque part. Il était prêt à le jurer.

Il songea de nouveau à ses « collègues », quand le verrou de sa geôle crissa en glissant.

— Akerman, vous êtes libre.

Elliot demeura interloqué, ignorant si cette délivrance était réelle ou le fruit d'une nouvelle illusion de son esprit tourmenté.

53

— Putain, comment c'est possible ?

Antoine tempêtait. Un silence religieux faisait écho à chacune de ses vitupérations, dont les inflexions étaient d'une telle véhémence qu'elles bâillonnaient les membres de la brigade. Même le commandant Salgado s'abstenait de tout commentaire.

— Il sort d'où, ce baveux ? Comment ça se fait qu'on n'apprenne que maintenant qu'Akerman avait demandé un foutu avocat ? Comment a-t-on pu se faire avoir ?

Grattage intensif. Déforestation de sa barbe poivre et sel.

— Et jusqu'où l'Hôtel Ferdinand est-il impliqué ? La direction est-elle mouillée ? Le directeur ?

Antoine tournait en rond devant son bureau, énumérant à voix haute ses questions rhétoriques comme s'il était seul dans la pièce. Il asséna un regard aiguisé en direction d'Alban, qui se décomposa, fautif, près de la fenêtre.

Une heure auparavant, un ténor du barreau à la réputation sulfureuse, Me Teyssedre, associé dans un cabinet d'avocats qui représentait notamment les intérêts de l'établissement Ferdinand, avait débarqué en grande pompe : costume Armani, attaché-case, oreillette sans fil incrustée dans les conduits auditifs. Il prétendait avoir été prévenu seulement dans la matinée de l'arrestation de son client, par l'intermédiaire du réceptionniste de l'hôtel, alors qu'Akerman avait demandé explicitement à être défendu la veille après son coup de téléphone. Alban, pourtant présent lors de la conversation avec Gaspard, avait omis de le contacter. Mᵉ Teyssedre, révolté, s'était alors entretenu avec le commissaire Brugier en huis clos, pointant plusieurs fautes graves : deux auditions avaient été réalisées sans sa présence, et l'état mental de son client – qui n'avait pas vu de médecin – n'était clairement pas compatible avec une garde à vue. Une heure plus tard, Elliot Akerman était un homme libre. Pour Antoine, c'était une aberration.

— Comment veut-on qu'on attrape des criminels si on nous met des bâtons dans les roues à la première interpellation ? On nous empêche de faire notre putain de boulot !

Nouveau regard assassin en direction d'Alban.

Quelques minutes après l'arrivée de Mᵉ Teyssedre, le procédurier s'était confondu en excuses : sa mère l'avait contacté juste après l'appel d'Akerman, elle avait fait une chute dans sa baignoire. Alban avait dû passer quelques coups de fil ; il avait oublié de prévenir l'avocat… Comme le suspect n'avait pas mentionné son défenseur durant les auditions, cela lui était sorti de la tête. Bien que l'équipe fût solidaire, il prenait sur lui l'entière responsabilité de son erreur. Aucun mot n'aurait suffi à décrire à quel point il se sentait mortifié.

Un silence s'installa, parasité par la musique du casque de Mylène qui grésillait en sourdine, autour de son cou. Personne n'osait intervenir ; Jérôme, résigné, gardait la tête baissée ; Alban, honteux, observait ses mocassins vernis. Ce fut finalement Maria qui prit la parole :

— Ne t'en prends pas à Alban, Antoine. Il nous arrive à tous de faire des erreurs. Et puis le dossier était fragile, tu l'as dit toi-même.

— On disposait encore de temps. On aurait pu fouiller davantage. Découvrir qui est vraiment Akerman. Déterminer précisément ses liens avec l'hôtel.

— Rien ne relie directement Akerman aux meurtres, fit Jérôme d'un ton complaisant qui énerva la Pile. La taille, la pointure de ses chaussures, tous ces éléments ne peuvent pas prouver que c'est lui, le meurtrier. De plus, les caméras de vidéosurveillance de la rue de Stalingrad ne l'ont pas filmé hier soir, et la victime est incapable d'identifier son agresseur.

Telle une tortue enfouie dans sa carapace, Mylène ajouta depuis l'intérieur de sa capuche :

— Et il semblerait qu'il n'ait pas ouvert le sac. Ses empreintes ne sont ni sur le katana ni sur les vêtements.

Antoine n'en démordait pas.

— On lui a ordonné de le récupérer, martela-t-il. Ce type n'a pas la lucidité pour frapper avec un sabre et disparaître sans laisser de traces depuis des mois. Il est trop instable.

— Sauf s'il souffre d'un trouble dissociatif de l'identité et qu'une personnalité sanguinaire et organisée prend l'ascendant sur l'infirmier timoré qu'il est le reste du temps, dit Alban, gêné.

— Peut-être que son complice le canalise, glissa Nabil. Akerman est le dominé, l'autre tueur, le dominant.

Le capitaine Aubert, nerveux, se mâchouillait l'intérieur des joues. Ses petites cellules grises turbinaient à plein régime.

— C'est tout de même un comble de laisser un type pareil se promener tout seul dans la rue, s'offusqua Jérôme.

Le commissaire Brugier ouvrit la porte à cet instant. Grand, maigre, le visage ridé, on aurait dit un vieux chêne capable de se déplacer, comme les Ents dans *Le Seigneur des anneaux*.

— Le proc arrive et il est furieux, lança-t-il en franchissant le seuil. Et je ne vous parle même pas de l'état dans lequel se trouve le préfet. La presse a eu vent de l'arrestation. Les médias commencent à affluer sur l'esplanade. Ils savent qu'on tenait un suspect dans l'affaire des attaques au sabre. Du coup, une bande de sympathisants radicaux a rameuté, et ces abrutis sont en train de s'échauffer avec les journalistes devant l'hôtel de police. C'est le bordel !

— On fait quoi ? demanda Antoine.

— Vous ? Rien. Rentrez chez vous. On va tenir un point presse avec Maria et le proc pour essayer de calmer les esprits. Akerman n'était pas notre homme. Fin de l'histoire.

— C'est plus compliqué que ça, répliqua Antoine. Et vous le savez.

— Peut-être, mais c'est ce qu'on va dire, trancha Brugier. Et personne ne parle d'Akerman. Vous la fermez. Même auprès de vos familles. Est-ce que c'est clair ?

Son accent auvergnat avait tonné jusqu'aux ascenseurs.

Antoine, toujours aussi furibond, quitta la salle en premier, sans adresser un regard à son équipe ou à ses supérieurs.

Il se faufila hors de l'hôtel de police par la sortie véhicules, pour éviter la foule virulente de journalistes et d'agitateurs qui s'agglutinaient devant l'entrée principale. Le plus discrètement possible, il s'engouffra dans la station de métro. Les wagons étaient vides, austères. Les rares usagers se jaugeaient à travers les masques ; on respectait les distances, on prenait son mal en patience, on rêvait de jours meilleurs, de déconfinement.

Antoine regagna son appartement. Il jeta sa veste sur le dossier d'un tabouret, ses chaussures en direction de la cuisine, puis se dirigea vers le buffet en noyer, où il déboucha une bouteille de whisky japonais. Il but le premier verre d'un trait, s'assit avec le second sur le canapé.

Passé le contrecoup de l'échec – l'échec et mat infligé par Akerman –, il décida de réfléchir à cette affaire à tête reposée. Une affaire dont les ramifications se révélaient aussi imprévisibles que stupéfiantes. Il ne jouait pas à armes égales avec l'Hôtel Ferdinand. Ses adversaires étaient trop forts. Trop nombreux. Le discours complotiste du journaliste Jean-François Galy commençait à faire sens. Combien d'individus étaient impliqués dans cette affaire sordide ? Quels étaient les liens entre les tueurs et l'hôtel ? En supposant qu'Akerman ne soit pas un des deux meurtriers, alors il était, consciemment ou non, un complice endoctriné par le duo d'assassins. Ces derniers disposaient d'un réseau d'appuis insoupçonnés. Des appuis au sein de l'Hôtel Ferdinand. Des appuis au cœur même du SRPJ. De la brigade criminelle. De son propre groupe. Antoine en était maintenant persuadé. Le silence d'Andréa Besson tendait à confirmer cette hypothèse terrifiante, et le sort de la jeune femme ne cessait de l'inquiéter. C'était une chose que la taupe infiltrée dans son équipe vende des infos à des journalistes, en revanche c'en était une autre si elle cautionnait les agissements des tueurs qu'elle adhérât à leur idéologie – dont Antoine ignorait toujours la nature exacte –, et c'était une trahison d'une gravité innommable si elle communiquait directement avec l'Hôtel Ferdinand. Voire avec les assassins. Seuls les membres de son groupe, le commandant Maria Salgado, le commissaire Brugier et le juge d'instruction Fabiani étaient au courant de l'existence du témoin oculaire. La taupe était donc l'un d'entre eux. Et, visiblement, elle avait fait le nécessaire pour qu'Andréa Besson ne puisse pas témoigner.

Antoine termina son verre. La pression retombait. Ses muscles se relâchaient.

Le soleil déclinait, ternissant la luminosité dans la pièce. Une nappe d'ombre recouvrit peu à peu l'appartement.

Troisième whisky.

Le capitaine Aubert devait se montrer rusé. Plus rusé que tous ces avocats véreux, que ce système judiciaire dont il doutait à présent. Plus rusé que l'Hôtel Ferdinand.

Il fallait échafauder un plan, un scénario aussi machiavélique qu'alambiqué, un de ces stratagèmes dont lui seul avait le secret. Qui l'avait rendu célèbre.

Immergé dans la pénombre, les coudes appuyés sur le buffet, Antoine plissa soudain ses yeux cernés.

Une idée lui trottait dans la tête.

Une idée qui lui ouvrirait les portes de l'hôtel.

54

Elliot déambulait dans les ruelles désertes de Toulouse.

Il enchaînait les clopes en arpentant les rues siphonnées de leurs habitants. Démêler les fils de cette histoire de dingue l'épuisait. Gagné par l'incertitude sur la véracité des informations traitées par son cerveau en ébullition – réalité ou hallucination ? –, Elliot doutait de tout.

Gaspard lui avait dit la vérité : il avait « géré » la situation. Eli avait encore du mal à y croire. Il avait répété ce qu'on lui avait dit mais, surtout, il ne s'était jamais inquiété de l'absence de son avocat auprès des policiers. Cela faisait partie du plan. Il était prévu que Me Teyssedre soit prévenu juste avant la première audition, or la chance, le hasard, le destin, peu importe le nom qu'on lui donne, avait voulu que l'officier de police présent lors de l'appel téléphonique omette complètement de le contacter. Une aubaine pour Elliot. L'avocat lui avait expliqué qu'il était libre, puis l'avait exhorté à regagner l'établissement promptement et à y rester jusqu'à nouvel ordre.

Traînant des pieds dans une ville fantôme, Elliot traversa la rue de la Concorde en direction de la gare de Toulouse-Matabiau. Discipliné et reconnaissant, il retournait à l'hôtel, tel un fugitif rejoignant sa planque. Son refuge. Son sanctuaire. De toute manière il n'avait manqué à personne ; aucune de ses connaissances ne s'était inquiétée de sa « disparition » durant sa garde à vue abrégée. Quand il avait rallumé son smartphone, il avait découvert, un peu bouleversé, qu'il n'avait aucun message. En revanche une centaine de notifications l'attendaient sur Facebook et sur Twitter, une pluie de commentaires haineux qui l'invectivait sur son « attaque gratuite ». Désormais Eli n'éprouvait plus de tristesse. Il ne ressentait que de la haine. Une haine profonde et viscérale, dirigée contre tous ceux qui auraient le malheur de croiser sa route.

Il traversa les allées Jean-Jaurès et emprunta la rue du « cabinet ». L'appréhension grandissait à mesure qu'il approchait du lieu où il avait travaillé pendant quatre ans. Du lieu qu'il avait imaginé.

Il marcha de plus en plus vite, comme s'il avait hâte d'être fixé. Il avala les derniers mètres en courant. La devanture dévorée par les flammes s'érigeait devant lui. L'inscription sur la porte vitrée avait fondu à cause de l'incendie, elle n'y était plus, pourtant Eli pouvait la réciter de mémoire à voix haute : « Les Rois de Pique, cabinet de soins infirmiers, soins au cabinet et à domicile ». Son délire aurait-il pu être précis à ce point ? Le nez plaqué contre la façade, il jeta un œil, mais le verre granité opacifié par le feu empêchait de distinguer l'intérieur. Il continua le long du trottoir, observa à travers la fenêtre du bureau.

Il se figea, médusé.

La pièce était vide.

« Pas de panique », s'intima-t-il. Cela faisait neuf jours qu'il n'était pas venu ici, les autres infirmiers avaient dû réaménager les locaux. Après tout ils ne recevaient plus de patients depuis le début du confinement, Alex ou Stéph – bricoleurs notoires – avait dû revoir l'agencement.

Il pivota vers la ruelle, fronça les sourcils. Aucune des Clio n'était garée. Le souffle court, Eli tenta de se raisonner. On approchait des 17 heures, ses « collègues » devaient effectuer leur tournée. Forcément.

Sa tête se mit à tourner. Il était dans le déni. La vérité, implacable, évidente, était là, sous ses yeux.

Il n'y avait aucune preuve de la présence d'un cabinet d'infirmiers libéraux à cette adresse.

Elliot avait tout inventé.

Il se releva, nauséeux, comme si la réalité était indigeste. Non. Impossible ! Il n'avait pas pu imaginer tout ça. Sa maladie était stabilisée depuis des années. Putain ! On cherchait à le rendre fou. À le manipuler. Oui ! C'était ça ! Les flics, ses « collègues », tous ces enfoirés faisaient partie d'un complot visant à lui faire perdre la raison. À lui faire endosser le rôle d'un tueur en série.

Il tituba jusqu'à la porte dérobée de l'Hôtel Ferdinand. Bien qu'il ignorât le mot de passe journalier, le vigile le reconnut et l'invita à entrer. Il se présenta à la réception où, curieusement, Gaspard était absent. Tant mieux. Elliot n'avait plus la force de parler ni de penser. Il avait grappillé quelques heures de sommeil la nuit dernière – si tant est qu'il soit possible de dormir dans une geôle de garde à vue –, et à présent il était harassé.

Il regagna la chambre qu'on lui avait attribuée le mercredi soir, son petit cocon niché au onzième étage de l'aile nord – Eli s'était enfin résolu à rester une autre nuit dans l'hôtel –, puis il s'écroula sur le lit. Il s'endormit avant que sa tête ne touche l'oreiller.

On toqua à la porte.

Les paupières d'Eli se décollèrent. Il faisait déjà nuit, les lumières de la ville scintillaient à travers la fenêtre, en contrebas, telles des lucioles dans une forêt urbaine. Ignorant combien de temps il s'était assoupi, Elliot bascula ses jambes hors du lit.

Une série de coups heurta à nouveau la porte. On insistait.

Eli enfila un peignoir et consulta le réveil sur sa table de chevet : 20 h 45. D'une démarche pataude, il alla ouvrir.

Le petit Arthur, fringant, souriant, se tenait dans la pénombre du couloir. Il fit signe à Eli qu'il était attendu.

Essayant de remettre ses idées en place, Eli fila sous la douche et commanda un café à la réception, qu'il dégusta avec une clope dans sa chambre, pendant qu'Arthur patientait sur le lit, un volume du manga *Bleach* entre les mains. Une fois prêt, il suivit le mini-groom jusqu'aux ascenseurs. Un frisson se répandit le long de son échine lorsque Arthur, muni d'une clé plate gravée des initiales de l'établissement, l'inséra dans le pupitre de commande et appuya sur le bouton du quinzième étage. Ils se rendaient dans le duplex de Richard Ferdinand.

Une musique jazz emplissait la mezzanine. Sans se départir de son air joyeux, Arthur invita Eli à descendre les escaliers en spirale avant de s'éclipser dans l'ascenseur.

Des fauteuils étaient agencés en demi-cercle, en face du feu de cheminée qui ronronnait dans l'âtre. Elliot reconnut les autres disciples de Richard Ferdinand, choisis parmi ses clients. La dernière étape du processus ayant été annulée l'avant-veille, il en déduisit qu'elle aurait lieu ce soir. La fameuse ultime épreuve. Celle qu'ils attendaient tous. Les candidats semblaient nerveux, gesticulant sur leur siège. Il y avait Estelle, une jeune femme d'une vingtaine d'années, vêtue d'un débardeur, aussi fine et raide qu'un filin en acier, et dont la musculature apparente roulait sous sa peau noire. Ensuite se tenait Éric, un type un peu grassouillet qui souriait toujours bêtement ; puis Guillaume, un quadra désenchanté à l'air déprimé dans sa veste grise, qui triturait son verre de whisky ; et enfin Tom, la trentaine, au physique de rugbyman avec des tatouages sur les avant-bras, qui battait le tempo haletant de la contrebasse avec son pied, preuve d'une impatience mâtinée d'exaltation.

Elliot les salua d'un signe discret de la tête. Il prit place sur le dernier fauteuil club, près de la bibliothèque et de la vue splendide que dévoilait la baie vitrée. Ainsi perché au sommet de la ville, dans le repaire de son mentor, il se sentit invincible.

— Elliot ! Vous voilà ! Nous pouvons commencer !

La voix avait jailli de la mezzanine, en hauteur. Les corps fiévreux, transis d'excitation, se tournèrent vers la balustrade qui surplombait le salon. Une silhouette se découpa dans l'obscurité, auréolée de fumée. Richard Ferdinand, époustouflant, fit une apparition digne d'un one man show. Il portait un kimono ouvert sur son torse glabre, un pantalon en lin et ses tongs traditionnelles japonaises.

Eli trépignait, à l'instar des autres recrues qui dévoraient des yeux le directeur de l'établissement. Il souhaitait que la séance commence. Oublier les déboires de ces dernières vingt-quatre heures. Être officiellement intégré dans sa nouvelle famille. Richard Ferdinand descendit l'escalier et se posta devant la cheminée, un rictus figé sur son visage à la symétrie parfaite. Il tenait dans une main un joint du calibre d'un barreau de chaise, dans l'autre, un verre en cristal où des glaçons s'entrechoquaient à la surface d'un liquide ambré. Il avait les pupilles dilatées et les yeux d'un rouge flamboyant qui contrastaient avec son teint blême et ses vêtements blancs.

— Mes amis, débuta Richard Ferdinand, si vous êtes ici ce soir, c'est d'une part parce que j'ai décidé que vous le méritiez, et d'autre part parce que nous partageons des valeurs communes. Des valeurs auxquelles nous attribuons une importance toute particulière, qui nous guident, qui nous motivent, en lesquelles nous croyons profondément, et ce au détriment des autres aspects de notre vie.

Il tira sur son énorme joint et recracha la fumée lentement en souriant. Personne ne mouftait ; les regards obséquieux étaient rivés sur le directeur.

— Nous avons choisi cette vie. Nous avons choisi de faire passer nos besoins avant ceux des autres. Et c'est ce choix qui nous anime et qui nous réunit aujourd'hui.

Murmures approbateurs. Hochements de tête. On aurait dit une guirlande de chiens remuant la truffe à l'arrière d'une voiture.

Richard Ferdinand avala une gorgée de son verre, déglutit avec une grimace exagérée.

— Certains ont choisi la voie du dévouement, le sacrifice de soi au nom d'une cause, d'une communauté, d'une religion, de l'environnement, d'un idéal auquel ils croient avec ferveur. Je le dis sincèrement : ceux-là ont tout mon respect. Mais ce n'est pas pour cette voie que nous avons optée, mes amis. Si vous êtes ici ce soir, c'est parce que vous avez décidé de tirer un trait sur tout ça. C'est parce que vous éprouvez le besoin de vous recentrer sur la seule personne qui mérite toute votre attention, tous vos efforts : vous-même. Et pour cela je vous félicite.

Il tira une nouvelle taffe avant de continuer :

— Qui, mieux que vous-même, mérite ce qu'il y a de mieux ? Qui, mieux que vous-même, doit être récompensé pour son abnégation ?

Des chuchotements de confirmation s'élevèrent des fauteuils club, atténués par la musique jazz.

— Le bonheur n'est pas une finalité lointaine, mes amis. Il est là, ici, maintenant, à n'importe quelle heure du jour ou de la nuit. La société voudrait que l'on se contente de suivre le troupeau, de s'échiner à gravir des échelons professionnels, à fonder une famille, pour atteindre, un beau jour, une forme d'accomplissement. Ce jour-là, mes amis, soit vous serez morts, soit vous ne serez plus en mesure d'en profiter.

Il reprit son souffle, termina son verre.

— Le bonheur est devant vous. Saisissez-le ! Osez ce que les autres décrivent comme hérétique, immoral, interdit. Oubliez les sermons et prenez ce qui vous revient de droit sans vous soucier de l'opinion d'autrui. Vous le méritez !

Des acclamations grondèrent dans l'appartement. Richard Ferdinand, presque torse nu devant l'âtre, passa en revue l'assemblée.

— Estelle, tu te tues en tant que commise de cuisine tous les soirs, tu endures les brimades d'un chef qui te méprise dans un restaurant où tu gagnes deux fois moins que tes collègues masculins. Éric, tu te casses le dos à trimbaler des malades dans ton ambulance pour un salaire de misère. Guillaume, les élèves de ton collège et leurs parents ont fini par t'écœurer du métier d'enseignant, après des années de dur labeur passées dans des régions difficiles. Tom, tu gardes les locaux d'une filiale d'Airbus la nuit sans jamais te plaindre et sans être récompensé à ta juste valeur. Elliot, ah Elliot…

Son sourire s'étira. Le joint pincé entre ses lèvres, il secoua ses mains jointes en direction de l'infirmier. Eli se ratatina sur son fauteuil, intimidé.

— Mes amis, ce soir nous accueillons un héros déchu, une victime de la déchéance de l'humanité, le symbole de la tyrannie et de l'oppression liées aux dérives comportementales de notre civilisation.

Gêné, Eli ne savait plus où se mettre, bien qu'il ne comprît pas un traître mot à tout ce charabia. Richard Ferdinand jeta le mégot de son joint dans la cheminée.

— Mon hôtel propose tous les loisirs pour lesquels la vie mérite d'être vécue. Ici, les cinq sens peuvent être comblés, vous pouvez vous adonner à tout ce qui vous fait plaisir en toute impunité, indépendamment du jugement des autres. Je vous l'ai déjà expliqué. Mais il y a une activité dont je ne vous ai pas encore parlé. Une distraction dont il est possible de jouir si j'estime que vous le méritez. Elle est plus grisante que n'importe quels drogues, plats, jeux ou ébats. Elle cause une telle dépendance que certains sont devenus fous dès l'instant où elle leur a été interdite.

Il reprit sa respiration, tout en jaugeant ses fidèles, qui le couvaient d'un regard servile.

— Mes chers amis, je vous propose le divertissement suprême, le plus exaltant, le plus jouissif, celui qui vous élèvera au sein de l'élite de mon établissement.

Pause théâtrale.

— Je veux parler du meurtre.

55

Je veux parler du meurtre...
Elliot était hébété par la dernière phrase du directeur.
Un brouhaha envahit l'appartement. Richard Ferdinand dissipa les bavardages en balayant l'air chaud et suffocant d'un geste autoritaire de la main.

— Si certains souhaitent se rétracter, c'est maintenant.
Un moment de flottement passa.
Constatant que personne ne se levait, Richard Ferdinand poursuivit :

— Il n'y a pas d'obligation. Libre à vous de postuler pour cette activité. Ce divertissement est proposé une à deux fois par mois. Les volontaires s'inscrivent, et un tirage au sort est ensuite réalisé. J'essaie de faire en sorte que tout le monde puisse participer. L'attente est parfois longue, comme vous pouvez l'imaginer : dénicher des victimes qui n'éveilleront pas l'attention est une opération fastidieuse et méticuleuse.

Éric, qui ne cessait de remuer sur son fauteuil, finit par se lever.

— Je...
— Je comprends, Éric, l'interrompit Richard Ferdinand. Vous n'avez pas besoin de vous justifier. Le fonctionnement de cet établissement repose sur le volontariat. Je ne vous retiens pas plus longtemps. Vous pouvez regagner votre chambre ou faire ce qu'il vous chante. Je vous souhaite une excellente soirée. À bientôt.

Avec une expression confuse, presque honteuse, Éric salua l'assemblée, grimpa l'escalier et, les yeux gorgés de larmes, disparut dans l'ascenseur.

Richard Ferdinand tapa dans ses mains.

— Quelqu'un d'autre ? Non ? Très bien. Lors de cette dernière étape d'intégration, je procède habituellement à un tirage au sort afin de désigner l'heureux vainqueur.

Son regard perçant s'attarda sur Eli.

— Mais ce soir il y a parmi nous quelqu'un qui mérite plus que n'importe qui de goûter aux plaisirs interdits, à cette transcendance de l'âme, à l'exquise sève de la luxure.

Les autres dévisagèrent Eli. Les regards suintaient la défiance, la curiosité et un zeste de jalousie.

— Me ferez-vous cet honneur, Elliot ?

Penaud, Eli hocha timidement la tête. Le charisme de son hôte le clouait sur place, il se sentait incapable de le décevoir, de décliner cette proposition hallucinante. Il se gratta le cou, nerveux.

— Parfait. Mes amis, votre tour viendra, je vous en fais la promesse.

Arthur apparut comme par magie près de la balustrade. Richard Ferdinand invita Estelle, Guillaume et Tom à rejoindre le petit groom.

— Félicitations, Eli, dit le directeur une fois seul avec l'infirmier. Maintenant que les autres sont partis, je tenais à te remercier personnellement. Je peux te tutoyer ?

Eli accepta, sans cacher sa fierté.

— Tu as fait preuve d'une grande résistance lors de ta garde à vue. Pour cela je t'exprime toute ma reconnaissance et toute ma gratitude.

Eli s'était retenu de le couper pour le remercier de l'avoir sorti du pétrin, mais aussi pour en savoir plus sur le contenu du sac, ainsi que sur le degré d'implication de Richard Ferdinand dans les meurtres. À présent que le moment s'y prêtait, il osa s'épancher sur le sujet.

— Merci à vous, Monsieur Ferdinand.

— Appelle-moi Richard.

— À ce propos, qu'y avait-il dans le sac ? Les policiers ont parlé d'un sabre comme celui qu'utilisent les tueurs anti-téléphones portables.

— N'y pense plus, Elliot. Cette histoire ne te concerne plus. Encore une fois, je te renouvelle mes remerciements pour la confiance que tu me portes. Tu as fait ce que je t'ai demandé et tu as gardé le silence. Je suis fier de toi.

Elliot se sentait galvanisé.

— Je t'estime beaucoup, Elliot. Nous pourrons en discuter plus tard si tu le souhaites. Pour l'instant, si tu es toujours d'accord, tu as une chose importante à faire. Je l'ai réservée spécialement pour toi...

Encouragé par son hôte, Eli se leva et ils montèrent dans l'ascenseur. Richard Ferdinand était fier de lui, et cette marque d'affection, de respect, le comblait de bonheur. Il aurait suivi le directeur au bout du monde s'il le lui avait demandé. Être considéré comme une personne importante aux yeux de cet homme incroyable le ravissait, lui, le garçon timoré qui avait grandi sans grand frère protecteur ni figure paternelle. Bien que sa vie fût un désastre, qu'il échouât à dissocier la réalité de ses hallucinations, Elliot prit conscience qu'il pourrait toujours se raccrocher à cet être hors du commun, charismatique et richissime, directeur d'une oasis dans un univers gris ; son modèle, son guide spirituel. Son père de substitution.

Huitième étage. Ils passèrent par la cloison vitrée pivotante et empruntèrent le corridor dissimulé. Richard Ferdinand marchait en tête. Il semblait léviter du haut de ses *geta*, les semelles en bois frôlaient la moquette dans un frottement étouffé. Il s'immobilisa devant un trou découpé dans le mur, comme un de ceux qu'Eli avait traversés pour pénétrer dans une des salles de bains de l'étage. Près de l'ouverture étaient entreposées des vitres déformantes de la dimension du passage. Il suffisait d'en placer une dans l'encadrement pour susciter l'effet effrayant escompté.

Les mains dans le dos, le directeur se retourna d'un air impérial.

— Dans cette chambre se trouve un individu abject, Elliot. Un excrément de l'humanité.

Il appliqua une vitre sans tain – de façon à voir sans être vu.

— Oh ! et il arrive, ajouta-t-il avec entrain. Ne te rappelle-t-il pas quelqu'un ?

Elliot se décala pour observer à travers la glace teintée. Un jeune homme d'une vingtaine d'années entra dans la salle de bains. Il ressemblait à une fouine au crâne rasé et était accoutré d'un survêtement vert fluo. Ne se doutant pas qu'il était épié, il tourna le robinet de la baignoire et commença à se déshabiller.

Eli le reconnut aussitôt.

Le type qui l'avait tabassé devant le cabinet avec un pied-de-biche. Mais alors si ce type existait, cela voulait-il dire qu'Elliot travaillait bien en tant qu'infirmier libéral ? C'était à n'y rien comprendre. Richard Ferdinand le tira de ses raisonnements inextricables.

— Il n'y a rien de plus jouissif que de supprimer une vie corrompue, Elliot. Une vie perfide, pétrie de cruauté et de cupidité. La morale générale voudrait nous faire croire que la vengeance ne calme pas les nerfs, qu'au contraire elle ronge l'âme, qu'elle nous hante pour le reste de notre existence. Ce n'est pas vrai. La vengeance déleste d'un fardeau, elle est purificatrice. Elle apaise le corps et l'esprit.

Eli serrait tellement les poings que ses articulations blanchirent. Immobile, il toisait ce type qui l'avait agressé. Ce type qui l'avait fait passer, aux yeux d'internautes anonymes et décérébrés, pour un soignant violent. Qui avait fait de lui la lie des réseaux sociaux, le symbole de l'épuisement et de la colère des soignants. Un héros déchu.

Ce type, aussi, qui avait détruit sa clé USB et des années de travail.

Richard Ferdinand écarta les pans de son kimono, dévoilant le couteau à la lame incurvée.

— Succombe à cet instinct primaire, Elliot. Ouvre les vannes de la bestialité. Ou pas. Fais comme tu le souhaites. Telle est la devise de mon hôtel : fais ce qu'il te plaît en toute impunité. Quelle que soit ta décision, je ne te jugerai pas.

56

Elliot traversa le bar du deuxième niveau de l'aile nord et s'installa dans un fauteuil.

Il porta la coupe de champagne à ses lèvres et sirota le liquide pétillant, affalé dans les coussins en cuir élimé, les jambes croisées.

Des dizaines de personnes profitaient des réjouissances de l'hôtel. Eli détailla ses anonymes mus par le même choix de vie et ne put s'empêcher de penser que, parmi tous ces individus, certains – sélectionnés par le directeur – cautionnaient les crimes perpétrés dans l'établissement. Combien étaient passés à l'acte ? Combien étaient des assassins ? Laure en faisait-elle partie ? Eli s'interrogeait quand il avisa une jeune femme à la chevelure rousse flamboyante, au regard vert pétillant et aux courbes voluptueuses moulées dans une robe rouge. Il se leva sans réfléchir. Accosta la fille de joie qui déambulait entre les allées obscures.

— Salut, dit-elle.
— Salut. Justine, c'est ça ?
— Oui.

Il piocha une pièce d'or dans la poche arrière de son jean.
— Ça te dirait de…
— Avec plaisir, Elliot. Laure m'a beaucoup parlé de toi.

Ils grimpèrent dans l'ascenseur, longèrent le couloir du onzième étage et entrèrent dans la chambre d'Eli.

La porte refermée, Justine s'assit sur le lit. Sa robe remonta sur ses hanches, dévoilant des cuisses fuselées et laiteuses. Elle ôta ses talons.

— Sympa chez toi, fit-elle, ironique, en contemplant l'agencement standard de l'hôtel, les meubles vides et la décoration épurée.

— Je viens juste d'emménager. J'ai pas encore pris mes marques. Tu veux commander un truc à boire ou...

— Viens par ici.

Eli approcha un peu benoîtement. Les fossettes de Justine se creusèrent en un sourire concupiscent. Elle avait les yeux légèrement écartés et des pommettes bombées garnies de taches de rousseur. Elle repoussa sa crinière auburn torsadée derrière ses épaules et ôta les bretelles de sa robe, qui glissa le long de sa peau satinée, révélant le galbe de sa poitrine.

Les vêtements d'Elliot volèrent dans la pièce. Justine se leva, la robe chuta sur la moquette. Elle avança d'une démarche lascive, accentuant son déhanché, puis s'accroupit devant Eli Junior, déjà paré au décollage, et le prit entre ses lèvres pulpeuses.

Refusant que ce moment dure trente secondes après des années d'abstinence, Eli aida Justine à se relever et l'accompagna sur le lit. Ils s'embrassèrent. Au début avec hésitation, puis avec passion. Les langues se mêlaient, s'effleuraient, jouaient. Les caresses gauches d'Eli se transformèrent progressivement en vagues déferlantes aphrodisiaques. Il gagna en assurance, ses doigts s'aventurèrent sous le triangle de tissu. Elle poussa un gémissement lorsqu'il s'introduisit en elle, la tête projetée vers l'arrière. La langue d'Eli partit en exploration entre les deux seins d'une couleur de porcelaine que ses mains pétrissaient sans relâche, puis le long du ventre plat et ferme qui se contractait sous les assauts du plaisir, elle titilla le piercing au nombril, embrassa le pubis épilé – les jambes de Justine lui ceinturèrent le cou –, et termina son odyssée à l'extrémité de son mont de Vénus.

Après l'orgasme – tout du moins Eli le supposa –, Justine attrapa un préservatif et l'enfila sur le sexe de son partenaire. Elle l'enfourcha, les bassins ondulèrent en harmonie, dans une symbiose charnelle sensuelle.

Soudain, Eli retourna Justine sur le ventre. Consentante, bien qu'un peu surprise, elle se positionna à quatre pattes. Elliot la pénétra brutalement. Épris d'une sorte de fougue inextinguible, animale, sauvage, il accéléra le mouvement de va-et-vient à un rythme endiablé. Il perdait le contrôle, comme possédé.

Le postérieur de Justine claquait contre son pubis ; la jeune femme gémissait, les mains cramponnées aux draps.

Eli se sentit différent.

Il empoigna les cheveux de Justine et accéléra encore ses coups de bassin, mettant davantage de puissance à chaque impulsion.

Justine criait à présent à gorge déployée. Eli tira sur la crinière rousse, enroulée autour de son poignet. La tête de Justine partit violemment vers l'arrière, le cou tendu à l'extrême, les veines turgescentes. Comme si une entité dénuée de scrupules avait pris les rênes de sa conscience, Eli infligea une série de fessées sur le cul magnifique qui se colorait de rouge sous ses yeux fiévreux.

Elliot ne se reconnaissait pas. Il ne se reconnaissait plus. Il ne faisait pas l'amour. Il ne baisait même pas. Il limait.

La tête à nouveau dans l'oreiller, Justine endurait les coups de boutoir avec un plaisir feint qui désormais était sans équivoque : elle simulait. Ses cris étaient trop stridents, trop réguliers pour paraître naturels. Se renfrognant dans son égoïsme, Eli continua ainsi jusqu'à l'orgasme, aussi tonitruant que salvateur, qui le ramena aussitôt à la réalité.

Dans un silence pesant, Justine se débarbouilla dans la salle de bains tandis qu'Eli fumait une cigarette. Voulant se rattraper vis-à-vis de son comportement, il lui en proposa une.

— Tu caches bien ton jeu, Elliot, dit-elle en refusant. La prochaine fois, préviens-moi.

Il s'efforça de lui sourire en la regardant partir. Avant il n'aurait jamais osé traiter une femme ainsi. Quand bien même, il se serait excusé. Mais ça, c'était avant. Il termina sa cigarette avant de redescendre au bar.

Un attroupement s'était rassemblé dans l'un des salons qui surplombaient le casino du rez-de-chaussée. Accoudé à la rambarde, Richard Ferdinand haranguait un groupe de clients, absorbés par ses paroles. Il forma un pistolet avec ses doigts et mima le geste de viser en direction de l'infirmier. Eli nota que ses pupilles étaient encore plus dilatées, éclipsant les iris, et que des vaisseaux sanguins éclatés pigmentaient ses yeux rouges. Le directeur devait être complètement défoncé.

— Eli !

Il se retourna, aperçut Laure, assise dans un fauteuil, qui agitait la main, près de l'estrade où un pianiste fumait un cigare en discutant avec des clients.

— Salut, lança-t-il en s'asseyant en face d'elle.

Elle portait une robe rouge décolletée comme celle de Justine ; elle devait être « en service ».

— Alors ? s'enquit-elle.
— Alors quoi ?
— Ben, raconte !

Entre son arrestation, le divertissement ultime proposé par Richard Ferdinand et la partie de jambes en l'air avec Justine, Eli ignorait à quoi elle faisait référence.

— Tu peux être plus précise ?

Le tempérament hautain d'Eli fit tiquer Laure.

— Tu l'as fait ! dit-elle en frappant des mains sur ses genoux dénudés. Putain, ça y est ! Alors, comment tu te sens ?

Oui, Eli l'avait fait.

Et il se posait cette question depuis qu'il avait quitté la « chambre de la mort ». Il essayait de ressentir du dégoût, de la culpabilité. Mais en réalité il n'éprouvait rien, excepté une colère qui grondait en son for intérieur. Il haussa les épaules.

— Je me souviens de ma première fois, raconta Laure, songeuse, presque nostalgique. C'était un gros porc abject et violent envers les filles. Monsieur Ferdinand m'avait fait ce cadeau. Je l'ai trucidé, je l'ai vidé comme le gros porc qu'il était.

Elliot alluma une cigarette, flegmatique. La jeune femme venait de confirmer qu'elle était dans le secret, qu'elle faisait partie de l'élite de l'hôtel. Qu'elle était une meurtrière. Cette révélation laissa Eli impassible. Son air désinvolte amusa Laure.

— Alors tu l'as fait ! s'exclama-t-elle, enthousiaste.
— Et comment qu'il l'a fait ! Un vrai champion !

Richard Ferdinand s'incrusta entre eux. Un joint dans une main, un verre de bourbon dans l'autre.

— Il nous l'a mis en pièces, raconta-t-il, euphorique. Fallait voir ça.

— C'est vrai, Eli ? s'enquit Laure.

Un sourire en coin, Eli se redressa sur son fauteuil et opina du chef. Il se sentait flatté.

— Il fait le modeste, dit Richard Ferdinand en assénant une tape amicale sur le bras de l'infirmier. Mais notre Elliot est un véritable animal enragé. Combien de coups de couteau lui as-tu infligés ? Vingt ? Trente ?

— J'avoue que j'ai perdu le compte, répondit Eli, intimidé par la familiarité dont le directeur faisait preuve.

Hilare, Richard Ferdinand se tourna vers Laure.

— Il ne s'arrêtait plus. C'était de toute beauté. Mme Bouyssou va passer des heures à récurer la salle de bains.

Une forme d'admiration mêlée de désir transpirait dans le regard azur de Laure. Eli connaissait son heure de gloire – une gloire sanglante, certes –, et pour la première fois il percevait une ouverture avec la jeune femme qui avait fait chavirer son cœur trois mois auparavant. Ils se fixèrent un moment en silence. Ce fut Richard Ferdinand qui reprit la parole d'une voix étrangement sévère :

— Tu es des nôtres, Elliot. Félicitations. Respecte la charte de l'établissement et tu pourras profiter de tous les plaisirs de mon hôtel jusqu'à tes vieux jours.

Il avala une gorgée de bourbon. Les pans ouverts de son kimono exhibaient ses pectoraux saillants.

— Tu as dû entendre bon nombre d'histoires sur cet hôtel, sur moi, n'est-ce pas ? enchaîna-t-il, changeant brusquement de sujet.

Eli recouvra toute sa concentration.

— Oui.

— La plupart sont fausses, reprit le directeur d'une voix énigmatique. Mais il y en a une qui est vraie. Une rumeur dont tu as forcément entendu parler.

Laure gloussa alors que Richard Ferdinand se penchait vers lui. Eli aperçut le poignard fixé à sa ceinture.

— Mon hôtel rend fou, Elliot. C'est un fait. Il rend fous les clients bannis à jamais qui ne pourront plus jouir de toutes les activités que nous proposons. Il rend fous les individus réfractaires qui ont osé bafouer les règles de mon institution, ou qui n'adhèrent plus à nos valeurs et qui, après des mois ou des années d'opulence, prennent conscience qu'ils n'auront plus jamais accès aux trésors que recèle cet endroit. C'est la raison pour laquelle certains préfèrent se suicider lors de leur dernière nuit, parfois sous l'emprise de champignons hallucinogènes, plutôt que de rentrer dans le moule d'une vie ordinaire. L'Hôtel Ferdinand n'a jamais rendu fous les clients qui y entrent ou qui en sortent. Il rend fous ceux qui ne peuvent plus y revenir.

57

Lundi 6 avril 2020

Le groupe d'Antoine était réuni dans le bureau du commissaire Brugier.

En général, être convoqué par le chef à la première heure un lundi matin était de mauvais augure, aussi les membres de l'équipe, harassés par la fatigue physique et nerveuse – malgré un dimanche de repos bien mérité –, s'étaient-ils préparés à essuyer un savon, le genre de gueulante qui annonçait la couleur pour le reste de la semaine. L'échec de l'arrestation d'Akerman siégeait dans tous les esprits ; la cohésion du groupe était en charpie, le moral, dans les chaussettes. Antoine, lui, avait sa petite idée quant à la teneur de cette réunion matinale. Il redoutait les réactions de la brigade.

Il était 8 heures, un soleil radieux aspergeait l'esplanade de l'hôtel de police et les bivouacs des journalistes à l'affût.

Assis dans un fauteuil molletonné, ses jambes longues et fines comme des échasses croisées sous son bureau, Brugier observa Antoine d'un œil torve avant d'annoncer sans préambule au reste de l'assemblée :

— Je vous retire l'affaire.

Des réactions étouffées fusèrent dans la pièce : on s'interrogeait du regard, on s'insurgeait en sourdine. On cherchait à comprendre.

Antoine, abattu, hocha la tête pour lui-même.

— Si nous faisons le bilan, reprit Brugier d'un air implacable, nous en sommes à neuf morts, en comptant ceux de la place Occitane et ceux de la station Capitole, et vingt-six blessés, en additionnant les cas recensés par les hôpitaux de la région aux victimes rescapées du métro.

Ce calcul effroyable fouetta les protagonistes telle une brise glaciale. Le commissaire répéta d'une voix impériale :

— Neuf morts. Vingt-six blessés.

Les chiffres semblaient flotter dans la pièce, ricocher contre les murs, renvoyant au visage des flics la somme de leurs erreurs et de leur incompétence.

Timbre grave. Accent auvergnat.

— La décision vient d'au-dessus, mais sachez que je l'approuve à cent pour cent. Le juge veut des résultats. Le préfet veut des résultats. Le ministre veut des résultats. La France entière nous observe et attend des foutus résultats. La pression médiatique est devenue insupportable, les mouvements de soutien aux tueurs anti-téléphones portables ne cessent de croître. Il faut y mettre un terme au plus vite. Or force est de constater que vous n'avez pas les capacités pour résoudre cette affaire. Le fiasco de la garde à vue d'Akerman en est la preuve.

Le commandant Salgado, muette jusqu'à présent, se racla la gorge avant de prendre la parole :

— Le groupe 1 va prendre le relais. On attend aussi une équipe spéciale dépêchée de Paris qui, elle, concentrera ses investigations sur l'Hôtel Ferdinand.

Un silence d'incompréhension s'étira, avant que Mylène ne réagisse enfin.

— On est complètement écartés, alors ?

Coup d'œil entre Antoine, Maria et Brugier.

— Ce n'est plus votre affaire, confirma ce dernier. Point barre. Maria a un nouveau dossier pour vous. Un homicide du côté de la Roseraie. Elle vous briefera après cette réunion.

Avec son béret gris irlandais et son gilet à carreaux, Alban leva la main tel un écolier.

— Nous évincer aussi radicalement n'est pas un peu exagéré ? On connaît le dossier mieux que personne.

Les battoirs de Brugier frappèrent ses cuisses.

— Et vous vous êtes plantés en beauté, gronda-t-il. Vous piétinez depuis des mois, et le nombre de victimes ne cesse d'augmenter. Au risque de me répéter, il est hors de question que je ne boucle pas cette affaire avant mon départ à la retraite. Un œil neuf est indispensable lorsqu'une enquête stagne. Ce n'est pas à vous que je vais l'apprendre.

Déconcerté, Alban chercha du soutien dans le regard morose d'Antoine.

— Pourquoi tu dis rien, chef ? s'enquit alors Jérôme, qui échouait à museler sa colère.

Antoine soupira.

— Parce que je pense que c'est la plus sage décision.

Vent de stupeur dans le bureau.

— J'ai cogité hier toute la journée sur cette enquête, confessa-t-il, et ça me fait mal de le reconnaître, mais cette histoire nous échappe. D'ailleurs elle nous dépasse depuis le début. Il n'y a pas de honte à s'avouer vaincu et à passer le flambeau si nous estimons qu'une autre équipe sera plus à même de résoudre ces crimes. Parfois, c'est même la meilleure chose à faire.

Le groupe demeurait stupéfait.

— T'es sérieux ? fit Mylène, offusquée.

Maria Salgado croisa les bras sur son tailleur. Une lueur assassine scintilla dans ses prunelles sombres. Elle admonesta le capitaine Aubert d'un ton bourru :

— Dis-leur tout, Antoine. Répète-leur ce que tu nous as dit tout à l'heure.

Les mines intriguées se tournèrent vers Antoine.

— Il y a autre chose, en effet, dit celui-ci avec regret.

Les mots semblaient peiner à sortir de sa bouche.

— Je... Je n'ai plus la motivation pour enquêter sur cette affaire.

— La motivation ? répéta aussitôt Alban, incrédule. Depuis quand as-tu besoin de motivation pour élucider un meurtre ?

— Dis-leur ! lança vivement Maria.

— Nous dire quoi ? fit Jérôme en agrippant le bras de Nabil, posté à ses côtés. Vous commencez à me faire flipper.

Antoine, hésitant, gratta sa barbe broussailleuse.

Sa décision était prise. Irrévocable. Mûrement réfléchie. Et à présent il devait la révéler à son équipe.

— Je ne crois plus à la légitimité d'enrayer l'idéologie des deux tueurs au katana.

La réponse assomma les officiers de police.

— Quoi ? coassèrent finalement Mylène et Jérôme à l'unisson.

— Tu peux répéter ? s'indigna Alban.

Maria était furibonde. Elle avança lentement vers Antoine, façon jaguar prêt à bondir sur sa proie.

— Vous avez parfaitement entendu. Le célèbre capitaine Antoine Aubert, que certains d'entre nous surnomment la Pile, nous a annoncé, un peu avant votre arrivée, qu'il avait décidé de devenir un partisan des idées radicales de ces terroristes. Oui, parce que ce sont des putains de terroristes ! C'est tout ce qu'ils sont !

— Mais… c'est pas possible. Pourquoi ? demanda Jérôme.

— Écoutez, dit Antoine, qui tentait de se justifier, je ne cautionne pas les crimes commis, bien évidemment. Mais… j'ai une fille. Et elle grandit trop vite. J'ai peur de l'exposer à toutes ces nouvelles technologies, ces moyens de communication. Bien que la méthode soit extrême, je commence à percevoir les desseins des deux meurtriers. À adhérer à l'image d'un avenir épuré du numérique comme ils essaient de l'instaurer, même si c'est par la manière forte.

— C'est du délire ! lâcha Alban.

— On ne sait même pas si c'est leur but ! s'écria Mylène.

— Je pense que si. Et puis j'ai surtout besoin de faire un break. De faire le point avec mes idées. Je suis désolé.

Les policiers restèrent silencieux, médusés. Antoine courba l'échine, incapable d'endurer les regards courroucés dont l'accablaient ses collègues.

— Et moi qui croyais avoir tout vu durant ma carrière…, pensa à voix haute le commissaire Brugier. Votre décision incompréhensible m'attriste, Antoine. Enfin bon, puisque vous voulez faire une pause, vous allez être servi, conclut-il en tapant derechef sur ses cuisses. Comme nous en avons discuté tout à l'heure, vos nouvelles croyances idéologiques, appelons ça comme ça, ne peuvent entrer en adéquation avec votre métier d'officier de police. Je vous le demande donc une dernière fois : maintenez-vous votre position ?

— Oui, susurra Antoine.

— Soit. Dans ce cas vous êtes suspendu avec effet immédiat.

58

Lundi 13 avril 2020

Le poignard décrit un arc de cercle puis vient se planter sous la clavicule.
La lame incurvée, affûtée avec soin depuis des décennies, pénètre dans les chairs aussi facilement que dans une motte de beurre. Elle se fraie un chemin meurtrier entre les muscles, tranchant les tissus et les organes sur son passage en un flot écarlate qui coule de la blessure. Une artère a été touchée. L'arme s'extrait de l'homme en train de hurler de douleur, qui chute sur le carrelage de la salle de bains dans un bruit sourd.
Un geyser de sang jaillit alors de la plaie et asperge le visage menaçant d'Elliot.
Ses pupilles dilatées ont mangé le blanc de ses yeux, son regard est terrifiant, dénué de toute humanité.
Dans son dos, il peut sentir la présence de l'ombre de Richard Ferdinand, de l'autre côté du miroir, en train de se repaître du spectacle macabre aux premières loges. Les rires déments du directeur résonnent à travers l'étage.
La figure dégoulinante, Eli frappe à nouveau le corps devenu flasque et immobile sur le sol. Le type est déjà mort ; il s'en fout. Son bras effectue le même geste, frénétiquement, tel un compas robotisé animé par une fureur destructrice impérieuse. Des lambeaux de chair voltigent dans la salle d'eau en un feu d'artifice organique répugnant.

Le torse troué de la victime évoque à présent une gangue charnelle perforée de dizaines de plaies suintantes, d'où s'écoule une bouillie de viscères visqueuse et nauséabonde qui se répand sur les damiers du carrelage.

À genoux dans une mare grumeleuse, Eli se résout enfin à lâcher le poignard. Une sensation de calme l'enveloppe soudain, une couverture ouatée dans laquelle il se sent bien, apaisé, au chaud.

Il inspire à pleins poumons les miasmes de la mort, saturés de fragrances métalliques, savourant l'instant.

Elliot expira la fumée de sa cigarette vers le plafond nébuleux.

Ces images l'assaillaient depuis neuf jours sans prévenir, dès que sa concentration s'égarait dans les limbes de sa conscience. L'existence d'Eli avait basculé irrémédiablement. Il avait assassiné un être humain.

Et il n'avait qu'une seule idée en tête : recommencer.

Cela faisait près de dix jours qu'il n'avait pas donné signe de vie à ses proches, que ce soit auprès de sa mère ou de ses « collègues imaginaires ». Son arrêt maladie arrivait à expiration ; il n'en avait cure. Il n'avait pas remis les pieds dans son appartement depuis son interpellation et logeait à présent de façon permanente à l'hôtel.

Après le moment passé avec Justine, il y avait eu celui avec Jenna, celui avec Natacha, celui avec Lucie *et* Jessica. Eli s'abandonnait aux réjouissances de l'établissement, en proie à une soif libidineuse insatiable. En accumulant ainsi les expériences, il souhaitait rattraper le temps perdu pour, à terme, acquérir les compétences nécessaires afin de satisfaire celle qui l'obsédait : Laure Delambre.

Vautré dans un fauteuil, un bourbon dans une main, une cigarette dans l'autre, les bras appuyés sur les accoudoirs molletonnés, Eli croisa les jambes. Son ego ne cessait de croître, si bien qu'il osait désormais adopter des postures décontractées en public ou des regards graveleux en direction des filles en robe rouge. Son travail d'infirmier se révélant lucratif – les pièces d'or s'accumulaient dans le coffre de sa chambre –, il s'était fait confectionner un costume mauve trois-pièces sur mesure par le tailleur de l'hôtel. Pas peu fier de sa nouvelle acquisition, il sillonnait les couloirs et les salons, fagoté de sa veste à revers à encoches fendue dans le dos, son gilet boutonné et son pantalon assortis à l'ourlet millimétré. Un rêve de gosse, puéril, certes, mais que l'hôtel avait su réaliser.

Entraîné par les notes rythmées de la contrebasse, Elliot écrivit durant une petite heure. La visite à son dernier patient de la journée étant planifiée un peu plus tard, il avait profité de ce laps de temps pour continuer son roman. Celui-ci avançait bien, plus qu'il ne l'aurait présagé, la fin se profilait dans son esprit. Encore quelques chapitres, et le manuscrit serait achevé.

Il termina son verre, écrasa son mégot dans le cendrier puis, laissant son ordinateur sur la table sans surveillance – le vol était un concept inconnu dans l'hôtel –, il attrapa sa sacoche d'infirmier et descendit en direction du sous-sol de l'établissement. Il traversa la salle de jeux trépidante, chahuté par l'effervescence des *gamblers* avides de pièces d'or. Les têtes se tournaient sur son passage, à la fois parce que son accoutrement était improbable, et parce qu'Eli s'était fait un nom dans la communauté. Il était un héros déchu contre la pandémie ; une énième victime de ces réseaux sociaux diaboliques que pourtant personne ici ne consultait ; le bouc émissaire d'un système judiciaire corrompu – *dixit* Monsieur Ferdinand ; bref, un pestiféré. Mais surtout il était l'infirmier en titre de l'établissement. Ce statut lui conférait un passe-droit pour se rendre où il voulait – Eli commençait à se repérer les yeux fermés dans les méandres de l'hôtel –, et il côtoyait la sphère privée d'un bon nombre de clients. Il connaissait leurs maladies, leurs faiblesses, leurs secrets. Dorénavant on reconnaissait Eli.

On l'appréciait. Pour son savoir-faire. Son savoir-être. Sa tragique histoire de vie.

Le dernier patient se trouvait dans les cuisines : Ibrahim, vingt-huit ans, brûlé au troisième degré au bras droit par des projections d'huile de friture. Eli traversa la salle immense où le ring et la fumerie se partageaient l'espace. Tom, le nouveau vigile qui avait fait partie du même groupe d'initiation qu'Eli, était d'astreinte près du passage desservant les bains. Elliot échangea quelques mots avec lui avant de continuer sa route. Tout en sifflotant, il traversa un dédale de couloirs lugubres et labyrinthiques jusqu'à la chaufferie, quand il aperçut une silhouette disparaître furtivement derrière un réseau de gros tuyaux qui rampaient le long du mur vers la lingerie. Étonné de trouver quelqu'un dans cet endroit désert de l'hôtel, il plissa les yeux mais poursuivit malgré tout son chemin vers les fourneaux.

Un bruit métallique le fit tressaillir. Un crissement contre le béton qui réveilla les légendes sur l'établissement hibernant dans les arcanes de son esprit.

Eli fit demi-tour, intrigué, et arpenta cette fois-ci le couloir qui menait à la lingerie. Il atterrit dans un cul-de-sac. De vieux chariots cabossés et des bacs en inox défoncés s'entassaient pêle-mêle dans un capharnaüm poussiéreux ; une machine à laver défectueuse croupissait dans la saleté. Une armoire métallique éventrée reposait contre le mur du fond, la porte de la lingerie s'ouvrait sur celui de droite. Eli s'approcha. Des lanternes rouges trouaient l'obscurité de la vaste pièce. Les ombres des lave-linge s'alignaient d'un côté, un véritable parking de chariots de linge s'étalait de l'autre. Il entra sur la pointe des pieds.

— Y a quelqu'un ? s'enquit-il. Tout va bien ?

Le ronflement assourdissant des machines à laver lui répondit.

Il fit le tour de la lingerie, les oreilles bourdonnantes à cause du roulement tonitruant des tambours. On aurait pu crier dans la pièce qu'il n'aurait rien entendu. Il dépassa une muraille d'étagères métalliques, dans laquelle des draps propres étaient soigneusement pliés, des chariots de linge sale, des tables en inox, puis revint à son point départ, à l'entrée.

Il n'y avait personne.

Où était donc passée cette mystérieuse silhouette ?

Eli appela à nouveau, sans succès, retourna dans le cul-de-sac quand un détail l'interpella. Devant l'armoire plaquée contre le mur du fond, des marques parallèles dessinaient des sillons dans la poussière, deux lignes qui fuyaient vers la lingerie. Comme si l'armoire avait été déplacée. Qu'elle avait coulissé sur le côté.

Se demandant quelle surprise l'hôtel pouvait encore lui réserver, Elliot posa sa sacoche sur la machine à laver en ruine, puis se positionna contre le pan du meuble métallique. Et il poussa. Il y eut une légère résistance, avant que l'armoire glisse sur le côté en émettant le même crissement strident contre le béton que celui qu'il avait distingué un peu plus tôt.

Elliot recula, les mains sur les hanches.

Un passage dérobé se découpait à l'emplacement du meuble.

Un escalier vers un deuxième souterrain.

Le pied sur la première marche, Eli s'enfonça dans les abysses de l'Hôtel Ferdinand.

59

L'escalier descendait en spirale vers les fondations de l'établissement.

La température chuta subitement, les poils d'Elliot se hérissèrent. Des briques orangées revêtaient les parois cylindriques qui tourbillonnaient vers les ténèbres. Les marches étaient raides, aussi dut-il s'aider des murs pour assurer sa progression sans se casser la figure. Redoublant de vigilance, il s'engouffra dans les profondeurs de l'hôtel, tout en évitant les gravats épars et glissants qui jonchaient l'escalier abrupt, ainsi que les toiles d'araignée tentaculaires qui se déployaient devant son visage.

L'odeur d'humidité et de salpêtre prenait à la gorge. L'obscurité gagnait du terrain à mesure qu'il descendait. Puis ce fut le noir total. Elliot avançait à tâtons, une main plaquée contre la paroi. Soudain, au détour d'une spirale, une ampoule rouge et nue, suspendue au bout d'un fil torsadé, projeta un cône de lumière salvateur. Soulagé, Eli avala les dernières marches et se retrouva dans une vaste salle voûtée, soutenue par des piliers du même acabit que dans le sous-sol précédent.

Les colonnes de soubassement étaient disposées en forme de cercle, à l'intérieur duquel un piédestal d'une dizaine de mètres carrés et d'une trentaine de centimètres de hauteur occupait l'espace, éclairé par des bougies rouges disposées autour. La pénombre, l'agencement des piliers, les murs de pierre, les halos lumineux vacillants, tous ces ingrédients conféraient un aspect irréel au lieu, rappelant le repaire d'une secte satanique : il ne manquait que le pentagramme tracé sur le sol poussiéreux.

Des sifflements brefs firent frissonner Eli.

Il contourna une colonne et aperçut, au centre du piédestal, une forme sombre, emmitouflée dans une ample tenue noire, le visage invisible, avalé dans l'ombre d'une large capuche. Elle maniait un sabre. Un katana plus précisément. Elle bougeait avec grâce, une sorte d'élégance animait ses gestes et ses déplacements, à l'instar d'un danseur répétant une chorégraphie. Une chorégraphie mortelle. L'arme fendait l'air à chaque coup porté dans le vide en un bruit strident qui vous liquéfiait sur place.

Ébahi, Eli observa quelques secondes cet être étrange vêtu de noir s'entraîner avec son instrument de mort, quand tous les derniers événements dégringolèrent dans son esprit. Son arrestation. Le contenu du sac. Les tueurs anti-téléphones portables. Décontenancé, il comprit que l'un d'entre eux se trouvait devant lui. Où était l'autre ? Quelle attitude devait-il adopter ?

Il n'eut pas le temps de tergiverser davantage ; la forme sombre interrompit ses mouvements. Un silence crispant s'installa aussitôt. Le samouraï resta immobile, le visage dissimulé sous sa grande capuche. Il tourna la tête, mais Eli ne distingua qu'une fente noire, un puits sans fond.

Une boule d'angoisse obstrua sa gorge. Il fit un pas en arrière quand une voix résonna dans la salle.

Une voix qu'il connaissait très bien.

— Enfin, Eli, te voilà.

La capuche glissa sur la nuque du samouraï, dévoilant une coupe de cheveux en brosse, rasée sur les côtés, des yeux marron perçants enfouis dans des orbites creuses, une mâchoire angulaire : le visage de Manu.

Estomaqué, Eli ouvrit la bouche mais aucun son n'en sortit. Un mal de crâne enfla instantanément, comme si un pieu s'enfonçait dans sa cervelle. Les flics l'avaient sermonné à plusieurs reprises : Manu n'existait plus. Son cerveau malade avait matérialisé son collègue, comme il avait matérialisé le cabinet libéral et les dernières années de sa misérable vie. Il secoua la tête, incrédule. Était-ce une hallucination ? Se trouvait-il dans le sous-sol du sous-sol de l'Hôtel Ferdinand, dans un endroit invraisemblable digne d'une enquête de Sherlock Holmes, en compagnie de l'un des tueurs anti-téléphones portables ? Tueur qui, soit dit en passant, était Emmanuel Baillet, son collègue de promotion !

Complètement déboussolé, Eli ferma les yeux de toutes ses forces. Les rouvrit. Manu était toujours devant lui.

— Tu... Tu es vraiment là ? demanda-t-il d'une voix blanche.

Manu rengaina minutieusement le katana dans son fourreau. Ses gestes étaient maîtrisés. Il attrapa une petite bouteille d'eau posée près d'une bougie et avala une longue rasade.

— J'ai toujours été là.

La respiration d'Elliot s'accéléra. Il sentait la crise de panique poindre.

— Alors... c'est toi que les flics recherchent ? bredouilla-t-il après une durée qui lui parut interminable. C'est toi qui tues ? Tu te caches dans l'hôtel ?

Trop d'interrogations se bousculaient dans sa tête ; ses pensées avaient du mal à s'organiser ; ses questions, à s'ordonner. Des gouttes de sueur perlèrent à la lisière de sa mèche coiffée de gel.

— Tu n'as pas les idées claires, fit Manu en s'asseyant en tailleur au bord du piédestal. Depuis quand as-tu arrêté de prendre ton traitement ?

Cette discussion était surréaliste. Eli rechignait à y croire.

— Comment tu sais ça ? C'est Monsieur Ferdinand qui te l'a dit ?

Sa tête se mit à tourner, Elliot se retint à un pilier. Le malaise était imminent. Sans avoir la certitude qu'il n'était pas en train de parler tout seul dans cette putain de crypte digne d'un film d'épouvante, il parvint enfin à demander :

— Depuis quand es-tu ici ?
— Depuis le mois d'octobre.
— Tu… vis à l'hôtel ?

Manu opina. Son visage taillé à la machette, luisant de transpiration, chatoyait dans le halo rouge des bougies. La tenue ample, dans ce lieu insolite, le faisait ressembler à un moine dans sa bure.

— C'était un soir, raconta-t-il. Je rentrais au cabinet quand j'ai aperçu un homme somnolant, allongé le long du trottoir, devant le parking de l'hôtel. Je suis allé jeter un œil, histoire de voir si tout allait bien. Le type avait fait un malaise vagal. J'avais un pouls discret, mais le gars était complètement dans les vapes. Impossible de le réveiller. J'ai sorti mon portable pour prévenir les secours quand des employés sont venus m'aider. On a attendu l'ambulance ensemble. Le lendemain, j'étais invité à passer une nuit dans l'hôtel.

Affalé contre son pilier, Eli écoutait avec attention.

— Ça a été la nuit la plus magique de ma vie, avoua Manu avec une moue nostalgique. Tu as connu ça, nous l'avons tous deux mérité. Quand il a fallu retourner chez moi, reprendre le cours de mon existence, ça m'a rendu fou. J'ai… J'ai pété les plombs.

Des réminiscences jaillirent dans l'esprit d'Eli.

— Je suis allé chez toi, lâcha-t-il. Ta chambre. Les lettres sur les murs. Tout ce sang.

— Oui, j'ai craqué. J'ai même voulu en finir. Un soir où j'étais au plus mal, je me suis tailladé les veines. L'hôtel m'obsédait, me manquait, tu n'imagines pas à quel point. Par contre ton imagination t'a joué des tours, Eli. Ce n'était pas du sang sur les murs. J'ai juste badigeonné ma chambre avec de la peinture.

Nouveau flash dans le cerveau brumeux d'Elliot.

— Tes absences répétées de l'année dernière, c'était à cause de ça ?

— Oui, ça a été une période difficile. Mais j'ai finalement réussi à me reprendre en main, jusqu'à ce que Gaspard me rappelle trois semaines plus tard. Monsieur Ferdinand m'a offert un job d'infirmier au sein de l'hôtel, une chambre au treizième étage de l'aile nord, une vie d'opulence. J'ai accepté sans hésiter. Depuis je vis ici.

Essayant de faire abstraction de la migraine insidieuse qui gangrénait sa matière grise, Eli s'exhorta à réfléchir. Beaucoup de choses lui échappaient.

— Pourquoi m'avoir prévenu pour Laure Delambre, si tu étais déjà l'infirmier de l'hôtel ?

— Parce que je n'ai plus le temps d'exercer en tant qu'infirmier. Si j'ai réussi pendant des semaines à concilier mon travail libéral avec celui de l'hôtel, il m'était impossible de reprendre le cours de ma vie après cette nuit fatidique du 27 au 28 janvier. Je ne pouvais plus revenir au cabinet et il fallait un autre soignant pour me remplacer dans l'hôtel. Et c'est à toi que j'ai pensé, Eli. C'est la raison pour laquelle je t'ai envoyé ce message. Je savais que tu étais au cabinet à cette heure-ci. En te faisant ainsi entrer dans l'hôtel, j'étais persuadé que tôt ou tard Richard Ferdinand te recruterait. Connaissant ton tempérament et ta gentillesse, ce n'était qu'une question de temps. J'avais foi en toi. La suite m'a prouvé que j'avais raison. Tu étais destiné à devenir un client de l'aile nord.

Eli avait une furieuse envie d'en griller une. Réprimant son addiction, il demanda :

— Si tu n'es plus infirmier, qu'est-ce que tu fais, alors ? C'est tout de même incroyable que l'on ne se soit jamais croisés dans les salons ?

— J'accomplis la volonté de Monsieur Ferdinand, dit Manu d'une voix solennelle, comme s'il récitait une réplique apprise par cœur, tout en jetant un œil furtif en direction du katana. Cela implique de la rigueur et de la discrétion. J'interfère très rarement avec les autres clients.

Elliot ne reconnaissait plus le Manu réservé qu'il avait côtoyé durant ses études. L'homme qui le dévisageait d'un air revêche sur le piédestal était un inconnu. Un inconnu dangereux.

— Alors tu as vraiment tué tous ces gens, songea-t-il à voix haute, le regard vague, perdu dans l'ombre des piliers.

— J'en ai tué certains, oui. Pour *notre* cause.

— C'était toi sur la place Occitane ?

Manu acquiesça.

— Ça a été un honneur, même si je me suis laissé surprendre et que les choses n'ont pas tourné exactement comme je l'aurais voulu. J'ai travaillé dur pour mériter d'être sur cette place, cette nuit-là. Je me suis entraîné durant des mois avec acharnement. Monsieur Ferdinand a cru en moi. J'ai été le premier en qui il ait eu suffisamment confiance pour insuffler un second souffle à notre mouvement, après les attaques sporadiques de l'année dernière. Il m'a choisi. J'étais l'élément capital qu'il attendait, qu'il lui manquait. À présent *nous* sommes fiers de ce que *nous* avons accompli. Et ce n'est que le début. *Nous* sommes à l'aube d'une aire nouvelle, un changement radical de notre mode de vie. J'avais déjà tué quelqu'un au sein de l'hôtel, grâce à Monsieur Ferdinand, mais ce n'était rien en comparaison de ce que j'ai ressenti cette nuit-là. Depuis je suis un autre homme. J'ai tiré un trait définitif sur mon passé pour me consacrer à la cause.

Chamboulé, Eli se remémora soudain un détail.

— Et tes chaussures. Tes baskets noires. Je m'en souviens maintenant. C'est toi qui en avais commandé plusieurs paires pour le cabinet. Les flics m'ont accusé à cause de tes pompes.

— Qui aurait cru qu'une simple paire de baskets achetée sur le Net il y a un an t'impliquerait dans cette histoire ? Malheureusement pour toi, nous faisons la même pointure et approximativement la même taille. Cela dit nous sommes dans la moyenne des hommes adultes, les flics n'auraient jamais pu t'inculper sur des détails aussi triviaux. L'hôtel dispose des meilleurs avocats de la ville, tu n'avais pas à t'inquiéter. *Nous* t'aurions sorti de là.

— Et les autres, au cabinet, ils sont au courant ?

— Non, Eli. Personne n'est au courant.

Elliot recula d'un pas, sur la défensive. Son regard se posa sur le katana.

— Alors… c'était toi, répéta-t-il, hagard. Et tu dis que Monsieur Ferdinand a ordonné tout ça ?

— Il est notre guide. L'instigateur de notre mouvement. Sais-tu que des centaines de personnes se rassemblent aux quatre coins de la France pour soutenir notre action ? *Nous* sommes les précurseurs d'un grand bouleversement, Eli. Personne ne *nous* stoppera. Il existe des passages secrets menant à l'hôtel, *nous* avons des points de chute disséminés à travers la ville pour changer de tenue, comme celui de la laverie automatique dans laquelle tu as récupéré le sac. *Nous* sommes des ombres, des fantômes. *Nous* sommes invulnérables.

La discussion résonnait dans le sous-sol, l'écho des voix se réverbérait contre les pierres froides, donnant l'illusion que d'autres personnes étaient présentes, dans la pénombre, un public austère qui commentait la conversation en sourdine. De plus en plus méfiant, Eli demanda :

— Mais pourquoi tu fais ça ?

— Pour de multiples raisons. J'œuvre pour une noble cause, le bien du plus grand nombre, un avenir meilleur. Je satisfais Monsieur Ferdinand et, par-dessus tout, j'aime ça. Mais il me semble que tu vois de quoi je parle.

Un rictus effrayant figea le visage de Manu, nimbé de lumière rouge.

Oui, Eli voyait très bien. Des picotements d'excitation irradièrent sur sa peau. Il posa la question à mille pièces d'or :

— Les flics ont dit qu'il y avait deux tueurs. C'est qui le deuxième ?

— Je crois qu'au fond de toi tu le sais, Eli.

Non, Eli ne savait pas, en fait il était complètement paumé. À quoi Manu faisait-il allusion ? Qui était ce putain de *nous* sur lequel il insistait ? Les accusations des flics pouvaient-elles être fondées ? Avait-il pu occulter ce pan entier de son existence ? Avait-il construit un délire dans lequel il évoluait depuis des mois, un univers parallèle où il travaillait dans un cabinet libéral et se baladait avec un katana pour zigouiller des accros aux portables ? Cela n'avait ni queue ni tête, n'est-ce pas ?

Le rictus de Manu s'étira en un sourire carnassier.

— La réponse est sous tes yeux, Eli.

Courbé sous le coup de l'émotion, Elliot se laissa glisser le long du pilier. Un nuage de poussière se souleva lorsque ses fesses heurtèrent le sol. Une impression étrange le submergea, la sensation que sa conscience *se détachait* de son corps, qu'elle s'élevait, flottait entre les colonnes lugubres tel un fantôme ; le sentiment curieux qu'il observait la scène depuis le plafond voûté, en plongée. Que tout cela n'était pas réel. Qu'il rêvait.

Il inspira en se prenant la tête à pleines mains. Ferma les yeux.

Quand il les rouvrit, Manu avait disparu.

60

Antoine récupéra son sac de sport du coffre de sa Prius et se dirigea vers les ascenseurs.

Une semaine s'était écoulée depuis sa suspension. Au diable les restrictions de déplacement : il était parti sans attestation à Pessac, en Gironde, pour passer le week-end de Pâques avec sa fille. La mère d'Amandine avait piqué une colère noire en le voyant ainsi débarquer à l'improviste, ses bagages à la main. C'était le genre de crise qui confortait Antoine dans son choix de s'être séparé d'elle. Les hôtels étant fermés, il avait fait le forcing pour dormir dans la chambre d'amis.

Ce séjour avait ressourcé Antoine. Loin de Toulouse. Loin de l'enquête. Après ce qu'il avait fait – et avant ce qu'il s'apprêtait à faire –, il avait voulu profiter un maximum de sa fille, tout en lui expliquant les effets néfastes des smartphones. L'amende de cent trente-cinq euros écopée au péage de l'autoroute A62, à son retour dans la Ville rose, avait sans aucun doute valu le coup. Antoine avait bien tenté de dire qu'il était capitaine de police, qu'il s'agissait d'un motif urgent mais, sans attestation ni carte de flic pour étayer ses explications, les gendarmes n'avaient rien voulu entendre.

Le soleil couchant peignait les murs crème de l'appartement d'une lueur crépusculaire. Antoine jeta ses affaires dans l'entrée, près du guéridon, esquiva le chat qui louvoyait entre ses jambes et marcha comme un équilibriste jusqu'au bol de croquettes pour faire le plein à son colocataire félin, qui miaulait son impatience.

Direction la douche. Le jet d'eau chaude purifia Antoine. Il sortit de la cabine et tailla sa barbe, dont la longueur avait fait rire Amandine. Il enfila un bas de jogging et un T-shirt, ses pantoufles trouées du Stade toulousain – on s'intégrait comme on pouvait – puis revint dans le salon. Il prépara un grog à base d'eau chaude, d'une bonne rasade de rhum, de miel, de jus de citron, d'un bâton de cannelle, et d'une autre bonne rasade de rhum. Sa concoction fumante dans une main, un bouquin de Christophe Guillaumot dans l'autre, il s'installa dans le canapé. Le chat grimpa sur son ventre, massa sa bedaine avec ses coussinets avant de se lover sur ses cuisses.

Détendu, Antoine commençait à peine sa lecture lorsque l'interphone bourdonna. Il pesta à voix haute, se leva à contrecœur.

— Oui ? dit-il d'un air bougon.
— Boss ? C'est Mylène.

Un sourire se dessina à la commissure de ses lèvres ; cependant il se montra intransigeant.

— Désolé, Mylène, je suis occupé.
— Genre ! T'es en train de bouquiner avec ton chat sur les genoux.
— Non, dit Antoine, désarmé par la perspicacité de sa collègue.
— Et je suis sûre que tu t'es préparé une de ces boissons dégueulasses que toi seul arrives à boire.

Il se força à refréner son sourire.

— C'est faux. Excuse-moi. Je suis vraiment occupé.

Soupir excédé dans l'interphone.

— Sérieux, boss ! Tu vas même pas me laisser monter ?
— Je suis désolé, Mylène. Une autre fois.

Et il raccrocha, la boule au ventre. L'attention que lui portait Mylène l'émouvait, néanmoins il ne pouvait se trahir en la faisant entrer. Voir sa collègue l'aurait ébranlé. Antoine en était persuadé.

Il devait suivre le plan. Tenir bon. Ne pas craquer face à ces preuves de considération, aussi touchantes fussent-elles. Il avait réussi à ignorer les appels de son équipe durant toute la semaine, sa boîte vocale était saturée de messages inquiets ou horripilés. Tous avaient essayé de le contacter, même Nabil. Tous, sauf le commandant Maria Salgado.

Avec un pincement au cœur, mais convaincu du bien-fondé de son action, Antoine se réinstalla dans le canapé. Le chat le fustigea du regard, l'air de dire : « Cette fois, tu ne bouges plus ! », et il poursuivit sa lecture.

Cinq minutes plus tard, la sonnette de l'appartement retentit.

Antoine jura. Se leva avec la ferme intention de rabrouer Mylène, tout en se demandant comment la capitaine de police avait pu s'introduire dans sa résidence sécurisée. Il ouvrit la porte.

Le couloir était désert.

Il arqua un sourcil suspicieux, fit quelques pas sur la moquette. Le battant de la cage d'escalier claqua en se refermant. Porté par son flair, Antoine se mit à courir. Il dévala les marches, se retenant à la rampe, et descendit aussi vite que ses pantoufles le lui permettaient. Il en perdit une en route. Arrivé dans le hall, il se rua vers la porte d'entrée. Atterrit sur le trottoir. Il tourna la tête dans toutes les directions. Personne. Le boulevard était vide.

Un peu essoufflé, il composa le code du bâtiment, récupéra sa pantoufle dans la cage d'escalier et remonta jusqu'à son étage.

Il s'arrêta au milieu du couloir.

Un carton d'invitation était accroché à la poignée de son appartement, retenu par un ruban bordeaux.

Antoine s'en saisit et lut l'inscription raffinée, écrite en italique.

À l'attention d'Antoine Aubert
*Invitation pour une nuitée dans l'aile nord
de l'Hôtel Ferdinand.*
Richard Ferdinand

61

Perché au sommet de sa tour d'ivoire, Richard Ferdinand contemplait les lumières de la ville, ce *monde extérieur* dont il prêchait les aberrations et les dérives à ses clients.

Un sourire niais retroussa ses lèvres, pincées autour d'un joint incandescent dont s'échappaient des volutes de fumée. Une odeur âcre embaumait le duplex. Deux bouches faisaient les essuie-glaces de chaque côté de son pénis en érection, entre les pans de son kimono béant. Ses mains accompagnaient les mouvements, la première posée sur une tête chauve, l'autre sur une chevelure rousse. Richard Ferdinand comptait bien profiter de tous les plaisirs de son établissement, quel que soit le genre de ses partenaires.

Planté devant la baie vitrée, il étira sa colonne vertébrale en émettant un gémissement. Sa tête hérissée de mèches blanches se renversa vers l'arrière. La délivrance était proche. Les yeux mi-clos, à la lisière de l'extase, il aperçut soudain l'ampoule rouge s'allumer au-dessus de l'ascenseur. Quelqu'un avait introduit la clé dans la cabine. On grimpait vers son appartement.

Sans masquer son agacement, le directeur claqua des doigts ; ses objets sexuels stoppèrent net toute activité, effectuèrent un salut presque révérencieux puis montèrent dans la mezzanine. Richard Ferdinand les gratifia d'un sourire forcé. Frustré, il rangea son attirail dans son pantalon en lin blanc et se dirigea au bar où il se servit un bourbon.

Le petit Arthur apparut près de la balustrade, accompagné d'une personne que le directeur portait en haute estime, et dont la fonction au sein du SRPJ de Toulouse s'avérait cruciale pour la pérennité de son établissement. Le coude posé sur le bar en acajou, il observa sa taupe descendre l'escalier.

— Que fais-tu ici ? demanda-t-il avant de siroter son verre.

— Je te retourne la question, Richard. Que fais-tu avec le capitaine Aubert ?

— Comment ça ?

— Pourquoi l'as-tu invité dans l'hôtel ?

— Pourquoi pas ? rétorqua Richard Ferdinand, amusé.

La taupe s'assit dans un fauteuil. Sans se départir de son air contrarié, elle exprima ses craintes :

— N'est-ce pas un peu présomptueux de le faire venir ici ?

— Si je me souviens bien, c'est toi qui m'as dit qu'il s'était retiré de l'affaire. Qu'il avait décidé d'abandonner l'enquête car il ne croyait plus à la « légitimité d'enrayer l'idéologie des deux tueurs au katana ». Ce sont ses mots, c'est toi-même qui me les as répétés.

La taupe grimaça.

— J'ai des doutes sur son honnêteté. Pas toi ?

— Évidemment. Pour qui me prends-tu ? Un homme droit dans ses pompes qui bascule du jour au lendemain, ça paraît peu crédible.

— Tu penses donc qu'il bluffe ?

— Je ne le pense pas. J'en suis sûr.

Installée dans un fauteuil, les jambes croisées, la taupe écarta les bras en signe d'incompréhension.

— Pourquoi l'avoir invité, dans ce cas ?

Richard Ferdinand s'enorgueillit de sa sournoiserie. Le sourire aux lèvres, il tira sur son joint et lapa une gorgée de bourbon avant même de recracher la fumée. Il se déplaça vers la baie vitrée d'une démarche souple, éthérée, les chrysanthèmes fuchsia brodés sur son kimono voletant derrière lui.

— Ce n'est pas tant la décision incohérente du capitaine Aubert de se rétracter qui m'a incité à l'inviter. C'est le personnage en lui-même. Les descriptions détaillées que tu m'en as faites. Ce qu'il a accompli. Ce qu'il symbolise. Ce en quoi il croit. Ce sont toutes ses raisons qui m'ont poussé à l'inviter. Et non sa tentative grossière de nous faire croire qu'il adhérait au mouvement des tueurs au katana.

La taupe opinait, attentive. Les paroles du directeur étaient toujours mélodieuses avec son léger accent du Sud-Ouest ; elle adorait l'entendre parler.

— Tu penses donc qu'il pourrait véritablement rejoindre notre communauté ?

— Je le pense, oui. C'est un pari risqué mais je suis prêt à courir ce risque. Car si quelqu'un comme lui, avec un capital sympathie aussi important, s'alliait à nous, ça n'en serait que bénéfique pour la cause. Cet homme me plaît depuis un moment. Ce revirement de situation est l'élément déclencheur qui a encouragé ma décision.

L'ampoule rouge s'alluma une nouvelle fois au-dessus de l'ascenseur. Richard Ferdinand haussa les sourcils puis, d'un timbre autoritaire, il congédia son interlocuteur, qui s'inclina d'une manière obséquieuse. Ces preuves d'obéissance réjouissaient le directeur, il ne se lassait jamais d'assister à cet état de soumission que les clients de l'hôtel adoptaient à son égard.

La cabine s'ouvrit, avala la taupe et recracha Gaspard.

Richard Ferdinand se rembrunit aussitôt. Fini, les conneries. Bas les masques.

Une fois les portes de l'ascenseur refermées, la voix grave du majordome résonna dans le duplex :

— Éteins-moi ce machin et assieds-toi, Ricky. Faut qu'on cause.

Le ton autoritaire de Gaspard propulsa le directeur des années en arrière, à l'âge de cinq ans, le 6 août 1980 précisément, le jour où le majordome avait fui la folie meurtrière d'Eugène Ferdinand et avait réussi à cacher le petit Richard dans un placard, dans l'appartement du propriétaire de l'époque, situé dans l'aile nord. Cette partie de l'établissement avait été détruite puis rebâtie depuis ; elle abritait désormais les salons privés destinés aux clients de l'aile nord. Richard Ferdinand avait voulu faire du lieu de l'horreur un endroit festif. Une façon, étrange certes, de conjurer l'histoire. Car Eugène Ferdinand, son père, avait bien décimé les siens. D'un tempérament acariâtre notoire, mégalomane et violent, il avait massacré sa femme et ses trois enfants avec un poignard rapporté d'un voyage au Japon. Les rumeurs disaient que l'hôtel l'avait rendu fou, qu'une voix lui avait murmuré de tuer tout le monde ; en réalité il avait appris que son épouse, Marianne, l'avait trompé à maintes reprises. Il était alors devenu ivre de colère. Dans un accès de rage, alimenté par l'absinthe qu'il tétait du matin au soir, il avait supposé – à tort – que sa progéniture n'était pas la sienne, mais la conséquence des adultères répétés de sa femme. Il avait alors parcouru l'hôtel en quête de celle qui l'avait couvert d'ignominie et de tous ses rejetons : ces bâtards qui n'étaient pas dignes de porter son patronyme.

Alerté par les cris de détresse, Gaspard avait appelé la police et était parvenu à sauver Richard. Les forces de l'ordre étaient arrivées rapidement. Elles avaient investi l'établissement et abattu Eugène, en train de défoncer le placard dans lequel était retranché le plus jeune de la fratrie.

Orphelin, le petit Richard se retrouva sans domicile. Une situation ironique pour l'héritier de l'hôtel, qui dut attendre sa majorité pour en être le nouveau propriétaire. Gaspard le recueillit. Il l'éleva. Devint son tuteur légal.

Ils déménagèrent à Bordeaux, puis à Paris. Traumatisé, le jeune Ferdinand refusa d'adresser la parole à quiconque, même à Gaspard, se retranchant dans un univers imaginaire, bercé par les bandes dessinées qu'il dévorait du matin au soir, malgré une dyslexie qui perturbait l'enseignement à domicile inculqué par le majordome. Pendant des années, il n'émit aucun son. Puis à l'âge de dix ans, à force de persévérance, Gaspard réussit à l'ouvrir au monde extérieur. Il l'inscrivit à un cours de judo. Ce fut le déclic. Richard y apprit la discipline, la rigueur, le respect des autres ; il se fit des copains, surmonta ses troubles de la parole et de l'apprentissage. Il intégra le collège à onze ans.

Élève brillant, il eut une scolarité exemplaire, quoique jonchée de quelques anicroches – bagarres, états d'ivresse, drogues –, puis s'orienta vers la finance. Il créa une société de portefeuille florissante, investit dans divers projets immobiliers et fit fortune à l'aube de son vingt-cinquième anniversaire. Séduisant, riche, Richard Ferdinand était promis à un bel avenir. Ce fut cette même année, en 2000, qu'il rencontra sa femme, Irène, une jeune Parisienne, propriétaire d'une galerie d'art dans le quartier du Marais. Pour la première fois de son existence, il s'émancipa de Gaspard. Son majordome personnel. Son meilleur ami. Son père de substitution.

Sa fille, Ludivine, naquit deux ans plus tard, en 2002, un soir de novembre. Son fils, Mathieu, trois ans après, en 2005. À cette époque la vie était belle, l'avenir, empli de promesses enchanteresses. Le couple Ferdinand filait le parfait amour, leurs enfants s'épanouissaient dans leur appartement du 7ᵉ arrondissement de Paris. Rien n'aurait pu entacher leur bonheur. Rien, sauf un accident de voiture le 22 décembre 2007. Ce jour-là, impuissant, Richard Ferdinand assista à l'agonie de sa femme et à celle de ses enfants, en attendant l'arrivée des secours. Il fut le seul survivant.

Cette tragédie fissura son âme, telle une brèche à travers les strates de la personnalité qu'il s'était échiné à forger, libérant les démons de son enfance chaotique. Richard Ferdinand sombra pendant des mois dans un mutisme absolu, période durant laquelle il nourrit une haine incommensurable envers le reste de l'humanité. Un projet germa alors en lui. Un plan en deux parties, dont la première, en gestation depuis des années, consistait à rebâtir l'hôtel. Contrairement à ses velléités d'architecte juvénile, il imagina cette fois-ci un endroit atypique, unique en son genre, l'étape incontournable avant la phase numéro deux de son *grand projet*.

Il reprit contact avec Gaspard et lui fit part de sa décision. Le majordome l'assura de tout son soutien, il aimait le directeur comme le fils qu'il n'avait jamais eu, il aurait donné sa vie pour le protéger. Pour le rendre heureux. Le voir sourire à nouveau. Aussi accepta-t-il de participer au *grand projet* tout comme Eulalie Bouyssou, la femme de ménage qui avait travaillé à l'époque de la tyrannie d'Eugène Ferdinand, et avec qui Gaspard était resté en bons termes.

Après trois années de réflexions et de plans tous plus invraisemblables les uns que les autres, les travaux finirent par débuter. Et, deux ans plus tard, les vœux de Richard s'exaucèrent.

L'Hôtel Ferdinand ouvrait ses portes.

L'idée de Richard Ferdinand était de séparer l'établissement en deux ailes distinctes : l'aile est accueillait des clients fortunés ordinaires tandis que l'aile nord offrait ses services à un public modeste qui le méritait grâce à ses actes de bravoure, de générosité, d'empathie. Pour une raison obscure, Richard Ferdinand souhaitait récompenser ceux que la vie avait mis de côté, les travailleurs indispensables, les honnêtes gens. Ceux qui œuvraient dans l'ombre, loin des projecteurs, qui ne faisaient pas de bruit.

Petit à petit, il avait embauché son personnel et avait recueilli le petit Arthur. Cliente permanente depuis l'ouverture de l'établissement, la mère du garçon était morte d'une overdose d'héroïne dans sa chambre, un soir de septembre 2014. Âgé de quatre ans, l'enfant s'était retrouvé orphelin. L'héritier effectua une sorte de transfert sur ce gamin muet qui avait connu le même sort que lui. Il le prit sous son aile. Arthur, quant à lui, idolâtra le directeur et, quelques années plus tard, il insista pour travailler dans l'hôtel. Du haut de son altruisme, Richard Ferdinand le promut groom, refusant de penser qu'il le traitait comme son esclave, malgré les remarques de Gaspard. C'était la volonté du gamin après tout. Le mutisme du petit perdurait. Richard en ignorait l'origine. Peut-être était-ce lié à la consommation de drogues de sa mère pendant la grossesse. Ou de la misère de ses premières années d'existence. Quoi qu'il en soit, ce trouble du langage était une aubaine – bien qu'il ait une confiance aveugle en Arthur –, le garçon ne révélerait jamais les horreurs dont il était le témoin.

Aussitôt l'hôtel inauguré, les clients affluèrent. Pour proposer le meilleur, il fallait s'entourer des meilleurs. Du personnel expérimenté, qualifié, recruté après des entretiens méticuleusement préparés et échelonnés. Un virtuose des fourneaux. Des musiciens talentueux. Des croupiers chevronnés. Il fallait proposer les meilleurs produits, qu'ils soient gustatifs ou culturels. Une bibliothèque luxuriante. Des produits locaux d'exception. Des alcools hors de prix. Des drogues directement importées du Moyen-Orient via les dealeurs toulousains. Des prostitués de luxe. Des victimes intraçables. Comme on pouvait s'en douter, ce dernier point logistique était le plus problématique. Richard Ferdinand envoyait en mission ses ouailles pour écumer la ville et trouver des individus qui mériteraient le sort qui leur serait réservé. Guidé par ses contacts au sein de la police, qui lui fournissait des noms et des adresses de délinquants ou de criminels s'étant faufilés entre les mailles du système judiciaire, il ordonnait à ses commandos de ramener les victimes du divertissement ultime, et les payait grassement en pièces d'or. Le dernier exemple était celle d'Akerman, kidnappée aux Izards.

Mais l'immense majorité des victimes de Richard Ferdinand provenait des clients de l'aile nord eux-mêmes – comme cela avait été le cas pour Andréa Besson et la

« distraction humaine » de Laure Delambre. Des individus qui avaient enfreint une règle élémentaire de l'établissement et qui méritaient une sanction exemplaire. Des naïfs qui pensaient s'en sortir indemnes après avoir abandonné leur place lors de l'ultime étape d'intégration, qui avaient refusé de passer à l'acte. Des excommuniés qui avaient évité le suicide comme porte de sortie. Autant d'anonymes qui, depuis des mois, des années, avaient coupé les ponts avec le *monde extérieur*, devenant des cibles de choix, dont la disparition n'éveillait pas les soupçons. La population de l'aile nord s'autorégulait ainsi, telle une homéostasie de la clientèle, apparentant l'hôtel à un organisme vivant.

En huit ans, plus de quatre-vingt-dix êtres humains furent assassinés puis réduits en cendres dans l'incinérateur de l'établissement. Ce constat représentait une goutte d'eau parmi les milliers de personnes qui disparaissaient chaque année dans le pays. Pas de quoi affoler les institutions.

Fasciné par la culture nippone depuis son plus jeune âge – une passion peut-être involontairement transmise par son père –, Richard Ferdinand effectua plusieurs voyages au Japon. Ces séjours finirent par déteindre sur son mode de vie. C'est la raison pour laquelle il privilégiait l'utilisation du poignard de son père lors des activités meurtrières. Un kaiken noir laqué. Une arme élégante. Propre. Ancestrale. Noble. Un outil grâce auquel on pouvait prendre son temps, profiter pleinement de l'instant. Savourer chaque détail. Gaspard avait subtilisé celui d'Eugène Ferdinand après son arrestation et, sans trop savoir pourquoi, Richard l'avait conservé durant toutes ses années. Peut-être avait-il une vertu cathartique ? Une sorte d'amulette qui lui rappelait perpétuellement que ce couteau n'était pas arrivé à le tuer. Qu'il avait survécu. Qu'il était indestructible.

Pour protéger son éden, Richard Ferdinand engagea les meilleurs avocats de la ville. La liste de ses soutiens augmenta au fil des ans : appuis politiques, magistrats, hauts fonctionnaires, chefs d'entreprise, médias, figures du grand banditisme, autant de personnalités influentes qui avaient succombé au charme de son hôtel. Une élite qu'il dédaignait, mais qui lui conférait une certaine immunité au sein des grandes instances, notamment judiciaires. Richard Ferdinand disposait d'un ascendant psychologique sur cette engeance qu'il méprisait. Car si cette dernière le protégeait, lui, de son côté, collectionnait les moyens de pression à son encontre, dès l'instant où elle batifolait dans son établissement. Mais l'hôtel n'était que la première partie de son *grand projet*. Un dessein plus vaste occupait les pensées de Richard Ferdinand. Un plan qui mûrissait depuis l'enterrement de sa femme et de ses enfants, et qui désormais était en marche.

La seconde étape de son *grand projet*.

Intimidé par la voix de Gaspard, Richard Ferdinand obtempéra. Il posa son cône de drogue en équilibre sur le cendrier et prit place dans un fauteuil.

— C'est quoi, ces conneries ? Tu as invité Antoine Aubert ? Le flic qui est sur l'enquête ?

— Était. On lui a retiré l'affaire.

— Qu'est-ce que tu fabriques, Ricky ?

Gaspard jouait le jeu en public, endossant le rôle du majordome servile au professionnalisme irréprochable. Or là, maintenant, en tête à tête avec Richard, il endossait la tenue patriarcale. Car si le directeur était perçu comme une sorte de dieu vivant auprès des clients de l'hôtel, pour Gaspard il resterait toujours cet enfant perturbé dont il avait la responsabilité depuis quarante ans : le petit garçon caché dans le placard.

— Je sais que ça peut paraître surprenant, concéda Richard Ferdinand. Mais tu sais qui il est, n'est-ce pas ?

— Évidemment.

— Et tu ne penses pas qu'il a le profil pour nous rejoindre ?

Gaspard le réprimanda en se servant un verre de bourbon.

— Non, Ricky. Et toi non plus tu n'en sais rien ! Tu fais des raccourcis hasardeux. Fais attention. Ne te laisse pas berner par ce type.

— Détends-toi. Je gère. Parfois je me demande si tu ne deviens pas sénile, plaisanta Richard Ferdinand.

Un sourire fugace apparut sur le visage ridé du majordome. La tension était redescendue d'un cran. Il s'installa dans un fauteuil, face au directeur, et avala une gorgée de liquide ambré.

— J'ai retrouvé Akerman devant la lingerie, informa-t-il. Il était seul, complètement paumé.

Richard Ferdinand ricana.

— Ah, Akerman !

— Ce type est instable, dit Gaspard, à nouveau sérieux. Pourquoi tu t'obstines avec lui ?

— Parce qu'il est d'une importance capitale pour la suite.

— Tu dois être plus prudent. Il pourrait tout faire foirer.

— Alzheimer te guette, vieil homme. Je t'ai déjà expliqué que…

— Ça suffit, Ricky ! Arrête de tout prendre à la légère ! Akerman est incontrôlable ! Et les personnes incontrôlables attirent les problèmes. Je t'ai prévenu depuis le début. Tu sais que je me suis toujours opposé à son intégration. Tu as eu de la chance que les flics le relâchent avant qu'il ne dise une grosse connerie. La prochaine erreur pourrait te mettre vraiment dans le pétrin.

Gaspard termina son verre d'un trait, les iris plongés dans ceux du directeur.

— Akerman déborde de violence, argua Richard d'un ton calme. C'est un animal enragé. Et il a d'autres qualités. Tu ne te rends pas compte à quel point il est inestimable.

Soudain, une étincelle malicieuse scintilla dans ses yeux fiévreux. Il annonça avec perfidie :

— D'ailleurs, je pense qu'il est temps d'exploiter tout son potentiel.

62

Mardi 14 avril 2020

— Bienvenue à l'Hôtel Ferdinand. Gaspard, pour vous servir.

Les yeux cernés d'Antoine s'arrachèrent à la contemplation du hall fastueux, vide et silencieux. L'aile est et le restaurant étant fermés depuis le début du confinement, les parties communes étaient désertes. Un vigile avait avisé le capitaine Aubert lorsqu'il s'était présenté en toute discrétion devant le sas verrouillé, harnaché dans son caban pour passer incognito, et l'avait invité à passer par une entrée réservée au personnel, à l'angle du bâtiment, près des quais de livraison, dans une rue parallèle à celle du cabinet imaginaire d'Akerman.

— Bonsoir, répondit Antoine sans masquer l'admiration qui l'étreignait depuis que ses mocassins avaient foulé les dalles luisantes du hall.

Il tendit son carton. Gaspard ne se donna pas la peine de consulter son registre ; le grand cahier demeurait refermé sur le comptoir.

— Monsieur Aubert. C'est un honneur de vous recevoir. Je vous propose de passer outre les mondanités : notre établissement est fermé, nous ne sommes pas autorisés à accueillir du public. Néanmoins nous connaissons tous deux la véritable raison de votre présence ici ce soir. Monsieur Ferdinand a décidé de faire une exception pour vous. Je présume donc que nous pouvons compter sur votre discrétion quant à cette légère entorse aux règles sanitaires.

— Évidemment, le rassura Antoine avec un sourire entendu.

— À la bonne heure.

Le majordome présenta le règlement intérieur de l'établissement, le contrat, le système des pièces d'or. Abasourdi, Antoine enregistra les informations et signa le document, après l'avoir lu scrupuleusement. Cet endroit était décidément hors du commun.

— Parfait, dit Gaspard en tapotant les feuillets paraphés sur le comptoir pour les ordonner. Vous pouvez déposer vos affaires dans votre chambre. L'apéritif vous sera servi dans l'aile nord. Monsieur Ferdinand m'a chargé de vous dire qu'il insiste pour que vous dîniez avec lui dans son appartement. Cela vous convient-il ?

— Bien sûr.

— Je le préviens de votre arrivée.

Le maître d'hôtel fit glisser une clé sur le comptoir puis attrapa le combiné du vieux téléphone à cadran. Sans lâcher Antoine des yeux, il marmonna des paroles incompréhensibles, à voix basse, avant de raccrocher.

— Il vous attend pour 20 heures.

Antoine consulta son smartphone – il était 19 heures –, mais nota surtout l'absence de réseau. Ce détail l'intrigua. Ça l'inquiéta, même.

— Arthur va vous conduire dans votre chambre. C'est lui qui viendra vous chercher pour le dîner.

Un jeune garçon apparut à côté de la Pile, qui manqua de bondir de surprise. Gaspard termina son numéro.

— Je vous souhaite une délicieuse soirée, monsieur Aubert. Une soirée aussi plaisante qu'instructive, si je puis me permettre. Et n'hésitez pas à m'appeler si je peux rendre votre séjour plus agréable de quelque manière que ce soit.

Sur ses gardes, Antoine le gratifia d'un signe de tête et suivit le petit groom vers les ascenseurs.

Aile nord. Huitième étage. Des couloirs sombres, sinistres. Une overdose de moquette. Antoine avait la désagréable impression d'être épié, qu'une présence tapie dans les murs le surveillait. Malgré son esprit cartésien, une peur irrationnelle le contamina. Il s'exhorta à conserver sa lucidité. À rester calme, hermétique à toute tentative d'intrusion dans sa psyché susceptible de lui faire perdre la raison, qu'elle soit de nature visuelle, auditive, gustative ou olfactive. Non, l'hôtel ne le rendrait pas fou.

Chambre 805. Il déposa ses affaires, inspecta sa chambre. Il dut reconnaître que l'endroit était confortable et spacieux ; depuis qu'il était immergé dans l'établissement, il concevait que certains clients choisissent de vivre ici à l'année. Antoine prit ses marques, examina les pièces d'or avant de les enfouir dans son pantalon à pinces. Pendant ce temps, Arthur patientait sur le seuil, feuilletant un manga. Une fois que le capitaine Aubert fut prêt, il roula sa bande dessinée dans la poche arrière de son uniforme et escorta la Pile dans les salons privés.

Une aura glaçante se dégageait de ce gamin. Antoine, sur le qui-vive, gardait ses distances. Ce malaise se volatilisa à la seconde où les portes de l'ascenseur s'ouvrirent sur la grande salle de l'aile nord. Restaurant, bars, salons, cinéma, tables de jeu ; Antoine resta un moment méditatif. L'Hôtel Ferdinand regorgeait de trésors insoupçonnés.

Des dizaines de personnes mangeaient, buvaient, jouaient, flirtaient avec des femmes ou des hommes en tenue rouge aguicheuse. Antoine remercia Arthur, descendit les escaliers et refusa l'apéritif que lui proposa une serveuse recouverte de tatouages sordides. Il ne souhaitait pas qu'on lui administre un poison quelconque dans son verre. Il déambula entre les allées et s'installa dans un fauteuil, sous l'éclairage d'une lampe tamisée par un abat-jour. Le salon sentait bon le vieux cuir et les fragrances des cigares que les clients voisins fumaient. Il inspecta tout ce petit monde, cette société secrète. Des têtes se tournaient parfois dans sa direction, mais dans l'ensemble il passait inaperçu. L'espace d'un instant, il se sentit bien. Oublia la véritable raison de sa venue ici. Les horreurs que dissimulait l'hôtel.

Arthur se matérialisa quelque temps plus tard devant son fauteuil. Antoine hocha la tête et talonna le petit groom jusqu'aux ascenseurs. Il y était. Enfin. L'heure de la confrontation avec Richard Ferdinand.

Antoine fit quelques pas sur la mezzanine, tandis qu'Arthur retournait vaquer à ses occupations. En contrebas, un salon cosy, égayé par un feu de cheminée, se partageait l'espace avec un coin salle à manger. Seule une lampe répandait un halo rougeâtre, tamisé par un abat-jour.

Une musique jazz emplissait l'appartement. Le vinyle craquait délicieusement en tournant. Antoine descendit les marches, fit le tour du salon puis s'attarda devant la bibliothèque. Il parcourut les ouvrages, fronça les sourcils en s'emparant d'une vieille édition d'une nouvelle d'Edgar Allan Poe, *Le Chat noir*. Il feuilletait les premières pages quand une voix retentit depuis les hauteurs du duplex.

— J'étais sûr de vous trouver ici.

Les lumières du salon s'allumèrent. Antoine pivota, le livre entre les mains. Il s'était fait tout un tas de représentations de l'énigmatique directeur. Richard Ferdinand était un homme discret, la dernière photo de lui datait de l'inauguration de l'hôtel en 2012. Depuis, rien. Aucune sortie médiatique. Aussi Antoine fut-il surpris de découvrir un énergumène loufoque, vêtu d'un kimono et d'une paire de tongs, coiffé comme un ado. Ses cheveux teints en blanc et gélifiés brillaient dans la pénombre de la mezzanine. Un sourire étirait son visage de craie.

— Puis-je savoir quel ouvrage a attiré votre attention ? demanda-t-il en descendant l'escalier.

Antoine brandit la nouvelle.

— Edgar Allan Poe, constata Richard Ferdinand. Bon choix. Gardez-le, si vous voulez. Vous me le rendrez plus tard.

Il s'inclina en un salut japonais.

— Il paraît que l'on ne peut plus se serrer la main, dit-il sur un ton de regret.

Antoine l'imita. Il avança vers son hôte, posa le livre sur la grande table. Son regard s'attarda sur la toile, à présent révélée par les luminaires : deux mètres carrés d'abjection à vous filer la nausée.

— Magnifique, n'est-ce pas ? fit Richard Ferdinand.

Antoine n'aurait pas choisi ce qualificatif. Il esquiva.

— Disons que c'est particulier.

Une idée le taraudait. Une idée terrifiante. Se pouvait-il que...

Richard Ferdinand parut deviner son trouble.

— Je sais ce que vous pensez, dit-il d'un air amusé. Non, ce n'est pas du sang. Voyez-vous, il se trouve que la peinture fait partie de mes nombreuses passions. Et je ne suis pas peu fier de dire que je suis l'auteur de cette œuvre.

Il se positionna devant elle. La contempla, les mains dans le dos.

— J'ai réalisé cette toile avec un pigment obtenu à partir du sulfure de mercure. C'est une technique qui remonte à l'Antiquité. Elle donne cette couleur unique : le cinabre. On dit qu'elle est symbole d'immortalité...

Richard Ferdinand pencha la tête sur le côté, comme pour mieux discerner les nuances du tableau.

— Cette œuvre reflète l'âme de mon établissement.

Il demeura un instant méditatif. Face au silence qui s'allongeait, Antoine s'apprêtait à ouvrir la bouche quand le directeur se retourna et l'arrêta d'un geste de la main.

— Capitaine Aubert, permettez-moi de clarifier les choses. Vous êtes un homme intelligent. Par conséquent je vous propose de partir sur de bonnes bases, que nos échanges débutent sous le signe d'un respect mutuel.

Interloqué, Antoine referma la bouche. Cette entrée en matière le désarçonnait.

— Je sais pourquoi vous êtes ici, reprit Richard Ferdinand. Mais je sais également pourquoi vous n'êtes pas ici.

Antoine arqua un sourcil curieux.

— Asseyez-vous, fit soudain le directeur, exalté. Mettez-vous à l'aise. Un whisky ?

— Avec plaisir, oui.

Richard Ferdinand servit deux verres et ils prirent place dans le salon. Les jambes nues et croisées sous son kimono, il trinqua à distance avec son invité avant de poursuivre :

— Comme je disais, vous êtes ici car vous désirez me rencontrer. Un désir partagé, je ne vous le cache pas, c'est d'ailleurs la raison pour laquelle je vous ai invité ce soir. En revanche, et pardonnez-moi d'être aussi direct, je sais pourquoi vous n'êtes pas ici. Si nous voulons établir une relation franche, basée sur la confiance, j'estime que nous nous devons la vérité d'entrée de jeu. Vous ne croyez pas ?

Il avala une gorgée et enchaîna :

— Détendez-vous, Antoine. Je peux vous appeler Antoine ? Tout va bien. Sachez que je souhaite cette entrevue depuis longtemps. Votre piètre tentative de nous faire croire à tous que vous aviez renoncé à vos valeurs m'a convaincu de faire le premier pas, mais entendez bien que je vous observe depuis un bon moment. Et je pense très sincèrement que vous avez votre place parmi nous.

Il se pencha soudain, l'air complice, le sourire aux lèvres.

— Vous et moi on se connaît depuis un bout de temps. N'est-ce pas, Benoît Tanreau ?

Sous le coup de la surprise, Antoine faillit lâcher son verre.

— Vous verriez votre tête, fit Richard Ferdinand, amusé. Vous n'avez aucune raison de vous inquiéter, vous devez me croire. Je sais tout de vous, Antoine. Et je dois dire que je suis un grand admirateur. Votre nom de plume est Benoît Tanreau, l'anagramme d'Antoine Aubert. Auteur de dix romans policiers à succès, encensés par la critique. La presse ne tarit pas d'éloges sur vous. Lauréat du prix du Quai des Orfèvres, de L'Embouchure, de Cognac. Vous êtes une sommité du polar. Ajouté à cela : capitaine à la crim de Toulouse. Vous êtes un homme unique. Une perle rare. Puis-je vous poser une question ?

Un peu déstabilisé, Antoine l'encouragea en levant son verre, dont le niveau n'avait pas baissé d'un iota – il avait prévu de ne rien ingurgiter dans l'hôtel.

— Pourquoi l'écriture ? Pourquoi avoir commencé à écrire des histoires ?

— Parce que j'aime lire, avant tout.

Richard Ferdinand pointa un doigt vers les moulures du plafond.

— Nous y voilà. La réponse que j'attendais. Et pourquoi aimez-vous lire ?

— Pour l'évasion, répondit-il.

Richard Ferdinand tapa du poing contre sa cuisse. Il paraissait déçu.

— Allons, vous êtes capable de me fournir une meilleure explication que ce poncif. Voyez-vous, je suis un grand lecteur, moi aussi…

Les monologues pompeux du directeur assommaient déjà Antoine, immunisé contre ce genre d'orateur narcissique.

— Pour moi, la lecture, c'est faire une pause dans le temps. Un moyen de s'émanciper de cette époque régie par les lois du numérique. Pour lire, vous n'avez pas besoin de créer un compte, d'entrer un identifiant, de vous connecter à je ne sais quelle base de données qui vous bombardera plus tard de messages publicitaires. Lire, c'est faire un gigantesque doigt d'honneur au progrès.

« Et ça continue », songea Antoine, résigné à entendre son hôte soliloquer à nouveau. Il n'avait jamais entendu autant de conneries en si peu de temps. Cependant il devait entrer dans son jeu. Suivre le plan. Il s'efforça de hocher la tête.

— Vous partagez ce sentiment, Antoine ?

— Un peu de lumière et un endroit calme, c'est tout ce dont on a besoin pour bouquiner.

— Absolument ! Vous voyez où je veux en venir. Vous allez chiner du côté des bouquinistes, ou dans votre librairie, et des heures de déconnexion s'offrent à vous.

— Je...

— Pas besoin d'un ordinateur ou d'un téléphone portable. Lire, c'est le pouvoir de s'affranchir de cette technologie qui pollue notre quotidien et appauvrit notre imagination. J'étais sûr qu'un homme comme vous, fervent défenseur de la littérature, approuverait mon point de vue.

Antoine connaissait ce genre de personnalité à l'ego démesuré. Une fois lancé, il serait impossible de l'arrêter. Il opta pour gonfler l'orgueil du directeur, le caresser dans le sens du poil.

— J'ai aperçu la grande bibliothèque du hall, je dois avouer qu'elle a l'air impressionnante.

— Je vous remercie. Notre bibliothécaire, Bruno, fait un travail fantastique. Ici, les clients peuvent emprunter autant d'ouvrages qu'ils le souhaitent.

— Vous en discutez ensemble ? Comme ces chroniqueurs qui donnent leur avis sur leurs dernières lectures ?

Hop ! Petite pique. Antoine désirait hameçonner le directeur, il fut servi. Richard Ferdinand ne marchait pas vers son appât, il y courait.

— Vous voulez rire, j'espère ? C'est ce à quoi je faisais allusion précédemment. Le monde est perverti par le numérique. Aujourd'hui, seul prime le besoin d'autosatisfaction immédiate, la course à la réputation, le plaisir éphémère accessible n'importe où, n'importe quand. Nous vivons à l'aire du culte de l'individualisme. Les gens ne savent plus se parler, ils ont peur d'aller vers les autres car ces nouveaux modes de communication ont empoisonné nos relations sociales.

Antoine concevait que le charisme du directeur, son élocution envoûtante, cette forme de magnétisme pussent séduire les individus les plus vulnérables. Vacciné contre ce discours radical et l'aura de Richard Ferdinand, il feignit d'approuver.

— Je vois très bien ce que vous voulez dire. Mon ex-femme a acheté à ma fille de huit ans un téléphone portable.

— Huit ans ! Quelle aberration ! Si vous me permettez cet épanchement de franchise.

Antoine lui fit signe qu'il ne lui en tenait pas rigueur, au contraire.

— Cela veut dire qu'elle va passer des heures sur son écran, expliqua Richard Ferdinand, électrisé par ses propres paroles. Elle va connaître le fléau des réseaux sociaux à portée de main, les affres du harcèlement, le jugement des autres, ces mêmes autres qui sont incapables de lui dire deux mots dans la *vraie vie*, terrifiés à l'idée d'interférer autrement que par écran interposé. Des lâches, des envieux, des rebuts de l'espèce humaine qui ont perdu leur faculté de penser par eux-mêmes, endoctrinés par l'effet de masse.

Richard Ferdinand reprit son souffle. Enfin. Au grand soulagement d'Antoine.

— Vous devez me trouver un peu extrême, cynique, peut-être. Mais c'est la terrible vérité. Je n'ai rien contre Internet en particulier, ne me faites pas dire ce que je n'ai pas dit. Internet est un outil indispensable à notre époque. En revanche, je condamne la dépendance à la technologie, à ces réseaux sociaux qui désinhibent les êtres humains et démocratisent la haine. Les gens ne savent plus comment se comporter entre eux. Ces nouvelles technologies ont pris possession de leur aptitude à évoluer en société, mais aussi de leur condition physique. Regardez le taux d'obésité chez les jeunes. Le poison du progrès gangrène le cerveau des êtres humains. Savez-vous que des études ont montré qu'ils perdent peu à peu le sens de l'orientation ? Ils sont devenus des assistés, les esclaves de leurs propres biens matériels numériques. Ils ont été avilis. Et aujourd'hui ils y sont accros.

Antoine trouvait cette utilisation du « ils » intéressante et surprenante. Comme si Richard Ferdinand ne s'incluait pas parmi l'humanité.

— Je vous avoue que je me reconnais dans votre discours, confessa Antoine en essayant de calmer le tremblement de sa jambe. Croyez-moi, j'en suis le premier surpris. Néanmoins je connais les hommes. J'en ai croisé un bon nombre dans ma carrière. Et je sais par expérience que les idées que vous développez n'apparaissent pas du jour au lendemain. Elles mûrissent au fil du temps. Dans tous les cas un événement les déclenche.

Le directeur s'amusa de la perspicacité du capitaine Aubert.

— Ma vie est un livre ouvert, Antoine. Je suis l'enfant qui a survécu au massacre de son père. Mais vous avez raison. Je n'ai pas toujours été comme ça.

Il vida la moitié de son verre. Pour la première fois depuis le début de la conversation, il s'exprima sans cette logorrhée fiévreuse qui l'animait.

— J'avais une femme, autrefois. Des enfants. Ils sont morts, ça fera treize ans au mois de décembre.

— Je suis désolé.

— On habitait à Paris, à l'époque. Nous nous promenions avec ma fille, Ludivine, et notre petit Mathieu. Ludivine tenait la main de ma femme. Mathieu était dans sa poussette. Il avait deux ans. Nous faisions une balade autour de la mairie du 7e arrondissement. C'est moi qui l'ai aperçue le premier : une voiture déviait de sa trajectoire.

Il déglutit avec difficulté, comme si sa gorge était tapissée de papier de verre.

— Je n'arrêtais pas de me dire : « Il va redresser, il va redresser, il va forcément s'en rendre compte. » Jusqu'à ce que je comprenne que le conducteur n'aurait jamais le temps de braquer.

Dans une étrange synchronisation, la musique s'interrompit. Un silence oppressant ensevelit le duplex.

— La voiture a fauché tout le monde, finit par dire Richard Ferdinand, les yeux grands ouverts, fixés sur la terrasse inondée de pluie. Mon fils est mort sur le coup. Ma fille, à l'arrivée des secours. Ma femme, le lendemain à l'hôpital. Elle a succombé alors qu'elle était inconsciente. Elle n'a pas vu les corps meurtris de nos enfants sur le trottoir, elle ne les a pas vus disparaître à jamais dans ces petites housses mortuaires. Heureusement pour elle, elle n'a pas eu le temps de vivre l'enfer qui est le mien, cette culpabilité d'être en vie et ce chagrin qui me ronge encore à chaque minute de mon existence.

Il souffla. Termina son récit.

— Le conducteur, lui, a pris la fuite, on ne l'a jamais retrouvé.

— C'est affreux. Je suis sincèrement désolé.

— Vous savez, je l'ai vu, avant la collision.

— Vous voulez parler du chauffard ?

— Oui. Et vous savez ce qu'il était en train de faire ?

Antoine avait déjà deviné.

— Je crois que oui.

— Il était sur son smartphone, Antoine. À l'époque, ces engins de malheur n'étaient pas aussi démocratisés qu'aujourd'hui, mais ils influaient déjà sur les comportements. Ce type s'est laissé distraire par son écran, et ma famille est morte.

Richard Ferdinand renifla bruyamment. Il continua pourtant d'une voix étonnamment calme :

— Les smartphones représentent le symbole du déclin de l'humanité.

Antoine venait de découvrir le mobile de Richard Ferdinand. Malgré tout, il réprima l'envie de rétorquer que, grâce à sa tablette, à cette technologie qu'abhorrait l'homme qui se tenait avachi et à moitié nu devant lui, il pouvait contempler sa fille tous les soirs, lui lire des histoires et la voir en train de s'endormir. Il se retint d'ajouter aussi que, malgré le confinement, des millions de gens gardaient contact par le biais des réseaux sociaux et d'autres moyens de communication virtuelle. Au lieu de quoi il appuya sur le bouton rouge.

— Est-ce pour cette raison que vous abritez les deux tueurs ?

Richard Ferdinand termina son verre et afficha un sourire cruel.

— Vous me prenez donc vraiment pour un idiot, n'est-ce pas ?

Il se leva, se planta devant la baie vitrée, les mains dans le dos.

— Je constate avec regret que, depuis le début, nous n'échangeons pas sur le même niveau de respect mutuel. Vous n'approuvez pas un traître mot de tout ce que je dis. Je vais donc faire l'impasse sur le laïus concernant mon établissement, ses distractions, les clients qui le méritent, la vie que j'aurais pu vous offrir.

Le directeur ajouta avec un timbre froid et monocorde qui fit frissonner Antoine :

— Sachez malgré tout que j'espérais vraiment que vous rejoindriez cette bande de bouffons qui vit sous mon toit. Mes clients sont mes marionnettes, et ils l'ignorent tous. Ils pensent profiter des plaisirs de mon hôtel alors qu'en réalité ils ne sont que des pions que j'utilise selon mon bon vouloir.

Antoine ne cessait de gesticuler dans son fauteuil. La discussion avait atteint un point de non-retour.

— Parmi vos pions se cachent deux samouraïs ? Est-ce vous le commanditaire ? Après ce que vous venez de me révéler, j'estime que c'est une déduction logique, vous ne trouvez pas ?

— Vous pensez bien que je ne répondrai pas à cette question.

Richard Ferdinand fit volte-face. Toute forme de gaieté avait disparu de son visage, recouvert maintenant d'un masque de givre, impitoyable.

— Si je vous ai raconté la vérité sur mes clients, c'est parce que j'ai compris au bout d'une minute que jamais vous n'intégreriez ma communauté. Vous pouvez vous targuer d'être perspicace, sachez que je le suis aussi. Je me suis trompé à votre sujet. Vous n'êtes qu'un imbécile comme tous les autres.

— Vous ne pourrez pas continuer à assassiner des innocents impunément.

Antoine se leva à son tour. Recula vers l'aquarium pour conserver une distance de sécurité, dans l'éventualité où le directeur dégainerait un katana.

— Vous n'avez rien contre moi, lança Richard Ferdinand, narquois. Vos mises sur écoute et votre planque pathétique ne vous apprendront rien sur mon hôtel. Votre unique suspect est un schizophrène. Vos collègues flics et la plupart de vos patrons viennent s'ébattre joyeusement une fois par semaine avec mes employés, ils feront encore capoter toutes les procédures que vous pourrez entreprendre à l'encontre de mon établissement. J'aurai toujours deux longueurs d'avance sur vous. Alors que comptez-vous faire ? Moi, au moins, j'ose agir pour la pérennité de notre espèce. Dans dix ans les gens me remercieront pour ce que j'ai fait.

Le ton montait. Un flot d'adrénaline coulait dans les veines de la Pile. Ferdinand était fou. Dangereux. Et Antoine savait que les individus les plus dangereux sont ceux qui sont persuadés que le mal qu'ils répandent est justifié et légitime. La peur de mourir, ici, ce soir, perché sur le toit de la ville, se chevilla à son corps sous tension.

— Akerman est-il l'un des tueurs ? Il y a une incohérence évidente dans votre discours. Comment pouvez-vous ordonner à des gens méritants, comme vous l'avez dit tout à l'heure, d'assassiner leurs congénères pour une histoire de portable ? C'est du délire.

— Vous ne comprenez rien. La gentillesse et l'empathie rendent crédule, vulnérable. Je choisis ce genre d'individus car ils sont faibles, malléables, influençables, parce que je sais qu'ils seront plus faciles à endoctriner. Le but premier de cet hôtel, sa fonction principale, est de me fournir un terreau inépuisable d'âmes tourmentées, désœuvrées, dans lequel je pioche à ma guise pour l'accomplissement de mon *grand projet*.

— Vous avez donc lavé le cerveau d'Akerman ? Combien sont-ils au total ? Combien de personnes fragiles avez-vous embarquées dans votre folie ?

Posté près de la baie vitrée, Richard Ferdinand exhiba ses dents d'une blancheur nacrée. La moitié de son visage noyé dans l'ombre lui conférait un aspect terrifiant.

— Vous n'avez pas idée de ce qu'il se passe ici, de ce que je suis capable de faire.

Antoine, positionné trois mètres plus loin et prêt à en découdre si nécessaire, répondit à la provocation :

— Vous oseriez éliminer un flic ?

Richard Ferdinand pouffa.

— Vous voulez parler d'un flic écrivain réputé pour son mode de vie casanier, un flic suspendu qui a avoué devant plusieurs témoins vouloir abandonner l'enquête car il adhérait au mouvement des tueurs qu'il traquait. Ce flic-là ? Votre disparition viendra simplement achever la longue descente aux enfers du capitaine Antoine Aubert.

Il avança de quelques pas ; Antoine recula derrière l'aquarium. Le directeur décrocha le téléphone posé sur un guéridon en bois sombre, entre les escaliers, tout en toisant sa prochaine victime.

— Jamais vous ne sortirez vivant de mon hôtel, dit-il en composant un numéro.

63

Casque sur les oreilles, Mylène hochait la tête sur le son de *Shook Ones, Part II*, de Mobb Deep, considéré par les puristes du genre comme le meilleur morceau de hip-hop de tous les temps. Avec sa capuche et son bonnet sur le crâne, elle ressemblait à une version féminine d'Eminem. Vautrée dans son fauteuil, elle compulsait les PV de leur affaire en cours avant de transmettre le dossier au juge. Une histoire d'homicide dans le quartier de la Roseraie : un type avait immolé son voisin parce qu'il mettait le volume de ses jeux vidéo trop fort. « Quelle époque… », se dit-elle en étirant son dos. Elle avait fait son boulot, avec toute la rigueur qui la caractérisait, à présent c'était à la justice de faire le sien. Du moins, l'espérait-elle.

Cette affaire avait chassé celle des tueurs au katana. Une autre chasserait celle-ci. Et ainsi de suite. Néanmoins les images de la place Occitane et surtout celles du métro demeuraient imprimées dans sa mémoire, ces réminiscences subsistaient lorsqu'elle fermait les yeux, le soir, seule dans son appartement de Saint-Agne, supplantant les effets lénifiants du cannabis qu'elle fumait de manière occasionnelle. Cette enquête était leur échec. Son échec.

Une unité avait été créée, regroupant des flics d'horizons différents – un groupe « spécial » avait été détaché du 36, rue du Bastion ; au total plus d'une vingtaine d'officiers de police travaillaient sur le dossier, alors que de son côté Mylène, elle, se coltinait les affaires dont personne ne voulait. Elle assistait de son bureau à l'effervescence de la salle voisine, aux ruades dans les couloirs lorsque l'adrénaline d'une découverte gagnait les troupes.

Au-delà de la déception de s'être fait éjecter de l'enquête comme un vulgaire insecte, une colère insidieuse l'étouffait. Elle travaillait avec une putain de taupe qui refilait des infos à l'hôtel et aux médias, promouvait l'idéologie des assassins et, selon toute vraisemblance, avait participé à l'élimination de leur seul témoin : Andréa Besson. Cette incertitude permanente quant à l'intégrité de ses collègues était harassante. Mais Mylène était surtout en pétard parce qu'elle ne comprenait pas la décision d'Antoine. Bien évidemment, elle ne croyait pas une seconde que le capitaine ait accepté les revendications des tueurs. Il devait avoir un plan. Un de ces scénarios qu'il aimait écrire, qui avaient fait sa renommée ; une réputation qui était loin de faire l'unanimité au sein de la police ; certains jugeaient ses romans médiocres, ses histoires, alambiquées et pas crédibles pour un sou, comme le chef de l'IJ, pour n'en citer qu'un. Mylène était irritée – et un peu triste, aussi – de ne pas avoir été mise dans la confidence.

Un jeune collègue en uniforme s'arrêta dans l'encadrement de la porte. Ses lèvres remuèrent.

— Quoi ? fit Mylène en ôtant son casque.

— C'est l'accueil qui m'envoie. Y a deux types en bas qui veulent te parler.

D'une pression du pouce, Mylène consulta l'heure sur son smartphone.

— Il est 19 heures passées. Moi, je me casse.

Elle se leva, passa la bandoulière de son sac à dos sur son épaule.

— C'est au sujet d'un certain Akerman, précisa le policier, intimidé.

Mylène suspendit son geste. Elle hésita à répondre avec rancœur qu'il s'était trompé de salle, que l'enquête n'était plus de son ressort, mais au dernier moment elle se ravisa.

Après tout, elle pourrait juste entendre ces personnes et les aiguiller vers l'unité spéciale. Si cela se révélait stérile, elle leur épargnerait une perte de temps. Et puis en agissant ainsi, elle aurait le sentiment, fugace, certes, de renouer un peu avec l'affaire.

— OK, concéda-t-elle. Amène-les-moi. Elle médita un moment devant la fenêtre criblée de gouttes. Où était Antoine ? Que diable avait-il en tête ? Elle s'interrogeait sur les véritables intentions de son chef – Antoine resterait toujours son chef –, lorsque le policier revint accompagné de deux hommes.

Mylène leur indiqua les chaises réservées aux personnes en garde à vue d'un geste du menton. Les mains dans les poches de son sweat à capuche, elle les observa, les sourcils froncés.

— D'où connaissez-vous Akerman ? demanda-t-elle à l'intention du premier homme.

Ce dernier était grand, costaud, un bouc ceignait une moue gênée sous ses lunettes fines.

— Je ne le connais pas beaucoup, avoua-t-il. Par contre ma copine le connaît bien. Ils sont même sortis ensemble quelque temps. Elle s'appelle Alice Savignac, elle s'est réveillée la semaine dernière après presque deux mois de coma.

Sceptique, Mylène le toisa un instant.

— Et vous ? fit-elle en direction de l'autre. Quels sont vos liens avec Akerman ?

— Moi, je m'appelle Luiz Ferreira. Et je travaille dans un cabinet d'infirmiers libéraux. Akerman est mon collègue depuis quatre ans.

Mylène lui lança un regard chargé de stupeur.

64

Elliot ne s'était jamais senti aussi épanoui.

La veille, Richard Ferdinand avait passé une bonne partie de la nuit à lui exposer les tenants et les aboutissants de son *grand projet*. Dorénavant, Eli était intégré aux desseins du directeur, et cette position lui conférait un ascendant sur les autres clients de l'hôtel. La vérité lui était apparue, sur cet autel sinistre enfoui dans les fondations de l'établissement, après que Manu lui eut révélé l'identité du *second assassin*. Ahuri, Eli avait assisté à la scène la plus étrange de sa vie, avant de reprendre ses esprits, seul, devant la lingerie. Gaspard l'avait retrouvé accroupi dans la poussière, hagard. Le majordome l'avait raccompagné dans sa chambre.

Son majeur frappa la touche « Entrer » avec virulence. Saisi par un sentiment d'accomplissement, Eli écrivit le mot « Fin ». Il alluma une cigarette, grisé d'avoir franchi la ligne d'arrivée de son marathon littéraire, puis renversa sa tête en arrière en recrachant un nuage de fumée. Son roman 5 était terminé. Enfin. Déjà. Un mélange de joie et de frustration l'envahit à l'idée d'avoir achevé son œuvre et de quitter ses personnages. Dès cet instant, il sut qu'il avait écrit son meilleur bouquin. Il eut une pensée pour Alice. Sa bêta-lectrice, son amie. Il refusa de l'imaginer inconsciente, alitée en réanimation, et préféra la visualiser en train de dévorer cette nouvelle histoire, pointilleuse, prenant des notes sur un cahier ; image éphémère aussitôt happée par l'atmosphère de l'hôtel.

Dans la pénombre satinée du salon individuel, Elliot se leva et fit quelques pas pour dégourdir ses jambes ankylosées. Le temps avait filé à toute vitesse, il était presque 19 heures. Il s'autorisa un dernier verre avant de s'atteler à la tâche que Richard Ferdinand, en personne, lui avait confiée. Il parada dans son costume mauve jusqu'au bar. Une assurance ostensible émanait de sa démarche, les clients attablés le suivaient du regard. On l'enviait. On l'adulait. Eli distribuait des clins d'œil, des signes de la main ; si la plupart ignoraient ce à quoi il aspirait désormais, les autres savaient qu'il faisait partie de l'élite de l'hôtel.

— Bonsoir, Fanny. Un double bourbon, s'il te plaît.

— Avec plaisir, Elliot.

Désinvolte, il recoiffa sa mèche vers l'arrière. Accoudé au bar, il pouvait sentir le poids des regards couler sur lui, sur sa tenue, ses mocassins reluisants, ses cheveux gominés, mais, outre son élégance et sa prestance, Eli supposait que c'était son statut qui attirait cette forme de convoitise dans les yeux pétillants des autres clients. Sans cacher sa fierté, il glissa une pièce d'or sur le comptoir, puis une deuxième, en guise de pourboire. Il lapa dans son verre quand une silhouette fissura l'obscurité de son déhanché provocant.

— Eh, salut, toi ! lâcha Elliot.

Laure Delambre portait une robe bustier bleu turquoise, qui faisait ressortir ses iris.

— Hello, Don Akerman. Sérieux, tu t'es vu ? Décidément j'ai du mal à m'y faire.

— Quoi ? Il ne te plaît pas mon nouveau look ?

Elle pouffa en levant la main pour commander un verre.

— Tu ne bosses pas, ce soir ? fit Eli en reluquant la tenue de Laure.

— Non. Repos ! Et toi, tu fais quoi ?

— J'ai terminé mon bouquin.

— Oh ! Félicitations. Quand est-ce que je pourrai le lire ?

Elliot avala une longue rasade.

— T'emballe pas, dit-il en grimaçant. Il faut d'abord que je relise, que je corrige, il me reste encore pas mal de boulot. Mais pour être honnête je suis assez fier de ce que j'ai fait.

Laure leva son verre.

— À ton roman !

Ils trinquèrent.

— Alors tu vas faire quoi, ce soir ? demanda-t-elle en reposant sa flûte.

Elliot esquissa un sourire. Il jubilait intérieurement. Richard Ferdinand lui avait confié une grande responsabilité, et il souhaitait en faire la surprise à Laure. De plus, cette dernière avait des choses à se faire pardonner : plus tôt dans la journée, elle avait avoué connaître Manu, un secret qu'elle ne pouvait révéler tant que l'infirmier n'avait pas intégré le noyau dur de l'établissement. Sa gêne avait beaucoup amusé Eli qui, à son tour, souhaitait la taquiner. À charge de revanche.

— J'ai des projets, fit-il d'un air mystérieux empli d'une froideur feinte.

— Quels genres ?

— Le genre dont je ne peux pas parler.

La suffisance d'Eli fit glousser Laure.

— OK, petit cachottier. Et après avoir refait le monde, t'as prévu quoi ?

— Toi. Moi. Une bouteille de Jack Daniel's. Ma chambre, dit-il en battant des cils.

Laure s'esclaffa, avala de travers. Le sourire d'Eli s'élargit.

— Très bien, répondit-elle.

Une étincelle s'alluma dans ses yeux. Une étincelle de désir.

Empreint d'un aplomb inédit, Elliot déposa un baiser sur la joue de son futur rencard et, après avoir vidé son verre comme un cow-boy dans un saloon, il prit congé de

Laure, semant sur son sillage des effluves de l'after-shave appliqué par le barbier de l'hôtel.

Les parties de cartes et les discussions s'interrompaient sur son passage. Eli traversa le casino, descendit dans le sous-sol et bifurqua en direction de la lingerie. Il emprunta un dédale de couloirs lugubres et finit par rejoindre la porte dérobée, dissimulée derrière l'armoire coulissante. Manu l'attendait en bas des marches.

— C'est le grand soir, Eli. Tu l'as bien mérité. Monsieur Ferdinand t'a choisi. Toi, et toi seul. Tu as été désigné pour perpétuer le mouvement, pour insuffler une énergie nouvelle à notre cause. Répète tout ce que Monsieur Ferdinand t'a inculqué hier. Cette soirée, c'est ta revanche sur le monde, Eli. Profites-en.

Elliot acquiesça avec exaltation et endossa une ample tenue noire qui avala son beau costume. Il n'éprouvait même pas de trac, il était simplement impatient. Comme d'habitude, les paroles du directeur avaient résonné en lui, et à présent il s'apprêtait à réciter le sermon qu'on lui avait servi la veille. Les dérives individuelles liées au fléau des smartphones. La déchéance de l'humanité.

Le mal nécessaire.

En compagnie de Manu, il attendit une dizaine de minutes que tout soit prêt, adossé à un pilier.

Et soudain, dans la lumière feutrée des bougies qui oscillaient au gré des courants d'air, Elliot s'empara de son instrument, grimpa sur l'autel et réalisa la volonté de Richard Ferdinand.

Juché sur le piédestal, il surplombait la foule de ses sympathisants, une masse d'individus anonymes, encapuchonnés ; une nébuleuse d'âmes tourmentées mais déterminées, ralliées sous la bannière occulte d'une même croyance. Son discours haranguait l'auditoire plongé dans la pénombre. Le moindre haussement de ton déclenchait une salve d'acclamations, chaque pause était ponctuée par des cris et des applaudissements. Elliot occupait l'espace comme un maître de cérémonie, sa voix couvrait les piétinements, les chuchotements d'approbation, les murmures de satisfaction. Il était impossible d'identifier un visage en particulier, on ne voyait qu'une mare noire en mouvement où scintillait le blanc d'une myriade de regards attentifs. Le magnétisme que dégageait Eli était contagieux.

Il était quelqu'un. Enfin.

Le discours s'acheva sous un tonnerre d'applaudissements. Électrisé par cette ovation qui lui était directement destinée, Eli savoura l'instant, jeta la tête en arrière et leva les bras à l'horizontale, tel un rockeur face à ses groupies. Ses fidèles. Ses frères. Son armée.

Il sentit alors une sorte de vague gronder en son for intérieur, un sentiment de puissance qui enflait, petit à petit – en hibernation depuis des années dans les limbes de sa conscience – et qui déferla soudain comme un raz-de-marée dans chaque cellule de son corps. Eli partit d'un rire incontrôlable, irrépressible. Hystérique.

À cet instant, il comprit qu'il avait dépassé sa condition d'être humain. Il incarnait dorénavant une idéologie, un mode de vie, un courant de pensée.

Il était devenu un symbole. Leur symbole.

Euphorique, Elliot brandit son katana vers le plafond voûté. Les formes sombres l'imitèrent.

Une trentaine de lames étincelantes forèrent la pénombre.

65

— C'est quoi, ce bordel ?

Mylène avait averti le commandant Maria Salgado et lui avait présenté la situation. Les deux femmes se tenaient à présent dans le couloir. La porte de la salle du groupe 2 était entrebâillée, leur permettant de garder un œil sur Julien et Luiz, prostrés devant le bureau du capitaine Garibal.

— Si Akerman a dit la vérité, alors ça change tout, déclara Mylène.

Luiz Ferreira avait expliqué qu'il était l'un des associés d'un cabinet d'infirmiers libéraux baptisé les Rois de Pique, créé avec cinq amis de promotion, dont Akerman. La veille, il avait été contacté par une ancienne étudiante de l'institut de formation de soins infirmiers de Toulouse, Alice Savignac. La jeune femme était sortie du coma la semaine précédente et était inquiète de n'avoir aucune nouvelle de son ex, avec qui elle était restée en bons termes. Akerman était injoignable. Les membres du cabinet s'étaient concertés et avaient essayé à leur tour de joindre leur collègue, dont l'arrêt maladie était terminé depuis le 10 avril – soit la veille du week-end de Pâques –, ils ne s'étaient donc pas inquiétés outre mesure jusqu'à aujourd'hui : date officielle de sa reprise. Trop affaiblie pour quitter l'hôpital, Alice, aussi persuasive qu'insistante, avait ordonné à Julien et à Luiz de se renseigner auprès des enquêteurs qui avaient interrogé Akerman lors de sa garde à vue tristement médiatisée.

— Pourquoi nous avoir menti sur votre cabinet ? lâcha violemment Mylène en rentrant dans la salle et en fusillant Luiz du regard.

Celui-ci se décomposa.

— Je ne vous ai jamais menti, bredouilla-t-il.

— Vous, vos collègues : c'est la même chose. Pourquoi nous avoir dit qu'Akerman n'avait jamais travaillé avec vous quand on vous a appelés ?

Luiz paraissait étourdi.

— Mais… vous n'avez jamais appelé le cabinet.

Mylène se tourna vers Maria, incrédule.

— Un officier de police vous a appelé dans la soirée du 3 avril au sujet d'Akerman. Vous nous avez expliqué ce jour-là qu'il souffrait de troubles schizophréniques et qu'il n'avait jamais travaillé avec vous.

L'incompréhension se lisait sur le visage de Luiz.

— Vous… n'avez jamais appelé, répéta-t-il. Mes collègues et moi-même avons appris l'arrestation le lendemain, dans la presse.

Mylène réprima l'envie de hurler.

— C'est impossible !

— Attendez-nous ici, ordonna Maria.

Les deux femmes se ruèrent dans le corridor et rejoignirent la salle de l'unité spéciale. Une poignée de flics discutaient autour d'une pizza. Le commandant Salgado fit jouer son autorité et, avec Mylène, elles commencèrent à fouiller dans les dossiers à la recherche du PV relatant l'investigation du cabinet d'infirmiers libéraux, devant les mines intriguées des membres de l'unité spéciale, interrompus pendant leur repas.

— Je l'ai ! annonça Mylène, survoltée.

Elles consultèrent le document, atterrées.

Les détails d'une discussion téléphonique étaient retranscrits, ainsi qu'une audition, réalisée ici même, trois jours plus tard, le 6 avril, d'un infirmier qui s'appelait Cédric Faure. Maria Salgado s'empara du PV, et un cortège d'officiers de police déboula dans la salle du groupe 2 de la crim, sous les regards effrayés de Julien et Luiz.

— Laissez-nous deux minutes et on va tout vous expliquer, dit Maria à l'intention des membres de l'autre équipe, dont l'agacement d'être écartés enflait ostensiblement.

Mylène se planta devant Luiz, impressionné par ce déploiement de force.

— Vous certifiez que personne ne vous a appelé dans la soirée du 3 avril ?

— Oui. Je vous le jure si vous voulez.

— Comment pouvez-vous en être sûr ? Un de vos collègues aurait pu dissimuler cette info ?

— C'est impossible. La ligne fixe est débranchée. Nous donnons uniquement nos numéros personnels à nos patients en cas de problème urgent. Comme nous n'acceptons pas de nouveaux malades et que nous ne pouvons plus en accueillir au cabinet, nous avons profité du confinement pour effectuer quelques petits aménagements, refaire la peinture, ce genre de choses. Les locaux sont vides, le matériel et le mobilier sont stockés dans notre réserve et dans la salle de bains. Il n'y a même plus de téléphone.

Les cinq membres d'astreinte de l'unité spéciale, Mylène et Maria dévisageaient le pauvre Luiz, ratatiné sur son siège. Sept paires d'yeux braqués sur lui. Gesticulant, mal à l'aise, il trouva néanmoins la force d'ajouter :

— Mais vous avez dû le voir par vous-même, quand un de vos collègues est venu pour repérer votre planque, au premier étage, au-dessus du cabinet. Nous lui avons donné un jeu de clés.

Mylène plaqua ses mains contre son visage en soupirant. Autour d'elle, les flics conservaient les bras croisés, leur gueule patibulaire, absorbés par l'échange. Quelque chose d'important se jouait en ce moment. Ils le sentaient tous.

— Vous maintenez cette version ? insista-t-elle en collant le PV sous le nez de Luiz.

— Oui…

— Tout comme vous niez que votre collègue, Cédric Faure, est venu dans nos locaux le 6 avril ?

— Cédric ? Le 6 avril ? C'est impossible, vous vous trompez. Cédric et sa famille sont bloqués en Inde depuis le début du confinement. Ça fait des semaines qu'ils attendent d'être rapatriés.

Mylène posa violemment le document sur son bureau du plat de la main. Le bruit fit sursauter Luiz et Julien. Un PV fictif. Totalement inventé. C'était inimaginable.

Maria vint à son niveau, lut en diagonale avant de pointer son doigt sur la signature.

— Regarde qui a rédigé ça. La même personne qui a trouvé le local pour la planque. Et là, t'as vu qui a signé ?

Mylène blêmit, le souffle coupé. Le commandant Salgado sonda l'ensemble des flics présents.

— Il est temps qu'on discute. C'est très urgent.

Une cellule de crise s'improvisa dans le bureau du groupe 2, après le départ de Luiz et Julien. Dehors, un éclair balafra la nuit toulousaine d'une cicatrice argentée, la pluie cognait contre les fenêtres des bureaux.

— Brugier répond pas, dit Maria, agacée.

Mylène raccrocha, aussi remontée que sa collègue.

— Alban et Nabil non plus. Je réessaie Jérôme.

— Et moi Antoine.

— Fait chier, lâcha Mylène en tombant sur la messagerie de son binôme. Mais qu'est-ce qu'ils foutent ? Pourquoi personne ne répond ?

— Pareil pour Antoine. J'atterris tout de suite sur la boîte vocale.

— Bon, vous nous briefez, oui ou merde ? C'est quoi, ces conneries ?

Le capitaine Carrère s'impatientait. Petit homme, la quarantaine, un fort accent basque et des cheveux noirs comme son cuir, il dirigeait le groupe 1 de la crim.

À tour de rôle, Mylène et Maria présentèrent la situation aux membres de l'unité spéciale qui, une fois leur ego mis de côté, écoutèrent attentivement. La taupe était démasquée. Et l'horreur ne s'arrêtait pas à son identité… Il fallait agir vite. Si Akerman avait dit la vérité pour son métier d'infirmier, on pouvait présumer que le reste de ses déclarations l'étaient aussi. La découverte du sac de sport contenant les vêtements et le katana dans une laverie automatique. Ses accointances avec l'Hôtel Ferdinand. Depuis la première audition, les enquêteurs avaient émis des doutes quant à la véracité des propos d'Akerman car, vraisemblablement, il souffrait d'hallucinations. Or ce nouvel élément changeait la donne. La planque étant toujours opérationnelle, l'unité spéciale se relayait trois fois par jour pour assurer une surveillance continue de l'établissement, les flics savaient par conséquent qu'Akerman était à l'intérieur.

Le portable de Mylène sonna. C'était Alban. Elle mit le haut-parleur.

— Putain, t'es où ?

— Je peux pas trop parler. Qu'est-ce qui se passe ?

— Ramène tes fesses immédiatement. On a du nouveau. Un blanc.

— Alban ? Qu'est-ce que tu fous ? T'es où ? Akerman nous a dit la vérité. Il est vraiment infirmier dans un cabinet libéral. Du coup, toutes ses déclarations sont remises en cause. Il a pu récupérer le sac et le ramener à l'hôtel en agissant sous l'influence de l'un des tueurs. Alban ?

Un silence en écho.

— Putain, Alban, t'es où ?

Le procédurier soupira.

— Devant l'hôtel.

Personne n'osait parler. Mylène fulminait.

— Qu'est-ce que tu fous devant l'hôtel ?

Nouveau silence oppressant.

— Antoine est à l'intérieur. Et j'ai vu quelqu'un d'autre rôder dans les environs. Je crois qu'il est entré lui aussi.

L'identité du rôdeur jeta un froid dans la pièce.

— Alban, ramène-toi illico, s'égosilla Mylène. On…

La communication coupa.

Maria attrapa aussitôt sur son smartphone.

— J'appelle le directeur et le préfet, dit-elle. Cette fois, on doit intervenir.

66

Les notes de piano, additionnées au martèlement de la pluie cinglant la baie vitrée, parasitaient le silence oppressant du duplex.

Richard Ferdinand reposa le combiné du téléphone. Ses yeux sombres lançaient des éclairs en direction du capitaine Aubert, retranché derrière l'aquarium, près de la grande table. Les secondes s'écoulèrent, étouffantes, interminables, durant lesquelles les deux hommes se jaugèrent du regard, tels deux pistoleros s'affrontant lors du duel final.

Sur le qui-vive, Antoine observait son environnement, à la recherche d'une arme de fortune si le directeur décidait de passer à l'attaque. D'un geste lent, il tâtonna la poche de sa veste. Le dictaphone de son smartphone enregistrait depuis qu'il était entré dans l'appartement et, à présent qu'il avait récolté des aveux, l'absence de réseau l'empêchait de contacter des renforts. Un détail qu'il n'avait pas prévu.

— Que va-t-il se passer, maintenant ?

— Vous allez découvrir l'activité suprême de mon établissement. Vous servirez de distraction à un client qui attend son tour depuis des semaines.

— Vous déléguez toujours tout ? Est-ce que vous endoctrinez des pauvres types pour qu'ils exécutent à votre place votre vindicte abjecte contre le reste de l'humanité connectée ?

Richard Ferdinand écarta les pans de son kimono, exhibant le fourreau de son poignard incurvé.

— Je n'hésiterai pas une seconde à vous égorger. N'en doutez pas. On m'a enseigné l'art du sabre japonais lors de mes voyages dans cet archipel, et j'ai moi-même formé mes disciples. J'en ai fait de véritables machines à tuer. Mes katanas sont façonnés par un forgeron nippon, ce sont des pièces uniques. Mais, croyez-le ou non, je n'ai jamais participé physiquement à mon *grand projet*. Je n'ai jamais endossé de tenue noire pour frapper cette engeance esclave de la technologie. Il y a des années que je n'ai pas assassiné un être humain. Ce privilège reviendra à l'un de mes clients.

Essayant de dissimuler la frayeur qui l'éperonnait, Antoine ne se laissa pas démonter.

— Vous n'êtes qu'un beau parleur, lança-t-il. Un lâche qui n'ose pas se salir les mains et qui se sert de personnes fragiles pour réaliser ce qu'il n'a pas le cran de faire. Vous êtes un guignol en kimono, un…

— Taisez-vous !

— … imbécile. Vous vénérez un pays qui est à la pointe de la technologie, cette même technologie que vous méprisez. Est-ce pour cela que vos fanatiques utilisent des katanas ? Pour marquer la rupture avec notre époque ?

Richard Ferdinand préféra se taire – ce qui était une réponse en soi. Il ne cessait de scruter l'ampoule rouge qui s'était allumée au-dessus de l'ascenseur. Il paraissait nerveux, son aura ténébreuse et impériale s'était craquelée.

Les portes de la cabine s'ouvrirent. Encadrés par deux vigiles, Gaspard et un homme qu'Antoine connaissait très bien entrèrent dans l'appartement.

— Inutile de faire les présentations, ironisa Richard Ferdinand, qui avait recouvré un soupçon d'assurance.

Antoine demeura pantois. Il toisait la taupe, incrédule.

— J'imagine votre surprise, persifla le directeur. Sachez que nous nous fréquentons depuis quarante ans. Depuis qu'il a enquêté sur le meurtre de mon père, qu'il m'a protégé de la pression médiatique, des requins qui convoitaient mon hôtel. Depuis qu'il a fermé les yeux quand Gaspard a subtilisé ceci.

Il posa la main sur son poignard, puis termina :

— Et tu étais déjà un client régulier, à l'époque, n'est-ce pas, commissaire ?

Du haut de son mètre quatre-vingt-dix, Brugier snoba Antoine et s'adressa directement au directeur.

— On a un problème. Les flics ont pénétré dans l'hôtel.

Richard Ferdinand écarquilla les yeux. Il se tourna vers Gaspard, aussi chamboulé que lui.

— Comment c'est possible ?

— Aucune idée. Mais ils arrivent. Ils seront là d'une minute à l'autre.

Il fusilla Antoine du regard, puis effectua les cent pas en réfléchissant.

— Qu'Akerman les envoie dehors, ordonna-t-il à Gaspard. Il ne faut pas que les flics les trouvent ici. Va le prévenir immédiatement. On passe à l'offensive.

— Vous allez lâcher vos sbires déguisés pour tuer des innocents ? fit Antoine.

— Il faut accélérer les choses, répondit Richard Ferdinand, davantage pour lui-même que pour les autres. On improvise la phase 3.

— La phase 3, répéta Antoine, ahuri.

Le directeur s'arrêta soudain, plus menaçant que jamais.

— La phase 1 consistait à trancher les membres d'utilisateurs de portable un peu partout dans la ville et à démontrer que les smartphones pervertissent le comportement des êtres humains. La phase 2 était celle du métro, pour exposer au grand jour nos revendications. Néanmoins il est difficile de canaliser des meurtriers. J'ai donc autorisé des attaques sauvages, éparses, pour continuer d'interpeller la conscience collective, lorsque la pression médiatique s'émoussait et que mes disciples trépignaient, impatients d'utiliser leur sabre, faute de victimes dans l'hôtel. La phase 3, elle, était prévue aux abords des collèges et des lycées, afin de faire comprendre au monde entier que la nouvelle génération est déjà en perdition, dépendante des smartphones, alors qu'elle n'a même pas atteint la majorité.

Horrifié, Antoine déglutit en grimaçant.

Occultant le danger imminent, comme si le fait de dévoiler les plans de son *grand projet* à un étranger le ravissait, Richard Ferdinand embraya :

— Le confinement a compromis cette phase 3, avec la fermeture des établissements scolaires. Nous allons donc improviser. Qu'ils sortent tous et se rendent à la gare routière.

— Que voulez-vous dire par « tous » ?

Un éclair incisa la nuit, éclaboussant le visage du directeur d'une lumière vive.

— Vous ne traquiez pas deux tueurs, capitaine Aubert, vous en traquiez une trentaine. J'ai levé une armée d'assassins prête à accomplir aveuglément mon *grand projet*.

Antoine recula, sonné. Le commissaire Brugier dégaina son Sig Sauer et le mit en joue, tandis que Gaspard et les vigiles repartaient dans l'ascenseur prévenir les disciples du directeur.

— Que faisons-nous de lui ? demanda Brugier avec son accent rocailleux.

Richard Ferdinand parlait tout seul à voix basse. La situation lui échappait, il se retrouvait acculé au sommet de son château.

— Comment pouvez-vous cautionner ces crimes ? murmura Antoine à Brugier. Ce type est complètement fou, ajouta-t-il en désignant du menton le directeur désabusé.

— Plus fou que toutes les horreurs qui circulent sur le Net ? Plus fou que ces gamins harcelés qui se suicident à cause des réseaux sociaux ? Quand ma petite-fille s'est pendue en direct sur Internet, vous n'avez pas trouvé ça fou, vous ? La fin justifie parfois les moyens.

Antoine ne trouva rien à dire. Son regard s'attarda sur le canon du pistolet, œil noir et mortel braqué dans sa direction. L'homme qui le menaçait n'avait plus rien à voir avec le commissaire sympathique qui s'échinait à l'inviter à ses parties de pêche. La maigreur de Sylvain Brugier était presque maladive, il ressemblait à un grand échalas pétri de haine et de colère.

— Que veux-tu faire de lui ? insista celui-ci en haussant le ton.

Richard Ferdinand ne répondit pas. Il paraissait perdu, déconnecté de la réalité. L'ampoule rouge s'alluma au-dessus de l'ascenseur. Seul Antoine l'avait remarquée. Il décida de gagner du temps.

— Les gens ne retiendront pas votre message. La détresse des victimes, elle, en revanche, perdurera pendant des années. Dans deux mois, tout le monde vous aura oubliés, vous et votre pseudo-révolution. Vous n'êtes qu'un extrémiste de plus qui a voulu faire passer ses idées par la force.

Un « ding » résonna, tétanisant les occupants du duplex.

La seconde suivante, une colonne de flics progressait dans la mezzanine. Casqués et armés, ils se positionnèrent le long de la balustrade, telle une funeste guirlande noire.

Sylvain Brugier héla Richard Ferdinand, qui déguerpit par la baie vitrée. Il attrapa Antoine et se camoufla derrière lui, comme s'il était un bouclier humain, les jambes fléchies pour protéger sa grande taille. Reculant à petits pas, ils se déplacèrent vers la bibliothèque.

Antoine était en apnée. Les armes automatiques pointaient dans la direction du commissaire – mais également dans la sienne. Il songea à un moyen de fausser compagnie à son ravisseur afin d'offrir le champ libre aux hommes du RAID. De ne plus se retrouver dans leur ligne de mire. En vain. Brugier le maintenait fermement, l'acier du canon contre sa tempe s'apparentait à une morsure glaciale.

Le temps sembla se déliter. Les notes du piano virevolteraient dans l'appartement.

Une poignée de secondes s'écoula.

Et puis des ordres brefs fusèrent. Une détonation retentit. Avant que le son ne parvienne à ses oreilles, Antoine sentit l'étreinte autour de son cou se relâcher. Il se baissa, d'instinct. Deux autres coups de feu lui déchirèrent les tympans. Il ferma les paupières en s'accroupissant. Un genou posé sur la moquette, il se risqua à ouvrir un œil quand le silence fut revenu. Le corps du commissaire Brugier était étendu contre la bibliothèque, la tête pendant sur le côté. Il avait reçu trois balles, tirées avec une précision chirurgicale. La première avait pénétré dans le front et avait emporté l'arrière de son crâne, qui se résumait à une coquille vide, dont le contenu tartinait les reliures des livres. Les deux autres impacts formaient des aréoles rouges sur sa chemise blanche.

Alors que le groupe du RAID descendait les escaliers en spirale, Antoine recouvra sa lucidité et se rua à toute vitesse vers la baie vitrée restée ouverte.

Une immense terrasse épousait l'avant-dernier étage de l'Hôtel Ferdinand. Un jardin japonais trônait sous les fenêtres de la chambre du directeur. Un filet d'eau courait au centre.

Trempé en quelques secondes de la tête aux pieds, Antoine progressa difficilement au milieu du déluge. Il traversa un chemin de pierres plates, un petit pont en bois rouge et se retrouva de l'autre côté du toit. Toulouse s'étalait devant lui. À travers les trombes d'eau, il distingua la silhouette de Richard Ferdinand, debout sur le parapet qui ceignait la terrasse. Le directeur tanguait à cause des rafales, en équilibre à des dizaines de mètres de hauteur. Bravant le vent et la pluie, Antoine s'approcha.

— Descendez ! hurla-t-il pour se faire entendre sous la pluie battante. Tout est fini.

Il devinait, dans son dos, les hommes du RAID qui quadrillaient la terrasse.

— Vous n'avez rien compris ! cria Richard Ferdinand. Ce n'est que le début. Le mouvement est lancé. Et personne ne pourra l'arrêter !

Le visage ruisselant, une main en visière pour protéger ses yeux, le capitaine Aubert le somma à nouveau.

— Vous êtes cerné ! Rendez-vous !

Les membres du RAID rejoignirent Antoine et braquèrent leur fusil d'assaut sur le directeur. Dos au précipice, ce dernier ricana :

— Vous pensez réellement que je vais me rendre ? Mon combat dépasse le prix de mon existence. Je suis bien plus qu'un simple mortel. Je suis une idée. Et on ne peut pas tuer une idée !

Les bras écartés en un saut de l'ange funeste, Richard Ferdinand se laissa tomber dans le vide.

67

Mylène suivait une colonne formée par les hommes de la BRI.

Arme au poing, elle avançait, courbée, le long d'un couloir miteux, le commandant Maria Salgado sur ses talons. Son cœur frappait sa cage thoracique comme un pic-vert affamé, l'adrénaline se distillait dans son organisme, drogue naturelle qui lui permettait d'être réactive et concentrée. Elle essayait tant bien que mal de se remettre du choc, après la découverte du PV frauduleux. Surtout de son auteur.

Le directeur du SRPJ n'avait pas tergiversé : il avait déployé un dispositif massif. Les tueurs au katana avaient fait neuf morts et vingt-six blessés, par conséquent ils devaient être pris au sérieux. Une riposte armée était à prévoir, ces fanatiques lutteraient jusqu'à la mort plutôt que de se rendre, avait-il supputé, après avoir avisé le juge d'instruction Fabiani. Il avait donc fait appel à un groupe du RAID, deux groupes de la BRI, dont celui de permanence, ainsi que tous les membres de la crim et des autres services disponibles. Au total, une cinquantaine de flics arpentaient les étages de l'Hôtel Ferdinand. Après avoir défoncé la porte dérobée à l'aide d'un vérin hydraulique et subtilisé les clés de l'ascenseur à un groom miniature, les hommes du RAID étaient montés chez le directeur, selon les indications d'une femme de ménage interpellée, tandis que le reste des troupes quadrillaient l'établissement, niveau par niveau, couloir par couloir, chambre par chambre. Les clients et le personnel étaient parqués dans le casino, entourés par des Rubalise. Près de cent cinquante personnes étaient ainsi rassemblées, autant de témoins – de coupables ? – à convoquer et à interroger plus tard.

Après avoir vu le majordome filer en toute hâte vers le sous-sol, le premier groupe d'intervention de la BRI l'avait suivi discrètement jusqu'à une vieille armoire coulissante. Nul ne savait ce qui se tramait en bas. Quelle horreur les attendait dans les entrailles de l'hôtel. Les hommes échangeaient à voix basse sans paraître le moins du monde stressés. « Ces types sont expérimentés et surentraînés », pensa Mylène, qui se tenait en retrait, accroupie dans la poussière près de la lingerie. Les bras à demi tendus, elle essuya d'un revers de manche la sueur qui dégoulinait de son front, sous son bonnet, sans cesser de pointer son arme vers le sol. Ses mains étaient moites, sa bouche, sèche. L'intervention était imminente.

Soudain, les hommes de la BRI s'engagèrent en file indienne dans l'escalier en colimaçon. Mylène et Maria fermaient la marche. Elles atterrirent dans une vaste salle voûtée. Des formes sombres, fondues dans l'obscurité, couraient dans toutes les directions. Des dizaines d'ombres armées d'un sabre. Elles pullulaient entre les piliers en brique rouge.

Les armes automatiques crachèrent leurs salves de projectiles. Les flashs des détonations, sporadiques, éclairaient la cave çà et là. Mylène et Maria, stupéfaites par le nombre d'ennemis, restèrent à couvert dans l'escalier. Elles eurent l'impression d'assister à une scène de guérilla urbaine.

Des silhouettes noires encapuchonnées jaillissaient des anfractuosités du sous-sol telle une nuée de chauves-souris enragées. Elles bondissaient et surgissaient au dernier moment dans le halo des lampes torches, sabre à la main, déterminées à combattre jusqu'à leur dernier souffle. D'autres s'enfuyaient vers le fond de la cave gigantesque, quand quelques-unes préféraient se rendre.

De nouvelles déflagrations tonitruantes retentirent, puis un silence spectral ensevelit les lieux. Des voix s'élevèrent depuis le piédestal, cerclé de bougies rouges renversées. La situation dans le sous-sol semblait sous contrôle, en revanche des suspects avaient pris la fuite.

Après avoir obtenu le feu vert, Mylène se risqua à pénétrer dans la salle. L'odeur prégnante de poudre, les cartouches vides qui roulaient sur la pierre : elle s'imagina en train de fouler une zone de guerre. Elle longea le mur, aux aguets. Des corps emmitouflés dans des longues toges sombres reposaient entre les piliers. Les lames clinquantes des katanas brillaient dans l'obscurité, illuminées par les bougies et les lampes torches des hommes de la BRI, qui ratissaient chaque centimètre carré à la recherche d'éventuels survivants.

La capitaine Garibal avançait avec précaution. Sig Sauer dans une main, lampe torche dans l'autre, elle furetait dans la pénombre. Le faisceau balaya les murs gorgés d'humidité, les cadavres épars, les suspects neutralisés, face contre terre, encadrés par l'équipe d'intervention. Des ordres furent prononcés et, la seconde suivante, plusieurs flics s'engagèrent dans le tunnel du fond, dissimulé par un épais rideau bordeaux : la sortie secrète. Son rythme cardiaque diminuait. La pression retombait. Maria, de son côté, progressait à un mètre d'elle, aussi attentive, enjambant les formes sombres étendues dans la poussière.

Le pinceau lumineux de Mylène accrocha un corps étalé contre un pilier. Elle éclaira l'ample tenue noire, remonta vers la tête camouflée par une large capuche. Mylène s'accroupit lentement, inspira l'air nauséabond et, après avoir coincé la lampe dans sa bouche, écarta le pan de tissu béant.

Ses yeux s'arrondirent. Sa respiration se bloqua.

Le visage de Jérôme, serti d'un regard vitreux, mort, semblait la dévisager.

Mylène recula, heurtée.

Jérôme.

L'auteur du faux procès-verbal, signé par Brugier. Celui qui avait déniché la planque au-dessus du cabinet d'infirmiers libéraux.

Jérôme… Son binôme. Son complice. Et peut-être même un peu plus…

Troublée par cette confirmation soudaine quant à l'identité de la seconde taupe au sein de son groupe, Mylène fit quelques pas en arrière, distraitement, quand elle sentit qu'on lui agrippait la cheville.

Elle hurla de surprise en pivotant. La lampe torche lui échappa, éclairant dans sa chute un individu couché sur le dos ; sa main droite enfonçait ses ongles dans la peau de la policière, l'autre tenait un sabre qui fendait l'air en direction de son ventre.

Horrifiée, Mylène voulut se décaler mais la forme sombre étendue par terre maintenait sa prise. Elle s'étala dans la poussière. La silhouette ténébreuse se redressa à l'équerre avec une rapidité sidérante, tel un mort-vivant surgissant de son cercueil, le visage invisible sous sa capuche.

La lame du katana se dirigeait à présent vers la poitrine de Mylène.

Elle tenta de se relever, de braquer son arme vers son adversaire.

Mais il était trop tard.

Le sabre s'enfonçait dans ses chairs.

Les paupières de Mylène se fermèrent.

Une ampoule crevait l'obscurité du couloir secret du sous-sol, tel un phare dans un ciel d'encre ; Eli sprintait dans sa direction. L'hilarité qui l'avait envahi après son discours ne s'était pas émoussée, des hoquets de rire le faisaient toujours tressauter. Comme si cette intervention des forces de l'ordre était une mise en scène, une comédie. Son euphorie l'empêchait de prendre la situation au sérieux.

Perché sur le piédestal, face à l'embouchure de l'escalier, il avait vu les flics débouler dans la cave, une minute seulement après l'avertissement de Gaspard. Après un instant de perplexité collective, Elliot avait fait partie des premiers à s'enfuir, bousculant sans vergogne ses congénères drapés de noir.

Il courut sur une cinquantaine de mètres jusqu'à l'ampoule qui éclairait une intersection. Dilemme : à gauche ou à droite ? Manu lui avait dit que ce réseau de tunnels menait aux égouts bordant l'édifice ; les samouraïs de Richard Ferdinand l'empruntaient pour sortir et rentrer incognito dans l'hôtel, quand cela était possible, auquel cas ils utilisaient les points de chute alloués à la cause pour se changer, comme la laverie automatique dans laquelle Eli avait récupéré le fameux sac de sport.

Eli s'arrêta, le souffle haletant à cause du rire et de l'effort.

Un autre type accoutré d'un long vêtement noir le dépassa et prit le couloir de droite ; Elliot décida de le suivre.

Rafale de balles.

Elliot sursauta. Il lâcha le katana, tourna la tête sous sa capuche avant de bifurquer dans le boyau voûté. Il eut le temps de distinguer un disciple de Richard Ferdinand s'écrouler au sol, éclairé par le pinceau lumineux des flics qui furetaient dans le tunnel. Ils étaient à sa poursuite. Et ils tiraient sans sommation.

Une balle se nicha dans le mur près du croisement, projetant une myriade d'esquilles de pierre. Eli se rua à couvert et poursuivit sa course folle vers l'extérieur. Un couloir, puis un autre. Une ampoule, puis la pénombre. Il continua ainsi, dans l'obscurité la plus totale, ignorant le point de côté qui poinçonnait son flanc gauche, avant de deviner un passage exigu, une grosse canalisation d'un mètre de diamètre environ. Il s'engagea à l'intérieur.

Elliot atterrit dans les égouts, les pieds pataugeant dans les litres de flotte apportés par l'orage qui sévissait au-dessus de la ville. Il avança dans ce lieu infect, éclaboussé par des gerbes d'eau dégueulasse, au milieu des détritus, des rats et de la leptospirose.

À bout de souffle, il s'arrêta, les mains sur les genoux. L'acide lactique brûlait ses membres. Il avait retrouvé son sérieux, comme électrocuté par une décharge d'adrénaline. La pluie se déversant des caniveaux faisait un raffut assourdissant ; Eli ne parvenait plus à entendre le gars qui l'avait dépassé ni les flics qui le pourchassaient. Espérant avoir semé ses poursuivants, il marcha d'un pas rapide et avisa une échelle qui grimpait vers la surface.

Il accéléra, les yeux rivés vers la bouche d'égout salvatrice, quand une voix gronda dans son dos :

— Tout ça, c'est à cause de toi !

Les mains enroulées autour des échelons, Eli se retourna.

Les jambes enrobées d'écume, Gaspard barbotait dans le torrent d'eau.

Il pointait un vieux revolver à canon court dans la direction de l'infirmier.

— Ta négligence a mis en péril le *grand projet* de Richard. Je l'ai prévenu, mais comme d'habitude il ne m'a pas écouté. Et maintenant tout est fini.

Dépenaillé, trempé, il criait pour se faire entendre. Une lueur meurtrière scintillait dans son regard.

Elliot fulmina. *Exit* le mec trop gentil. Désormais, plus personne n'avait le droit de lui parler sur ce ton. Il hurla, pétri de rage :

— À qui crois-tu parler, vieux débris ? J'ai été choisi. Moi, et moi seul !

Le majordome l'ignora. Chahuté par le courant, il avança avec difficulté, resserrant la prise autour de son arme.

— Je connais mon Richard, murmura-t-il pour lui-même. Jamais il n'acceptera de se rendre. Ta folie aura causé sa perte. Sois maudit, Akerman.

Son index se faufila autour de la détente.

Gaspard appuya.

Une déflagration. Assourdissante.

La lame rutilante chuta sur le sol de pierre.

Mylène ouvrit les yeux.

Une larme de sang sourdait de son gilet pare-balles fendu.

La forme encapuchonnée resta quelques secondes immobile, assise à quatre-vingt-dix degrés, puis elle expectora une gerbe d'hémoglobine sur le menton de Mylène avant de basculer sur le côté. Tandis que la silhouette s'écroulait contre un pilier, la capuche accrocha les aspérités des briques, dévoilant le visage défiguré par la rage de Laure Delambre.

Le commandant Maria Salgado, encore sous le choc – c'était la première fois qu'elle utilisait son arme –, se hâta de prendre Mylène dans ses bras.

Les mains d'Elliot lâchèrent les barreaux de l'échelle.

La première balle se logea sous son aisselle droite, pulvérisant les bronches, les alvéoles, sectionnant une artère pulmonaire. Une douleur atroce embrasa sa poitrine.

Il hoqueta, hébété. Une éructation sanglante macula son vêtement noir alors qu'il tombait en arrière.

Gaspard, les traits déformés par une haine irrépressible, progressait contre le courant, l'arme tendue devant lui. Elliot atterrit dans l'eau, sa tenue flottant autour de lui telle une corolle flétrie. Il parvint à se hisser sur l'étroit rebord qui rampait le long de la paroi arrondie.

Curieusement, la première pensée qui affleura à son esprit fut pour son manuscrit. Son cinquième roman. Le plus abouti. Le plus personnel, aussi. Sans aucun doute sa plus belle œuvre. Après des semaines à vivre la vie qu'il avait rêvée, à être la personne qu'il avait fantasmé d'être, il ne songea pas à Richard Ferdinand ou à Laure Delambre, avec qui, enfin, il aurait pu conclure. Non. Ce cheminement de pensées l'orienta vers Alice. Qu'aurait-elle pensé de son nouveau roman ? Quelles remarques aurait-elle pu faire ? Il visualisa ensuite sa mère alitée dans la chambre d'Ehpad et se demanda si elle aurait été plus fière de celui qu'il était avant cette histoire ou de celui qu'il était devenu grâce à – ou à cause de – l'Hôtel Ferdinand.

La deuxième balle pénétra ses lombaires, lui arrachant un cri de douleur. La dernière, tirée à bout portant, perfora sa boîte crânienne.

Elliot, un sourire aussi étrange qu'incongru peint sur son visage blafard, dériva dans les eaux de pluie et fut emporté par le courant.

Antoine buvait un café dans la grande salle de l'aile nord, à l'emplacement exact où il s'était installé quelques heures plus tôt. Alban était assis en face de lui. Alban, son fidèle bras droit, le seul dont il ne pouvait douter. Alban qui, contre vents et marées, souhaitait se racheter après sa bévue lors de la garde à vue d'Akerman. Les deux hommes conservaient le silence, tant la difficulté à mettre des mots sur ce qu'ils avaient découvert était poignante. Deux taupes infiltrées dans le service : Brugier et Jérôme. L'hôtel du stupre qui rendait fous les clients. L'armée d'assassins de Richard Ferdinand.

Mylène tira un fauteuil et s'installa à leurs côtés, les extirpant de leurs songes mouvementés.

— Tu étais dans le coup depuis le début, pas vrai ? dit-elle avec une pointe d'agacement au procédurier.

Alban approuva.

— Désolé pour ces cachotteries, s'excusa Antoine. Je ne pouvais pas mettre d'autres personnes dans la confidence. Je comptais sur l'effet de surprise dans le bureau de Brugier. C'était indispensable pour établir le contact avec la taupe, et *a fortiori* avec l'hôtel.

Mylène croisa les bras sur son sweat à capuche, vexée.

— C'était quoi, le plan ?

Antoine soupira.

— Enregistrer des aveux. Prendre des photos. Prévenir Alban. Sauf que l'absence de réseau a tout fait foirer. Richard Ferdinand, guidé par sa haine des nouvelles technologies, est allé jusqu'à couper les antennes 4G de son établissement.

— C'était impossible à prévoir, dit Alban.

— Pourquoi tu m'as raccroché au nez, toi ? dit Mylène, énervée, en se retournant vers le procédurier.

— J'attendais le signal d'Antoine. J'ai vu un numéro qui commençait par 05, j'ai cru que c'était lui. J'ai coupé la communication. En fait… c'était ma mère, qui m'appelait avec le téléphone de l'amie qui l'héberge depuis sa chute dans la baignoire.

— Elle avait perdu ses sudokus ? osa le taquiner Nabil en les rejoignant.

Le procédurier baissa les yeux, embarrassé.

— Et toi, pourquoi tu ne répondais pas à ton portable ? demanda Mylène à l'attention du bleu.

— Mon frère a été transplanté hier, avoua-t-il avec un mélange de joie et de gêne. J'étais à l'hôpital quand tu m'as appelé.

L'équipe accueillit la nouvelle avec allégresse.

Mylène tapa dans l'épaule de Nabil, un geste d'affection inédit entre les deux collègues. Elle tentait de faire bonne figure, de plaisanter, mais Antoine savait que ce n'était qu'une façade, qu'elle était dévastée par la trahison de Jérôme. Certaines mimiques ne trompaient pas.

Il termina son café et se leva, imité par le reste du groupe. Il aperçut, en contrebas, près des tables de jeu, le commandant Maria Salgado qui distribuait des ordres dans toutes les directions.

L'hôtel grouillait d'uniformes, de techniciens de l'IJ. Même le préfet, le directeur de la police et le procureur avaient fait le déplacement et discutaient près de la roulette. Le travail à venir s'annonçait incommensurable. Près de trois cents clients avaient été recensés dans les registres de l'aile nord, des réguliers qui vivaient à l'année ou des occasionnels de passage. L'armée de Richard Ferdinand, elle, était estimée à une trentaine de membres. Neuf personnes avaient péri durant l'intervention, dont Jérôme, Emmanuel Baillet, Laure Delambre, le commissaire Brugier, ainsi que le majordome Gaspard Roques, abattu par les hommes de la BRI dans les égouts. Le nombre de tueurs pouvait être plus important, au moins deux personnes avaient réussi à s'enfuir par le réseau de tunnels. On les recherchait activement. Les moyens mis en place étaient conséquents, un hélicoptère survolait la zone, et des barrages avaient été organisés dans un large périmètre. Définir le degré de responsabilité de chacun – clientèle et personnel – prendrait des semaines, voire des mois ; même si l'intégralité des personnes interpellées ce soir, soit près de cent cinquante individus, clamaient leur innocence au sujet du *grand projet* orchestré par le directeur suicidé. Dans tous les cas, ces dernières étaient condamnables, tant la liste des délits imputables à l'établissement – drogues, paris illégaux, jeux d'argent, prostitution, pour ne citer qu'eux – était aussi interminable que sidérante. Le préfet avait ordonné la fermeture immédiate de l'hôtel. L'enquête durerait des mois. Peut-être des années.

Bien que suspendu, Antoine s'apprêtait à aller voir Maria quand il remarqua un ordinateur portable posé sur une table, dans un des salons individuels. Curieux, il s'approcha, alors que les autres repartaient se mettre au boulot. Il ouvrit l'appareil. L'écran s'illumina sur un document Word intitulé « Roman 5 ».

De plus en plus intrigué, Antoine lut les premières lignes.

Samuel avait un vilain défaut : il était trop gentil. Le genre de gentillesse qui se transforme en fardeau lorsqu'il s'agit de toujours vouloir faire plaisir, de ne jamais décevoir et de ne rien refuser à quiconque.

68

Mercredi 27 mai 2020

Antoine s'engouffra dans la rame de métro.

Masque sur le visage, il abaissa un strapontin et s'assit. Ses doigts pianotèrent sur ses genoux. Il appuya sa tête contre la vitre et le wagon fila dans la bouche sombre souterraine.

Près d'un mois et demi s'était écoulé depuis le démantèlement du *grand projet* de Richard Ferdinand. Le comportement du capitaine Aubert, ainsi que sa présence dans l'hôtel au moment de l'intervention des forces de l'ordre faisaient l'objet d'une enquête diligentée par l'IGPN. Antoine était toujours suspendu. Le changement de hiérarchie et l'investigation en cours freinaient sa réintégration. Le commandant Salgado avait temporairement pris les rênes de la crim à la place du commissaire Brugier. Maria, rancunière, n'avait pas encore digéré l'attitude cavalière d'Antoine, son imprudence et ce plan foireux qui l'avait mis en danger ; ils s'esquivaient dans les couloirs du SRPJ lorsqu'il était convoqué par l'IGPN. Cependant il ne désespérait pas.

L'unité spéciale était sur le pied de guerre depuis cette nuit sanglante du 14 avril. Trois dossiers de trente centimètres d'épaisseur regroupaient tous les actes judiciaires, PV, photographies et autres éléments relatifs à l'affaire, et cette dernière était loin d'être bouclée. L'hôtel avait été fouillé de fond en comble. Les enquêteurs, déroutés, avaient trouvé dans les sous-sols de l'établissement un coffre gigantesque rempli de pièces d'or, mais aussi des cultures hydroponiques de cannabis et de champignons hallucinogènes d'une variété inconnue, indétectable lors des autopsies. Mais il y avait pire… La découverte de l'incinérateur et les prélèvements de cendres, corrélés aux renseignements donnés par certains clients et membres du personnel, avaient semé le trouble quant à l'ampleur des horreurs organisées par Richard Ferdinand.

Après vérifications, l'ADN de Jérôme Valant – qui mesurait 1,69 mètre – avait été récolté en grande quantité sur le vêtement sombre retrouvé dans la rame de métro.

Il était l'auteur du massacre de la station Capitole.

Les policiers avaient creusé la vie du capitaine et avaient découvert qu'il ne vivait plus à son domicile depuis des mois. Lors de la perquisition de son appartement, ils avaient trouvé une photo encadrée de Jérôme et Sylvain Brugier, prise sur le bateau de ce dernier, amarré à un ponton de l'étang de Thau. Les deux hommes paraissaient proches, les enquêteurs suspectaient que le commissaire avait initié le capitaine Valant au *grand projet* de Richard Ferdinand, projet que le directeur de l'hôtel avait mis à exécution durant la dernière année d'activité de Brugier, afin que celui-ci supervise l'enquête. Mais cela restait des suppositions…

Les auditions se succédaient, les mises en examen pleuvaient pour des motifs divers et variés. Les policiers avaient consulté les registres, les carnets de commandes, la liste des résidents, les archives manuscrites saisies lors de la perquisition dans l'appartement de Richard Ferdinand. L'établissement ne disposait pas de bases de données informatiques, néanmoins tout était consigné par écrit dans des cahiers, soit des centaines de personnes impliquées de près ou de loin dans les sombres agissements de la direction de l'hôtel. Parmi ces noms figuraient ceux de personnalités politiques, de flics, de magistrats, de directeurs de filiale aéronautique, de médecins, de dealeurs connus des services de police ; mais aussi celui d'un adjoint au maire et du rédacteur en chef de *L'Occitan*, autant d'individus dont les accointances avec le lieu de l'horreur avaient créé un séisme qui ébranlait toutes les infrastructures toulousaines. Après avoir compulsé ces documents, l'unité spéciale avait pu mettre des noms sur les fuyards. Si le premier avait été arrêté aux abords du canal du Midi la nuit de l'intervention, deux autres demeuraient introuvables. Il s'agissait du bibliothécaire, Bruno Lamark, et du petit groom Arthur. Les recherches se poursuivaient.

Mylène, Nabil et Alban avaient été intégrés à l'unité spéciale. Antoine était content pour eux. Après les efforts qu'elle avait fournis, son « équipe » le méritait.

Ballotté par les secousses du wagon, il observa les usagers, scènes de vie ordinaire, mais qui, pour un écrivain de son calibre, se révélaient parfois une source précieuse d'inspiration. Puis brusquement son estomac se retourna. Comme si on avait fait un nœud avec ses intestins. Aucun des voyageurs ne consultait son téléphone portable. Ce constat, qui l'aurait réjoui quelques mois auparavant, lui laissa un goût amer dans la bouche. Le confinement était fini, la France avait retrouvé une certaine forme de liberté, un prélude à « la vie d'avant », néanmoins, force était de constater que le mouvement de Richard Ferdinand avait fait des émules, et l'agression d'un utilisateur de smartphone avait été mentionnée dans la presse la semaine précédente. Comme pour montrer qu'il refusait de se soumettre à la peur, que le directeur tyrannique de l'hôtel ne corromprait pas la mentalité de la population, Antoine sortit son téléphone, ostensiblement, et envoya un SMS à sa fille.

Station François-Verdier.

Antoine regagna la surface et se dirigea vers la place Dupuy.

À l'angle de la rue Riquet, un bistrot ouvert – quel bonheur ! – déployait sa terrasse sur le trottoir jusqu'au passage piéton.

Assise près de la devanture et des menus inscrits à la craie sur une grande ardoise, une jeune femme maigrelette patientait. Un turban noir dissimulait ses cheveux rasés, qui peinaient à repousser. Elle avait un regard sombre, les joues creusées sous son masque béant, cependant une forme de gaieté irradiait de ses traits fatigués. Une paire de béquilles reposait contre la table.

— Mademoiselle Savignac ?
— Capitaine Aubert ?
— Vous pouvez m'appeler Antoine.
— Alice.

Ses yeux sourirent et il tira un siège pour s'installer.

— Merci d'avoir accepté de me voir, dit-elle d'une voix fluette.

— Je vous en prie. Je souhaitais également vous rencontrer. Comment vous sentez-vous ?

Ses fossettes se creusèrent en un sourire radieux malgré son visage décharné, ravagé par les stigmates des semaines de réanimation.

— Ça va, merci. Je suis restée dans le coma pendant presque deux mois. Heureusement je n'ai pas de séquelles cognitives, en revanche ma masse musculaire a fondu. La rééducation physique est longue, mais je progresse vite. La preuve, je suis ici devant vous !

Elle adressa un signe de tête en direction d'une table éloignée ; Antoine salua Julien, qui veillait à distance sur sa compagne.

— Encore une fois je vous remercie de vous être déplacé, fit-elle avec une moue timide. Surtout que vous n'êtes plus sur l'affaire.

— Je suis toujours suspendu, avoua Antoine.

Il était à peine 10 heures, il commanda un café.

— J'ai été auditionnée tellement de fois que j'ai arrêté de compter, confia-t-elle après avoir bu une gorgée de thé. Mais de toutes les personnes à qui j'ai eu affaire, aucune n'a connu Elliot. C'est la raison pour laquelle je voulais vous voir. Pour restaurer son image auprès de quelqu'un qui l'a rencontré en chair et en os. Vos anciens collègues m'ont dit que c'était vous qui aviez organisé ses interrogatoires et participé au premier.

Antoine opina. Le timbre d'Alice devint tremblant.

— Cette histoire n'est qu'une terrible méprise. Tout ça aurait pu être évité si je n'avais pas eu mon accident. Si j'avais pu vous expliquer la vérité.

Sucre. Cuillère. Trop chaud. Antoine reposa sa tasse, attentif.

— Elliot n'a jamais eu d'hallucinations de sa vie, révéla Alice, chamboulée. Contrairement aux idées reçues, tous les schizophrènes n'entendent pas des voix, ils ne voient pas tous des choses qui n'existent pas. Elliot était quelqu'un de solitaire, taciturne. Au début de la maladie, il était convaincu que les gens pouvaient entendre ses pensées, qu'ils complotaient dans son dos. Il se sentait persécuté. Et c'est devenu pathologique. Il était incohérent dans ses propos et avait parfois l'impression que son esprit se détachait de son corps. On appelle ça une dépersonnalisation, dans notre jargon. C'est assez courant. Il a toujours été incapable de maintenir sa température corporelle dans des valeurs normales. C'est un symptôme fréquent chez les patients atteints de psychose. Eli pouvait porter un T-shirt en hiver et enfiler deux pulls en pleine canicule. Il fumait à outrance, aussi, cette conduite à risque est récurrente chez les schizophrènes. Mais jamais – jamais – il n'a eu d'hallucinations visuelles ou auditives. Elliot est…

Elle fit une pause, déglutit laborieusement.

— Elliot était quelqu'un de très intelligent et de rigoureux. Il était parfaitement lucide sur sa condition et suivait son traitement avec assiduité. Il ne buvait jamais une goutte d'alcool. Saviez-vous qu'il a même été major de sa promo lors de l'obtention de son diplôme d'infirmier ? Interrogez ses patients, ses collègues. Vous verrez. C'était le meilleur dans son métier. Les malades l'adoraient.

Alice tenta de cacher ses pleurs derrière ses mains fines. Antoine, lui, se sentait triste. S'il avait eu ces infos durant la garde à vue, les choses auraient été différentes. Elliot Akerman serait peut-être encore en vie.

— Pourquoi a-t-il fallu qu'il entre dans l'Hôtel Ferdinand ? lâcha-t-elle, le regard perdu vers les voitures arrêtées au feu rouge. Ce n'est pas faute de l'avoir prévenu... Comment en est-on arrivé là ?

Antoine avala une gorgée de café avant de formuler sa réponse :

— Il a fait une mauvaise rencontre. Il est tombé sur une personne charismatique qui se prétendait visionnaire et qui lui a promis une vie de rêve avant de lui laver le cerveau. Elliot Akerman, comme tout un tas d'autres personnes un peu fragiles, a été endoctriné par Richard Ferdinand.

— Ce type était un monstre.

— Un monstre doublé d'un fou. Il a créé son hôtel dans le but de lever une armée composée d'esprits vulnérables pour concrétiser ce qu'il appelait son « grand projet ».

Alice ne parvenait plus à endiguer son flot de larmes. Elle rassura Julien, qui s'était levé précipitamment de son siège, prêt à interrompre l'entrevue.

— Et vous, pourquoi vouliez-vous me rencontrer ? articula-t-elle entre deux sanglots.

Antoine termina son café, gratta sa barbe.

— Pour deux raisons. La première est que je partage votre point de vue. Toute cette histoire n'est qu'un terrible gâchis qui aurait pu être évité, et j'étais curieux d'entendre votre version. La deuxième est la suivante.

Nerveux, il se réinstalla sur sa chaise.

— Elliot Akerman a écrit un roman durant ces derniers mois d'existence. Et je l'ai lu, avec l'autorisation du SRPJ. C'est un récit autobiographique, écrit à la troisième personne, dans lequel Elliot a narré ses expériences au sein de l'hôtel, sa rencontre avec le directeur, mais aussi son arrestation dans nos services. Le nom du personnage principal se nomme Samuel, mais il est évident que ce texte retrace la vie de votre ami depuis le mois de janvier, jusqu'à une scène étrange dans les sous-sols de l'établissement, où on l'acclame en héros.

Alice demeurait silencieuse, les yeux humides.

— Tout ce que vous m'avez dit au sujet d'Elliot rejoint le protagoniste dépeint dans son roman. J'ai passé des semaines à me casser la tête pour essayer de démêler son histoire, son implication dans les horreurs de l'hôtel, à définir précisément sa personnalité, et j'ai enfin pu découvrir son parcours par le biais de ce récit. Après ce que vous m'avez raconté, j'ai à présent une vue d'ensemble du personnage.

Il tritura l'anse de sa tasse vide, puis enchaîna :

— Je sais qu'il aurait aimé que vous lisiez son manuscrit. C'est écrit noir sur blanc dans ses pages. Après l'avoir lu, et avec ce que vous venez de m'apprendre, je suis en mesure d'affirmer que l'image que je m'étais faite d'Elliot était la bonne : un garçon gentil, peut-être un peu trop, à qui il est arrivé une cascade de mauvaises choses. Et je ne vous cache pas que j'éprouve de l'empathie pour lui. De la pitié, aussi. Je suis sincère. Même si je ne lui pardonne pas ce qu'il a fait, je comprends ce qu'il a vécu.

Les doigts d'Antoine s'ouvrirent en éventail.

— Bien qu'il s'agisse de la dernière volonté d'Elliot Akerman, je ne peux vous faire lire ce manuscrit. Et ce pour trois raisons. La première est que ce document est sauvegardé dans un ordinateur placé sous scellés et qu'il serait illégal de le télécharger. La deuxième est que cette histoire ne ferait qu'ajouter de la peine à la tristesse qui vous accable déjà. Ce manuscrit retrace la descente aux enfers de votre ami, puis sa métamorphose en un individu qui n'avait plus rien à voir avec l'Elliot que vous connaissiez. Quand bien même je pourrais me le procurer, je refuserais de vous le donner. Pour vous épargner du chagrin supplémentaire. Mais c'est surtout la dernière raison qui est la plus importante.

La jeune femme coula un regard d'incompréhension vers le capitaine Aubert.

— Ce roman ne doit pas être lu, expliqua-t-il. Jamais. En aucun cas il ne doit être publié. Outre l'histoire d'Akerman, ce texte fait également l'apologie des idées de Richard Ferdinand. Les derniers chapitres sont une véritable propagande, une apologie des dogmes du directeur. Par conséquent il ne faut pas que ce manuscrit se propage. Pour que ce mouvement aberrant meure. Pour que cette pseudo-révolution s'éteigne. Pour que les idées de Richard Ferdinand restent enterrées à jamais.

Alice hoqueta, dévastée. Antoine passa une main dans ses cheveux bouclés et poursuivit :

— Cela dit, force est de constater qu'Akerman avait du talent. C'est indéniable. Dans son roman, il fait allusion à un manuscrit que vous avez lu en début d'année. Si vous l'avez toujours en votre possession, et que vous êtes d'accord, je pourrais le soumettre à mon éditeur.

Elle l'observa soudain d'un air étonné.

— Vous avez un éditeur ?

— Oui, j'écris des polars. Mon nom de plume est Benoît Tanreau.

Les yeux humides d'Alice s'écarquillèrent.

— Ça alors ! Je me disais bien que votre tête me rappelait quelqu'un. Je vais être affreusement banale mais : j'aime beaucoup ce que vous faites.

Antoine hésita à placer un trait d'humour, même si le moment ne s'y prêtait pas. Après les épreuves que la jeune femme avait traversées, la peine, la colère et l'accident, elle méritait de sourire à nouveau. Il osa finalement lancer sa réplique fétiche :

— C'est donc vous !

Alice pouffa, un sourire au milieu des larmes, tel un arc-en-ciel dans un ciel d'orage. Antoine recouvra son sérieux.

— Enfin, je ne vous garantis rien, mais, si vous le souhaitez, je pourrais le soumettre à ma maison d'édition. Elliot Akerman avait une mère, n'est-ce pas ?

— Euh... oui.

— C'était sa seule famille ?

— Son père est parti quand il avait huit ans. Il ne l'a jamais revu. Il a des cousins, quelque part, mais ça doit faire aussi longtemps qu'ils ont perdu le contact.

— D'accord. Dans ce cas je vous propose un marché. Si le roman est accepté, vous signerez le contrat. Les droits d'auteur iront directement à la mère d'Elliot Akerman. De votre côté, vous deviendrez l'intermédiaire entre mon éditeur et Mme Akerman. Quant à moi, je me chargerai des corrections éventuelles. Qu'en pensez-vous ?

Abasourdie, Alice opina avec ferveur avant de fondre en larmes à nouveau.

— Pourquoi vous faites tout ça pour lui ?

— Parce qu'encore une fois je partage votre avis et je n'arrête pas de me dire que tout cela aurait pu être évité. Je n'ai pas su déceler la véritable personnalité d'Akerman et, quelque part, je me sens un peu responsable de ce qui lui est arrivé. Sans le vouloir, nous l'avons conforté dans son délire de persécution.

Il marqua un temps d'arrêt. Les titres des articles écrits par Jean-François Galy – qui avait réintégré la rédaction de *L'Occitan* – jaillirent dans son esprit. « Nouvelle attaque au sabre. Un des tueurs anti-téléphones portables réussit à s'échapper et récidive. » « Le cancer Hôtel Ferdinand : comment éradiquer les métastases ? » La boule au ventre, Antoine conclut :

— Et puis, Richard Ferdinand ne peut pas gagner. Il ne *doit* pas gagner. C'est une façon de prouver qu'il n'a pas réduit en cendres tout ce qu'il a touché, qu'une chose aura survécu à son esprit malade.

Il se leva, l'air pensif.

— Et, de mon côté, j'imagine que je me sentirai un peu mieux...

Sur ces belles paroles, il salua Alice chaleureusement, fit un signe du menton à Julien, qui s'apprêtait à prendre sa place, puis repartit vers le métro.

Non. Richard Ferdinand ne pouvait pas gagner. Pourtant, les derniers mots du directeur tournoyaient dans la tête du capitaine Aubert depuis près d'un mois et demi.

Je suis bien plus qu'un simple mortel. Je suis une idée. Et on ne peut pas tuer une idée...

Antoine s'engagea sur les escalators.

Son smartphone vibra dans sa poche. Il s'en empara alors que l'escalier automatique le régurgitait vers les tourniquets. Un bref sentiment d'insécurité le submergea, aussi fugace que ridicule, et il lut le message en secouant la tête, las de sa bêtise.

C'était Maria.

Ça te dirait de connaître la différence entre un bulot et un bigorneau ?

Antoine, amusé, répondit par l'affirmative.

Le temps avait le pouvoir de colmater toutes les fêlures. Même celles laissées par Richard Ferdinand. Du moins l'espérait-il...

Épilogue

Arthur gambadait dans la rue Trémoille, dans le 8ᵉ arrondissement de Paris. Au cœur du célèbre Triangle d'or.

Chaussettes blanches remontées jusqu'au genou, short vert et casquette vissée sur sa tignasse hirsute, il ressemblait à un boy-scout perdu en milieu urbain. Le soleil perforait la masse nuageuse et s'immisçait entre les immeubles haussmanniens, éclaboussant les façades pâles et le macadam. Une brise agréable circulait dans l'artère parisienne. C'était une belle matinée.

Arthur consulta le papier plié en deux dans le creux de sa main. Sac à dos sur l'épaule, il continua en direction du numéro indiqué sur l'adresse que lui avait noté Gaspard avant de partir prévenir les disciples de Richard Ferdinand. Le petit groom l'avait gardé précieusement. Les flics ne l'avaient pas considéré comme une menace, aussi n'avait-il pas rencontré de difficultés pour s'éclipser de l'hôtel. Quand la situation s'y prêtait, Arthur, silencieux et discret, pouvait se rendre presque invisible.

Curieux de découvrir une ville plus grande que Toulouse, il avait mis près d'un mois à regagner la capitale. Une étape avant de s'envoler vers le Japon – une passion peut-être transmise par Richard Ferdinand –, théâtre des mangas qu'il lisait du matin au soir. Arthur avait la vie devant lui, il ne se refusait aucun rêve. Le directeur le lui avait inculqué : quand on le veut, tout est possible. Après des semaines à arpenter la campagne, à faire l'aumône, à voler de la nourriture pour survivre, il s'était faufilé dans un train jusqu'à Orléans et avait fait le reste du trajet à pied. Le jeune groom avait toujours su se débrouiller. Ce n'était pas un problème.

Mais la principale raison qui avait incité Arthur à se rendre à Paris était le petit objet rectangulaire logé dans la poche de son short.

Une clé USB.

Pendant des semaines, sous la directive de Richard Ferdinand, il avait espionné l'avancement du dernier manuscrit d'Elliot Akerman. Insidieusement, sournoisement, le directeur avait influencé le travail de l'infirmier, implantant ses idées dans l'esprit du romancier en herbe, idées que ce dernier retranscrivait inconsciemment ou non à travers son texte. Une fois Eli parti faire son discours dans le deuxième sous-sol de l'hôtel, Arthur avait enregistré le roman sur une clé USB. Une clé USB qu'il devait remettre à un éditeur de renom, fervent client de l'établissement toulousain, et qui s'était engagé à le tirer à une dizaine de milliers d'exemplaires… Ainsi, les idées de Richard Ferdinand perdureraient.

Mais avant d'accomplir cette mission décisive, Arthur devait se rendre à un autre endroit.

Une porte cochère, à la peinture rouge écaillée, se dressait sur sa droite. Il vérifia le numéro. Il était à la bonne adresse. Une façade haussmannienne s'érigeait devant lui. Les lettres lumineuses de l'enseigne étaient éteintes, les fenêtres brisées, obstruées par des planches de bois. Le sourire d'Arthur s'élargit. Il sonna.

Bruno, aux aguets, traversa la place des Grands-Hommes et emprunta la rue Voltaire, derrière l'église Notre-Dame de Bordeaux.

Depuis que son signalement était placardé dans tous les commissariats de France, il rasait les murs. Il était devenu l'ennemi public numéro un. Le temps que les choses se tassent, il s'était terré dans un squat insalubre de Toulouse, à proximité de l'Hôtel Ferdinand, au milieu des fumeurs de crack et des héroïnomanes, alors même que les flics élargissaient le périmètre de recherche pour le débusquer. Avant son exode en Gironde, à l'arrière d'un camion de livraison, il avait frappé un homme dans une station-service de l'avenue des États-Unis. Le type était focalisé sur son écran de smartphone, Bruno avait vu là une occasion de passer à l'acte. À l'instar des autres initiés, il tenait à son katana comme à la prunelle de ses yeux. Le cadeau offert par Richard Ferdinand était une pièce de collection. Bruno n'avait jamais vraiment adhéré aux idées du directeur déchu. Pour lui – comme pour la plupart de ses frères d'armes, finalement –, le *grand projet* n'était qu'un prétexte pour assouvir ses pulsions sadiques. Richard Ferdinand avait fait de lui un meurtrier insatiable.

Barbe rasée, lunettes fumées et casquette noire enfoncée sur son crâne glabre, il longea une rangée d'immeubles et bifurqua dans une ruelle, jusqu'au numéro qu'il avait mémorisé.

Un bâtiment de plusieurs étages s'élevait vers le ciel bleu, les néons éteints lui conférant l'aspect d'un lieu désert, abandonné. Des rubans jaunes rayaient la façade, des scellés condamnaient l'accès principal, encadré par deux agents de police en uniforme. Bruno leur adressa un signe de tête, puis ils l'escortèrent jusqu'à une porte dérobée, dans un renfoncement de l'immeuble.

Cour intérieure bordée de plantes en pot. Pavés étincelants sous le soleil radieux.

Il entra dans le bâtiment du fond, grignoté par le lierre, puis pénétra dans un hall fastueux et désert. Un autre flic montait la garde. Celui-ci indiqua un escalier près des ascenseurs, et Bruno s'engagea dans le sous-sol. Il arpenta une série de couloirs lugubres et labyrinthiques, immergés dans une pénombre glacée, descendit des marches abruptes et glissantes, avant d'atterrir dans une vaste salle voûtée.

Un comptoir en bois brun barrait le passage. Bruno plongea la main dans la poche de son jogging et donna une pièce au réceptionniste qui se tenait derrière.

Une pièce en or.

Les notes suaves du compositeur George Gershwin emplissaient la cave immense. Mur de brique rouge. Éclairage tamisé. Fauteuils rembourrés. Odeur de cuir mâtinée des fragrances de cigares. Un air de déjà-vu.

Derrière son comptoir étriqué entre deux piliers, au cœur d'un écrin de ténèbres, le majordome s'empara de la pièce d'or du petit Arthur et, à quelques heures d'intervalle, au fond du sous-sol d'un bâtiment désaffecté, en toute clandestinité, dans deux villes séparées par cinq cents kilomètres – mais aussi à Marseille, à Lyon, à Nantes, à Lille et à Bruxelles –, la même phrase résonna ce jour-là :

— Bienvenue à l'Hôtel Ferdinand.

Un grand merci à Christophe Guillaumot, qui a eu la gentillesse de lire ce roman. Son regard de professionnel, mais aussi d'auteur talentueux, m'a permis d'enrichir la partie enquête de cette histoire. Malgré tout, j'ai pris certaines libertés pour le bien de l'intrigue. Je suis le seul et unique responsable à blâmer si des erreurs subsistent.

Merci à Bruno, pour son retour toujours si précieux et pour tout ce qu'il a fait pour moi. Et qu'il continue de faire !

Mille mercis à Marie, mon éditrice, qui ne cesse de me faire progresser ; à Alexane, chirurgienne des incohérences ; à Anne-Marie, pour son engouement chronophage à promouvoir les auteurs ; à Éloïse, pour la nouvelle vie des romans dans la collection Poche ; à toutes les équipes d'HarperCollins pour leur travail formidable. Au risque de me répéter : c'est un honneur d'être parmi vous.

Merci à mes parents pour leur soutien.

Et enfin merci à celle sans qui toute cette aventure littéraire n'existerait pas, ma partenaire dans la vie : Audrey.

Composé et édité par HarperCollins France.

Imprimé en mai 2023
par CPI Black Print (Barcelone)
en utilisant 100% d'électricité renouvelable.
Dépôt légal : juin 2023.

Pour limiter l'empreinte environnementale de ses livres, HarperCollins France s'engage à n'utiliser que du papier fabriqué à partir de bois provenant de forêts gérées durablement et de manière responsable.

Imprimé en Espagne.